A Night Like This by J

ブリジャートン家外

運命のキス
柔らかな雨の

ジュリア・クイン
村山美雪 訳

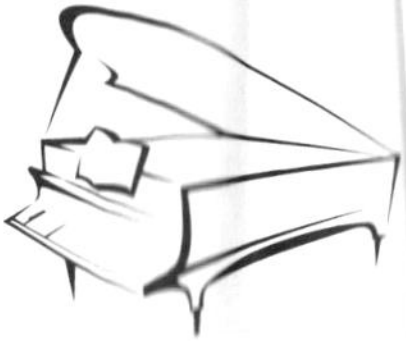

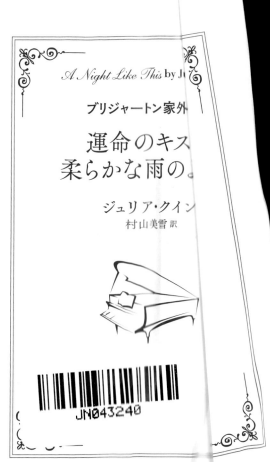

A Night Like This
by
Julia Quinn

わたしが知っている誰より逞《たくま》しいヤーナに。

そしてまた、ポールにも。どうして寝袋が七つも要るのか、いまだに理解できないけれど。

一八二四年は、ダニエル・スマイス－スミスにとって格別に忙しい年となった。というのも――

三年ぶりに逃避行からイングランドに帰国し、

史上最悪の音楽会に立ち会うはめとなり、見ず知らずの女性とキスをして、

ロンドンの街なかで襲ってきた盗人《ぬすびと》たちをかわし、

十二幕に及ぶ波乱万丈の芝居で主役を演じ、

馬車の事故に遭ってもどうにか生き延び、頭のいかれた男を追跡して捕らえ、

恋に落ちた。

それもすべて、この春のあいだに……。

ブリジャートン家　外伝2

運命のキスは柔らかな雨のように

主な登場人物

アン・ウィンター……………………………プレインズワース家の家庭教師。

ダニエル・スマイス-スミス…………………ウィンステッド伯爵。

ヴァージニア・スマイス-スミス……………ウィンステッド伯爵未亡人。ダニエルの母。

ホノーリア・スマイス-スミス………………ダニエルの妹。

シャーロット・プレインズワース…………ダニエルのおば。

サラ・プレインズワース……………………ダニエルのいとこ。

ハリエット・プレインズワース……………ダニエルのいとこ。

エリザベス・プレインズワース……………ダニエルのいとこ。

フランシス・プレインズワース……………ダニエルのいとこ。

ジョージ・チャーヴィル……………………准男爵。

マーカス・ホルロイド………………………チャタリス伯爵。

ヒュー・プレンティス………………………ラムズゲイト侯爵の次男。

プロローグ

「ウィンステッド、いかさましやがったな！」

ダニエル・スマイス－スミスは目をしばたたいた。少々酔っているのは間違いないが、いま誰かにカードゲームでいかさまをしたと非難されたように聞こえた。自分が非難されているのだと気づくまでに一瞬の間を要した。ウィンステッド伯爵となってまだほんの一年ほどで、その名で呼ばれても、とっさに応じられないこともままある。

だが、たしかに自分の名はウィンステッドで、言い換えれば、ウィンステッドは自分のわけで、ということはつまり……。

首を縦に振り、それから横に振る。ところでもともと何を考えていたのだったろう？

ああ、そうだった。「いや」なおも状況がよく呑《の》みこめないまま、ゆっくりと答えた。いかさまをしていないのは確かなので、反論しようと片手を上げた。なにしろ最後のワインを空けてから、はっきり憶えていることと言えば、それくらいのものなのだから。けれども、ほかに言葉を発することはできなかった。というより、こちら側に倒れてきたテーブルをかわすだけで精いっぱいだった。

テーブル？　酒に酔って、頭がどうかしてしまったのか？

いや、実際にテーブルは横向きに倒れ、カードが床に散らばり、ヒュー・プレンティスが尋常ではない形相で自分に罵声を放っている。

ヒューも酔っているのだろう。

「いかさまはしていない」ダニエルは言った。眉を上げ、どこもかしこも薄膜に覆われたようにぼやけさせている酔いを振り払うべくかっと目を見開き、瞬《まばた》きをした。親友のマーカス・ホルロイドを見やって、肩をすくめる。「いかさまなどしない」

自分がいかさまなどしていないのは、誰もが知っている。

だがヒューは両腕を振りあげ、声を荒らげてわめき散らしていて、ダニエルはその見るからに取り乱している姿を呆然と眺めていることしかできなかった。ふいにどういうわけかチンパンジーに似ていると思い至った。毛むくじゃらではないだけのことで。

「いったい、何を言ってるんだ？」ダニエルは誰にともなく問いかけた。

「エースのカードをおまえが持ってるはずがない」ヒューが怒鳴った。ふらつく足どりでこちらに向かってきて、片腕を非難がましくむやみに振りまわしている。「エースはもう……もう……」テーブルがもともとあった辺りを手ぶりで示した。「ともかく、おまえが持ってるはずがない」舌のまわらない口ぶりでそう言い終えた。

「でも、持ってたんだ」ダニエルは言った。怒っているわけではなく、弁解するつもりもなかった。事実のみを言い、ほかに言いようがないといったそぶりで肩をすくめた。

「ありえない」ヒューは鋭い口調で言い返した。「カードの在《あ》り処《か》はすべて把握してるんだからな」

たしかにそうだ。ヒューはつねにすべてのカードの在り処を把握している。それくらい飛びぬけて聡明な頭脳の持ち主なのだ。暗算もできる。三桁以上の足し引きだろうと、学校で延々練習させられた複雑な数式であろうと。

いまにして思えば、ヒューにカードゲームでの対戦を挑んだこと自体、どうかしていた。とはいえダニエルはちょうど気晴らしを求めていたし、正直なところ、始めから負けて当然だと思っていた。

これまでヒュー・プレンティスとカードゲームで対戦して勝った者はいない。

どうやら今回は違ったようなのだが。

「驚くべきことに」ダニエルはカードを見おろし、つぶやくように言った。いまでは床に散らばってしまったが、この手に持っていたカードの並びはまだしっかりと憶えている。両手の内側に揃ったカードを見せたとき、自分もほかの全員と同じように驚いていた。「ぼくが勝ったんだ」すでに一度言った気がしないでもないが、あらためて告げた。マーカスを振り返った。「快挙だ」

「聞いてなかったのか？」マーカスが問いただすように低い声で訊き、ダニエルの顔の前で両手を打ち鳴らした。「起きろ！」

ダニエルは耳鳴りがして鼻に皺《しわ》を寄せ、顔をしかめた。まったくもって、差しでがましい忠告だ。「寝てなどいない」

「けりをつけさせてもらう」ヒューが唸《うな》るように言った。

ダニエルは唖然《あぜん》としてまじまじと見返した。「なんだと?」

「介添人を指名しろ」

「決闘を挑むというのか?」そのようにしか聞こえなかった。とはいうものの、なにしろ自分は酔っている。それにヒューのほうも酔っていると考えて間違いないだろう。

「ダニエル」マーカスの唸るような声がした。

ダニエルは振り返った。「決闘を挑まれているらしい」

「ダニエル、口を閉じろ」

「もういい」ダニエルはマーカスを払いのけた。兄弟同然に親しい友人だが、堅物すぎてたまに面倒なときもある。「ヒュー」目の前でいきり立っている男に言った。「ばかなことを言ってるんじゃない」

ヒューが飛びかかってきた。

ダニエルは飛びすさってかわそうとしたが間にあわず、ふたりとも床に転がった。ダニエルのほうが四、五キロは重いが、もはやほとんど泥酔状態となっていたので、怒りに駆られたヒューから先に少なくとも四発は殴りつけられた。

ダニエルもようやく最初の一発を放ったものの、割って入ったマーカスと何人かの男たちに引き離され、結局は的に当てることすらできなかった。

「いかさましやがって」ヒューがふたりの男に押さえつけられて抗いながら、かすれ声で罵《ののし》った。

「きみはどうかしている」

ヒューがいちだんと顔をしかめた。「けりをつけさせてもらう」

「いいや、そうはさせるか」ダニエルは吐き捨てた。いつの間にか――おそらくはヒューのこぶしが顎に当たったときに――とまどいは怒りに取って代わられていた。「けりをつけさせてもらうのはこっちのほうだ」

マーカスが唸った。

「〝かの緑の広場〟でどうだ?」ヒューが冷ややかな声で、紳士たちの決着の場に使われているハイド・パークの奥まった草地を指定した。

ダニエルも冷淡な目で見返した。「夜明けに」

ほかの男たちはしんと静まり返り、どちらかが理性を取り戻すのを待っていた。

だが、どちらも取りやめようとはしなかった。当然だ。

ヒューが口の片端を上げた。「いいだろう」


「ああ、どうにかしてくれ」ダニエルはぼやいた。「頭がずきずきする」

「おかげで」マーカスが皮肉っぽく応じた。「ようやく事の重大さが呑みこめただろう」

ダニエルは唾を飲みこみ、よく見えるほうの目を擦《こす》った。ゆうべヒューに痛めつけられずにすんだほうの目だ。「皮肉はきみに似あわない」

マーカスはそれを聞き流して続けた。「まだ取りやめることはできる」

　ダニエルは周りを囲む木々に視線を走らせ、目の前に広がる青やかな草地を眺め、それを挟んで向こう側に立つヒュー・プレンティスと、その隣りで拳銃をあらためている男を見やった。太陽はほんの十分前に地上に顔を出したばかりで、辺り一面が息を呑むほど美しい朝露にまとわれている。「それにはもう、少しばかり遅すぎやしないか？」

「ダニエル、こんなことはばかげている。きみは拳銃を手にする柄ではないだろう。たぶん、ゆうべから酒が抜けていないんだ」マーカスは不安げな表情でヒューを見やった。「あちらも同じだ」

「いかさま師呼ばわりされたんだぞ」

「命をかけるほどのことではないだろう」

　ダニエルは目だけで天を仰いだ。「おい、冗談はよしてくれ、マーカス。むろん誰も本気で撃ちやしない」

　マーカスはふたたび気遣わしげにヒューのほうを見やった。「そうとも言いきれない」

　ダニエルはまたも瞳をぐるりとまわして親友の不安を撥《は》ねのけた。「空中に撃つさ」

　マーカスが首を振りながら草地の中央へ歩いていき、ヒューの介添人と向きあった。互いの拳銃をあらため、この場に立ち会う医者と段どりを確かめている。

　いったい誰が医者など呼んだんだ？　この程度の諍《いさか》いでほんとうに発砲する者がいるはずもない。

　マーカスが険しい表情で戻ってきて、拳銃をダニエルに手渡した。「間違っても自分を撃つんじゃないぞ」低い声で言う。「相手もだ」

「わかってる」ダニエルは親友をむっとさせるほど陽気な声で応じた。腕を上げ、狙いを定め、三つ数えるのを待った。
一、二、三——
「おい、まさかほんとうに撃ったのか！」ダニエルは叫び、驚愕してヒューを睨《にら》みつけた。

血が滴っている自分の肩を見おろす。弾は筋肉をかすめただけだったが、とんでもなく痛む。しかも利き腕だ。「いったいどういうつもりだ？」声を張りあげた。

ヒューは銃弾が血を流させるものであることすら知らないかのように、心ここにあらずといった顔で、ただぼんやりこちらを見ている。

「いかれてる」ダニエルはつぶやいて、撃ち返そうと拳銃をかまえた。わざと離れたところに狙いを定めた——弾を当てるのにうってつけの太い木がある——が、そのとき何か大声を発しながらこちらへ駆けだした医者に気をとられ、湿った地面に足を滑らせた。その拍子に引き金に指が掛かり、意図せずして弾が発射された。

発砲の反動で腕に痛みが走った。くそっ、なんだってこんなことに——

ヒューが叫びをあげた。

ダニエルは凍りつき、ヒューが立っていたはずのところへ恐るおそる目を戻した。

「ああ、なんてことだ」

マーカスが医者と同じようにすでに駆けだしていた。血が地面を染め、だいぶ離れたこちら側からでも相当な量が草地に浸み込んでいるのが見てとれた。ダニエルは拳銃を取り落とし、呆然となって足を踏みだした。

ああ、もしや、人を殺してしまったのか？

「私の鞄を！」医者が大声で求め、ダニエルはまた一歩進んだ。どうすればいいんだ？　手助けしに行けばいいのか？　それならマーカスがすでにヒューの介添人とともに手を貸しているし、なにしろ自分は撃った張本人だ。

このようなときに紳士はどう行動すべきなのだろう？　自分が撃った相手を助ければいいのか？

「しっかりしろ、プレンティス！」誰かの差し迫った声が聞こえ、ダニエルはさらに一歩、また一歩と進むうち、鼻をつく金属質の血の臭いに、殴られたような衝撃を受けた。

「きつく締めつけるんだ」誰かが言った。

「脚を失うかもしれない」

「命を失うよりましだ」

「出血をとめなければ」

「もっと強く押さえつけろ」

「眠ってはだめだ、ヒュー！」

「まだ血がとまらない！」

ダニエルはそのやりとりを聞いていた。誰が話しているのかはわからないが、そんなことはどうでもよかった。ヒューがすぐそこの草地で死にかけていて、そうさせてしまったのは自分だ。

偶発的な事故だった。なぜかヒューがほんとうに自分を狙って撃ち、しかもこちらの足もとの草地が湿っていた。

だから足を滑らせた。仕方ないじゃないか、足を滑らせるなんて誰に予想できたというんだ？

「ぼく……ぼくは……」話そうとしたが、言葉が見つからず、どのみち聞いていたのはマーカスだけだった。

「きみはさがっていたほうがいい」マーカスがいかめしく言った。

「ヒューは……」ダニエルはたったひとつの重要な質問を投げかけようとしたが、言葉に詰まった。

そして、気を失った。


気がつくとダニエルはマーカスのベッドに横たわり、片腕には包帯がきつく巻かれていた。マーカスはそばの椅子に腰かけて、真昼の陽光が射しこむ窓の向こうを見ていた。ダニエルが目覚めて発した唸り声に、親友はすぐさま顔を向けた。

「ヒューは？」ダニエルはかすれがかった声で訊いた。

「生きてる。少なくとも、いまのところはそう聞いている」

ダニエルは目を閉じた。「ぼくは何をしてしまったんだ？」つぶやくように言った。

「ヒューは片脚に重傷を負った」マーカスが言う。「弾が動脈に当たってしまったんだ」

「そんなことをするつもりはなかった」情けない言いぐさに聞こえるが、事実だ。

「わかってる」マーカスは窓のほうに目を戻した。「きみは射撃が下手だからな」

「足が滑ったんだ。地面が湿っていて」なぜそんなことをいまさら言っているのかダニエルはわからなかった。どうでもいいことではないか。ヒューの生死に比べれば。

まったくどうして、友人とこのようなことになってしまったのだろう。それがなにより悔やまれる理由だった。ヒューは友人だ。イートン校に入学したときから、もう何年も互いを知っている。

だがゆうべはどちらも酒を飲んでいて、必ず一杯だけでとどめておくマーカスを除いて誰もが酔っていた。

「腕の具合はどうだ？」マーカスが訊いた。

「痛む」

マーカスがうなずいた。

「痛むのはいいことなんだよな」ダニエルはそう言うと顔をそむけた。

今度もおそらくマーカスはうなずいたのだろう。

「ぼくの家族は知ってるんだろうか？」

「わからない」マーカスが答えた。「まだだとしても、すぐに知れる」

ダニエルは唾を飲みこんだ。いずれにしろ今回のことで自分は人々から疎まれ、家族にも迷惑をかけることになる。姉たちはすでに嫁いでいるが、ホノーリアは社交界に登場《デビュー》したばかりだ。こんな男の妹を誰が娶《めと》ってくれるのだろう？

それに、この一件が母にどれほどの迷惑をかけることになるかは考える気にもなれない。

「国を出なければならないな」ぼそりと言った。

「相手はまだ死んでいない」

さらりと友人にそう返されてダニエルは虚を衝《つ》かれ、顔を振り向けた。

「このまま生き延びられれば、きみが去る必要はないだろう」マーカスが言った。

そのとおりだが、ヒューが快復する姿はいまのダニエルには想像できなかった。流れている血も、傷も目にした。それどころか、剝《む》きだしになった骨まで見てしまった。

あれほどのけがを負って生き延びられるとは思えない。たとえ出血が命とりにならなかったとしても、感染症にかかる恐れもある。

「見舞いに行かなければ」ダニエルはようやく意を決して、上体を起こした。両脚をベッドの片側から床におろしかけたところで、マーカスの手に押しとめられた。

「賢明な考えとは思えない」親友は忠告した。

「撃つつもりはなかったことを伝えたいんだ」

マーカスが眉を上げた。「いまさら伝えても、仕方のないことなんじゃないのか」

「ぼくにとっては重要なことだ」

「治安判事が来ているかもしれない」

「ぼくに用があれば、先にここに来ているだろう」

マーカスはしばし考えてから、やっと脇に退いた。「そうだな」友人がそう答えて差しだした腕に、ダニエルはつかまった。

「ぼくはカードゲームをした」うつろな声で言葉を継いだ。「紳士なら誰でもすることだ。それで、いかさま師呼ばわりされて、決闘に挑んだ。これも紳士なら誰でもすることだろう」

「しかし見舞いに出向くのは勧められない」マーカスが言う。

「いや」ダニエルは陰気に答えた。言わずにはいられなかった。どうしてもはっきりさせておかなければならないことがある。煮えたぎった目でマーカスを見やった。「ぼくはわざとべつのところを狙った。紳士はそうすべきだからだ」憤然と続けた。「そして、しくじった。しくじって、相手を撃ってしまい、だから男としてすべきことをしようとしているだけだ。本人の傍《かたわ》らに行き、謝罪しようと」

「付き添おう」マーカスは言った。それ以外に言えることはなかった。


ヒューはラムズゲイト侯爵の次男なので、セント・ジェイムズ・ストリートにある父の家に運びこまれていた。ダニエルがやはり歓迎されてはいないのを思い知らされるまでにさほど時間はかからなかった。

「きさま！」ラムズゲイト卿は、悪魔を見つけたとばかりにダニエルに指を突きつけて怒鳴った。「よくも抜けぬけとここに顔を出せたものだな？」

ダニエルはただじっと身を堅くした。ヒューの父親には憤る権利がある。動転し、嘆き哀しむのは当然のことだ。「ぼくが伺ったのは――」

「弔問に来たのか？」ラムズゲイト卿は嘲《あざけ》る口ぶりで遮《さえぎ》った。「残念ながら、少々早まったようだな」

その言葉にダニエルはかすかな希望の光を見いだした。「それなら生きているのですね？」

「どうにかな」

「お詫《わ》びさせてください」ダニエルはかしこまって言った。

すでに見開かれていたラムズゲイト卿の目が異様なほど大きく開いた。「詫びるだと？　正気か？　詫びさえすれば、私の息子が死んでも、絞首刑を免れるとでも考えているのではあるまいな？」

「そういうわけでは――」

「おまえを絞首台に上げてやる。脅しで言っているのではない」

ダニエルはその言葉を一瞬たりとも疑いはしなかった。

「決闘を持ちかけたのは、ヒューのほうなんです」マーカスが静かに言葉を差し入れた。「どちらが持ちかけたのかは問題ではない」ラムズゲイト卿はぴしゃりと言った。「私の息子はすべきことをしたまでだ。わざと狙いをはずした。それなのにおまえは……」ダニエルに向きなおり、憎しみと哀しみを吐きだした。「おまえは撃った。なぜそのようなことをした？」

「そのつもりではなかったんです」

束の間、ラムズゲイト卿は無言で見返した。「そのつもりではなかった。そんな言いわけが通用すると思ってるのか？」

ダニエルは押し黙った。自分の耳にも説得力のかけらもない言葉に聞こえた。しかし事実だ。それで結局は恐ろしい事態を引き起こしてしまったわけだが。

いまこの場で言うべきことや、対処の仕方の手がかりをそれとなく示してくれるのを期待して、マーカスを見やった。だが親友もどうやらなす術《すべ》がなさそうだとわかり、もう一度詫びの言葉を口にして去ろうとしたとき、執事が部屋に入ってきて、医師がヒューの手当てを終えておりてきたことを知らせた。

「どうなのだ？」ラムズゲイト卿が問いただすように訊いた。

「命は助かります」医師は請けあった。「感染症を引き起こしさえしなければ」

「それで脚は？」

「切らずにすむでしょう。これも感染症を引き起こさなければですが。ただし後遺症は残るでしょうから、少しばかり脚を引きずることになる可能性が高い。骨が砕けてしまったのです。できるかぎりの処置はしたのですが……」医師は肩をすくめた。「私にできることには限りがありますので」

「感染症を引き起こさずにすむかどうかは、いつわかるんですか？」ダニエルは訊いた。これだけは知っておかねばならない。

医師は振り返った。「あなたは？」

「私の息子を撃った、人でなしだ」ラムズゲイト卿が吐き捨てるように言った。

医師が驚きと、おそらくは自衛本能からあとずさるや、ラムズゲイト卿がつかつかと歩み寄ってきた。「よく聞け」互いの鼻が擦れあいそうなほどダニエルに顔を近づけ、威嚇《いかく》するように言った。「この償《つぐな》いはしてもらう。おまえは私の息子を台無しにしたのだからな。たとえ生き延びられても、片脚が不自由になってはこれまでのようにはいかぬし、みじめな人生を送るのは目に見えている」

ダニエルの胸のなかで冷たい不快な塊がふくらんだ。ラムズゲイト卿の怒りは理解できる。腹を立てるのは当然のことだ。けれども、目の前にいる侯爵が単にそれだけではないものに衝き動かされているのが感じとれた。まるで何かに憑かれたかのように常軌を逸している。

「息子が死んだら」ラムズゲイト卿が歯の隙間から吐きだすように言う。「おまえは絞首刑になる。死なずにすめば、法の裁きは免れるかもしれないが、私がおまえを殺す」

ふたりは顔をほとんど突きあわせて立っていたので、ラムズゲイト卿が言葉を発するたびダニエルの肌に湿った呼気がかかった。そして、ダニエルは侯爵のぎらついた緑色の瞳を見て、わが身を真剣に案じなければならないことを悟った。

ラムズゲイト卿は本気で自分を殺すつもりだ。しかもそれを実行に移すのは時間の問題だろう。

「侯爵閣下」何か言わなければと思い、ダニエルは口を開いた。ただ突っ立って殺されるのを待っているわけにはいかない。「これだけは聞いてください――」

「いや、話しているのは私だ」ラムズゲイト卿が唾を飛ばして遮った。「おまえが誰だろうと、あの世にいる父親からどんな爵位を受け継いでいようと関係ない。おまえは死ぬ。わかったか？」

「そろそろ失礼します」マーカスが言葉を差し入れた。ふたりのあいだに腕を伸ばし、さりげなく互いを離れさせた。「先生」医師のほうに頭を傾けて合図し、友人を先に進ませようと促した。「ラムズゲイト卿」

「日を数えて待ってろよ、ウィンステッド」ラムズゲイト卿が警告した。「いや、時間を数えたほうがいいかもしれんな」

「侯爵閣下」ダニエルは敬意を示そうとふたたび呼びかけた。誤解を正したかった。そうせずにはいられなかった。「聞いてください――」

「話しかけるな」ラムズゲイト卿は遮った。「いまさら何を言おうが許すつもりはない。身を隠しても無駄だぞ」

「彼を殺せば、あなたも絞首刑になるんですよ」マーカスが言った。「それに、ヒューが生き延びられれば、頼りとなるのはあなたです」

ラムズゲイト卿は呆れたふうにマーカスを見やった。「私がみずから手をくだすとでも思ってるのか？　殺しを請け負う手合を雇うのはたやすい。人ひとりの値段など安いものだ」さっとダニエルに首を振り向けた。「この男の命だろうとな」

「私は失礼します」医師が断りを入れ、逃げ去った。

「憶えておけ、ウィンステッド」ラムズゲイト卿が憎しみのこもった目で蔑《さげす》むようにダニエルの目を見据えた。「おまえが逃げて、隠れようとしても、私は必ず追っ手におまえを探させる。おまえの知らない者たちにな。つまり、おまえには追われていることさえわかるまい」


その言葉はそれから三年間、ダニエルの脳裏にまとわりついていた。イングランドからフランスへ、フランスからプロシアへ、プロシアからイタリアへと移動しても。寝ているときにも、木々の葉擦れにも、あるいは背後から足音が聞こえるたび、侯爵の言葉がよみがえった。壁を背にする癖がつき、誰にも、ほんのたまに喜びを味わわせてくれる女性たちにすら心を開けなかった。そのうち、二度と母国の地を踏むことも、家族と再会することも叶わないであろう現実を受け入れた。ところがある日、驚くべきことに、イタリアの小さな村で、ヒュー・プレンティスが片脚を引きずりがちに自分のほうへ歩いてくる姿を目にした。

ヒューが生き延びたのは知っていた。家から時おり手紙が届いていたからだ。とはいえ、もう一度、それも地中海沿岸の太陽が照りつける、「やあ《ボン・ジョールノ》」と「またね《アルヴェデールチ》」が飛び交う古代都市の広場で会うことになろうとは、思いもしなかった。

「やっと見つけた」ヒューはそう言って手を差しだした。「申しわけない」

さらに友人は、ダニエルが想像もできなかった言葉を口にした。

「もう帰ってきても大丈夫だ。ぼくが請けあう」

1

この八年、人目につかないように生きてきた女性、アン・ウィンターは窮地に立たされていた。

あと一分ほどでにわか造りの舞台に出て、ロンドンの社交界でも最上流の人々八十人以上もの前で淑女らしく挨拶をしてピアノの前に坐り、演奏しなくてはならない。

せめてものなぐさめは、ともに舞台に出る若い女性がほかに三人いることだ。ほかの演奏者たち三人――悪評轟くスマイス－スミス家の四重奏の弾き手たち――は弦楽器を弾くので、おのずと聴衆と向きあわざるをえない。かたや自分は象牙の鍵盤だけに意識を集中し、頭を低くして弾いていればいい。運に恵まれれば、聴衆はみな演奏のひどさに気をそがれ、悪運強く、いいえ悲運にも、体調を崩してしまった（本人の母親が公言しているところによればだが）令嬢に代わって急遽《きゅうきょ》ピアノを弾かされることとなった黒髪の女性には気づきもしないだろう。

アンはレディ・サラ・プレインズワースがほんとうに体調を崩したとはみじんも信じていなかったが、レディ・サラの妹たち三人の家庭教師を続けるには、ほかにどうすることもできなかった。

いずれにせよ、レディ・サラの母親は娘が体調を崩したと信じ、それでも演奏会は予定どおり開くことを決断した。そしてスマイス－スミス家の十七年続く音楽会の歴史を驚くほど詳しく語り聞かせたのち、娘の代役をアンにまかせると告げた。

「あなたは前に、モーツァルトのピアノ四重奏曲第一番を少し弾いたことがあると言っていたでしょう」レディ・プレインズワースは念を押すように言った。

アンはいま、その失言を心から後悔していた。

もう八年以上もその曲を弾いていないにしろ、たとえ一度も弾いたことがなかったとしても、違いはないように思えた。レディ・プレインズワースは拒まれる可能性などかけらも頭にない様子で、アンを音楽会が開かれる義姉の家に連れていき、八時間の練習時間を与えた。滑稽《こっけい》な成り行きだ。

ほかの三人の弦楽器の演奏があまりにひどく、ピアノの弾きまちがいがほとんど目立たないのは唯一の救いだった。なにしろ今夜のアンの目標は、いかにして目立たずにいるかということだけなのだから。目立つのはどうしても避けたい。できれば誰にも気づかれたくない。これにはやむをえない事情があった。

「そろそろ時間ね」デイジー・スマイス－スミスが興奮ぎみにささやいた。

アンはちらりと笑みを浮かべた。デイジーはみずからの演奏のまずさには気づいていないらしい。

「楽しむしかないのよね」デイジーの姉、アイリスが淡々とあきらめたふうにつぶやいた。こちらはみずからの腕前を承知している。

「さあ、行くわよ」ふたりの従姉妹、レディ・ホノーリア・スマイス－スミスが言った。

「きっとすばらしい演奏になるわ。わたしたちは家族なんだもの」

「あら、彼女は違うわ」デイジーがアンに顔を振り向けて指摘した。

「今夜は家族よ」ホノーリアは断言した。「ですから、あらためてお礼を言います、ミス・ウィンター。あなたのおかげでほんとうに救われたわ」

アンはどういたしましてとも、光栄ですわとも言える気分ではなかったので、低い声であいまいな相槌を返した。レディ・ホノーリアには好感を抱いている。デイジーとは違って自分たちの演奏のまずさは承知しているし、それでもアイリスとは違って、演奏に全力を尽くそうとしている。一族にとって大事なことなのだからとホノーリアは語っていた。これは一族の伝統だ。これまでスマイス－スミス家の十七組の女性たちが演奏してきたのだから、願わくは、さらにまた十七組を超える娘たちに引き継がれていってほしい。演奏の出来がどうであろうと問題ではないのよ、と。

「いいえ、問題よ」そのときアイリスは不満げにこぼした。

するとホノーリアはヴァイオリンの弓で軽くいとこを突いた。「家族で守っていく伝統なのよ」とあらためて強調した。「大事なのはそのことでしょう」

家族で守るもの。それはまさしくアンがなるべく考えないようにしてきたことだった。もちろん、初めからそれほどうまく頭から振り払えたわけではなかったけれど。

「何か見える？」そう尋ねたデイジーは興奮状態のカササギのように飛び跳ねており、アンは爪先を踏まれたくないばかりに、すでに二度もその背中を後ろから両手で支えていた。

四人が登場する舞台の袖により近いところにいるホノーリアがうなずいた。「いくつか空いてる席があるけど、それほど多くはないわ」

アイリスが唸るように低い声を洩らした。

「毎年、こうなの？」アンは尋ねずにはいられなかった。

「こうって？」ホノーリアが訊き返した。

「つまり、その……」相手が雇い主の姪たちならば、率直に言いにくいことはいくつもある。たとえば、同じ一族のほかの娘たちも同じように演奏が下手だったのかといったことは、あからさまには訊きにくい。まして、毎年これほど下手なのか、それとも今年は特別にひどいのかと尋ねるのは気が引ける。それに当然ながら、いつもこれほど聴くに堪えない音楽会ならば、どうして人々が聴きにやってくるのかなどと尋ねられるはずもない。

そのとき、十五歳のハリエット・プレインズワースが脇の戸口から飛びこんできた。「ミス・ウィンター！」

アンは振り返ったが、ひと言も口にする前にハリエットが続けた。「楽譜をめくるお手伝いに来たのよ」

「ありがとう、ハリエット。とても助かるわ」

けげんそうな目を向けたデイジーに、ハリエットはにっこり笑ってみせた。

アンは誰にも見られないよう顔をそむけて瞳で天を仰いだ。このふたりはふだんからまるでそりが合わない。デイジーはなんでも真剣に考えすぎてしまうきらいがあるし、かたやハリエットはなんであれけっして深刻に考えることはしない。

「時間よ！」ホノーリアが告げた。

四人は舞台に出ていき、簡単な紹介を終えて、演奏が始まった。

同時にアンは祈りはじめた。

ああ、神様、いままでこれほど何かに必死に取り組んだことがあったでしょうか。まるで速さを競うかのようにヴァイオリンを弾くデイジーに追いつこうと、アンは鍵盤にのせた手を慌《あわただ》しく動かした。

こんなことは滑稽だし、どうかしているし、ばかげていると胸のうちで唱えつづけた。妙なことだけれど、そう言いつづけてでもいなければ、やり遂げられそうになかった。熟練の演奏者にさえ、とてつもなくむずかしい楽曲だ。

滑稽だし、どうかしているし――ああ、もう！〝ドのシャープ〟だわ！アンはとっさに右の小指で鍵盤を押さえてどうにか間にあわせた。正確に言うなら、二秒遅れだったけれど。ちらりと聴衆に目をくれた。最前列の婦人の顔色が悪い。

そんなことはどうでもいいから演奏よ、演奏に集中するの。ほらもう、弾きまちがえた。でも気にしてはだめ。誰も、デイジーだって気づいていないのだから。

そうして弾きつづけるうち、こんなにも必死に弾く必要があるのだろうかと思いはじめた。この四重奏はこれ以上ひどくなりようがない。デイジーはもともと大きすぎる音をさらに大きくしてはまた戻し、どんどん先走って弾いているし、ホノーリアは一音一音を噛みしめるように着実に奏でていて、そのうえアイリスは——

いいえ、アイリスは思いのほかなめらかに弾いている。だからといって四重奏の出来が変わるわけではないけれど。

ピアノのパートがしばし休みに入り、アンはひと息ついて、指を曲げ伸ばした。そしてふたたび鍵盤に手を戻そうとして——

楽譜をめくって、ハリエット。

ハリエット、楽譜をめくって。

「楽譜をめくって、ハリエット！」慌てて低い声で頼んだ。

ハリエットが楽譜をめくった。

アンは最初のコードを押さえて、もうすでにアイリスとホノーリアが二小節先に進んでいることに気がついた。デイジーは——ああ、なんてこと、どこまで進んでいるのか見当もつかない。

アンはほかの三人が弾いているところに当たりをつけて、先へ進んだ。三人全員を追い越しはせず、けれども誰からも遅れてはいない辺りへ。

「少し楽譜を飛ばしたわ」ハリエットがささやいた。

「大丈夫よ」

実際に支障はなかった。

やがてようやく、ほんとうにようやく、三ページ丸まるピアノを弾かずにすむところにたどり着いた。アンは椅子の背にもたれて、ゆうに十分間は溜めていたように思える息を吐きだした。そのとき……。

人影が目に入った。

アンは身を堅くした。奥の控えの間から誰かがこちらを見ている。先ほど舞台に出てくるときに通った戸口のドア――たしかにきちんと閉めたはずだ――が、ほんのわずかにあいている。アンは戸口にいちばん近い場所にいて、しかもそちら側に背を向けていない唯一の演奏者なのだから、その隙間から覗きこんでいる男性の顔の一部がもちろん見えた。

アンはうろたえた。

せりあがってきた恐怖に胸を締めつけられ、肌が燃え立った。初めてのことではない。さいわいにもよくあることではないものの、この恐ろしさはしっかりと胸に刻みこまれている。誰もいるはずのないところで、たまたま誰かに出くわしてしまったときには必ず……。だめ。

アンは息を吸いこんだ。ここはウィンステッド伯爵未亡人の家だ。ここにいるかぎり身の安全は守られている。だから、いまやらなければいけないことは――

「ミス・ウィンター！」ハリエットがひそひそ声でせかした。

アンはびくりとしてわれに返った。

「入りそこねたわ」

「いまどこ？」アンは慌てて尋ねた。

「わからない。わたしは楽譜が読めないいんだもの」

思わず目を上げた。「でも、あなたはヴァイオリンを弾くでしょう」

「そうなんだけど」ハリエットは気恥ずかしげにつぶやいた。

アンは小節ごとに大まかにすばやく目で追い、いま演奏されている箇所をできるだけ急いで探した。

「デイジーが睨んでるわ」ハリエットがささやいた。

「静かにして」集中しなければいけない。楽譜をめくり、いちばん可能性の高いところに当たりをつけて、ト短調の鍵盤を押さえた。

それから長音階に移っていった。賢明な選択だ。

考えられるかぎりの手段のなかでは。

その後はずっと頭をさげたまま弾きつづけた。聴衆にも、控えの間からこちらを見ている男性にも、目は向けなかった。スマイス－スミス家の三人とそう変わらない手並みでひたすらピアノを奏でつづけ、演奏が終わると、うつむきかげんのまま立ちあがり、膝を曲げてお辞儀をしてから、化粧室に行かなければというようなことをハリエットに伝えて、逃げ去った。

ダニエル・スマイス－スミスは、自分の一族が年に一度開く音楽会の日にロンドンに戻ろうと思っていたわけではなく、むろん耳はその音から懸命に逃れようとしていたのだが、それでも心は……いうなれば、べつものだった。

家に帰って来られたのは嬉しかった。たとえ耳ざわりな音が鳴り響いている場所であろうと。

むしろ、この音があればこそなのかもしれない。スマイスｰスミス家の男にとって下手な演奏が聴こえなければ、そこを家とは呼べない。

音楽会が始まる前に誰かに気づかれるのは避けたかった。三年も留守にしていたのだから、自分の帰宅が演奏より人々の関心を引いてしまうのは承知している。姿を見せれば聴衆には感謝されるかもしれないが、貴族の紳士淑女たちの面前で、それもそのほとんどが自分をまだ逃亡者だと思っている人々の前で、家族と再会するなどということはとても耐えられない。

とはいえ家族の顔は見たいので、音楽が聴こえてくるやすぐに音楽室の手前の控えの間に忍びこみ、足音を立てないよう戸口に近づき、ドアをわずかに開いた。

顔がほころんだ。妹のホノーリアが満面の笑みでヴァイオリンと格闘していた。気の毒に、自分の演奏のまずさには気づいていないのだろう。これまで演奏してきた姉たちもみなそうだった。それでも懸命に音を奏でる姉妹たちがダニエルにはいとおしかった。

もういっぽうのヴァイオリンの弾き手は――おっと、まさか、デイジーなのか？　まだ勉強部屋にいる年齢ではなかっただろうか？　いや、あれから三年経てば十六になっているはずなので、社交界にはまだ登場していないにしろ、もう子供ではない。

そしてアイリスがしょげた表情でチェロを弾いている。それから、ピアノは——

ダニエルはぴたりと固まった。ピアノを弾いているのはいったい誰なんだ？　少しだけ身を乗りだした。女性は頭を低くしていて顔がよく見えないが、これだけは言える——間違いなく自分の従妹ではない。

そうだとすれば、なんとも不可解なことだった。母から何度も聞かされてきたので、スマイス－スミス家の四重奏が一族の娘たちだけで演奏するものであるのは、ダニエルも知っていた。一族の人々は、音楽の才能に恵まれた（あくまで母の言いぶんだ）娘たちがこんなにも多く生まれ、伝統が引き継がれていることを誇らしく思っている。誰かが結婚すれば、必ずまたその役割を引き継ぐ娘がいる。これまではほかの一族の女性に加わってもらう必要はなかった。

さらに付け加えるなら、ほかの一族にここに加わりたいと思う女性などいるだろうか？　従妹の誰かが急病にかかりでもしたのに違いない。そうとしか考えられない。ピアノを弾くはずだったのは誰なのだろうかと、ダニエルは考えをめぐらせた。マリゴールドか？　いや、たしかすでに結婚している。ヴィオラだろうか？　彼女も結婚したという手紙を受けとったような気がする。サラか？　サラで、まず間違いないだろう。

ダニエルは首を振った。自分にはとんでもなくたくさんの従姉妹がいる。

ピアノを弾いている女性を興味深く見つめた。ほかの三人に合わせようと懸命に弾いているのがわかる。頭をわずかに上げてはさげて楽譜を確かめつつ、時おり顔をしかめている。

そのそばにハリエットが付いて、毎度間の悪い頃合で楽譜をめくっている。

ダニエルは含み笑いを洩らした。あの気の毒な女性が誰であれ、報酬が気前よく払われることを願った。

しばらくしてようやく、デイジーの聴くに堪えないヴァイオリンのソロとなり、謎の女性が鍵盤から手を離した。息をつき、指を曲げ伸ばし、それから……。

顔を上げた。

時がとまった。ぴたりと突然に。いかにも大げさで使い古された表現ではあるものの、こちら側を向いている女性が顔を上げたとたん……その瞬間はどんどん引き延ばされて、永遠の時のなかに溶けこんでしまったかのように思えた。

美しい女性だった。でも、それだけでは説明がつかない。美しい女性ならこれまでにも見てきた。それどころか、何人もの美しい女性たちとベッドをともにした。しかし今回は……彼女は……この女性は……。

頭のなかですら言葉が続かない。

艶やかで豊かな黒髪は、邪魔にならないよう後ろできちんと束ねられているが輝きは失われていない。この女性には髪を巻くこともビロードのリボンで飾ることも不要だ。たとえ髪をバレリーナのように引っ詰めても、すべて剃り落としてしまったとしても、自分がいままで見てきた誰より飛びぬけて美しい女性だ。

その顔に目を惹かれた。ハート型で肌も白く、まるで翼のように驚くほど優美なくっきりとした眉をしている。薄暗いので瞳の色までは判別できないが、どことなく哀しげな目にも見える。でも唇は……。

もはやキスをせずにはいられそうにないので、この女性が既婚婦人ではないことを心から祈った。問題は、いつするのかなのだが。

そのとき――ダニエルは瞬時に察した――女性がこちらに気づいた。びくりと顎を引いて小さく息を呑み、脅えたように目を見開いて、固まっている。ダニエルは苦笑いを浮かべて首を振った。音楽会を覗き見るためにウィンステッド邸に忍びこんだ、頭のいかれた男だとでも思われてしまっただろうか？

いや、そう思われても当然だろう。ずいぶんと長らく別人のようなふりで人目を忍んで過ごしてきた。あの女性には自分が誰なのか見当もつかないだろうし、演奏中に控えの間に人がいるとは思ってもいなかったはずだ。

だがどういうわけか、女性はすぐには顔をそむけなかった。目が合って、ダニエルは動けなくなり、呼吸さえままならなくなった。とそのとき、従妹のハリエットが黒髪の女性を軽く突いて、おそらくは演奏に入りそこねたことを知らせ、ふたたび時が動きだした。

女性はそれから一度も顔を上げようとはしなかった。

それでもダニエルは見つめつづけた。そのあいだに楽譜は次々にめくられ、何度もきわめて強く《フォルティッシモ》の音が奏でられた。見入っているうちにいつしか音楽さえ聴こえなくなっていた。ダニエルの頭のなかではべつの交響曲が生きいきと雄壮に奏でられ、向かうべき最上の高みへ盛りあがっていった。

けれどもそこへたどり着くことはできなかった。四重奏の最後の旋律がぴたりとやんで、四人の女性たちは立ちあがり、膝を曲げて軽く頭をさげた。黒髪の美女は、まるで自分も演奏していたかのように拍手に顔を輝かせているハリエットに何かささやき、呆気にとられるほどたちまち消え去った。

慌てることはない。きっとすぐに見つけられる。

ダニエルはすぐさまウィンステッド邸の裏廊下に出て歩きだした。昔は何度もこっそり屋敷を抜けだしていたので、人目を避けたい者が通る道筋は心得ている。案の定、女性が使用人用の勝手口へ至る最後の角を曲がる直前に、立ちはだかることができた。だが女性はすぐには気づかず、うつむきかげんで進んでいて――

「ここにいたのか」ダニエルは長らく会えなかった友人に挨拶するふうに微笑みかけた。人をびくつかせるような突拍子もない笑顔ではなかったはずだ。

女性は飛びあがらんばかりに驚いて、切れぎれの悲鳴を発した。

「おいおい」ダニエルは女性の口を手でふさいだ。「やめてくれ。人に聞かれてしまう」

女性を引き寄せた――口をしっかりつぐませておくにはそうするより仕方がなかった。女性は自分に比べ小柄だし華奢で、木の葉のようにふるえていた。脅えている。

「きみを傷つけはしない」ダニエルは言った。「ぼくはただ、きみがここで何をしているのかを知りたいだけだ」しばし待ってから、女性の顔を正面から見られるよう身をずらした。

用心深く翳《かげ》った目と目が合った。

「では、もう手を放してても、静かにしていてくれるかい？」

女性がうなずいた。

ダニエルは思案した。「嘘だな」

女性が〝当然でしょう〟とでも言いたげに瞳をぐるりと動かしたので、ダニエルはふっと笑った。「きみは誰なんだ？」考えこむふうに問いかけた。

するとなんとも奇妙なことが起こった。女性が腕に身を寄りかからせてきた。といってもほんのわずかだったが、間違いない。緊張がいくらかやわらいだのが感じられ、手に吐息がかかった。

興味深い。この女性は相手が自分を知らないとわかって、かえってほっとしている。つまり知られているのではないかと恐れていたわけだ。

ゆっくりと、またすぐにでも口をふさぐ用意があることを暗にしっかりと示しつつ、女性の口から手を離した。ただし腰にまわした腕はほどかなかった。身勝手なのは承知しているが、いまは手放す気になれない。

「きみは誰なんだ？」ダニエルは女性の耳もとにささやくように問いかけた。

「あなたはどなたなの？」女性が訊き返した。

ダニエルは皮肉っぽく笑った。「先に訊いたのはぼくだ」

「知らない方とは話せないわ」

ダニエルは笑い声を立てて、女性を向きなおらせた。これでは無理やり言い寄っているのも同然で、恥ずべき振るまいであるのはわかっていた。この女性は何か悪事を働こうとしていたわけではない。それどころか、なんとあのわが一族の四重奏に加わってくれた。本来なら感謝すべき相手だ。

だがダニエルは頭がくらくらしていた――身体もふわふわしているように感じられる。この女性に全身を活気づかされ、しかも数週間の旅をしてようやくウィンステッド邸にたどり着けた喜びで、すでにいくぶん浮かれてもいた。

家に帰ってきた。ここはわが家だ。そのうえ、いまこの腕のなかには、自分の命を狙っていないことだけは確かな美女がいる。

最後にあの甘美な心地を味わってから、もうどれくらい経っているのだろう。

「やはり……」ダニエルはふしぎな気分で続けた。「やはり、きみにキスをせずにはいられないようだ」

女性は脅えているというより、とまどっている顔つきで身を引いた。あるいは気遣わしげな表情にも見える。

賢い女性だ。自分でも頭がどうかしている男の言葉としか思えない。

「少しだけ」ダニエルは安心させるように言った。「ただちょっと思いださせてくれれば……」

女性は沈黙し、少しして、訊かずにはいられないといったそぶりで口を開いた。「何を？」ダニエルは微笑んだ。声もいい。上質なブランデーのようにまろやかで心安らげる。あるいは夏の日のように。

「心地よさをだ」そう答えると、女性の顎に触れ、そっと持ち上げた。女性は息を呑んだが――息がふっと唇から入るかすかな音が聞こえた――逃れようとはしなかった。抵抗されたら手を放さなければならないのはわかっていたので、しばし待った。けれども女性は動かなかった。こちらと同じでこの瞬間にとらわれてしまったかのように、じっと目を見つめている。

だからダニエルは口づけた。最初は腕のなかから女性が消えてしまいそうな気がして恐るおそるだったが、それだけではもの足りなかった。熱情を掻《か》き立《た》てられ、抱き寄せると、女性のたおやかなふくらみに程よく身を押された。

おそらく男なら誰しも、どんな怪物からでも守ってやりたい気持ちにさせられるような小柄で華奢な女性だ。それでも出るべきところは豊かにふくらみ、温かみがあって女らしい。ダニエルは乳房を撫でるか、尻の丸みを手で包みこみたくてたまらなかった。だが母の家で知らない女性にいきなりそのようなことをするほど厚かましい男ではない。

とはいえ、まだ手放そうとは思えなかった。柔らかな雨や、陽の降りそそぐ草地を呼び起こさせる、イングランドらしい匂いがする。まさしく至極の快さだ。いっそこのまま抱きあって彼女のなかに身を埋め、一生過ごしたってかまわない。この三年、酒は一滴も飲まなかったが、ダニエルはいまや二度と味わえないと思っていた夢心地に胸が沸き立ち、陶然となっていた。

頭がどうかしてしまったのかもしれない。そうとしか思えない。

「きみの名は？」ささやきかけた。知りたいからだ。この女性のことが知りたい。

ところが、返事はなかった。答えようとしていたのかもしれない。もう少し時間があれば、もっと上手に聞きだせていただろう。だが、そのとき誰かが裏階段をおりてきて、ふたりが抱きあったまま立っている廊下のすぐ先に近づいてくる足音が聞こえた。

女性がびくりとして目を見開き、首を振った。「このようなところを見られては困るわ」うろたえた低い声だった。

ダニエルは手を放したが、女性が望んだからというわけではなかった。なにしろ階段をおりてきた人の姿――とその行動――を目にするなり、黒髪の謎の女性に心とらわれていたことすら頭から吹き飛んだ。

喉の奥から猛々しい叫びを放ち、気がふれたかのように廊下を駆けだした。

2

十五分後、アンは十五分前に廊下を駆けだして最初に見つけた鍵の掛かっていないドアを開いて飛びこんでから、いまだ同じ場所にとどまっていた。暗く窓もない物置部屋のようなところにたまたま入ったのは（気味が悪いほどの）幸運だった。まもなく暗さに目が慣れてくると、チェロが一挺《ちょう》にクラリネットが三本、それにトロンボーンらしきものもあるのがわかった。

なんとなく自分の居場所にふさわしいようにも思えた。スマイスースミス家の楽器が葬られた部屋。しかもいま廊下で起こっているわけのわからない揉め事が終わるまでは、けっしてここから出られない。ドアの向こうで起こっていることの事情は見当もつかないけれど、悲鳴や唸り声が何度となく聞こえてくるし、こぶしが人の身体にめり込んだらしい恐ろしげな音もひっきりなしに響いている。

部屋のなかには腰かけられるものが見あたらないので、何も敷かれていない冷たい板張りの床にアンは坐り、ドアの脇の剝きだしの壁に寄りかかって、乱闘騒ぎが収まるのを待った。何が起こっているにしろ、関わりたくはないし、なによりともかく、もし人々が駆けつけたときにはそばにいたくない。この騒々しさを考えれば、いつ人々が駆けつけてもふしぎではないのだから。

男性たちはどうしていつもこうなのだろう。始末に負えない男性ばかりだ。

けれども廊下にいる人々のなかには、女性もひとり混じっているらしい——あの悲鳴は女性の声だ。ダニエル、それにマーカスという名も聞こえた気がした。マーカスといえば、今夜音楽会が始まる前に挨拶をしたチャタリス伯爵のことだと、アンは思い起こした。あの伯爵はレディ・ホノーリアに熱をあげているように見えたけれど……。

考えてみれば、たしかにこの悲鳴はレディ・ホノーリアの声に似ている。

アンは首を振った。いずれにしても自分には関係のないことだ。関わらなければ、人から咎《とが》められることもない。誰からも。

背にしていた壁の反対側に誰かがぶつかり、アンはゆうに五センチは床から身を跳ね上げた。思わず哀れっぽい声を洩らし、両手に顔を埋めた。もしもここから永遠に出られなくなってしまったらどうしよう。数年後に干からびた亡骸《なきがら》となって発見され、テューバの音とともに二本のフルートでこしらえた十字を手向《たむ》けられるのだろうか。

アンはかぶりを振った。夜寝る前にハリエットが書いた劇作を読むのはもうやめよう。この教え子の少女はすっかり作家になりきっていて、創作する物語は日に日に恐ろしさを増している。

そのうち、廊下から聞こえていた騒々しい物音がようやく途絶え、壁越しに男性たちが床に腰をおろしたのが感じとれた。ひとりはアンの真後ろにいて、一枚の壁を挟んでほとんど背中を突きあわせているようなものだった。向こう側にいるふたりはどちらも息遣いが荒く、いかにも男性らしくぶっきらぼうに短い言葉を交わしている。聞き耳を立てるつもりはないものの、ここにいるかぎり聞かずにはいられなかった。

おかげでやっと謎が解けた。

自分にキスをした男性は——レディ・ホノーリアの兄、ウィンステッド伯爵だったのだと！ 肖像画は目にしていたのだから、どうしてすぐに気づけなかったのだろう。といっても仕方のないことなのかもしれない。あの絵はコーヒー色の髪や、形のよい唇といった大まかな特徴はとらえていても、本来の姿までは描ききれていない。とても端整な顔立ちをしているのは否定しようのない事実だけれど、生まれながらの立場を心得ていて何不自由なく育ってきた男性の大らかさや気高い自信といったところまでは、色や筆遣いだけで表現できるものではないのだろう。

ああ、それにしても、困ったことになった。あの悪名高いダニエル・スマイス－スミスとキスをしてしまったなんて。ダニエルこと、ウィンステッド伯爵についての話はほかの人々と同じようにアンも詳しく耳にしていた。数年前、ダニエルは決闘をして、対戦相手の父親によって国を追われた。けれども、両者のあいだでなんらかの決着がついたのだろう。ウィンステッド伯爵がようやく帰国できることになったとレディ・プレインズワースが話していたので、これまでささやかれていた噂をハリエットがアンにも事細かに教えてくれたのだ。

こうしたことにはハリエットは格別な能力を発揮する。

でももし、レディ・プレインズワースに今夜の出来事を知られたら……きっと、プレインズワース家の娘たちを教えることはおろか、ほかのどの家でももう家庭教師は務められなくなるだろう。やっとの思いで就《つ》けた仕事なのに、伯爵とあのように親密な行為に及んだことが知れれば、誰にも雇ってはもらえなくなってしまう。押しなべて心配性な母親たちが、品行の疑わしい家庭教師を雇うはずもない。

それでも、どうしようもなかった。今回ばかりはけっして自分に落ち度はない。

アンはため息をついた。廊下が静かになった。もう誰もいなくなったの？　耳を澄ましたが、遠ざかっていく足音が何人のものなのかは聞きわけられなかった。さらに数分待って、誰もいなくなったと確信してドアノブをまわし、慎重に廊下に踏みだした。

「そこにいたのか」ウィンステッド卿が言った。今夜この言葉を聞いたのは二度めだ。

アンは一歩飛びすさった。たしかにその声にもどきりとさせられたけれど、それ以上に、これほど長いあいだ物音ひとつ立てず廊下にいたことに驚かされた。ほんとうに、しんと静まり返っていたのだから。

けれどもアンが呆然となって口をあけたのは、そのせいでもなかった。

「ひどい顔だわ」考えもせずに口走っていた。ウィンステッド卿は廊下でぽつんとひとり長い脚を投げだして床に坐っている。人が坐っていてこれほど危なっかしく見えることがあるとは思ってもみなかったけれど、寄りかかれる壁がなければ、伯爵は間違いなく倒れこんでしまいそうだった。

ウィンステッド卿が挨拶代わりに弱々しく片手を上げてみせた。「マーカスのほうがもっとひどい顔になってるはずだ」

　アンは紫色に縁どられた目や、どこの傷のものなのかは神のみぞ知る血の付いたシャツをまじまじと眺めた。もしくはもういっぽうの男性の血なのかもしれない。「これ以上ひどい状態は想像がつかないけど」

　ウィンステッド卿は息を吐きだした。「あいつは妹にキスをしていたんだ」

　そのままアンはしばし待ったが、ウィンステッド卿はどうやらそれだけでじゅうぶんな説明になると思っているらしい。「そう……」このような晩の振るまい方を教える本などないのだから、言葉に詰まった。そうして結局、こうなった原因より争った結果のほうを尋ねるのが得策だと判断した。「それで、解決したんですわね？」

　ウィンステッド卿は鷹揚《おうよう》なそぶりでうなずいた。「近々めでたい知らせが発表されるだろう」

「まあ、よかった。ほんとうにすばらしいことですわ」アンは微笑んでうなずいてから、気を落ち着けなければと胸の前で両手を組みあわせた。どうしようもなく気づまりな場面に立たされていた。けがをしている伯爵にいったいどのように接したらいいの？　しかも三年ぶりに帰国したばかりで、国を追われる前からずいぶんとよくない評判がささやかれていた男性だと聞いている。

　言うまでもなく、ほんの数分前にはなんと自分にキスを迫りもした。

「きみはぼくの妹を知ってるだろうか？」ウィンステッド卿が疲れきった声で問いかけた。

「いや、もちろん知っているよな。妹と一緒に演奏したのだから」

「レディ・ホノーリアが、あなたの妹さん？」きちんと確かめておくのが賢明だとアンは思った。

ウィンステッド卿がうなずいた。「ぼくはウィンステッドだ」

「ええ、そうでしたのね。あなたがお帰りになることは伺っておりました」アンはまたもぎこちなく微笑んでみたものの、たいして気持ちはやわらがなかった。「レディ・ホノーリアはほんとうに親しみやすくてやさしい方ですわ。心からお祝い申しあげます」

「妹は演奏が下手だ」

「今夜はヴァイオリンをりっぱに弾いてらっしゃいました」アンは偽りのない気持ちを伝えた。

ウィンステッド卿は声を立てて笑った。「きみはお世辞がうまいな、ミス……」いったん言葉を切り、間をおいて指摘した。「まだ名を教えてもらっていない」

人に名を尋ねられてためらうのはアンにはいつものことだったが、今回はすぐに、この男性はウィンステッド伯爵で、つまり自分の雇い主の甥なのだと思い起こした。恐れる必要のない相手だ。こうしてふたりきりでいるところを誰にも見られさえしなければ。「ミス・ウィンターです」と、答えた。「あなたの従妹にあたるお嬢様がたの家庭教師をしています」

「どの従妹だ？　プレインズワース家の従妹たちかい？」

アンはうなずいた。

ウィンステッド卿はまっすぐ目を見据えた。「いやはや、それはまったく気の毒に」

「そんなことはありませんわ！　愛らしいお嬢様がたですもの！」アンは強い口調で返した。三人の教え子たちのことはとてもいとおしく感じている。ハリエット、エリザベス、フランシスはほとんどの少女たちよりも元気があるかもしれないが、思いやりにあふれたやさしい心を持っている。それにどんなことを引き起こしてしまうにしろ、必ずいつも善意による行動の結果にすぎない。

ウィンステッド卿が眉を上げた。「たしかに愛らしい。あまりお行儀がいいとは言えないが」

そう言われても仕方のないところがあるのは事実なので、アンはこらえきれずにくすりと笑った。「あなたが最後にお会いになったときから、格段に成長なさったのは確かですわ」とりすまして答えた。

ウィンステッド卿は疑わしげな目を向けて、尋ねた。「どうしてきみがピアノを弾くことになったんだろう？」

「レディ・サラが体調を崩されたので」

「なるほど」そのひと言には数多《あまた》の含みが込められていた。「速やかな快復を祈っていると伝えてくれ」

レディ・サラの体調が、音楽会に欠席するのを母親に許されたとたん快復したのはまず間違いなかったが、アンは黙ってうなずき、たしかに伝えることを約束した。実際にはたぶん伝えられないだろう。ウィンステッド伯爵と出くわしたなどと誰にも話せはしない。

「あなたが帰られたことを、ご家族はもう知っておられるのですか？」アンは尋ねて、さらにいくぶん注意深く表情を観察した。やはり妹とよく似ている。瞳も同じ特徴的な色をしているのだろうかと思いめぐらせた——ホノーリア・ウィンステッドは、ラベンダー色とも呼べそうなくらい鮮やかで澄んだ青い瞳をしている。でも廊下の薄明かりのなかでは見きわめがつかなかった。それになにぶん伯爵の片方の目はますます腫《は》れてふさがりかけている。

「もちろん、レディ・ホノーリア以外に」そう付け加えた。

「まだ知らない」ウィンステッド卿は大広間があるほうをちらりと見やって顔をしかめた。「音楽会に足を運んでくれる方々には心からありがたいと思っているが、帰国をおおやけの場で報告するつもりはない」乱れた自分の身なりを見おろした。「それもこんな姿では」

「そうですわね」アンはすぐさま相槌を打った。音楽会のあとに開かれている歓談の宴に、家主の伯爵がこれほどの痣をこしらえ、血で汚れた姿で三年ぶりに現われた際の騒ぎは、想像する気にもなれない。

ウィンステッド卿が低い唸り声を洩らして床の上で腰をずらし、おそらくは聞こえないほうが幸いな何かをぼそりとつぶやいた。「もう行かないと」アンはとっさに口を開いた。「申しわけないのですが、その……つまり……」

動かなければと自分に言い聞かせ、本気でそうしようとした。けれど頭のあちこちから分別を取り戻して誰かに見つかる前に立ち去るようせかす声が聞こえてきても、この男性は妹を守ろうとしたのだという思いのほうに押しとめられていた。

そのためにけがを負ってしまった男性を放って立ち去ることなどできる？

「お手伝いさせてください」決意とは裏腹の言葉を口走っていた。

ウィンステッド卿が弱々しく笑った。「きみさえよければ頼む」

アンは身をかがめて傷の状態を確かめようとした。切り傷や、すり傷を手当てした経験はあるとはいえ、これまで目にしてきたものとはだいぶ違っていた。「どこが痛みます？」問いかけて、咳払いをした。「目立つところ以外に」

「目立つところ？」

「ですから……」ぎこちなく目の辺りを指さした。「うっすら痣になってますわ。それにこと……」顎の左側を示してから、シャツが破けて血で汚れている肩へ指先を移した。

「……ここも」

「マーカスのほうがもっとひどい」ウィンステッド卿が言う。

「ええ」アンは相槌を打って、笑みを嚙み殺した。「先ほどもそうおっしゃってらしたわ」

「重要な点だからな」ウィンステッド卿は妙に嬉しそうににやりと笑い、すぐに顔をしかめて頰に手をやった。

「歯が痛むの？」アンは気遣わしげに尋ねた。

「抜けてはいないようなんだが」ウィンステッド卿はぼそりと答えて、嚙み合わせを確かめるかのように口をあけ、呻《うめ》くような声を洩らして閉じた。「たぶん」

「どなたか呼んできましょうか？」アンは問いかけた。

ウィンステッド卿が眉を上げた。「ここでぼくとふたりきりでいたことを知られてもいいのかい？」

「いいえ、もちろん、困ります。よく考えずに言ってしまいました」

ウィンステッド卿がふたたび口もとをゆがめ、その皮肉っぽい苦笑いにアンは内心で居心地の悪さを覚えた。「ぼくはご婦人にとって無害な男ではないからな」

それに対する返し文句は次々に浮かんだものの、アンはそのすべてを呑みこんだ。「わたしひとりでも立ちあがらせるくらいはできますわ」と申し出た。

ウィンステッド卿は頭を片側に傾けた。「あるいは、ここに坐って話し相手になってくれてもかまわない」

アンは見つめ返した。

するとまたも苦笑いが返ってきた。「ちょっと言ってみただけだ」ウィンステッド卿が言う。

浅はかだったと、アンはすぐさま気づいた。なにしろ、いきなり自分にキスをした男性だ。このように床に並んでいれば、いつ向きなおらされ顎を引き寄せられてしまうかわからないのだから、ともかくそばを離れなければ……。

「どこかに水はないかしら」思わず言葉が口をつき、空咳でごまかした。「ハンカチはお持ちですか？　顔の汚れを拭きとったほうがよろしいかと」

ウィンステッド卿はポケットに手を入れ、皺くちゃの四角い布を取りだした。「最高級のイタリアの麻なんだが」疲れた声でぼやき、眉をひそめた。「少なくともかつてはそうだった」

「それでじゅうぶんです」アンは答えてハンカチを受けとり、使いやすいよう折りたたんだ。腕を伸ばし、ウィンステッド卿の頬に軽く押しあてる。「痛みますか？」

ウィンステッド卿が首を振った。

「少し湿らせられればよいのですが。血がもう乾いてしまっているので」アンは眉根を寄せた。「ブランデーをお持ちではありませんか？　小瓶のなかにでも」紳士はたいていフラスコ瓶を持ち歩いている。父もそうだった。それどころか持たずに出かけることはめったになかった。

ところが、ウィンステッド卿はこう答えた。「酒は飲まない」

その口調にはっとして、アンは目を上げた。目が合い、息を呑んだ。いつの間にかこれほど顔を近づけていたとは思わなかった。

アンは唇を開いた。それから理由を訊こうとして……。

厚かましいことだと思いなおした。いつもつい多くを望みすぎてしまう。

自分が無意識に思いのほか近づいていたことにとまどい、身を引いた。ふだんから気さくによく微笑む男性なのは間違いない。ほんの数分一緒にいただけでもそれはわかった。だからこそ、突如その男性の険のある鋭い声を聞いて、気圧《けお》されてしまったのだろう。

「だがおそらく、廊下を少し行けば見つけられるはずだ」ウィンステッド卿が唐突に発したひと言で、アンを束の間ぼんやりさせていた不可思議な魔法がとけた。「右側の三つめの部屋だ。父が書斎に使っていた」

「こんなに奥まった部屋を？」使い勝手がよい場所ではない。

「入口がふたつあるんだ。もういっぽうのドアが表側の廊下に面している。誰もいないはずだが、入るときには用心したほうがいい」

アンは立ちあがり、教えられた書斎へ向かった。なかに入ると窓から月光が洩《も》れ射《さ》していて、デカンタはすぐに見つかった。それを持って部屋を出て、慎重にドアを閉めた。

「窓辺の棚の上にあったのかい？」ウィンステッド卿が静かな声で問いかけた。

「ええ」

ウィンステッド卿はちらりと笑みを浮かべた。「ずっと変わらないこともあるんだな」

アンは栓を抜き、ハンカチをデカンタの口にあてて、ブランデーでたっぷりと湿らせた。たちまち匂いが広がった。「気になりませんか？」ふいに不安になって尋ねた。「匂いが」以前働いていたところでは――プレインズワース家に来る前にいた家だ――教え子たちのおじにあたる男性が大酒飲みだったのだが、しばらくして酒をやめた。その男性のそばにいるのは苦痛以外のなにものでもなかった。アルコールを断ってからよけいに気性が荒くなり、ちょっと匂いを嗅いだだけで、尋常ではなく取り乱していた。

アンは耐えられなくなり、その家を出た。理由はそれだけではなかったのだけれど。

かたやウィンステッド卿はあっさり首を振った。「ぼくは酒が飲めないわけじゃなく、飲まないことにしたんだ」

アンの顔から困惑を読みとったらしく、こう付け加えた。「飲みたいとは思わない。嫌気がさしただけのことさ」

「そうでしたの」あきらかに何か事情があるのを察し、アンは低い声で答えた。「たぶん沁《し》みますわ」あらかじめ伝えた。

「いや間違いなく沁み――ううっ！」

「ごめんなさい」アンはつぶやくように侘びて、傷の周りの汚れをハンカチでそっと拭きとった。

「マーカスにも誰かがこいつをたっぷり浴びせてやればいいんだ」ウィンステッド卿がつぶやいた。

「ええ、あなたよりもっとひどい状態なんですものね」アンはさらりと返した。

ウィンステッド卿がけげんそうに目を上げ、それからゆっくりと顔をほころばせた。「そうとも」

アンは指の関節のすり傷に布を移し、静かに続けた。「最も信頼できる筋から、お聞きしてましたから」

含み笑いが聞こえたが、アンは目を上げなかった。こうしてウィンステッド卿の手に顔を近づけて傷を拭いていると、妙に親密な間柄のような感覚にとらわれた。相手はよく知らない男性だというのに、どういうわけか離れがたい。でもきっとこの男性だからというわけではないのだと自分に言い聞かせた。ただ……もうずっと長いあいだ……。

ひとりで生きているからだ。そんなことはよくわかっている。さして驚くことでもない。

アンはウィンステッド卿の肩の切り傷を身ぶりで示し、ハンカチを差しだした。顔や手ならともかく、身体に触れることはできない。「ご自分でなさったほうが……」

「いや、頼むから、やめないでくれ。きみにやさしく手当てしてもらうのをこんなに楽しんでいるのだから」

アンはじろりと見やった。「皮肉は似あいませんわ」

「違うんだ」ウィンステッド卿は面白がるふうに微笑んだ。「そんなつもりはなかった」ハンカチにさらにブランデーを含ませるアンを見つめた。「とにかく、わざと皮肉を言ったわけじゃない」

そのように言われては問いつめることもできず、アンは湿らせたハンカチをウィンステッド卿の肩に押しつけて、てきぱきと言った。「今度は間違いなく沁みますわ」

「ああ、あ、あう、う、う」ウィンステッド卿は唸り声を長々と洩らしつづけ、アンは笑わずにはいられなかった。これではまるで下手なオペラ歌手か、人形劇の『パンチとジュディ』に出てくる道化師みたいだ。

「きみはもっとたくさんそうすべきだ」ウィンステッド卿が言った。「笑ったほうがいいということさ」

「そうですわね」そう応じたものの、自分の耳にも哀しげな声に聞こえた。哀しそうだとは思われたくないので、アンは言い添えた。「でも、大人の男性を懲らしめられる機会なんてそうありませんもの」

「そうだろうか？」ウィンステッド卿は低い声で訊いた。「きみになら、しじゅうその機会はあると思うんだが」

アンはさっと目を上げた。

「きみが部屋に入ってくれば」ウィンステッド卿が穏やかに言う。「空気が変わる」

ちょうど手当てをしていた肩の数センチ上で手がとまった。アンはウィンステッド卿の顔を見つめ――そうせずにはいられなかった――その目のなかに欲望を見てとった。この男性はわたしを欲している。いまにも身を乗りだして唇を触れあわせたがっている。このまま自分が少しだけ身を傾けさえすれば、そうなることはたやすい。そんなつもりではなかったと自分に言い聞かせればすむことだ。ちょっとよろけてしまっただけなのだと。

でも、アンはそれほど愚かではなかった。自分がそのようなことを許される立場にないのは承知していた。住む世界が違いすぎる。この男性は伯爵で、自分は……誰であれ、いまは別人になって生きようとしていて、それは伯爵でしかも醜聞にまみれた過去を持つ男性とつきあうためではない。

今後すぐにもまた人々の関心にさらされることになる男性なのだから、そばにいるわけにはいかない。

「ほんとうにそろそろ帰らなければいけないので」アンは告げた。

「どこへ？」

「家です」そう答えてから、何かもう少し言わなければいけないような気がして、付け加えた。「とても疲れてるんです。ほんとうに長い一日でしたから」

「送っていこう」ウィンステッド卿が言った。

「そのようなお気遣いは必要ありませんわ」

ウィンステッド卿はちらりと見返してから、壁に寄りかかりながら顔をしかめて立ちあがった。「ではどうやって帰るつもりなんだ？」

どうして問いただされなければいけないの？「歩いて」

「プレインズワース邸まで？」

「さほどの距離ではありませんもの」

ウィンステッド卿は険しい目つきで見やった。「ご婦人がひとりで歩くには遠すぎる」

「わたしは家庭教師です」

その返答がウィンステッド卿には愉快に感じられたらしい。「家庭教師はご婦人ではないのかい？」

アンはあからさまにむっとした吐息をついた。「なんのご心配もいりませんわ」念を押すように答えた。「家まではじゅうぶんに明るい道ですし。馬車も途切れなく連なっているでしょうから」

「たとえそうでも、それではぼくの気がすまない」

ああ、なんて頑固な男性なのだろう。「お目にかかれて光栄でございました」アンはきっぱりと言った。「きっとご家族が、あなたとの再会を待ち望んでらっしゃいますわ」

ウィンステッド卿に手首をつかまれた。「ひとりで帰ることは許さない」

アンは唖然として唇を開いた。ウィンステッド卿の手は温かく、触れられているところが熱くなってきた。なんとなく懐かしい不可思議な感情が湧きあがり、自分が悦びを感じているのだと気づいて、胸にちくりと痛みを覚えた。

「わかってもらえないかな」ウィンステッド卿にささやかれ、アンはほだされかけた。できることなら、無垢《むく》だった娘の頃のようにすなおに申し出を受け入れたかった。無邪気に心を開いて思いのままに振るまえた日々は、もうはるか昔のことになってしまった。

「その姿で出歩いては人目を引きます」アンは言った。ほんとうのことだ。ウィンステッド卿の身なりはまるで監獄を脱走してきたかのようにやつれている。もしくは地獄からよみがえったかのように。

ウィンステッド卿は肩をすくめた。「正体がばれずにすむなら、むしろ都合がいい」

「伯爵様……」

「ダニエルだ」ウィンステッド卿が正した。

アンは虚を衝かれて目を見開いた。「なんですって？」

「ぼくの名は、ダニエルだ」

「存じてますわ。でも、わたしはそうお呼びすることはできません」

「そうか、残念だな。でもまあ、一応言っておきたかったんだ。さてと……」ウィンステッド卿は腕を差しだしたが、当然ながらアンはその手を取らなかった。「行こうか？」

「あなたとご一緒することはできません」

ウィンステッド卿は愉快げに微笑んだ。口の片端が赤く腫れあがっていても、いかにもいたずらっぽい危険な男性に見える。「ではつまり、ぼくとここにいてくれるということだろうか？」

「あなたは頭を殴られてどうかなさってるんだわ」アンは言い返した。「そうとしか思えないもの」

ウィンステッド卿は笑って、なにくわぬ顔で受け流した。「外套《がいとう》は着てきたのかい？」

「ええ、でも控えの間に置いてきてしまって。だから――話をそらさないでください！」

「なんのことだろう？」

「わたしは帰ります」アンは言い放ち、片手を上げて相手をとどめた。「あなたはここに残ってください」

けれども、ウィンステッド卿は立ちはだかった。片腕をしっかりと水平に伸ばし、手のひらを壁にぺたりと付けた。「ぼくの言いぶんがまだよくわかってもらえていないようだ」その瞬間、アンはこの男性を見くびっていたことを悟った。のんきで穏やかな性格なのかと思いきや、それはほんの一面に過ぎず、いまはしごく真剣な態度に変わっている。断固とした低い声で言った。「ぼくにはどうしてもゆずれないことがいくつかある。ご婦人の身を守るのもそのひとつだ」

　そうだとすればもうどうしようもない。ウィンステッド卿はもはやけっして引きさがりはしないだろう。アンは仕方なく、人目につかないようできるかぎり暗がりや路地を通ることを条件に同意し、プレインズワース邸の使用人用の勝手口まで送り届けてもらった。別れぎわ、ウィンステッド卿が手の甲に口づけても、みじんも喜んではいないふりをよそおった。

　たとえウィンステッド卿は欺《あざむ》けても、自分自身をごまかすことはできなかったけれど。

「あす、きみを訪ねさせてもらう」ウィンステッド卿がなおも手を取ったまま言った。

「なぜ？　だめです！」アンは手を引き戻そうとした。「いけません」

「どうしてだめなんだ？」

「だめです。わたしは家庭教師です。殿がたの訪問を受けることはできません。仕事を失ってしまうわ」

　ウィンステッド卿は、そんな問題ならたやすく解決できるとばかりに微笑んだ。「それなら、従妹たちを訪問することにしよう」

　この男性は礼儀というものを知らないの？　それとも単に身勝手なだけ？「わたしは留守にしておりますので」アンはにべもなく答えた。

「それならあらためて訪問する」

「そのときもいませんわ」

「居留守を使うのか。従妹たちに物事を教える立場のきみが？」

「あなたがいらっしゃるあいだは留守にします。間違いなく、あなたのおばさまに首にされてしまうもの」

「首にされる？」ウィンステッド卿は鼻で笑った。「なんとも恐ろしいことを言うな」

「そうなんですもの」これだけはどうにかして納得してもらわなければいけない。相手が誰であれ、ましてや自分がこの男性にどのような気持ちを抱いているかは問題ではない。今夜掻き立てられた想いは……この男性と分かちあったキスは……どのみち、はかなく忘れ去られる。

　大切なのは雨をしのげる屋根の下で暮らせること、それに食べ物だ。パンやバターや砂糖や、子供の頃には毎日のように味わえた好きな物すべて。プレインズワース家にいればそれらを味わい、仕事をして、自尊心を保ち、安心して生きられる。

　自分にとってこうして暮らしていられるのは、けっしてあたりまえのことではない。

　アンはウィンステッド卿を見やった。あたかも心のなかを見通せるとでも思っているかのようにじっとこちらに目を向けている。

　でも、この男性は自分のことを何も知らない。誰にもわかりようがない。だからアンは堅苦しくかしこまったそぶりで手を引き戻し、膝を曲げて頭をさげた。「送ってくださってありがとうございました、伯爵様。お気遣いに感謝いたします」そう言うと背を返し、裏門を入っていった。

ようやく屋敷に戻れたものの、気持ちを整える時間はほとんどなかった。数分後にはプレインズワース家の人々も帰ってきたので、アンは羽根ペンを手に持ち、音楽会から先に帰ってきてしまったことを詫びる書付を届けてもらおうとしていたところだと説明して取りつくろった。するとハリエットはどれほど驚きに満ちた晩だったのかを話しはじめ――チャタリス伯爵とレディ・ホノーリアは考えられるかぎり最も感動的な方法で婚約を発表したのだという――しばらくしてエリザベスとフランシスも、とてもすぐには寝つけそうにないからと階下に駆けおりてきた。

二時間ほどしてやっとアンは自分の部屋に戻り、寝間着に着替えて、ベッドにもぐり込んだ。それからさらに二時間以上ものあいだ、寝ようとすら思えなかった。ただ天井を見つめ、あれこれ考えて、思いめぐらせ、つぶやいていた。

「アナリース・ソフロニア・ショークロス」アンは寝る前に独りごちた。「あなたは、なんてことをしてしまったの？」

3

翌日の午後、ウィンステッド伯爵未亡人がようやく帰ってきた息子に目の届くところにいてくれるよう強く望んでいたにもかかわらず、ダニエルはプレインズワース邸へ向かった。行き先は母に告げなかった。自分も一緒に行くと言いだすに違いないからだ。代わりに、片づけなければならない法的な手続きがあるのでと説明した。これは事実で、三年も国を留守にしていた紳士であれば、少なくとも一度は事務弁護士のもとに出向かなければならない。けれども、その行き先の〈ストリーサムとポンスの法律事務所〉が、奇遇にもプレインズワース邸とは反対方向へほんの二マイルのところにあった。たしかにこじつけのようにも聞こえるかもしれないが、この機にふと従妹たちの家に寄ろうと思い立ちはしないと誰に言いきれるだろう？　自分の馬車でどこへでもたやすく街じゅうを移動できる男なら、いかにも考えつきそうなことではないか。

むろん、プレインズワース邸の勝手口へでも。

とはいえ、じつを言えば、すでにゆうべそこから家に戻るときには考えはじめていたことだった。

ベッドに入ってからも。昨夜はほとんど眠れず、謎だらけのミス・ウィンターのことを思い起こしていた——あの頬のふくらみや肌の香りを。のぼせているのはじゅうぶん承知しているし、家に帰ってこられた嬉しさのせいだろうと自分に言い聞かせもした。帰ってくるなり麗しきイングランド婦人の見本のような女性を目にすれば、心とらわれるのも当然のことだ。

そのうえ弁護士のストリーサム氏、ポンス氏、それにボーフォート－グレイヴズ氏（この名はおそらくこれから表札に入れるのだろう）と二時間も骨の折れる話しあいをしたあととあっては、即刻プレインズワース邸へ向かうよう御者に指示せずにはいられまい。従妹たちに会いたいのも本心だった。

従妹たちの家庭教師にはもっと会いたいわけだが。

おばは留守だったが、従妹のサラが嬉しそうに歓声をあげて出迎えに現われ、温かな抱擁を交わした。「どうしてあなたが帰ってきたことを、誰もわたしに教えてくれなかったのかしら？」サラは不満げに言い、身を離すと、従兄の顔をまじまじと見て目をしばたたいた。「その顔は、いったいどうしたの？」

ダニエルは答えようと口を開きかけたが、先手を打たれた。「追いはぎに襲われたなんて言いわけは通用しないわよ。ゆうべ、チャタリス卿が目の周りに痣をこしらえていたという話はちゃんと聞いてるんだから」

「向こうのほうがもっとひどいはずだ」ダニエルは自信たっぷりに答えた。「それと、ぼくが帰ってきたことをきみが家族から聞かされていなかった理由については、誰も知らなかったからだ。音楽会を邪魔したくなかった」

「なんておやさしいご配慮かしら」サラは皮肉っぽく返した。

ダニエルはいとおしげに従妹を見おろした。サラは妹と同じ歳で、子供の頃はプレインズワース邸にいるよりもわが家にいるほうが長いのではと思うくらい頻繁にやってきていた。

「じつは」低い声で言葉を継いだ。「控えの間から見ていたんだ。知らない女性がピアノを弾いているのを見て、どれほど驚いたことか」

サラは胸に手をあてた。「体調を崩してしまったのよ」

「死の淵からめざましく快復したようで、安心した」

「きのうはまともに立っていることもできなかったんだから」サラが言う。

「そうなのか」

「ええ、そうよ。めまいというものかしら、わかるでしょう」サラは自分の言葉を払いのけるかのようにひらりと手のひらを返した。「ほんとうにつらいものなのよ」

「同じ病を患った人々にならきっとわかってもらえるさ」

サラはいったん唇を引き結び、すぐにまた口を開いた。「でも、わたしのことはもういいわ。ホノーリアのすばらしい知らせは聞いたでしょう？」

ダニエルはサラのあとから客間に入り、腰をおろした。「もうすぐレディ・チャタリスになるという話だろ？　まったく」

「ええ、あなたがどう思っているにしろ、わたしは嬉しいわ」サラは鼻先で笑って言った。

「同じ気持ちだとは言わせないわよ。その痣を見ればわかる」

「ぼくはふたりを心から祝福している」ダニエルは力を込めて言った。「これは――」手で輪郭をざっとなぞるように自分の顔を示した。「――ちょっとした誤解があっただけのことだ」

サラは疑わしげに見やったが、さらりと言った。「お茶はいかが？」

「ありがたい」従妹が呼び鈴の紐を引きに行くと、ダニエルも立ちあがった。「ところで、きみの妹たちは家にいるのかい？」

「階上《うえ》の勉強部屋に。会いたい？」

「もちろんだ」ダニエルは即座に答えた。「ぼくがいないあいだにずいぶん大きくなったんだろうな」

「もうすぐおりてくるわ」サラが言い、ソファに戻ってきた。「この屋敷は、ハリエットの密偵だらけですもの。そのうちの誰かがもうすでにきっと、あなたの訪問を知らせてるわ」

「ちなみに」ダニエルはのんびりと椅子の背にもたれた。「ゆうべ、ピアノを弾いていたのは誰なんだ？」

サラが探るような目つきで見やった。

「きみの代わりを務めてもらったんだよな」ダニエルは言わずもがなのことを付け加えた。

「きみが体調を崩したから」

「それは、ミス・ウィンターよ」サラは答えて、いぶかしげに目を狭めた。「妹たちの家庭教師なの」

「ピアノを弾ける者が身近にいたとは驚くべき幸運だ」

「たしかにありがたい偶然ね」サラは応じた。「わたしのせいで音楽会が取りやめになってしまうのではないかと心配したわ」

「きみの従姉妹たちはたいそうがっかりしただろうが」ダニエルはぼそりと言い添えた。「ところでその……その女性の名はなんだったかな？　ミス・ウィンターだったか？」

「ええ」

「今回の曲を前から知っていたのか？」

サラはあからさまに冷ややかな視線を投げかけた。「そのようね」

ダニエルはうなずいた。「わが一族は、才能あるミス・ウィンターにいくら感謝してもしたりない借りができたわけだな」

「母は心から感謝しているはずよ」

「いつからここで家庭教師を？」

「一年くらいになるかしら。どうして？」

「べつに。ただの好奇心だ」

「めずらしいわね」サラはゆっくりと言葉を継いだ。「これまではたいしてわたしの妹たちに関心はなさそうだったのに」

「そんなことはないさ」ダニエルは心外だといったそぶりをよそおった。「従妹なのだから」

「従妹ならほかにも山ほどいるでしょう」

「国を出ているあいだ、その全員が恋しかった。離れていると心寂しくなるものなんだ」

「もう、いいかげんにして」とうとうサラがいまにも両手を振りあげんばかりにうんざりしたふうに言った。「そんな話、まともに受けとる人なんていないんだから」

「何を言ってるんだ？」もはや取りつくろいようがないのは承知で、ダニエルは口ごもりがちに訊き返した。

　サラは目だけで天を仰いだ。「この家の家庭教師が飛びぬけた美女だと気づいたのは、自分ひとりだけだとでも思ってるの？」

　ダニエルは何かそっけない返し文句でしらを切ろうと考えをめぐらせたが、サラに〝気づかなかったとは言わせないわよ〟と返されるのがおちなので……仕方なくしごく正直に答えた。「いや」

　考えてみれば、いまさらそしらぬふりをしたところで意味がない。ミス・ウィンターはすれ違った男なら誰でも足をとめずにはいられない美貌の持ち主だ。ついでに言うなら、妹やサラのように、いわば控えめな美しさではない。ふたりもじゅうぶん愛らしいが、知りあわなければその魅力にすぐには気づいてもらえないだろう。かたやミス・ウィンターの場合には……。

　気づかない男がいたとしたら、死にかけているとしか思えない。いや、気づけないとすれば、すでに息絶えてしまっているに違いない。

　するとサラが、いらだちとあきらめが半分ずつの吐息をついた。「あれほどいい人ではなかったら、目ざわりに思っていたかもしれないわ」

「美しい女性がみな性悪とはかぎらない」

サラが鼻先で笑った。「大陸にいるとずいぶん寛容になれるものなのね」

「うむ、そうだな、かのギリシア人とローマ人の国にいたんだ。感化されてもふしぎはない」

サラは笑い声を立てた。「ねえ、ダニエル、ミス・ウィンターのことを訊きたいんでしょう？　そうなら、はっきりそう言って」

ダニエルは身を乗りだした。「ミス・ウィンターについて教えてくれ」

「それがじつは」サラも身を乗りだした。「教えてあげられることはあまりないのよね」

「首を絞めるぞ」ダニエルはやんわり警告した。

「違うの、ほんとうなのよ。彼女についてはよく知らないの。そもそも、わたしの家庭教師ではないし。北のほうから来たのではないかしら。シュロップシャーに住むご一家の紹介状を持っていたから。マン島からの紹介状も持っていたし」

「マン島？」ダニエルはにわかには信じられずに訊き返した。これまでマン島に行ったことのある人物に会った憶えはない。天候が荒れやすく、いたく交通の便の悪い、いわゆる僻地《へきち》だ。それが事実かどうかはともかく、そう聞かされている。

「前に、マン島について尋ねたことがあるんだけど」サラは片方の肩を軽くすくめた。「とても侘びしいところだと言ってたわ」

「そうだろうな」

「家族についてはは聞いてないけど、たしか前に一度、お姉さんがいると話してたわね」

「手紙は届いてないのか？」

サラは首を振った。「わたしが知るかぎりは。それに、こちらから手紙を出していたとしても、ここからではないわ」

ダニエルはやや驚いて従妹を見やった。

「だって、ここから手紙を出していれば、何かの折りに必ず目に留まるはずでしょう」サラは言いわけがましく返した。「いずれにしても、ミス・ウィンターを困らせるようなことは、わたしが許さないから」

「困らせることなどしないさ」

「いいえ、しかねない。その目を見ればわかるもの」

ダニエルは身を乗りだした。「まんまと演奏を免れておいて、よくもそんな口が利けたものだな」

サラはいぶかしげに目を狭めた。「何が言いたいの？」

「単に、健康そのものに見えると言っているだけだ」

サラはとりすました笑いを洩らした。「わたしを脅してるつもり？　どうぞご勝手に。どうせはなから誰も、わたしがほんとうに病気になったとは思ってないわ」

「きみの母上も？」

サラはびくりと身を引いた。

勝負《チェックメイト》あり。

「何が望みなの？」サラが訊いた。

ダニエルはもったいをつけて、息を吐きだした。従妹は感心させられるほどがちがちに歯を食いしばっていて、もうしばらく長引かせれば、耳から蒸気が噴きだしかねない。

「ダニエル……」サラが歯の隙間から言った。

ダニエルは思案しているふりで頭を傾けた。「音楽会で演奏する一族の務めを自分の娘が逃れようとしたのだと知ったら、シャーロットおば上はさぞがっかりなさるだろうな」

「だから訊いてるでしょう、あなたの望みは――ええ、わかったわよ」サラは瞳をぐるりと動かし、三歳児をなだめようとするかのように首を振った。「たしか今朝、ミス・ウィンターが、ハリエットとエリザベスとフランシスをハイド・パークへ散歩に連れていくと言ってたわ」

ダニエルは微笑んだ。「きみがぼくのとりわけお気に入りの従妹だというのは、もう言ったかな？」

「これでおあいこよ」サラは釘を刺した。「もしあなたが母に何か言ったら……」

「そんなことをしようとは夢にも思わない」

「もうすでに母から、一週間は田舎で過ごさせると脅されてるんだから。療養のためですって」

ダニエルは含み笑いを呑みこんだ。「きみの身体を心配しているんだ」

「これくらいですんでよかったと思わなくてはいけないのよね」サラはため息まじりに続けた。「むしろ田舎は好きなんだけど、母はドーセットまで行くと言ってるの。そんなに長く馬車のなかにいたら、ほんとうに病気になってしまうわ」

サラは旅を好まない。けっしてみずから進んでは旅をしたがらない。

「ミス・ウィンターの洗礼名はなんというんだ？」ダニエルは尋ねた。そんなこともまだ知らなかったとは信じられない思いだった。

「自分で確かめたらいいわ」サラはそっけなく返した。

これについては従妹の指摘を受け入れようとダニエルは口を開きかけたが、声を発するより早く、サラがドアのほうにさっと頭を傾けた。「あら、ちょうどよかったわ」従兄に言葉を継がせるいとまを与えずに続けた。「誰かが階段をおりてきたみたい。さあ、いったい誰かしら」

ダニエルは立ちあがった。「かわいい従妹たちに決まってるだろう」案の定、従妹のひとりがドアをあけ放った戸口の前を駆け抜けていくのが見えて、大きな声で呼びかけた。「やあ、ハリエット！　エリザベス！　フランシス！」

「ミス・ウィンターをお忘れなく」サラがつぶやいた。

いったん戸口を通り過ぎた従妹が引き返してきて、部屋のなかに顔を覗かせた。フランシスだったが、自分の従兄だとわからないらしかった。

ダニエルは胸を突かれたような痛みを覚えた。わかってもらえないとは思ってもみなかった。たとえあらかじめ覚悟していたとしても、これほど切ない気持ちになるとは想像できなかっただろう。

けれどもハリエットはもう少し大きく、自分が国を出たときには十二歳だった。客間を覗きこんだとたん、叫ぶように従兄の名を呼び、駆けこんできた。

「ダニエル！」ハリエットがふたたび呼びかけた。「帰ってきたのね！ ああ、ほんとうに、ほんとうに、ほんとうに帰ってきたのね」

「帰ってきた」ダニエルはあらためて言った。

「ああ、また会えてたまらなく嬉しいわ。フランシス、従兄のダニエルよ。憶えてるでしょう」

もう十歳くらいになるはずのフランシスも、ようやく記憶を呼び起こしたらしい。「あ、あ、ああっ。とっても変わったのね」

「あら、そんなことないわよ」エリザベスがふたりのあとから部屋に入ってきて言った。

「礼儀として言っただけなのに」フランシスがぼそりとつぶやいた。

ダニエルは笑った。「だが、きみはたしかに見違えた」身をかがめ、親しみを込めてフランシスの顎を軽く突いた。「もうすっかり、お嬢さんだ」

「あの、いいえ、自分ではそんなことは言えないわ」フランシスは慎ましげに答えた。

「ほかのことならなんでも言えるのに」エリザベスが口を挟んだ。フランシスがすかさず姉に首を振り向けた。「なによ！」

「その顔はどうなさったの？」ハリエットが訊いた。

「ちょっとした行き違いがあってね」痣が治るのにどれくらいかかるのだろうかとダニエルは思いつつ、なめらかに答えた。さほど見栄えを気にするたちではないと　はいえ、尋ねられるのが煩わしくなってきた。

「行き違い？」エリザベスが訊き返した。「鉄床《かなとこ》と？」

「もう、いいじゃない」ハリエットが妹をいさめた。「勇猛そうですてきだわ」

「勇猛に、鉄床に突進したわけね」

「この子のことは気にしないで」ハリエットが言った。「想像力が足りないのよ」

「ミス・ウィンターはどうしたの？」サラが声高に問いかけた。ダニエルはちらりと笑みを返した。さすがは長女のサラだ。

「知らないわ」ハリエットは答えて、まずは片側の肩越しに振り返り、さらにもう片方の肩越しに目をくれた。「わたしたちのあとから階段をおりてきたはずなんだけど」

「誰か呼びに行ったほうがいいのではないかしら」サラが言う。「あなたたちが戻ってこないのを心配しているかもしれないし」

「フランシス、行ってきて」エリザベスが言いつけた。

「どうして、わたしが行かなくちゃいけないの？」

「どうしてもよ」

フランシスはぶつぶつ文句をこぼしつつ、足を踏み鳴らすようにして部屋を出ていった。

「イタリアでのことを何もかも伺いたいわ」ハリエットが初々しい好奇心に目を輝かせて言った。「どんなにすてきなところなのかしら。いまにも倒れそうだとみんなが噂している塔はご覧になった？」

ダニエルは微笑んだ。「いや、見なかったが、見かけより堅牢な建物だと聞いた」

「それならフランスは？　パリに行ったの？」ハリエットはうっとりと吐息を洩らした。

「パリにはぜひ行ってみたいのよ」

「わたしはパリでお買い物をしたいわ」エリザベスが言う。

「ええ、そうよね」ハリエットは想像しているだけでも卒倒してしまいかねない表情になっている。「ドレスを」

「パリには行かなかった」ダニエルはふたりに言った。パリに行けなかった理由はあえて付け加えなかった。ラムズゲイト侯爵の友人たちが大勢いる街だ。

「いますぐお散歩に出かけなくてもいいわよね」ハリエットが期待のこもった口ぶりで言った。「もう少しここでダニエルとお喋りしたいわ」

「ああ、でも、陽射しを浴びるのは楽しそうだ」ダニエルはさりげなく言った。「そうか、ならばぼくも一緒に公園に行くとしよう」

サラが鼻先で笑った。

ダニエルはそちらを見やった。「サラ、喉の具合でも悪いのか？」

従妹は見るからに皮肉っぽい目を向けた。「きのう患った病気がなんだったにしろ、そのせいではないかしら」

「ミス・ウィンターは厩《うまや》の前で待ってるそうよ」フランシスが小走りで部屋に戻ってきて知らせた。

「厩？」エリザベスが訊き返した。「馬で行くわけではないでしょう」

フランシスは肩をすくめた。「そう言ったんだもの」

ハリエットが楽しげに息を呑みこんだ。「もしかしたら、厩番の誰かと親密な間柄なのかも」

「そんな、まさか」エリザベスが呆れたように笑った。「厩番と？　信じられない」

「だけど、もしそうだったら、あなただって胸がわくわくするでしょう」

「どうして？　不釣合いだわ。文字すら読めないかもしれない人たちなのよ」

「愛は盲目なのよ」ハリエットが心得顔で言う。

「だけど教養のない人となんて」エリザベスが言い返した。

ダニエルは思わず噴きだしかけた。「では、行こうか」呼びかけて、従妹たちにかしこまって軽く頭をさげた。フランシスに腕を差しだすと、幼い従妹はその腕を取り、得意げに姉たちを見返した。

「さあ、楽しんでらっしゃい！」サラが声をかけた。しらじらしく。

「お姉様、どうしちゃったのかしら？」屋敷を出て厩に向かって歩きだすなり、エリザベスがハリエットにささやいた。

「音楽会に出られなかったことを、まだ気に病んでいるのかもしれないわね」ハリエットは妹にそう答えてから、ダニエルのほうを見やった。「サラお姉様が音楽会に出られなかったことはお聞きになった？」

「ああ」ダニエルは答えた。「めまいの病だったんだろう？」

「鼻風邪を引いたのかと思ってた」と、フランシス。

「お腹をこわしたのよ」ハリエットは確信に満ちた口ぶりで言った。「でも、そのことはどうでもいいわ。ミス・ウィンターは――」ダニエルのほうを向く。「――わたしたちの家庭教師なの」と説明してから、妹たちのほうに顔を戻して続けた。「すばらしかったわ」

「サラお姉様の代わりにピアノを弾いてくれたの」フランシスが言う。

「やりたくなかったでしょうけど」エリザベスが言葉を継ぐ。「母に強引に説得されたのよ」

「何言ってるの」ハリエットが即座にまた話しだした。「ミス・ウィンターは始めから少しも動じずに引き受けられたのよ。そして、見事に代役を務めた。一度だけ弾きだすところを間違えたけど、それ以外は最上の演奏だったわ」

最上の演奏？　ダニエルは胸のうちでため息をついた。ミス・ウィンターのピアノの腕前を表現する言葉ならいくらでもあるが、最上という形容詞だけはそぐわない。それなのにもしハリエットが本心からそう思っているのだとすれば……。

いや、そのほうが四重奏に加わる日がきても、気持ちよく演奏できるのだろう。

「でもほんとうに、厩で何をしているのかしら?」家の裏手に来ると、ハリエットが言った。

「フランシス、呼んできて」

フランシスが不満げな息を吐いた。「どうしてまたわたしなの?」

「どうしてもよ」

ダニエルはフランシスの腕を放した。ハリエットに反論するつもりはない。この従妹を速やかに言い負かせるとはとうてい思えない。「ここで待ってるよ、フランシス」

フランシスはふたたび足を踏み鳴らすようにして家庭教師を呼びに行き、ほんの一分ほどで戻ってきた。ひとりで。

ダニエルは眉をひそめた。それはないだろう。

「すぐに来るって」フランシスが報告した。

「従兄のダニエルも一緒だと伝えた?」ハリエットが訊いた。

「いいえ、言い忘れたわ」フランシスは肩をすくめた。「気にしないわよ」

いや、それはどうだろうかとダニエルは胸のうちでつぶやいた。自分が客間にいたことにミス・ウィンターが気づいていたのは間違いないが(だからすぐさま厩へ向かったのだ)、公園にまで付いて来るとはおそらく思っていないだろう。

きっと愉快な散歩になるはずだ。楽しめるに決まっている。

「どうしてこんなに時間がかかってるのかしら?」エリザベスが問いかけた。

「ほんの一分程度のことでしょう」ハリエットが答えた。

「あら、それは違うわ。わたしたちより五分以上は先に出てきていたはずなんだから」

「十よ」フランシスが言葉を差し入れた。

「十？」ダニエルが訊いた。従妹たちの会話はめまぐるしい。

「分のこと」フランシスが説明した。

「十じゃないわよ」

どの従妹の発言なのか、ダニエルは追いかけられなくなっていた。

「でも、五でもないわ」

これも誰の言葉なのかわからない。

「それならとりあえず八にしておいてもいいけど、正確な数字ではないわね」

「どうしてそんなに早口で喋るんだ？」とうとうダニエルは尋ねた。

従妹たちはぴたりと口をつぐみ、三人とも同じようにきょとんとして従兄を見つめた。

「早口でなんて喋ってないわ」エリザベスが言う。

ハリエットがそれに続く。「いつもと変わらないわ」

さらにフランシスが締めくくった。「ほかの人はみんな、わたしたちのお喋りを聞きとってくれるもの」

どうしてこう三人の従妹たちを相手にすると言葉が出なくなってしまうのか、ダニエルは啞然とさせられた。

「ほんとうに、ミス・ウィンターは何をしているのかしら」ハリエットが思いめぐらすように言った。

「今度はわたしが呼びに行くわ」エリザベスが申し出て、まったく役立たずなんだからとでも言わんばかりにフランシスにちらりと目をくれた。フランシスは無言で肩をすくめた。

けれどもエリザベスがちょうど厩の入口に近づいたとき、当の婦人がいかにも家庭教師らしい飾り気のない紫がかったグレーのドレスに、同じ色合いの婦人帽《ボンネット》をかぶった姿で外に出てきた。手袋をはめながら、縫い目の綻《ほころ》びにでも気づいたのか、うつむきかげんで眉をひそめている。

「ミス・ウィンターですね」ダニエルは気づかれる前に大きな声で呼びかけた。ミス・ウィンターはたちまち顔色を変えたが、それでもこちらに目を向けた。

「あなたのすばらしい評判はお聞きしていますよ」ダニエルはあらたまった口ぶりで話しかけ、歩み寄って腕を差しだした。ミス・ウィンターがその腕に手をかけると――しぶしぶなのはあきらかだった――彼女にしか聞こえないよう、さりげなく頭をかがめてささやいた。

「驚いたかい？」

4

アンは驚いてはいなかった。

驚く理由がどこにあるというのだろう？　この男性はきのう、訪問されても家にはいないと自分が答えたとき、それでも訪問すると断言した。だからもう一度、留守にしていると繰り返したのに、それならまたあらためて訪問すると言ったのだ。

また来ると。

この男性はウィンステッド伯爵だ。高位の爵位を持つ男性はみな思いどおりに振るまうことができる。そもそも女性に対しては、高位の爵位を持たない男性たちでも、好きなように振るまえるのだからと、アンはいらだたしく思い返した。

ウィンステッド卿は悪意が感じられる男性ではないし、とりたてて我が強いわけでもない。それにアンは年月を経て、十六歳のときよりは自分の人を見る目は確実に養われていると信じたかった。ウィンステッド卿は女性の意思を確かめもせずに誘惑したり、穢《けが》したり、脅したり、恐喝したり、そういったことはなんであれ、する男性ではない。少なくとも故意には。

だからもしこの男性に女性が運命を狂わされてしまうことがあったとしても、意図してのことでないのは間違いない。きっと純粋にひとりの女性に心惹かれ、相手にも自分に心惹かれてほしいと願ったからにほかならない。求めることがその女性を苦しめることになるとは思いもしないのだろう。

ほかのことは何をしても許される男性に、例外があることなどどうして理解できるだろう?

「ご訪問されないよう申しあげたのに」プレインズワース家の娘たち三人の数メートル後ろから公園へ向かって歩きだすと、アンは静かな声で言った。

「従妹たちに会いたかったんだ」ウィンステッド卿はそしらぬふりで答えた。

アンは横目でちらりとその顔を見やった。「それならどうしてわたしと一緒に、後ろから歩いてらっしゃるの?」

「見てくれ」ウィンステッド卿が手ぶりをつけて言う。「あのなかのひとりを通りの真ん中に押しだせとでも言うのかい?」

たしかにそうだった。ハリエット、エリザベス、フランシスは、散歩に行くときには必ず母親から言われているように、年齢順に横並びになって歩いている。なぜきょうにかぎって三人が従順に言いつけを守っているのかはわからない。

「目の具合はいかが?」アンは尋ねた。まぶしい陽射しのせいか痣は鼻梁《びりょう》にまで届きそうなほどよけいに生々しく広がって見える。それでもきょうは瞳の色が判別できた――爽やかで明るい青色をしている。なぜそんなことがこれほど気になっていたのか、アンは自分に呆れる思いだった。

「触れないかぎり、さして支障はない」ウィンステッド卿が言った。「だからこの顔に石を投げつけないよう心がけてくれれば、非常にありがたい」

「そんなことをしたら」アンは辛らつに返した。「この午後の予定が台無しになってしまいますもの」

ウィンステッド卿の含み笑いに、アンはふっと記憶を呼び起こされた。何か特定の場面が思い浮かんだわけではないものの、男性に熱っぽく見つめられ、笑い、戯れていたときの心地が自然とよみがえった。

ほんとうにすてきなひと時に思えた。結末はそうではなかったけれど。そしていまもまだ、そのときの代償を払わされている。

「よいお天気だわ」少しの間をおいて、アンは言った。

「もう話題が尽きてしまったんだろうか？」

からかうような軽い調子の声にアンがちらりと目をやると、ウィンステッド卿はまっすぐ前を向いて、口もとにいたずらっぽい微笑を浮かべていた。

「ほんとうによいお天気ですわ」アンは言いなおした。

今度はウィンステッド卿がにっこり笑ったので、アンも微笑んだ。

「サーペンタイン池に行くの？」ハリエットが前方から問いかけた。

「行きたいところでいいぞ」ウィンステッド卿が鷹揚に返した。

「乗馬道《ロトン・ロウ》へ行くのよ」アンはあらためて答えた。眉を上げてこちらを見たウィンステッド卿に言う。「あの子たちの引率者はわたしのままで、よろしいのよね？」

ウィンステッド卿は了承のうなずきを返してから、大きな声で言った。「ミス・ウィンターの言うとおりだ」

「また算数をやるの？」ハリエットが不満そうに尋ねた。

ウィンステッド卿が興味津々にアンを見やった。「算数？　ロトン・ロウで？」

「計測の勉強をしているんです」アンは説明した。「それぞれのおおよその歩幅はもう測ったわ。今度は歩数を数えて、道の長さを導きだす勉強をします」

「すばらしい」ウィンステッド卿は感心したそぶりで言った。「しかも数えるのに忙しくさせておけば、おとなしくしていてもらえる」

「あの子たちが数えるのをお聞きになったことがないんですのね」アンは言った。

ウィンステッド卿がいくぶん不安げに見返した。「まさか数え方を知らないわけではないだろう？」

「もちろんですわ」アンは思わず笑みをこぼさずにはいられなかった。ぎょっとしたふうに片方の目だけを見開いたウィンステッド卿の顔はなんとも可笑《おか》しかった。なにしろもう片方の目は腫れていてまるで表情がない。「あなたの従妹は三人とも、ほんとうに才能豊かなお嬢さんがたですもの。当然ながら数を数えることもできます」

ウィンステッド卿は考えこむ顔つきで言った。「つまりきみの話からすると、五年くらいのちにスマイス－スミス家の四重奏がプレインズワース家の娘たちによって演奏される日がきたら、ぼくはできるだけ遠くに離れていたほうがいいということだろうか？」

「そのようなことは言ってませんわ」アンは続けた。「でも、これだけはお伝えしておきます。フランシスは慣習を破って、コントラバスーンを練習しているんです」

ダニエルはたじろいだ。

「ほんとうよ」

それから、ふたりは噴きだした。同時に。

その笑い声は信じられないほど耳に快く響いた。

「ねえ、あなたたち！」アンはこらえられず、つい呼びかけていた。「ウィンステッド卿も加わってくださるそうよ」

「ぼくも？」

「ええ」アンがきっぱりと答えると、少女たちが駆け戻ってきた。「あなたたちの勉強にとても関心がおありだそうなの」

「嘘つきめ」ダニエルはつぶやいた。

アンはそのからかい文句を聞き流したが、わざと自分の口の片端がウィンステッド卿に見えるよう顔の向きを変え、したりげに微笑んだ。「というわけできょうは、すでに説明したとおり、それぞれの歩幅と歩数を掛けて、道の長さを導きだす勉強をします」

「でも、ダニエルは自分の歩幅を知らないわ」

「そうね。じつはそのおかげで、さらに学べることがあるのよ。まず自分たちの歩幅で道の長さを導きだせたら、今度はそこから伯爵様の歩幅を逆算することができるわ」

「暗算で？」

少女たちにとっては、蛸《たこ》の組み伏せ方を学べと言われたのと変わらないのだろう。「それしか手立てはないでしょう」アンは答えた。

「羽根ペンとインクがあれば怖いものはないんだが」ウィンステッド卿がうそぶいた。

「いまのは聞かなかったことにしましょう。暗算ができるようになると、ほんとうにとても便利なのよ。用途を考えてみて」

四人ともただじっと家庭教師を見つめた。誰の頭にも用途が思い浮かんでいないのはあきらかだ。

「たとえば、買い物ね」アンは少女たちの関心を引けることを願って、みずから答えた。「買い物をするときには、暗算の能力が大いに役立つわ。帽子店に行くときに、紙と羽根ペンは持っていかないでしょう？」

それでも全員がぼんやり見ている。考えてみれば、帽子店であろうとどこであれ、値段を尋ねるといったことは不要な人々だったのだと、アンは気づいた。

「ゲームではどうかしら？」と、問いかけてみた。「暗算が得意になれば、カードゲームでも説明しきれないくらい有利になるのではないかしら」

「きみにはわからないことだろう」ウィンステッド卿がつぶやいた。

「母がわたしたちに賭け事を学ばせてくれるとは思えないわ」エリザベスが言う。

傍らから愉快げなウィンステッド卿の笑い声が聞こえた。

「わたしたちが出した答えが正しいかどうかは、どうやって確かめるの？」ハリエットがふしぎそうに訊いた。

「とてもいい質問ね」アンはひとまずそう応じた。「だからそのことについては、あす答えるわ」きっかり一秒おいて言う。「まずはわたしがどうすればいいのかを導きだしてから」

アンの思惑どおり、三人の少女たちはくすくす笑いだした。会話の主導権を取り戻すには、少しばかり弱みをさらして笑いを誘うのが最良の手だ。

「では、ぼくもその結論を聞きにまた伺わねば」ウィンステッド卿がさりげなく言った。

「その必要はありませんわ」アンはすぐさま答えた。「お知らせするよう従僕に頼みますから」

「わたしたちが伝えに行ってもいいわ」フランシスが申し出て、期待に満ちた目をウィンステッド卿に向けた。「ウィンステッド邸まではそんなに遠くないし、ミス・ウィンターはわたしたちを歩かせるのが好きだから」

「歩くのは心身を健全に保つために大切なことなのよ」アンは諭すように言った。

「だが、誰かと歩くほうが楽しさは大いに増す」ウィンステッド卿が言い添えた。

アンはひと息つき――それでどうにか返し言葉を呑みこんで――少女たちのほうを向いた。

「始めましょうか」てきぱきと言い、道の先端を指し示した。「そこから歩きだして数えてみて。わたしはそちらのベンチで待っています」

「一緒に来ないの？」フランシスが訊いた。いつもは誰かの裏切りを咎めるときに使う目つきで家庭教師を見ている。

「邪魔をしたくないのよ」アンはやんわりと拒んだ。

「いや、ミス・ウィンター、きみがいても邪魔にはならない」ウィンステッド卿が口を挟んだ。「この道はじゅうぶんに広いからな」

「それは関係ありませんわ」

「関係ない？」ダニエルはおうむ返しに訊いた。

アンはしっかりとうなずいた。

「ロンドン一有能な家庭教師に反論は通じず、か」

「光栄な褒め言葉ですこと」アンはぴしゃりと返した。「でも、わたしを戦いにけしかけようとなさっても無駄ですわ」

ダニエルは歩み寄って、低い声で告げた。「怖いんだろう」

「まさか」アンは唇をほとんど動かさずに言い返した。それから、にっこり微笑んだ。「さあ、みんな、あちらに行きなさい。始めましょう。わたしはしばらくここから手助けがいるかどうか見ているわね」

「手助けはいらないわ」フランシスが不服そうにつぶやいた。「何もせずに見ていてくれるだけで」

アンは無言で微笑んだ。きっとフランシスは今夜、何歩で歩いて距離を導きだしたかを得意げに話してくれるだろう。

「あなたもですわ、ウィンステッド卿」アンはいたって穏やかな表情で伯爵を見やった。

困ったことに少女たちはすでにそれぞれ異なる速さで道を進んでいて、すなわち、ばらばらに歩数を数える声が響きわたっている。

「いや、それはできない」ウィンステッド卿は胸にさっと手をあてた。

「どうして？」ハリエットの声がアンの言葉に重なった。「できますわ」

「なんだか頭がふらふらして」そのあまりに大げさな物言いに、アンは思わず目だけで天を仰いだ。「ほんとうなんだ」ウィンステッド卿は言いつのった。「つまりほら……かわいそうにサラが患った病はなんと言ったかな……めまいだ」

「お腹をこわしたのよ」ハリエットは正しつつ、さりげなく一歩退いた。

「さっきまで具合が悪そうには見えなかったのに」フランシスが言う。

「たぶん、片目を閉じてなかったからだ」

その言葉に、全員が押し黙った。

しばしの間をおいて、アンは問いかけた。「どういうことかしら？」目を閉じることがどう関係しているのか尋ねずにはいられなかった。

「ぼくは数を数えるときには必ず片目をつむるんだ」ウィンステッド卿は言った。いともまじめくさった顔で。

「あなたは必ず――ちょっと待って」アンは疑わしげに言葉を継いだ。「数を数えるときに片目をつむる？」

「ああ、両目を閉じるわけにはいかないからな」

「どうして？」フランシスが訊いた。

「何も見えなくなってしまうじゃないか」ウィンステッド卿は誰にでもわかることだといわんばかりの口ぶりで答えた。

「数を数えるのに、見える必要はないわ」フランシスが食いさがった。

「ぼくには必要なんだ」

伯爵は嘘をついている。少女たちが反論の声をあげずにいるのがアンにはふしぎでならなかった。でも少女たちには疑問を唱えようとするそぶりすら見えない。それどころか、エリザベスが興味津々に尋ねた。「どちらの目？」

ウィンステッド卿は咳払いをした。それから、どちらにけがをしていたのだったか確かめるかのように片方ずつ瞬きしたのを、アンは見逃さなかった。「右だ」ようやく答えが返ってきた。

「そうよね」ハリエットが言った。

アンはハリエットを見やった。「どうして？」

「あら、だって右利きだったでしょう？」ハリエットは従兄に顔を振り向けた。「そうよね？」

「そうとも」ウィンステッド卿がうなずいて答えた。

アンはウィンステッド卿からハリエットに視線を移し、ふたたび伯爵に目を戻した。「でもだからといって、それとどういう関係が……？」

ウィンステッド卿は小さく肩をすくめたが、代わりに口を開いたハリエットのおかげで返答を免れた。「それだけのことよ」

「来週には挑戦できるはずだ」ウィンステッド卿が言う。「目が治ったら。腫れている片目だけで見ていたら平衡感覚が失われることくらい、どうして始めから気づかなかったんだろう」

アンは目を――両方とも――いぶかしげに狭めた。「平衡感覚は聴覚の影響を受けるものだと思ってたわ」

フランシスが息を呑んだ。「ダニエルは耳が遠くなってしまうの？」

「ならないわ」アンは冷ややかに答えた。「あなたたちがまた大きな声をあげたら、わたしの耳は遠くなるかもしれないけれど。さあ、三人は計算の続きに戻りなさい。わたしは坐って待ってるわ」

「ぼくもそうするとしよう」ウィンステッド卿が嬉々として言った。「だが心は、きみたち三人とともにある」

少女たちは歩数を数える勉強に戻り、アンはさっさとベンチへ向かった。ウィンステッド卿もすぐあとからついてきて、並んで坐ると、アンは言った。「あなたの目について、あんな理屈の合わない説明をあの子たちが信じるなんて、考えられないわ」

「いや、誰も信じてないさ」ウィンステッド卿がにべもなく言った。「あらかじめ、少しの時間、きみとふたりきりにさせてくれたら一ポンド渡すと言い含めておいた」

「なんですって？」アンは甲高い声をあげた。

ウィンステッド卿は身を折り曲げて笑いだした。「もちろん冗談だ。そもそもぼくがそこまで卑劣な男だと思うかい？　いや、答えなくていい」

アンはまんまとからかわれてしまったことにいらだって、首を振った。それでも責める気にはなれなかった。この男性の笑い声があまりに楽しげだったからだ。

「あなたにご挨拶に来る方がいないのは意外だわ」アンは言った。公園は日中のこの時間にしてはいつもほど混んではいないが、散策に来ているのは自分たちだけではない。ウィンステッド卿がかつてロンドンで暮らしていたときにたいそう人気のある紳士だったことは、アンも聞き及んでいた。ハイド・パークで誰も彼に気づかないなどということはありえない。

「誰もがぼくが帰ってくると思っていたわけじゃないだろう」ウィンステッド卿が言った。

「人には見たいものだけが見えるものなんだ。この公園には、ぼくを見たいと思っている人間がいないだけのことだ」ふっと哀しげな笑みを浮かべ、ちらりと上を見て、左に目を動かし、腫れているほうの目にそれとなく注意を促した。「こんな状態ではなおさらに」

「それに、わたしが横にいるんですものね」アンは言い添えた。

「きみはいったい何者なんだ？」

アンはさっと目を向けた。

「そんなに驚くような質問ではないだろう」ウィンステッド卿がつぶやいた。

「わたしは、アン・ウィンター」アンは淡々と答えた。「あなたの従妹たちの家庭教師ですわ」

「アン」その声は穏やかで、まるで獲物さながらに名を味わっているかのように感じられた。ウィンステッド卿が頭を片側に傾けた。「ウィンターの綴りはｉ、それともｙかな？」

「ｙです。どうして？」そしてすぐに、アンは自分の質問に思わずくすりと笑った。

「理由はない」ウィンステッド卿が言う。「ぼくは生来、知りたがりなだけだ」少し間をおいて、ふたたび口を開いた。「きみには似あわないな」

「何がですか？」

「その名だ。ウィンター。きみには似あわない。たとえ綴りがｙでも」

「名は自分で選べるものではありませんから」アンは指摘した。

「たしかにそうだ。それでも、ふしぎと本人にぴったりの名であることが多いものだと思っていたんだが」

アンはつい茶目っ気のある笑みを浮かべた。「それなら、スマイスｰスミスというのはどうなのかしら？」

ウィンステッド卿は大げさすぎるのではないかと思うくらい深々と息を吐いた。「われわれは毎年同じような音楽会を開くよう運命づけられた一族なんだろう。来年も再来年も、その翌年も……」

すっかり意気消沈した伯爵の表情に、アンは笑わずにはいられなかった。「つまり、どうだとおっしゃりたいの？」

「つまり、繰り返す、ということなんじゃないかな？」

「スマイス－スミスだから？　どことなく親しみやすさが感じられる名だわ」

「とんでもない。先祖の誰かが、スマイス家の者とスミス家の者が結婚すれば、どちらの一族も判別されづらかった悩みから解放されて、好都合だとでも考えたんだろう」

アンはくすりと笑った。「どれくらい前から、ふたつの名を繋ぐようになったのかしら？」

「数百年前だろうな」ウィンステッド卿が顔を振り向け、アンは束の間、その顔のすり傷も痣も見えなくなった。まるでこの世に女性がたったひとりしかいないかのように自分を見つめる男性を、ただじっと眺めた。

空咳をして、その隙にさりげなくわずかに距離をとって坐りなおした。危険な男性だ。こうして屋外の公園でたわいないことを話しているだけでも、強く意識させられてしまう。

アンは胸の奥にしまっていた何かを呼び起こされ、それをどうにかしてまた押し込めようとした。

「あらゆる説を聞いている」ウィンステッド卿はこちらの動揺には気づいていない様子で話しつづけた。「スマイス家には財産があり、スミス家には地位があった。あるいはじつはもう少し夢のある物語で、スマイス家には金《かね》と地位があり、スミス家には美しい娘がいたという説もある」

「金糸のような髪をした、空色の瞳のお嬢様？　それではまるでアーサー王の伝説みたいなお話だわ」

「それがそうはいかないんだ。その美しい娘は口やかましい女性になってしまった」ウィンステッド卿は頭をやや傾けて、皮肉っぽく笑った。「年をとるにつれて」

アンは思わず噴きだした。「それならどうして、そちらの名を捨てて、ただのスマイス家に戻さなかったのかしら？」

「どうしてだろう。誓約書でも交わしていたんだろう。もしくは、もう一語加えたほうが威厳が出ると思った者がいたのかもしれない。いずれにしろ、その話が事実なのかどうかすらわからない」

アンはふたたび笑い、公園をざっと見渡して、少女たちの姿をとらえた。ハリエットとエリザベスはおおよそ草の葉一枚より価値もないことで言い争っており、フランシスはせっかくの計測を台無しにしてしまうほど足を無理に大きく開いて進んでいる。アンはそこに行ってフランシスに正しい測り方を教えるべきだとわかっていたものの、ウィンステッド卿とベンチに坐っているのが楽しくて腰を上げる気になれなかった。

「家庭教師の仕事は好きかい？」ウィンステッド卿が訊いた。

「好き？」アンは眉根を寄せて見つめ返した。「妙なご質問ね」

「自分の仕事についてどう思っているのかというのは、ちっとも妙な質問だとは思わないが」

この男性が仕事をするということについてはいかに知らないかを物語る言葉だった。

「家庭教師に、仕事を気に入っているかと尋ねる人はいませんわ」アンは言った。「誰にであれ、尋ねるべきことではないけれど」

それでこの話は打ち切られるものと思ったのに、ちらりと目をやると、ウィンステッド卿はほんとうに心からふしぎそうな顔をしていた。

「いままで、従僕に仕事は好きかとお尋ねになったことがありますか？」アンは試しに問いかけてみた。「あるいは女中にでも」

「家庭教師は従僕や女中とは違う」

「あなたが思われている以上に近しい立場ですわ。他人の家に住み、賃金をいただいて、たった一度の過失でいつ通りに放りだされてしまうかわからない」ウィンステッド卿がそれを聞いて何か思案しているあいだに、アンは反対に訊き返した。「あなたは伯爵であることを気に入ってらっしゃいますか？」

ウィンステッド卿はしばし考えた。「わからない」アンの驚いた顔を見て、言葉を継ぐ。「どのような立場なのかを知る時間がまだ不足している。爵位を継いでほんの一年ほどでイングランドを出てしまったし、恥ずかしながら、それまでのあいだもたいして役目を果たしてはいなかった。伯爵領が繁栄しているとすれば、父が領地をこのうえなく適切に管理していたおかげと、父に有能な管理者たちを任命する先見の明があったからだ」

けれどもアンはなお納得できなかった。「それでも、あなたは伯爵様だわ。どの国にいたとしても違いはない。知りあった相手に、ただのミスター・ウィンステッドだと名乗りはしなかったはずです」

　ウィンステッド卿はまじまじと見返した。「国を出ているあいだは、ほとんど誰とも知りあわなかった」

「まあ」まったく予想外の返答に、アンは言葉が見つからなかった。伯爵はそれきり押し黙り、アンはぼんやり立ちこめた物哀しい空気に耐えられず、ふたたび口を開いた。「教師の仕事は好きですわ。少なくとも、あの子たちに教えるのは」微笑んで少女たちのほうを手ぶりで示し、説明した。

「家庭教師をするのは初めてではないということか」ウィンステッド卿がそれとなく尋ねた。

「ええ。三度めです。貴婦人のお話し相手《コンパニオン》を務めていたこともあります」どうしてそんなことまで話しているのか、アンはよくわからなかった。いつもより自分のことを話しすぎている。といっても、どれも伯爵がおばに尋ねればわかる程度のことばかりだ。プレインズワース家の娘たちを教える仕事に申し込んだときには、円満にやめたわけではないところも含め、これまでの職歴はすべて伝えた。いつでもそうできるわけではないからなのか、可能なかぎり正直に自分のことを伝えたいと思った。毎晩寝る前に、教え子の父親が入ってこないようドアを家具で押さえていた雇われ先を逃げだしてきたことについても、レディ・プレインズワースが理解を示してくれたのは、ほんとうにありがたかった。

　ウィンステッド卿はなぜか射貫くようにアンを見据え、ゆっくりと言葉を継いだ。「やはりどうもきみはウィンターらしくない」

そのことにどうしてそんなにこだわるのだろう。アンは仕方なく言った。「わたしにはどうしようもないことですもの。結婚でもしないかぎり」その見込みがほとんどないのはどちらもわかっていることだった。家庭教師が身の丈に合った独身の紳士とめぐり逢う機会はめったにない。それにいずれにしても、アンは結婚したいとは思わなかった。人生もこの身もひとりの男性の思うままにされることなど、いまはとても想像できない。

「たとえば、あのご婦人を見てくれ」ウィンステッド卿は道を飛び跳ねるように進むフランシスとエリザベスを厭《いと》わしそうによけた婦人のほうへ顎をしゃくった。「彼女ならウィンターという名が似あう。見るからに冷淡そうな、とっつきにくいブロンド女性だ」

「どうして見かけだけで性格までわかるのかしら？」

「じつはちょっとしたからくりがある」ウィンステッド卿は打ち明けた。「前から知っているご婦人なんだ」

アンはその言葉の意味するところはあまり考えたくなかった。

「きみは秋が好きだろう」ウィンステッド卿が思いめぐらせて言う。

「春のほうが好きですわ」アンは穏やかに言った。ほとんど独り言のように。

理由は尋ねられなかった。そのときはなんとも思わなかったが、あとで自分の小さな部屋に戻り、その日の出来事を細々《こまごま》と思い返していて気がついた。本来なら理由を知りたがっても当然の場面なのに、ウィンステッド卿は尋ねなかった。わざとそうしたのだろう。

尋ねてもらいたかった。尋ねられていれば、これほどあの男性のことが気になってはいなかっただろう。

そしてアンは、ダニエル・スマイス－スミスを、よい評判もよくない評判も同じくらいあるウィンステッド伯爵をもしも好きになってしまったら、身を滅ぼすことになるのは間違いないと自分を戒めた。

その日の夕方、ダニエルはマーカスの家に寄り、あらためて婚約を祝う言葉を伝えて帰る道すがら、これほど楽しい午後を過ごしたのはいつ以来だっただろうかと思い返した。

ほかの人々からすればたいしたことではないのかもしれないが、なにしろ国を追われてこの三年、ラムズゲイト侯爵が自分の命を奪うべく差し向けた男たちから慌しく逃げまわる日々を過ごしてきた。のんびり散歩をして、たわいないお喋りを楽しむといったことができるはずもなかった。

けれども、この午後にはようやくそんなひと時を過ごせた。従妹たちがロトン・ロウで歩数を数えているあいだ、ダニエルはミス・ウィンターとベンチに腰かけて、とりとめもない会話に興じた。そのあいだずっと、彼女の手を取りたくてたまらない思いをこらえていた。

それだけでよかった。手を握れさえすれば。

そうしたら、その手を口もとに引き寄せて、頭をかがめ、手の甲にそっと口づける。ほんのささやかな礼儀正しいキスが、さらにすばらしいことを引き起こすきっかけになるものだ。

だから、それだけでじゅうぶんだった。それさえできれば、希望が生まれる。

そしていまダニエルはひとりでじっくり考えられる時を得て、手の甲へのキスのあとに味わえたかもしれないものをあれこれ夢想した。ミス・ウィンターのうなじ、豊かな髪がほどかれた艶《なま》めかしい姿。いままでこんなにも女性を欲したことはなかった。欲望のせいというだけでは説明できない。肉体よりもさらに深いところから彼女を欲している。あの女性を賛美したいし、それに——

いきなり、耳の下を何者かに殴りつけられ、よろめいて街灯の柱に寄りかかった。

「なんなんだ？」唸り声を洩らして目を上げると、ふたりの男が襲いかかってきた。

「よし、この旦那だ」ひとりの男がそう言って、夜霧のなかで蛇のごとく動いた瞬間、ナイフの刃が街灯の光を反射した。

ラムズゲイト。

おそらく侯爵に雇われた男たちだ。そうとしか考えられない。

くそっ、もう帰ってきても大丈夫だとヒューは確約していたではないか。家に帰りたいあまり、真偽を見抜けなかった自分が愚かだったのだろうか？

しかしこの三年で抜け目なく戦う術は身についていたので、最初に突進してきた男の股間を蹴り飛ばしてうずくまらせると、もうひとりの男のナイフを持った手をつかんだ。

「誰に頼まれた？」ダニエルは唸るように問いただした。鼻が触れあいそうなほど顔を向きあわせ、互いにナイフを奪いとろうと腕を高く伸ばして揉みあった。

「金が欲しいだけだ」暴漢は残忍そうに目をぎらつかせ、にやりと笑った。「金をくれ。そうすりゃ、おれたちゃ消える」

こいつは嘘をついている。そんなことは息を吸うのと同じくらい簡単にわかった。もしいまこの男の手首を放せば、その瞬間にナイフで胸をひと突きされておしまいだ。いずれにしろ、うずくまっている男が立ちあがるまでの猶予しかない。

「おい！ そこでいったい何してるんだ？」

ダニエルはちらりと通りの向こうを見やり、酒場からふたりの男たちが飛びだしてきたのを目にした。暴漢のひとりもそのふたりに気づき、手首をぐいと返してナイフを放り投げた。そしてもがいてダニエルから身を引き離して逃げだし、片割れの男も慌ててそのあとを追った。

せめてひとりはつかまえようとダニエルも駆けだしした。疑問を解くにはそれしか方法はない。ところが曲り角までたどり着く前に、酒場から出てきた男のひとりが暴漢の仲間だと勘違いして飛びかかってきた。

「くそう」ダニエルは呻いた。けれども、いま自分を道に押し倒したこの男に毒づくのは筋違いというものだ。先ほど声をかけてもらわなければ、命を落としていたかもしれない。

答えを知りたければ、ヒュー・プレンティスに会いに行かねばならない。

いますぐに。

5

ヒューは、高貴な生まれでそこそこ収入もある紳士のために設《しつら》えられた、オールバニーという優美な建物のこぢんまりとしたアパートメントで暮らしていた。むろん父親の大きな屋敷にとどまることもできたはずで、現にラムズゲイト侯爵は脅す以外のあらゆる手を使ってとどまるよう説得を試みたのだが、イタリアからの長い旅路のあいだにダニエルがヒューから聞いたところによれば、もう父とは話したくもないのだという。

残念ながら、父親のほうはまだ息子と話したがっているのだが。

その日ダニエルが訪ねたときにはヒューは留守だったが、まもなく帰るはずなのでと近侍が居間に案内してくれた。

それから一時間近く、ダニエルは部屋のなかを歩きまわりつつ、襲われたときの記憶を詳細に思い起こしてみた。ロンドンのなかではとりわけ明るい通りというわけではないが、危険な地区のひとつに挙げられるような場所でもない。とはいえ分厚い財布を狙う輩からすれば、セント・ジャイルズやオールド・ニコルといった貧民街のなかにいては標的は見つからない。つまりメイフェアやセント・ジェイムズに程近いところで強盗に襲われたことのある紳士はけっして自分だけではないはずだ。

ただの盗人だった可能性もある。そうだろう？　金をよこせと言ったのは、本心だったのかもしれない。

だがつねに背後を窺わねばいられない日々をあまりに長く過ごしてきた男からすれば、それほど簡単に納得することはできなかった。と、そこに待ち人がようやく部屋に入ってきた。

「ウィンステッド」ヒューはすぐさま口を開いた。動揺しているそぶりはないが、考えてみれば、この友人がうろたえた顔はこれまで目にした憶えがない。昔からどんなときも驚くほど表情の変わらない男だ。それがヒューには誰もカードゲームで勝てない理由のひとつでもあった。そのうえ数字にめっぽう強いときている。

「ここに来るとはどうしたんだ？」ヒューが訊いた。ドアを閉め、杖をついて片脚を引きずりがちに部屋のなかに歩いてくる。ダニエルはじっと待った。イタリアで再会した当初は、ヒューの痛々しい足どりが自分のせいだと思うと、目にするだけで耐えがたかった。いまはもう罪滅ぼしのようなつもりで見守れるようになったが、今夜自分の身に降りかかったことを振り返れば、この立場を甘んじて受け入れていてよいものなのかわからない。

「襲われたんだ」ダニエルはさらりと告げた。

ヒューは動きをとめた。用心深い目つきでダニエルの顔から自分の脚にゆっくりと視線を移し、ふたたび友人の顔を見やる。「かけてくれ」唐突に言い、椅子を身ぶりで示した。

ダニエルは気が急《せ》いて、椅子に落ち着いていられる気分ではなかった。「立っているほうがいい」

「ならば、悪いが、ぼくは坐らせてもらう」ヒューは自嘲ぎみに口もとをゆがめて言った。

ぎこちなく椅子のほうに歩いていき、腰をおろした。ようやく悪いほうの脚を休めさせると、大きく安堵の息をついた。

これは演技ではない。たとえほかのことでは嘘をついたとしても、これは違う。あのときダニエルはヒューの脚を目にしていた。どんなに皮膚が引《ひ》き攣《つ》れて皺が寄ってしまっていようと、脚をそっくり残せただけでも医術にひたすら感謝せずにはいられない。その脚にいまはわずかでも重心をかけられるようになったのはまさしく奇跡だ。

「飲んでもいいだろうか？」ヒューが尋ねた。杖を机に立てかけて、脚の筋肉を揉みほぐしはじめた。痛そうな表情を隠そうともしない。「そこにある」顔をゆがめつつ、戸棚のほうへ顎をしゃくった。

ダニエルはそこへ歩いていって、ブランデーを取りだした。「指二本《トゥー・フィンガーズ》ぶんでいいか？」

「三本で頼む。長い一日だった」

ダニエルはブランデーをグラスに注ぎ、持っていった。自分は酒に酔って身の破滅を招いた晩以来、酒瓶には触れていないが、この友人のように骨を砕かれた脚の痛みをまぎらわせなければならない身体になったわけではない。

「悪いな」ヒューは唸り声とも、つぶやきともつかない声で言った。たっぷりひと口含んで、さらにひと口飲み、目を閉じて、喉に焼けつく液体を流しこんだ。「そういえば」ひと息ついたところで言った。「チャタリス卿にけがを負わされたと聞いたが」

「それはまたべつの話だ」ダニエルはそっけなく答えた。「今夜歩いて帰る途中、二人組の男に襲われた」

ヒューは背をまっすぐに起こし、目つきが鋭くなった。「何か言ってたか？」

「金を要求された」

「だがきみの名は知っていたのか？」

ダニエルは首を振った。「それは聞けなかった」

ヒューはひとしきり黙りこんだあと、ふたたび口を開いた。「ただの追いはぎかもしれない」

ダニエルは腕組みをしてヒューを見据えた。

「きみに言ったように、父とは約束を取りつけた」ヒューは静かに言葉を継いだ。「きみに手だしはしない」

ダニエルはその言葉を信じたかった。むろん、信頼できる友人だ。ヒューは嘘をつくような男ではない。執念深い性質《たち》でもない。だが、もしヒューが欺かれていたとしたら？

「きみの父上を信用してもいいという根拠がどこにあるんだ？」ダニエルは尋ねた。「この三年、ぼくの命を狙いつづけていた人だ」

「そしてこの三年、ぼくは父を説得しつづけてきた――」ヒューは口もとをゆがめ、損なわれた片脚を手ぶりで示した。「――きみだけでなく、ぼくの過ちでもあるのだと」

「それをまだ納得できていないのかもしれない」

「ああ」ヒューは認めた。「父は呆れるほどの頑固者だからな。昔からそうだった」

父親についてヒューがそのように言うのを聞いたのはこれが初めてではなかったが、それでもダニエルはいくぶんたじろいだ。ヒューの淡々とした口ぶりには、ぞくりとさせられる何かが含まれていた。

「今後の身の安全は保証できないということだよな?」ダニエルは強い調子で訊いた。「お父上は約束を守るというきみの言葉を信じて、ぼくはイングランドに戻ってきたんだ。もしぼくの身に、いや、それならまだしも、考えたくはないがぼくの家族に万一のことがあれば、きみを世界の果てまでも追いかけるからな」

とはいえヒューに指摘されるまでもなく、その前に自分が殺されては追うことなどできないのは承知していたが。

「父は誓約書に署名したんだ」ヒューが言う。「きみに見せただろう」

その写しはダニエルにも渡されていた。つまりたしかにヒューとラムズゲイトは誓約を交わし、ヒューの事務弁護士がその誓約書を厳重に鍵を掛けて保管するようきつく言い渡されていた。そうではあるのだが……。

「きみのお父上にかぎらず、誓約書に署名してもその誓約を破らないとはかぎらない」ダニエルは低い声で言った。

「たしかにそうだ」ヒューは顔をしかめ、長いあいだに染みこんでしまったかのような目の下の隈《くま》がさらに黒ずんだ。「だが、このことについては父は誓約を破りはしない。断言できる」

ダニエルはようやくまた会えた家族たち、姉妹や母や、いつも賑やかに笑いあっているプレインズワース家の従妹たちを思い起こした。さらには真っ先に顔が思い浮かんだミス・ウィンターのことを考えた。あの女性をもっと深く知る前に自分の身に何かあったなら……。いや、もしあの女性の身に万一のことがあれば……。

「きみがそう断言できる理由を知りたい」ダニエルの声はいらだちでかすれがかっていた。

「それは……」ヒューはグラスを口もとに持ち上げ、味わうには多すぎる量を流しこんだ。

「そこまで言うのなら仕方がない。じつはきみの身に万一のことがあれば、ぼくもみずから命を絶つと父に言ったんだ」

いまダニエルが何か手にしていたなら、なんであれ床に取り落として壊してしまっていただろう。それどころか倒れこまずにいられただけでもふしぎなくらいだった。

「ぼくが軽々しくそのようなことを言う男でないのは、父もじゅうぶん承知しているはずだ」ヒューはこともなげに言い添えた。

ダニエルは言葉を失った。

「だからきみには……」ヒューが今度は軽くグラスに口をつけた。「不慮の事故で命を落とすようなことはないよう気をつけてもらえると、ありがたい。父のせいだと思ってしまうかもしれないし、正直なところ、ぼくも無駄死にはしたくないからな」

「きみはどうかしている」ダニエルはつぶやくように言った。

ヒューは肩をすくめた。「時どき、自分でもそう思うよ。父もおそらく同意見だろう」

「なぜそんなことを言ったんだ？」ダニエルは誰であれ――兄弟同然に親しいマーカスでさえ――そのようにみずからの命を賭して自分を守ろうとしてくれるとは想像できなかった。

それからしばしヒューは焦点の定まらない目をたまにぼんやりまたたくだけで、長々と沈黙を続けた。だがもう答えるつもりはないのだろうとダニエルが思ったとき、ようやく目を向けて口を開いた。「いかさまをしたときみを咎めたときのぼくは愚かだった。酒に酔っていた。きみもそうだったはずだ。それで、きみにぼくを負かせる能力があるとは信じられなかったんだ」

「ぼくもだ」ダニエルは言った。「あのときは運に恵まれただけのことだ」

「ああ」ヒューがうなずいた。「だが、ぼくはつきというものを信じていない。信じられないんだ。信じられるのは自分の能力、さらに言うなら判断力だが、あの晩はその判断力が働いていなかった。カードゲームにだけでなく、人に対しても」

ヒューがグラスを見やると、空《から》になっていた。ダニエルは注ぐかと声をかけるべきか迷い、結局、そうしてほしければ言うだろうと判断した。

「きみが国を追われたのはぼくのせいだ」ヒューはグラスを脇の机に置いた。「きみの人生を台無しにして、自分だけのうのうと暮らすことなどできなかった」

「しかしぼくもきみの人生を台無しにしてしまった」ダニエルは静かに言った。

ヒューは微笑んだが、口の片端をわずかに上げただけで、目の表情は変わらなかった。

「片脚がだめになったくらい、たいしたことじゃない」

だがダニエルにはそうとは思えなかった。ヒュー自身もほんとうはそう思ってはいないはずだ。

「父と話してみよう」ヒューはきびきびとした口調に戻り、さりげなく帰宅を促した。「父が、今夜きみの身に起こったことを画策するような愚か者だとは思いたくないが、念のため、ぼくの命がかかっていることについて、あらためて釘を刺しておく」

「話しあいの結果を知らせてもらえるか？」

「もちろんだ」

ダニエルはドアへ歩いていき、別れの挨拶をしようと振り返って、ちょうど立ちあがろうと難儀しているヒューを目にした。そのままでかまわないという言葉が喉もとまで出かかったが、どうにか呑みこんだ。男は誰しも自尊心を保つことが欠かせない。

ヒューは手を伸ばして杖をつかみ、痛々しげにゆっくりと友人を見送りに歩いてきた。

「今夜は来てくれてありがとう」そう言うと、手を差しだしたので、ダニエルはその手を握った。

「きみを友人と呼べることを誇りに思う」ダニエルは答えた。そして立ち去ったが、その直前にさっと顔をそむけたヒューの目が涙で潤んでいたのは見逃さなかった。

翌日、アンは朝のうちにハイド・パークのロトン・ロウで三人の少女たちにあらためて算数の勉強をさせたあと、午後にはプレインズワース邸の居間で書き物机の椅子に腰をおろし、羽根ペンの先で軽く顎を打ちつつ、やるべきことを書きだそうと思いめぐらせはじめた。その日の午後は休みを与えられていたので、用事をすませたり買い物をしたりしようと一週間前から心待ちにしていた。さほど買いたい物があるわけではないものの、店を見て歩くだけでも気晴らしになる。わずかのあいだでも誰を気遣うでもなく好きに過ごせるのは嬉しい。ところがそのための準備の時間が、レディ・プレインズワースの登場で打ち切られてしまった。女主人は淡い緑色のモスリンのドレス姿で風を切るようにすたすたと居間に入ってきた。

「あす、出かけるわよ！」声高らかに告げた。

アンは何を言われているのかわけがわからず、目を上げて椅子から立ちあがった。「どうなさったのですか？」

「ロンドンにはいられないわ」レディ・プレインズワースが言う。「噂が飛び交っているのよ」

噂？　いったいどんな？

「マーガレットによれば、サラが仮病を使って音楽会を取りやめさせようとしたなどという噂が流れてるそうなの」

マーガレットが誰なのかはわからないが、情報通の婦人であるのはまず間違いない。

「サラがそんなことをするはずがないでしょう」レディ・プレインズワースが続けた。「あの子はすぐれた演奏家よ。それに家族思いの娘だわ。一年前からあの音楽会を楽しみにしていたのだから」

それについてはアンに口にできる言葉はなかったが、さいわいにもレディ・プレインズワースは返答を求めているわけではなさそうだった。

「そのような悪意ある嘘と戦う方法はひとつしかない」女主人が言う。「つまり、この街を離れるということよ」

「街を離れる？」アンはおうむ返しに尋ねた。突飛な発想に思えた。今年の社交シーズンは始まったばかりで、一家の最たる目標はレディ・サラの花婿を見つけることだったはずだ。そうだとすれば、プレインズワース家に七代にわたって引き継がれてきたドーセットの本邸に戻ってしまっては、目標を叶えられる見込みは低くなる。

「たしかに」レディ・プレインズワースは短いため息をついた。「サラは快復したように見えるし、実際によくなっているとは思うわ。でも、一族以外の人々からすれば、まだとても深刻な状態なのよ」

アンは目をしばたたき、伯爵夫人の理屈を読み解こうとした。「でしたら、お医者様に診ていただいたほうがよろしいのではありませんか？」

レディ・プレインズワースはその提案を片手で払いのけた。「いいえ、病の快復に必要なのは田舎の新鮮な空気なの。この街が療養に適さないのは誰もが知っていることでしょう」

アンはうなずき、胸のうちでほっとした。田舎で暮らせるのならそれに越したことはない。南西部には知りあいもいないので、なおさら安心できる。加えて、自分はいまちょうどウィンステッド卿に恋してしまいそうだという難題もかかえている。そんな想いは蕾のうちに摘みとっておくのが賢明だし、そのためにも二百マイルも離れた田舎に行けるのは最善の機会に違いない。アンは羽根ペンを置き、レディ・プレインズワースに尋ねた。「ドーセットにはどのくらい滞在なさるのですか？」

「あら、行き先はドーセットではないのよ。あそこまで行かずにすんでよかったわ。行くだけでぐったり疲れてしまうもの。あそこでサラに療養させるとなれば、体裁を保つのに、少なくとも二週間は滞在しなければいけないし」

「でしたらどちらに――」

「ウィップル・ヒルに行くわ」レディ・プレインズワースが告げた。「ウィンザーのすぐ近くよ。あそこなら一日かからずに着いてしまうから」

ウィップル・ヒル？　なぜか聞き憶えがあるような気がする。

「ウィンステッド卿が申し出てくださったの」

アンはとたんに咳きこんだ。

レディ・プレインズワースがやや気遣わしげに見やった。「大丈夫、ミス・ウィンター？」

「ええ……ごほっ……ちょっと……ごほっ、ごほっ……喉に埃が入ったみたいで」

「そう、坐りなさい。そのほうが楽になるかもしれないわ。わたしへの礼儀で立っている必要はないのよ。せめていまだけでも坐って」

アンは感謝を込めてうなずき、椅子に腰を戻した。ウィンステッド卿。考えてみれば、ありうることだった。

「誰にとっても、これ以上にない解決策なのよ」レディ・プレインズワースが言葉を継いだ。「ウィンステッド卿もロンドンを離れたがってるわ。取りざたされていた噂については、あなたも知ってるでしょう。帰ってきたことはすでに広まっているから、これからたくさんの人たちが訪ねてくるはずよ。再会した家族と静かに過ごしたいと望んだとしても、誰に責められるかしら？」

「では、あの方も同行されるのですか？」アンはなにげない口ぶりで尋ねた。

「もちろんよ。あの方の地所ですもの。いくらわたしがあの方の大好きなおばでも、わたしたちだけで行くのは妙なことでしょう。まだはっきりとはわからないけれど、妹さんやお母様も来られるのではないかしら」レディ・プレインズワースはこの成り行きにすっかり満足した表情で、いったん息をついた。「この午後はあなたの自由な時間だから、子供たちの荷づくりはフランダーズばあやに頼んだわ。でも、帰ってきてからでもひと通り確認しておいてくれると安心ね。乳母のことは信頼しているけれど、歳が歳だから」

「承知しました」アンは低い声で答えた。フランダーズのことは敬愛しているが、もうだいぶ前から少し耳が遠くなっている老婦人だ。それでも雇いつづけているレディ・プレインズワースはりっぱだとつねづね感じてはいたものの、なにしろこの女主人のみならず、その母親の乳母も務めたのだという。

「滞在は一週間の予定よ」レディ・プレインズワースは続けた。「あの子たちが暇を持て余さないよう勉強の準備を整えておいてちょうだい」

一週間？　ウィンステッド卿の家に？　ウィンステッド卿と同じところに暮らすの？　アンの胸のなかで沈む気持ちと高揚する想いが交錯した。

「あなた、ほんとうに大丈夫？」レディ・プレインズワースが問いかけた。「顔色が悪いわ。サラの病が移ったのでなければいいのだけれど」

「いいえ、大丈夫です」アンはきっぱりと言った。「それはありえませんもの」

レディ・プレインズワースがきょとんとして見やった。

「いえ、ですから、レディ・サラのおそばにいる機会はなかったのでと申しあげたかったんです」アンは慌てて言った。「わたしはなんの問題もありませんわ。少し新鮮な空気を吸いさえすれば。先ほど奥様がおっしゃっていたように、新鮮な空気は万能なお薬ですから」

レディ・プレインズワースはたとえいつになく家庭教師がお喋りであることに気がついていたとしても、口には出さなかった。「あら、それなら、この午後を自由に使えるのはちょうどよかったわね。これから出かけるの？」

「ありがとうございます、そうさせていただきます」アンは立ちあがり、そそくさと戸口へ向かった。「早めに出かけますわ。立ち寄らなければいけないところがいくつもあるので」

さっと膝を曲げて頭をさげると、荷物――風が冷たくなってきた場合に備えて薄手のショールと、わずかなお金が入った手提げ《レティキュール》――を取りに急いで部屋に戻り、いちばん下の抽斗《ひきだし》をあけて、少しばかりの衣類の下にあるものを抜きとった。念入りに封がなされ、あとは投函するだけの手紙。姉のシャーロットがこれを受けとったときに郵便料金を払えるよう、前の手紙には半クラウン銀貨を同封しておいた。こうして必ずほかの誰にもほんとうの差出人がわからないように出さなければならない。

ふいにアンは喉がつかえて、少しとまどいつつ唾を飲みくだした。ほかにどうしようもないのだから、偽名で姉に手紙を出さなくてはいけないことにも、いいかげん慣れていい頃なのに。とはいえ正確に言えば、アンは二重に偽名を使っていた。いまでは本名のアナリース・ショークロスと同じくらいなじんでいるアン・ウィンターの名も、使うことはできない。

アンは手紙を手提げのなかにしっかりとしまって、階段をおりていった。シャーロット以外の家族は自分が出している手紙を目にすることはあるのだろうか。目にしていたとすれば、メアリー・フィルポットとは誰だと思っているのだろう。きっと姉が上手に言いつくろってくれているのだろうけれど。

この日は春らしく爽やかに晴れていて、帽子の顎下のリボンをもっときつく結んでくればよかったと悔やまれるほど強めの風が吹いていた。バークリー・スクウェアを抜け、大通り沿いに手紙を投函できる窓口のあるピカデリーへ向かった。プレインズワース邸に最も近い郵便窓口というわけではないものの、人通りが多く、差出人がより目立ちにくい。それに散歩は好きなので、そこまで気ままに歩いていくのが毎回ちょうどよい気晴らしになっていた。

ピカデリーはいつもながら賑わっている。アンは東へ折れ、いくつかの店を行き過ぎてから、道の向こう側へ渡ろうとスカートを数センチ持ち上げた。馬車が六台ほど走り過ぎたが馬脚は速くなかったので、玉石敷きの車道を難なくわたりきり、歩道にたどり着いた。そのとき——

そんな、まさか。

あれは……？　いいえ、そんなことはありえない。あの人がロンドンにいるわけがない。少なくとも、いままではいなかった。つまり、これまでは来ていなかったはずなのに——

鼓動が大きな音を打ちはじめ、たちまち視界が暗くぼやけてきた。必死に空気を吸いこもうとした。考えるのよ。頭を働かせるの。

赤みがかった金色の髪に、目が覚めるくらい美しく整った横顔。昔から並はずれてきわだつ容姿をしていた。その男性にじつは知られていない双子の兄弟がいて、たまたま都会に出てきて、ピカデリーをうろついているなどということはとても考えられない。

目の奥を焦がすほどに熱い怒りの涙がこみあげた。納得できない。考えられるかぎりのことはしてきた。すべてを手放し、自分を知るすべての人々との繋がりを断ち切った。名を変え、ノーサンバーランドで起こったことについてはけっして他言しないと誓って、はるか昔に家を出て以来、働きつづけてきた。

けれども、ジョージ・チャーヴィルのほうは取り決めたことを守らなかった。そしてもしほんとうに、〈バーネルの服飾品店〉の前に立っている男性が彼だとしたら……。

標的よろしく見つけられるまで、ただぼんやりここに立ってはいられない。アンは吐きだしようのない叫びを呑みこみ、向きを変え……真っ先に目に留まった店に飛びこんだ。

6

八年前……

今夜だと、アナリースは期待に胸をふくらませた。いよいよ今夜、そのときがくる。

ふたりの姉たちをさしおいて婚約するとなれば、少しばかり取りざたされるかもしれないが、まったく予想できなかったことというわけではない。シャーロットは地元の社交界にさほど興味がなさそうだったし、マラベスはいつも顔をしかめていて不機嫌なので、求婚される姿を想像するのはむずかしい。

それでもマラベスは憤慨するだろうし、両親はこの姉を懸命になだめようとするに決まっているけれど、今回にかぎっては長女が機嫌を損ねたからといって末娘に最上の幸せをあきらめろとは言わないはずだ。アナリースがジョージ・チャーヴィルと結婚すれば、ショークロス家はノーサンバーランドの田舎町で最も有力な一族と縁戚関係となる。長姉のマラベスも妹の大手柄で結局のところ自分も得をすることをきっとわかってくれるだろう。

潮が満ちれば、まさしくすべての船を、つまりはマラベスのように怒りっぽい娘ですらも浮かびあがらせる。

「クリームを舐めた猫みたいだわ」鏡の前でイヤリングを耳に合わせて選んでいたアナリー

スに姉のシャーロットが言った。もちろんどれもガラス玉で、ショークロス家で本物の宝石を持っているのは母だけだ。それも結婚指輪を除けば、あとは三つの小さなダイヤモンドと大きなトパーズがひとつ付いた、小ぶりのブローチのみ。それもけっして洗練されていると言えるものではない。

「ジョージが求婚してくれそうなの」アナリースは小声で打ち明けた。この姉には秘密を隠しきれなかった。少なくともここ最近は。次姉のシャーロットにはこのひと月のジョージとのひそかな交際について、すべてではないにしろ、かなり詳しく明かしていた。

「そうだったのね！」シャーロットは驚いて喜びの声をあげ、妹の両手を取った。「わたしもほんとうに嬉しくてたまらないわ！」

「ええ、じゅうぶんわかってるわ」アナリースは顔をほころばせずにはいられなかった。このぶんではあすまでにきっと頰が痛くなってしまうだろう。それでもほんとうに幸せだった。ジョージは自分が未来の花婿に求めていたものをすべて持っている。女性なら誰でも求めるものすべてを――美男で、逞しいし、男らしくてすてきだ。当然ながら有力者たちの知りあいも幅広い。アナリースはジョージ・チャーヴィルの妻として、何マイルにもわたる地所に建つりっぱな邸宅で暮らすことになる。新たなチャーヴィル夫人からの招待状を待ち望み、友人になりたがる人々は大勢いるだろう。きっと社交シーズンには夫とロンドンへも行く。そのような旅には費用もかかるが、なんといってもジョージはいつか准男爵となる男性だ。社交界ではそれなりの人々との繫がりも築いていかなければいけない。

「何かそのようなそぶりがあったの？」シャーロットが興味津々に尋ねた。「もしかして贈り物をいただいたの？」

アナリースは小首をかしげた。この角度で灯火《ともしび》に白い肌が照らされたときの自分の顔を気に入っていた。「あからさまにそのようなそぶりは見せないわ。でも、今夜の〝夏の舞踏会〟には特別な歴史があるのよ。あの方のご両親もこの舞踏会で婚約されたことは知ってた？　それにジョージも二十五歳になったし……」生きいきと目を見開いて姉を見やった。「あの方のお父様が息子をそろそろ結婚させたいと話しているのをたまたま聞いてしまったの」

「まあ、アニー」シャーロットは吐息をついた。「まるで夢物語ね」チャーヴィル家の〝夏の舞踏会〟は年に一度の盛大な催しだ。町で最も人気の高い独身紳士が婚約を発表するのにふさわしいときがあるとすれば、この機会をおいてほかにない。

「どちらがいいかしら？」アナリースは二種類のイヤリングを持ち上げて尋ねた。

「あら、もちろん青いほうだわ」シャーロットは答えて、にっこり笑った。「だって緑色のは、わたしの瞳の色のほうが似あうのだから」

アナリースは笑い声を立てて姉を抱きしめた。「いまはほんとうに幸せ」感情を抑えきれなくなりそうな気がして、目をきつくつむった。幸せな気持ちが生き物のごとく身体のなかで跳ねまわっているように思えた。ジョージのことはずっと前から知っていて、この町の同じ年頃の女性たちがみなそうであるように、アンもまた彼に格別な関心を抱いてもらえることをひそかに夢みていた。そしてついにその夢が叶った！ 今年の春になってジョージがこれまでとは違う目で自分を見ているのに気づき、夏の初めにはひそかにふたりきりで会うようになった。アナリースは目をあけて姉を見つめ、晴れやかに微笑んだ。「こんなに幸せな気持ちになれるなんて思わなかった」

「しかもこれからはさらに幸せになるいっぽうなのよ」シャーロットは予測して言った。ふたりは手を繋いで、戸口へ向かった。「ジョージに求婚されたら、あなたはいったいどれだけ幸せになるのかしら」

アナリースはくすくす笑い、姉と踊るようにして廊下に出た。未来が自分を待ち受けている。それをこの手につかむときが待ちきれなかった。

アナリースは到着してすぐにジョージを見つけた。誰の目にも見過ごされることのない男性だ――まばゆいばかりに容姿端麗で、女性をとろけさせるような笑みを浮かべる。若い娘たちはみなジョージに恋している。みなずっと前からジョージに恋しつづけている。

アナリースはひそやかな笑みを浮かべて、なめらかな足どりで舞踏会が開かれる大広間に入っていった。若い婦人がみなジョージに恋していようと、その想いに応えてもらえたのは自分だけだ。

ジョージがそう言ったのだから。

けれども招待客に挨拶をするジョージを見つめて一時間が経ち、アナリースはいらだちを覚えはじめた。それまでに三人の紳士たち――そのうちのふたりはなかなかに人気の高い独身紳士だ――とダンスをしたものの、ジョージには阻止しようとするそぶりはまったく窺えなかった。けっして焼きもちをやかせたくてほかの男性たちと踊ったわけではない――いいえ、そんな気持ちもほんのちょっぴりはあったかもしれない。でも、アナリースはいつも誰からのダンスの申し込みも断わりはしなかった。

自分が美しいことはわかっていた。子供の頃から人々と顔を合わせるたび毎日のように褒められれば、気づかずにいられるはずもない。アナリースの艶やかな黒髪は大昔にウェールズに侵攻した民族から受け継いだもので、いわば先祖返りをしたのだと言われていた。父もまだ髪が豊かだった頃には黒々としていたが、アナリースのように艶やかで張りのある、もともとわずかにウェーブのかかった髪ではなかったと誰もが口を揃えて語った。

長姉のマラベスは以前からそんな妹をうらやんでいた。顔立ちはとてもよく似ているのだが……少しばかり違いがあった。肌の白さも瞳の青さも妹ほどではなかったが……少しばかり違いがあった。ことは甘やかされた末娘で、どうしようもない妹だと文句をこぼしていたが、それはおそらくこの妹が地元の社交界に登場したまさにその日に、男性からのダンスの申し込みにはすべて応じると決めたからに違いない。アナリースが不相応に身分の高い男性から見初められたからといって、誰にも責められはしないはずだった。美貌にやさしい心を兼ね備え、誰もが愛さずにはいられない女性なのだから。

おのずと男性たちはみなアナリースにダンスを申し込んだ。舞踏会でいちばんの美女とダンスをしたくない者などいるだろうか？　しかも断わられる心配もない。

　つまりジョージに嫉妬するそぶりがまるで見えないのも、いつものことだと思っているからなのだろうとアナリースは考えなおした。自分が思いやりのある女性で、ほかの紳士たちと踊ることにはなんの意味もないことを、ジョージは承知している。ほかの男性に心動かされることはありえない。

「どうしてダンスを申し込んでくれないのかしら？」アナリースはシャーロットにこぼした。「待ち遠しくてどうにかなってしまいそうだわ。お姉様ならこの気持ちをわかってくれるでしょう」

「ご両親が開いた舞踏会だもの」シャーロットはなだめるように言った。「招待主としての務めがあるのよ」

「ええ、わかってるわ。だけど……ほんとうにあの人を愛してるんですもの！」

　アナリースは恥ずかしさに顔を赤らめ、空咳をした。意図した以上に大きな声が出てしまったが、さいわいにも気づいた者はいないようだった。

「来て」シャーロットが何か思いついたようにてきぱきと揺るぎない口ぶりで言った。「部屋のなかを歩きましょう。ミスター・チャーヴィルがあなたの手を取りたくてたまらなくなるくらい、そばに行くのよ」

　アナリースは笑って姉と腕を絡ませた。「なんて妹思いのお姉様なのかしら」本心からそう言った。

シャーロットは妹の手を軽く叩いた。「笑って」ささやいた。「あの方が見てるわよ」

アナリースが目を上げると、ほんとうにジョージがグレーがかった緑色の瞳に切望をたぎらせてこちらを見ていた。

「あら、もう大変」シャーロットが言う。「あの方の目つきを見て」

「ふるえちゃうわ」アナリースはつぶやいた。

「もっと近くに行きましょう」シャーロットが決然と言い、ふたりはジョージと両親が気づかずにはいられないところまで近づいた。

「こんばんは」サー・チャールズがよくとおる声で陽気に挨拶の言葉をかけてきた。「これはお美しいミス・ショークロスではありませんか。それにもうひとりのお美しいミス・ショークロスも」それぞれに軽く頭をさげ、アナリースと姉も膝を曲げて応えた。

「サー・チャールズ」アナリースは息子の嫁にふさわしい女性だと思ってもらえるよう、精いっぱい礼儀正しく慎ましやかに挨拶の言葉を返した。ジョージの母親にも同じように敬意を込めて挨拶した。「チャーヴィル夫人」

「もうひとりのショークロス家のお嬢さんはどちらに？」サー・チャールズが尋ねた。

「姉のマラベスは先ほどから見ていませんわ」シャーロットが答えると、ジョージが口を開いた。「たしか庭に出る扉のそばでお見かけしましたが」

これでアナリースはジョージに声をかける格好のきっかけを得た。「ミスター・チャーヴィル」ジョージがそれに応えてすぐに手を取って口づけた。口づけていた時間が必要以上に長く思えたのはけっして気のせいではないはずだ。

「いつもながらお美しいですね、ミス・ショークロス」ジョージは手を放し、背を起こした。

「見惚《みと》れてしまいます」

アナリースは言葉を返そうとしたが、気が動転していた。身体がほてって、ふるえが走り、まるで空気が足りないかのように息苦しくなった。

「チャーヴィル夫人」シャーロットが言った。「今夜の装飾にはうっとりしてしまいますわ。このいかにも夏らしい黄色は、サー・チャールズとどちらでお見立てになったのか、ぜひお伺いしたいですわ」

なんともそらぞらしい質問だが、アナリースは姉の気遣いが嬉しかった。ジョージの両親はすぐさまシャーロットに説明しはじめ、アナリースとジョージはその隙にさりげなく向きを変えて話すことができた。

「今夜はようやくお会いできたわ」アナリースは声をひそめて言った。ジョージのそばにいるだけで期待で胸がふるえた。三日前の晩に会ったときには、熱烈なキスをしてくれた。思いだすたび身体が熱くなり、切望が湧きあがった。

そのキスのあとにされたことはあまり楽しめなかったけれど、それでも気持ちは高揚していた。あんなにも自分がこの男性の感情を掻き立て、理性を失わせすらしたのだと思うと……。

心が舞いあがった。自分にそのような魅力があるとは思ってもみなかった。

「両親と挨拶にまわるのに忙しくてね」そう言いつつも、ジョージの目は一緒にいたい思いを物語っていた。

「会いたかったわ」アナリースは思いきってささやいた。大胆な振るまいなのはわかっていたものの、これからはみずから運命を定め、思いどおりに人生を進んでいけると信じられるほどの強気に駆り立てられていた。若く、恋に落ちるとは、なんてすばらしいことなのだろう。世界はふたりのもので、手を伸ばしさえすればつかめるようにすら思えた。

ジョージが欲望で目を燃え立たせ、肩越しにちらりと後方を窺った。「母の居間で。場所はわかるかい？」

アナリースはうなずいた。

「十五分後に行く。誰にも気づかれるなよ」

ジョージはほかの女性にダンスを申し込みに向かった――いまのひそひそ話をあやしまれないようにするためには巧みな手立てだ。アンはすでに黄色と緑と金の色選びについての説明を聞き終えていた姉を見つけ、耳打ちした。「十分後にあの方と落ちあうわ。わたしがいなくなったことをうまく取りつくろっておいてくれる？」

シャーロットはうなずき、励ますように妹の手をぎゅっと握ってから、頭を傾けて戸口のほうを示した。誰も見ていない。大広間を出るならいましかない。

チャーヴィル夫人の居間まで行くには予想以上に時間がかかった。同じ屋敷のなかでも大広間とはまさに反対側の端にあり、だからこそおそらくジョージはこの部屋を選んだのだろう。しかも同じようにこの機会にひそやかな逢瀬を楽しもうと大広間を出てきた人々と顔を合わせないよう遠まわりしなければならなかった。ようやく暗い部屋に忍びやかに入ると、すでにジョージが待っていた。

ジョージは口を利くいとまも与えず近づいてきて、むさぼるように口づけながら尻に手を伸ばし、わが物のようになれなれしくつかんだ。「ああ、アニー」唸るように言う。「きみはすばらしい。パーティの真っ最中でもこうして来てくれる。なんてみだらなんだ」

「ジョージ」アナリースはささやきかけた。ジョージのキスはすてきだし、こんなにも激しく求められているのかと思うと胸が高鳴ったものの、みだらと呼ばれるのは喜んでいいことなのかわからなかった。みだらなことをしているつもりはないのに。

「ジョージ？」今度はもの問いたげに呼びかけた。

けれども返事はなかった。ジョージは荒い息遣いでそばの長椅子にアナリースを導きつつ、せっかちにスカートを捲《まく》り上《あ》げようとしていた。

「ジョージ！」自分もすでに昂《たかぶ》らされていたので簡単なことではなかったけれど、どうにか互いの身のあいだに両手を入れて、ジョージを押しやった。

「どうしたんだ？」ジョージがきつい調子で訊き、疑念を帯びた目を向けた。ほかにも何かべつの感情が含まれていた。もしかして怒り？

「こんなことをしに来たのではないわ」

ジョージはいきなり笑い声をあげた。「ではいったいなんのために来たんだ？」獲物を追いつめるような猛々しい目つきでふたたび迫ってきた。「何日もきみを我慢させられてたんだ」

いまではもうその言葉の意味は呑みこめたので、アナリースはたちまち顔を赤らめた。それでもそんなにも求められているのは嬉しい反面、とまどいも感じた。原因も理由も定かではないけれど、このように暗く閉ざされた部屋にふたりきりでいていいものかわからなくなった。

ジョージに手をつかまれ、ぐいと引き寄せられて、アナリースはつんのめってぶつかった。「もったいぶるなよ、アニー」ジョージがささやいた。「したいようにすればいいんだ」

「違うの、わたしは——わたしはただ——」アナリースは離れようとしたが、放してはもらえなかった。「〝夏の舞踏会〟だから。それでわたしはてっきり……」声は途切れた。言えなかった。なぜなら、ジョージの表情は求婚するつもりなどまったくないことをあきらかに物語っていたからだ。つまりジョージはキスをして、自分を誘惑し、花婿になる男性のためにとっておかなければいけなかったものを奪い、しかもまたそれを繰り返そうとしているということ？

「おい、まさか、勘弁してくれよ」ジョージは笑いをこらえているかのような顔で言った。「ぼくがきみに求婚するとでも思ってたのか」それからほんとうにジョージは笑いだし、アナリースのなかで何かがふつりと事切れた。

「きみは美しい」ジョージはおどけるふうに言った。「それは認めるとも。それに、その太腿のあいだですばらしい時を味わわせてくれた。だが、いいかい、アニー、きみはお話にならないほど金《かね》を持っていないし、きみの一族がぼくの地位を高めてくれるわけでもない」

アナリースは何か言い返したかったし、ジョージの顔を叩きたかった。けれどたったいま、その口からこぼれ出た言葉が信じられず、湧き起こってきた恐怖に立ちつくした。

「そもそも」ジョージが非情な笑みを浮かべて言う。「ぼくにはすでに婚約者がいる」

アナリースはくずおれそうになり、ジョージの母親の机の端につかまった。「誰なの？」どうにか声を絞りだした。

「フィオーナ・ベックウィス」ジョージが告げた。「ハンリー卿の令嬢だ。ゆうべ求婚した」

「受けてもらえたの？」アナリースはかすれ声で問いかけた。

ジョージが笑った。高らかに。「もちろん承諾してくれた。彼女の父上からも――子爵どのだ――祝福の言葉を承った。彼女は末っ子だが、父親のお気に入りの娘なんだ。だからいろいろと気前よく助けてくれるのは間違いない」

アナリースは唾を飲みこんだ。呼吸しづらくなってきた。この部屋から、この屋敷から出なければ。

「そのうえ、なかなか魅力的な女性でもある」ジョージが言葉を継ぎ、のんびりと歩み寄ってきた。笑みを湛《たた》えて。それが三日前に自分を誘惑したときと同じ笑みだとアナリースは気づいて、吐き気を覚えた。この男性は容姿端麗なろくでなしで、本人もそれを承知している。

「ただし」低い声で言い、一本の指でアナリースの頬をすうっと撫でた。「きみほどみだらに戯れてくれるのかはわからないが」

「違うわ」アナリースは言葉を継ごうとしたが、ジョージに口で唇をふさがれ、両手で身体をまさぐられた。離れようともがいたものの、よけいに相手を悦ばせただけのようだった。

「そうか、きみは手荒にあつかわれるのが好きなんだな？」ジョージが笑いながら肌をきつくつねったが、アナリースにはむしろその痛みがありがたかった。衝撃のあまり茫然自失となっていた状態からわれに返って、とっさに心の奥底から声を発し、ジョージを押しのけた。

「来ないで！」そう叫んだが、ジョージは笑うばかりだった。アナリースは立ち向かうため武器になるものをやみくもに手探りし、チャーヴィル夫人の机の上に剝きだしで置かれていた年代物の開封刃《ペーパーナイフ》をつかんだ。それを振りまわしつつ、言った。「わたしに近づかないで。脅しではないわ！」

ジョージは機嫌をとるような声で呼びかけ、ちょうどペーパーナイフがふりかざされたときに踏みだした。

「このやろう！」ジョージがわめいて、頬を押さえた。「切りつけたな」

「ああ、なんてこと。ああ、どうしたらいいの。そんなつもりはなかったの」アナリースはペーパーナイフを取り落とし、自分自身から逃れようとするかのように、背が壁にあたるまであとずさった。「そんなつもりはなかったの」繰り返した。

でもやはり、そうしたい気持ちもあったのだろう。

「おまえを殺す」ジョージが歯の隙間から吐きだすように言った。頬を押さえた手の指のあいだから血が滴り落ち、糊《のり》の効いた真っ白なシャツに染みこんだ。「聞いてるのか？」声を荒らげた。「地獄に突き落としてやる！」

アナリースはジョージを押しのけるようにして部屋を飛びだした。

三日後、アナリースは父とジョージの父親の前に立たされ、数多の同意事項を言い渡された。

アナリース・ショークロスは、ふしだらな女。

ジョージの人生を台無しにしようとした。

そのうえこのままでは姉たちの人生までも台無しにしかねない。

たとえ身ごもっていたとしても、みずからの過失にほかならず、ジョージには結婚しなければならない責任はないと肝に銘じるべし。

一生消えない傷を負わせた女と結婚しなければならない筋合いはない。

アナリースはその傷のことを思い返すといまだ胸が悪くなった。理由は聞いてはもらえなかった。どのみち、自分の言いぶんを理解してくれる人は誰もいないだろう。誰もが、一度でも女がその身をゆだねたのなら、男がまた同じようにできると思うのは当然だと考えているようだった。

ペーパーナイフがジョージの皮膚を切りつけたときの恐ろしさと、ぬらりとした感触はなおもありありと憶えていた。そんなことになるとは思ってもいなかった。ともかく何かを振りまわして、ジョージを遠ざけたいだけだったのに。

「これは決定事項だ」父が苦々しげに言い放った。「おまえはサー・チャールズの寛大な取り計らいに、ひざまずいて感謝申しあげなければならない」

「きみはこの町を出て」サー・チャールズが鋭い声で言った。「二度と帰ってきてはならない。私の息子ならびに、わが一族のいかなる者とも連絡はとらぬように。きみの家族とも連絡をとってはならない。そうすれば、きみはもともと存在していなかったことになる。わかったかね？」

アナリースはすぐには自分の耳が信じられずに首を振った。わからない。そんなことを受け入れられるわけがない。サー・チャールズにならともかく、自分の家族にも見放されたというの？　絶縁されたということ？

「おまえの行き先は見つけてある」父が厭わしげにぶっきらぼうな低い声で言った。「母さんのいとこの妻の姉が、お話し相手《コンパニオン》を探しているそうだ」

誰のこと？　アナリースは父の説明についていけず、躍起になって首を振った。父はいったい誰のことを言ってるの？

「マン島に住んでいる」

「どうして？　いやよ！」アナリースは父の手をつかもうと、よろめきながら踏みだした。

「遠すぎるわ。そんなところに行きたくない」

「黙れ！」父は怒鳴りつけて、手の甲を娘の頬にぴしゃりと打ちつけた。アナリースは痛みより叩かれたことに気圧されて、よろりとあとずさった。父が自分に手をあげた。自分を叩いた。生まれてから十六年、父が自分に手をあげたことは一度もなかった。それなのに……。

「おまえはもう、おまえを知っている人々みなに顔向けできない娘となってしまったんだ」父は無慈悲に言い捨てた。「言うとおりにしなければ、このうえ家族まで晒《さら》し者にして、たとえどんな相手であれ、姉たちにはまだ残されている結婚の望みまでつぶすことになるんだぞ」

アナリースはこの世で誰より大好きな姉、シャーロットのことを考えた。それにマラベスも、けっして仲がよいとは言えなかったとはいえ……やはり血の繋がった姉だ。その人々の幸せ以上に大切なものはない。

「行くわ」アナリースは小さな声で応じた。頬に触れる。父にぶたれたところがまだ熱く感じられた。

「二日後に発《た》つんだ」父が言った。「今後は――」

「あの女はどこだ！」

部屋に飛びこんできたジョージに、アナリースは息を呑んだ。目を血走らせ、顔全体に汗が滲んでいる。息遣いは荒く、アナリースが来ているのを聞きつけて屋敷のなかを駆けてきたのに違いなかった。顔の片側には当て布がされているが、縁がわずかにめくれて垂れさがりかけていた。布がはがれ落ちてしまうのではないかとアナリースは脅えた。その下の傷は見たくない。

「おまえを殺す」ジョージが声を張りあげ、つかつかと歩み寄ってきた。

アナリースは後方に飛びのき、助けを求めてとっさに父に駆け寄った。すると父はまだ少しは娘への愛情を残していたらしく、前に出て、詰め寄ってきたジョージを片手で遮り、同時にサー・チャールズもすぐさま息子を引き戻した。

「このままではすまされないぞ」ジョージが凄《すご》むように言った。「自分のしたことを見せてやる。これを見ろ！」ジョージの顔から当て布がはがされ、頬骨から顎まで斜めに長く伸びた赤く毒々しい傷をアナリースは目にして、たじろいだ。

傷跡は完全には消えないだろう。アナリースにもそのくらいのことはわかった。

「やめなさい」サー・チャールズが息子をいさめた。「落ち着くんだ」

だがジョージは耳を貸さなかった。「おまえを絞首刑にしてやる。聞いてるのか？ 治安判事を呼んで――」

「口を慎め」サー・チャールズがきつく言い放った。「そのようなことをしてはならない。おまえが治安判事に訴えでれば、話が広まり、ハンリー家の令嬢との婚約は、おまえの言いわけを聞くまでもなく解消されてしまう」

「ふん」ジョージは毒づいて、うんざりしたふうに投げやりな手ぶりで自分の顔を示した。

「これを見られれば、どうせ話は広まるんじゃないのか？」

「噂にはなるだろう。この娘が町を離れればなおさらに」サー・チャールズはふたたびアナリースにとげとげしい視線を投げかけた。「だが、あくまで噂が流れるに過ぎない。治安判事に訴えでれば、おまえはみずから情けない行状を白日のもとにさらすようなものなのだぞ」

しばしの間があき、アナリースはやはりジョージには引きさがるつもりはないのだろうと思った。ところが突如こちらを睨んでいた目をそらし、ぞんざいにそっぽを向くと、傷口からまた血が滲みだしてきた。ジョージは自分の頬に触れ、指に付いた血を眺めた。「この償いはしてもらう」ゆっくりとアナリースのほうに近づいた。「きょうは無理でも、いつか必ず」

ジョージはアナリースの頰に触れ、頰骨から斜め下へじわじわと血の筋を引いた。「おまえを見つける」それから一転して楽しげにも聞こえる声で続けた。「さぞ愉快な日になるだろう」

7

ダニエルは自分を洒落者《しゃれもの》だとか、ましてや伊達男などとは思っていなかったが、これだけは自信を持って言えた――ブーツは仕立てのよいものにかぎる。

その日の午後、ヒューからの手紙が届けられていた。

ウィンステッドへ

約束どおり、今朝、父に会ってきた。ぼくが見たかぎり、父はぼくが訪ねたことにも（口を利いていなかったので）、きみがゆうべ災難に遭ったという話にも、ほんとうに驚いていた。つまり、きみが襲われた一件に父が関与しているとは思えない。

帰りぎわに、例の警告をもう一度念押ししておいた。事の重大さを認識させるのはつねに必要なことだが、父の蒼ざめた顔を見て安心できたことのほうが意義は大きかったかもしれない。

取り急ぎ

（きみがいるかぎり生きていられる）H・プレンティス

というわけで、ダニエルはとりあえず身の安全の保証を得て、セント・ジェイムズ・ストリートの〈ホービーの店〉に来て、ガリレオにも感心してもらえそうなくらい精確に足周りの寸法を測られているところだった。

「動かないでください」ミスター・ホービーが強い調子で言った。

「動いていない」

「動きました」

ダニエルは靴下を穿《は》いた自分の足を見おろしたが、やはり動いてはいなかった。

ミスター・ホービーは怯《ひる》むそぶりもなく顔をしかめた。「かのウェリントン公爵閣下は筋肉の塊のごとく、何時間もじっとしておられるのですよ」

「でも、息はしてるんだろう？」ダニエルはつぶやくように訊いた。

ミスター・ホービーは動じずに目を上げた。「子供のお遊びではございませんので」

それはかの公爵閣下の寸法を測ることを言っているのか、それとも名高い靴職人としての誇りが高じて、なんでも一般論のような口ぶりで話す習慣がついてしまったのだろうかとダニエルは考えずにはいられなかった。

「じっと動かずにいていただかなくてはなりません」ミスター・ホービーが唸るように言った。

やはり後者の説が正しかったようだ。いかに気高い人物とはいえ厄介な習慣には違いないが、ミスター・ホービーのこのうえなく履き心地のよい靴が手に入るなら、我慢せざるをえない。

「ご要望に応えられるよう努力しよう」ダニエルはいかにも楽しげに答えた。

ミスター・ホービーは愛想のかけらも見せずに、助手のひとりに大きな声で、ウィンステッド卿の足の型をとるための鉛筆を取ってきてくれるよう指示した。

ダニエルはウェリントン公にも勝てそうなくらい（かの偉人も足の寸法を測ってもらうあいだに息はしているだろう）動かずにじっと耐えたが、ミスター・ホービーが足型をまだ写し終わらないうちに店の扉がいきなり開いて、勢いよく壁に打ちつけられ、ガラス窓をふるわせた。ダニエルは飛びすさり、ミスター・ホービーは毒づき、店主の助手は縮みあがった。ダニエルが見おろすと、足型の写しの先端が爬虫類《はちゅうるい》の鉤爪《かぎづめ》さながら細く突きだした形に変わっていた。

面白い。

扉が壁に打ちつけられた音だけでもじゅうぶん注意を引いたが、そのうえさらに紳士用の靴屋に入って来たのがなんと女性だと気づいて目が留まった。見たところ、その女性は慌てている様子で――

「ミス・ウィンター？」

婦人帽《ボンネット》の下から覗く艶やかな黒髪や、信じがたいほど長く濃い睫毛《まつげ》からして、そうとしか思えなかった。だがなによりも……妙なことだが、ダニエルはその身ごなしから間違いなく彼女だと確信した。

ミス・ウィンターは名を呼ばれた拍子に大きく飛びのいて背後の陳列棚にぶつかり、気働きが身に染みついた助手がとっさの判断で女性の脇をすり抜けるように動いたおかげで、靴のなだれは食いとめられた。

「ミス・ウィンター」ダニエルはあらためて呼びかけて、そばに歩み寄っていった。「いったい、どうしたんだい？　亡霊でも見たような顔をして」

ミス・ウィンターは首を振ったが、なんともぎこちないせっかちな振り方だった。「なんでもありません。わたし……いえ……そこに……」目をしばたたき、いま初めてそこが紳士用の靴屋であることに気づいたかのように店内を見まわした。「まあ」と、それまででいちばんはっきりと声を発した。「申しわけありません。お店を間違えて入ってしまったようですわ。ですからその……恐れ入りますが、これで……」窓の外にさっと目をやってから、扉の取っ手に手をかけた。「失礼します」そう締めくくった。

そうして扉の取っ手をまわしたが、開こうとはしなかった。誰もがミス・ウィンターが出て行くか、また話しだすのを、いずれにしても何かするのを待っているかのように、店内は静まり返った。けれども、ミス・ウィンターは立ちすくんでしまったわけでもなさそうなのに動かない。

ダニエルはそっと彼女の腕に手をかけて、窓側から向きなおらせた。「何かお役に立てるだろうか？」

ミス・ウィンターが顔を振り向け、ダニエルはそういえば店に入ってきてからまっすぐこちらを見てくれたのはこれが初めてだと気づいた。だが目が合ったのも束の間、ミス・ウィンターは身体がいやがっていても見ずにはいられないといったふうに、すぐさま窓に視線を戻した。

「この続きはまた後日にしよう」ダニエルはミスター・ホービーに言った。「これからミス・ウィンターをお送り――」

「そこに、鼠《ねずみ》がいたんです」ミス・ウィンターが唐突に言った。ずいぶんと大きな声で。

「鼠？」ほかの客のひとりが悲鳴に近い声で訊き返した。ダニエルはこの紳士の名を思いだせなかったが、ピンクの絹織りのベストに、それに合わせた留め金の靴を履いた、身なりに小うるさそうな洒落男だ。

「店の外に」ミス・ウィンターは扉のほうを手ぶりで示した。まるでそこにいた齧歯類《げっしるい》があまりにおぞましくとても言葉にできないとでもいうように、人差し指が小刻みにふるえている。

ダニエルは不自然に感じたが、ほかには誰も辻褄《つじつま》が合わないことに気づいてはいないようだった。鼠から逃れようとしたのなら、なぜ先ほどは間違った店に入ってしまったなどと言ったのだろう？

「わたしの靴の上をまたいでいったんです」ミス・ウィンターは説明を加え、そのひと言で、ピンク色の留め金の付いた靴を履いた紳士の脚がふるえだした。

「ぼくがお送りしましょう」ダニエルは申し出て、衆目にさらされているのを意識して声高に続けた。「お気の毒にご婦人が脅えておられる」さらにその婦人がおばの家に仕えていることをさりげなくあきらかにし、弁明はこれでじゅうぶんだと判断した。もともと履いてきたブーツにすばやく足を入れ、ミス・ウィンターを店の外へ連れだそうとした。ところがなかなか歩を進めてくれようとしないので、扉の手前でほかの誰にも聞こえないよう、やや前かがみにひそひそ声で尋ねた。「ほんとうに大丈夫かい？」

ミス・ウィンターは美しい顔を青白くこわばらせて唾を飲みこんだ。「馬車でいらしたの？」

ダニエルはうなずいた。「通りのすぐ先に待たせてある」

「幌《ほろ》は付いてますの？」

妙な質問だ。雨は降っていないし、それどころかこの午後は雨雲らしいものはひとつも見あたらない。「幌はおろせるが」

「馬車をもう少し近くまで来させてもらえないでしょうか？　まだちゃんと歩けるかわからないので」

たしかにまだ脚がふるえているようだ。ダニエルはふたたびうなずいてから、ホービーの助手のひとりに馬車を店先につけるよう伝えに行かせた。数分後、ふたりは折りたたみの幌をしっかりとおろしたランドー馬車に乗り込んだ。ダニエルはミス・ウィンターが落ち着いたと見るやすぐに尋ねた。「ほんとうは何があったんだ？」

こちらを見やったミス・ウィンターの目はいちだんと青みが深まり、脅えらしきものが浮かんでいた。

「どでかい鼠だったんだろうな」ダニエルはつぶやいた。「オーストラリア大陸ぐらいはあったんじゃないか」

笑わせようとしたわけではなかったのだが、ミス・ウィンターはほんのわずかに口もとをほころばせた。ダニエルは胸がどきりとした。このようにささいな表情の変化にどうしてたちまち気を高ぶらされてしまうのかわけがわからなかった。

この女性が動揺している姿は見ていられない。ともかくこのままでは耐えられないことだけは確かだ。

ミス・ウィンターはどうすべきか決めかねているらしかった。目の前の男性を信頼してよいものか迷っているのが表情から読みとれた。いったん窓の外を見やったが、すぐに座席に背を戻して前を向いた。唇をふるわせ、少ししてようやく、気の毒になるほど低く途切れがちな声で言った。「ある人が……会いたくない人がいて」

それだけだった。ほかにはなんの説明も付け足しもなく、あらゆる新たな疑問を生じさせただけにすぎなかった。それでもダニエルは何も尋ねなかった。いまのところは尋ねずにおこう。尋ねても答えてはくれないだろう。これだけでも聞けたのは意外だった。

「ならば、この辺りから離れよう」ダニエルが言うと、ミス・ウィンターはほっとしたようにうなずいた。馬車はピカデリーから東へ走りだした――帰る道とは逆方向だが、ダニエルはあらかじめ御者にそうするよう指示していた。ミス・ウィンターにはプレインズワース邸に帰るまでに気を鎮める時間が必要だ。

それに、ダニエルもまだこの女性と離れがたかった。

アンは何分も馬車の窓の向こうを見つめつづけた。どこを走っているのかわからないし、じつのところ、たいして知りたいとも思わなかった。このままピカデリーからできるだけ遠く離れられさえすれば、ウィンステッド卿にドーヴァーへ連れていかれようとかまわない。ジョージ・チャーヴィルかもしれない男がいたピカデリーから離れられれば。

もうサー・ジョージ・チャーヴィルと呼ぶべきなのだろう。シャーロットからの手紙は望んでいるほど頻繁に届くわけではなかったが、その中身がたわいない話題にしろ目新しい知らせであれ、自分と以前の人生を繋ぐ唯一のものとなっていた。ジョージが昨年父親を亡くし、准男爵を継いだことも姉からの手紙で知った。アンはそれを読んで血も凍りそうな思いがした。先代のサー・チャールズのことは嫌悪していたとはいえ、自分にとっては必要な存在だった。ジョージの復讐心を押しとどめられる、ただひとつの抑止力だったからだ。サー・チャールズがいなくなってしまったら、ジョージを説き伏せられる者はいない。現に父親の葬儀の翌日にショークロス家を訪れたことをシャーロットも手紙に懸念する思いとともに綴っていた。表向きはいかにも隣人の午後の訪問を装っていたようだが、姉はアンについての質問がやたらに多いと感じたという。

いいえ、アナリースだ。

いまでは時どき、昔の自分をこうしてわざわざ呼び起こさなければならないことがある。

ジョージがロンドンに来る可能性があるのはわかっていた。プレインズワース家で働くことを望んだのも、一年を通してドーセットにいられるかもしれないと考えたからだった。レディ・プレインズワースが社交シーズンにサラをロンドンへ連れていくにしろ、下の三人の娘たちは田舎で家庭教師と乳母と夏を過ごすのではないか、と。そしてもちろん、父親と。プレインズワース卿は本邸を離れたがらない。大勢の人々と顔を合わせるより猟犬と過ごすほうがはるかに好きらしく、これはアンにとってはきわめて都合がよかった。主人はいても、気を取られていることがべつにあるなら、女性ばかりの家で働いているのと変わらない。

理想的な環境だ。

ところが、レディ・プレインズワースは娘たちを離ればなれにはできないと判断し、プレインズワース卿がバセット犬とその繁殖にかまけているあいだに、荷づくりをしてロンドンへ旅立った。その旅のあいだアンは、たとえジョージがロンドンにやってきたとしても出くわしはしないと自分をなだめつづけた。なにしろ大都会だ。ヨーロッパで、もしかしたら世界じゅうでも最大の都市なのだから。ジョージが子爵家の令嬢と結婚したからといって、チャーヴィル家がプレインズワース家やスマイス－スミス家ほど上流な人々の輪に加われるわけではない。それにたとえ両家と同じ催しに招かれていたとしても、自分がその場に居合わせることはありえない。ただの家庭教師なのだから。それもできるだけ目立たぬように暮らしている家庭教師だ。

とはいうものの気は抜けない。姉のシャーロットが耳にした噂が事実なら、ジョージは妻の父親から相当な援助を受けている。社交シーズンをロンドンで過ごすくらいの余裕はじゅうぶんにあるだろう。お金があればとりわけ上流の人々の輪に加わる道筋もつけられるかもしれない。

ジョージはつねづね刺激に満ちた都会が好きだと言っていた。それはいまでもよく憶えている。ほとんどのことはもう忘れてしまったけれど、それだけはべつだった。すてきな夫の肘に手をかけてハイド・パークを気ままに歩くという、少女時代の夢とともに。

愚かしい夢をみていた娘だったとアンは切なくなり、ため息をついた。なんて浅はかだったのだろう。人を見る目がまるでなかった。

「きみの気持ちを楽にしてあげられることはないだろうか？」ウィンステッド卿が静かに尋ねた。それまではだいぶ長いあいだ沈黙を保っていた。アンはその気遣いが嬉しかった。気さくで話好きな男性なのに、口を閉じているべきときを心得ている。

アンは目を合わせずに首を振った。けむたがっているわけではない。この男性にそんなふうに感じるはずもない。けれどいまは誰とも目を合わせる気になれなかった。するとウィンステッド卿が動いた。ほんのわずかな動きだったが、アンは座席のクッションのたわみに、つい先ほどこの男性に救われたことをあらためて呼び起こされた。ウィンステッド卿は動揺している自分を気遣い、多くを訊かずに馬車に乗せてくれた。

感謝して当然の相手だ。たとえまだ手がふるえていて、あらゆる恐ろしい可能性が頭をめぐっていようと。ウィンステッド卿にはじつは自分がどれほどの人助けをして、どれほど感謝されているかは想像もつかないだろうけれど、せめて感謝の気持ちだけは伝えておきたい。

ところが顔を振り向けたとたん、アンの口から出たのはまったく異なる言葉だった。感謝を伝えようとしたのだけれど、実際に口から出たのは——

「新しい痣？」

どうみても新しい。間違いない。頬に痣ができている。目の周りの痣ほど濃い色ではなく、少しピンクがかっている。

「またけがをなさったのね。どうなさったの？」

ウィンステッド卿は虚を衝かれたような顔で目をしばたたき、自分の顔に手をやった。

「反対側よ」アンは指摘して、不作法とは知りつつ、腕を伸ばして、そっと彼の頬骨に触れた。「きのうはなかったわ」

「よく気づいたな」ウィンステッド卿がぼそりと言い、気さくな笑みを浮かべた。

「褒められるようなことではないわ」つまり自分は新たな痣を発見できるほどチャタリス卿との殴りあいで傷ついた彼の顔をしっかり記憶していたのだと気づかされたものの、そしらぬふりで言った。それにしても妙だった。滑稽なくらい痣をこしらえている。

「それでも、きみがぼくの顔に新しく加わったものに気づいてくれたことは喜ばずにいられない」

アンは瞳で天を仰いだ。「顔に傷をたくさんこしらえたからといって、胸を張れるものなのかしら」

「家庭教師というのは、みなそんなに皮肉屋なのかい？」

ほかの人から言われたのなら、身分の違いを見くだされたように聞こえたかもしれない。でも、ウィンステッド卿の言葉に悪意は感じられなかった。しかも屈託なく微笑みかけている。

アンは辛らつな視線を返した。「質問をはぐらかそうとしてるのね」

ウィンステッド卿がどことなくばつの悪そうな顔をしたように思えた。はっきりとはわからない。頰に赤みが差したようにも見えたが、いままさに話題にしているもの、つまりいくつかの痣のせいで、明確には見分けられなかった。

ウィンステッド卿が肩をすくめた。「ゆうべ、二人組の暴漢に財布を奪われかけたんだ」

「まあ、なんてこと！」アンは声をあげ、自分の声の大きさになおさら驚いた。「何があったの？　大丈夫なの？」

「大事にはいたらなかった」ウィンステッド卿は不服そうに続けた。「音楽会の晩にマーカスにやられたときのほうが痛手は大きかった」

「でも、れっきとした犯罪だわ！　殺されていたかもしれないのよ」

ウィンステッド卿はほんのわずかに身を近づけた。「そうしたら、きみは哀しんでくれただろうか？」

アンは頰が熱くなり、毅然とした表情をつくろうのに一瞬の間を要した。「あなたを悼《いた》む方々は大勢いるわ」きっぱりと言った。

わたしも含めて。

「どこを歩いてらしたの？」アンは尋ねた。詳しく尋ねなければと自分に言い聞かせた。細かなことこそ欠かせない。細かな事柄は簡潔に淡々と説明されるので、事実を追うのに忙しく、誰かを悼んだり心配したり気遣ったりといった感傷に浸る暇はなくなる。「メイフェアで？　そんな危険があるところだとは信じられないけれど」

「メイフェアじゃない」ウィンステッド卿が言った。「でも、そこからさほど離れたところではなかった。チャタリス卿の家から帰る途中だったんだ。もう陽も沈んで遅い時刻だった。注意を怠っていた」

アンはチャタリス伯爵の住まいがどこにあるのかは知らなかったが、ウィンステッド邸からさほど離れているとは思えなかった。貴族たちのロンドンでの住まいはわりあい狭い地区に寄り集まっている。たとえチャタリス卿がそうした高級住宅街のはずれに住んでいたとしても、ウィンステッド卿が帰路に物騒な通りを歩く道理がない。

「そんなにも危険な街になっていたとは思わなかったわ」アンはふと、もしやウィンステッド卿が襲われたことと、ピカデリーでジョージ・チャーヴィルを見かけたことが関係してはいないだろうかと考えて、唾を飲みこんだ。まさか、そんなことがありうるだろうか？

ウィンステッド卿とともにいるのを人に見られたのは――前日にハイド・パークに行ったとき――一度きりだし、それも誰から見ても、この伯爵とともにいた女性が従妹たちの家庭教師であるのは一目瞭然《りょうぜん》だったはずだ。

「先日の晩に家まで送ってくださったことを感謝しなくてはいけませんわね」

ウィンステッド卿が顔を振り向け、アンはそのまなざしの強さに息を奪われた。「半マイルもの夜道をきみひとりで歩かせることなどできるものか」

アンはぼんやり唇を開き、何か答えなければと思いつつ、見つめることしかできなかった。目が合い、青い瞳が驚くほど鮮やかに澄んでいるのに気づき、呆然となった。しかもその瞳の奥には……何かが見えた。もしくはただの気のせいだろうか。それとも見透かされているのはこちらのほうなのかもしれない。秘密も、恐れも、すべてを見通されているような気がする。

欲望すらも。

アンはようやく息を吹き返し、慌てて目をそらした。いまのはなんだったの？　それより、いったいいまのは誰の考え？　だってこのわたしが未来に夢を抱いて目の前の男性を見つめることなどありえないのだから。夢をみようとは思わない。運命など信じていない。そもそも人の目が心を映す鏡だなんてけっして信じられない。かつてジョージ・チャーヴィルの目に裏切られてからは。

アンは唾を飲みこみ、気持ちを落ち着かせる間をとってから口を開いた。「まるでわたしにだけそんなふうに思ってくださっているようにおっしゃるのね」思いのほか平静な声が出てほっとした。「でも、あなたはどのご婦人にでも同じことをなさるでしょう」

つい先ほどの真剣なまなざしは幻想に過ぎなかったのだろうかと思うほど、ウィンステッド卿はいたずらっぽく笑い返した。「たいがいのご婦人は嬉しそうなふりをしてくれるものだが」

「わたしはたいがいのご婦人とは違うと、お伝えしておいたほうがよさそうね」アンはさらりと返した。

「ぼくたちが舞台に上がれば、よどみない演技ができそうだ」

「ハリエットに伝えておかなくちゃ」アンはくすりと笑った。「すっかり劇作家のつもりなの」

「そうなのか？」

アンはうなずいた。「また新たな作品を書きはじめてるわ。なんだかとても重苦しい物語で、ヘンリー八世を題材にしたものよ」

ウィンステッド卿が顔をしかめた。「ぞっとするな」

「アン・ブリン（ヘンリー八世の二番目の妃）役をやってほしいと頼まれたわ」

ウィンステッド卿は笑いをこらえてむせた。「それでは、おばが払っている給金ではまだまだ足りないな」

それについての返答は差し控えて、アンは言った。「あの晩、お気遣いくださったことは、心から感謝しています。でも、わたしは嬉しいというより、ご婦人すべての身の安全を思いやってくださる紳士の精神にはるかに胸を打たれますわ」

ウィンステッド卿はしばしじっと考えこんでから、うなずき、またも頭をわずかに片側に傾けた。とまどっているのだとアンは気づいて意外に感じた。このようなことで感謝されることには慣れていないのかもしれない。

アンはひそかに微笑んだ。座席の上で腰をずらすしぐさがなんとなくかわいらしい。どうみても容姿や人柄を褒められることには慣れているはずなのに。

つまりは善良な振るまいを褒められるのには慣れていないということ？　自分が気づくのが遅すぎただけなのかもしれないけれど。

「痛むの？」アンは尋ねた。

「頰のことかい？」ウィンステッド卿は首を振り、けれどもなぜか言い添えた。「まあ、少し」

「でもきっと、暴漢たちのほうがあなたより痛がっているはずなのよね？」アンは微笑んだ。

「ああ、もっとひどいはずだ」ウィンステッド卿が言う。「これよりはるかに重傷だ」

「それがけんかでは大事な点なの？　相手に自分よりひどいけがを負わせなくてはいけないのかしら？」

「ぼくがそう思っているのはもう知ってるだろう。ばかげていると思ってるのかい？」ウィンステッド卿はやけにいかめしい表情になった。「おかげでぼくは国を追われたわけだが」

アンはウィンステッド卿が起こした決闘騒ぎについてはよく知らなかったが思わず問いかけた。「そうだったの？」いくら血気盛んな若者たちでも、そこまでばかげたことをするとは信じられなかった。

「いや、正確には違うんだが」ウィンステッド卿は言いあらためた。「同じくらい愚かなことだった。ぼくはいかさまをしたと言われて、その相手を殺しかけたんだ」射貫くような視線を向けた。「どうしてなんだろう？　どうしてそんなことをしてしまったのやら」

アンは押し黙った。

「殺そうとしたわけではなかったんだ」ウィンステッド卿は妙に性急な動きで坐りなおした。「事故だった」いったん間があき、アンはじっと顔を見つめた。ウィンステッド卿は目を合わせずに続けた。「きみならわかってもらえるんじゃないかな」

もちろんアンにはわかった。この男性はそんなにもささいなことで人を殺しはしない。けれども、ウィンステッド卿はあきらかにそれ以上そのことには触れたくなさそうだった。だからさりげなく言った。「どこへ向かってるの？」

すぐには答えてもらえなかった。ウィンステッド卿は目をしばたたき、それから窓の向こうを見て、ようやく口を開いた。「わからない。御者にはあとで指示を出すまで適当に流してくれと言っておいた。プレインズワース邸に戻る前に、きみには少し時間が必要だと思ったから」

アンはうなずいた。「きょうの午後はお休みをいただいたの。すぐに帰る必要はないわ」

「片づけておきたい用事はないのかい？」

「ええ、もう――あるわ！」アンは声をあげた。なんてこと、どうして忘れていたの？「いいえ、あるわ」

　ウィンステッド卿は頭を傾けて応じた。「どこでも行きたいところへお連れしよう」

　アンは手提げ袋をつかみ、なかで紙が擦れる音を聞いて安堵した。「たいしたことではないの、手紙を投函するだけだから」

「それなら無料送達の署名をして出しておこうか？　ぼくは貴族院に席をおいているわけではないが、無料送達の特権は認められているはずだ。たしか父も使っていた」

「けっこうですわ」アンはすぐさま言った。その厚意を受ければたしかに郵便の集配所まで行く手間が省けるし、言うまでもなく姉のシャーロットにお金を使わせずにすむ。けれども、もしウィンステッド伯爵の署名の入った手紙を両親に見られたら……。

　父も母もどういうことかと詮索せずにはいられないだろう。

「お気遣いには心から感謝します」アンは言った。「でも、あなたのご厚意をお受けするわけにはいきません」

「ぼくの厚意というわけじゃない。礼なら、わが国の郵政省に言ってくれ」

「それでもやはり、わたしのような者の手紙に、あなたの無料送達の特権を使わせていただくことはできません。郵便の集配所まで送ってくださるだけで……」アンは窓の外に目をやり、どの辺りに来ているのかを確かめた。「たしかトテナム・コート・ロードに一カ所あったはず。そうでなければ……あら、ずいぶん東へ来てしまったようだわ。それなら、ハイ・ホルボーンへ行っていただけないかしら。キングズウェイまでは行かずに」

沈黙が落ちた。

「きみはずいぶんとロンドンの郵便集配所に詳しいんだな」

「えっ、ええ、でもそれほどでは」アンは慌てて胸のうちで自分を叱り、必死に上手な言いわけを探した。「郵便の仕組みに興味を引かれているだけです。ほんとうにすばらしくて感心してしまうんですもの」

ウィンステッド卿はまじまじとこちらを見ていて、言葉どおり受けとってくれたのかどうかはわからなかった。言いつくろおうとしてとっさに口に出したこととはいえ、さいわいにも本心だった。この国の郵便の仕組みには深い関心を抱いている。国のなかを手紙が行き交う速さには驚かされる。ロンドンから出した手紙が三日後にはノーサンバーランドに届くのだから。まさしく魔法のように。

「いつか手紙を追いかけてみたいわ」アンは言った。「どこへ運ばれていくのか見たいから」

「宛先に届くだけのことだろう」と、ウィンステッド卿。

アンは軽く受け流されて唇を引き結び、少しおいて言った。「でも、どんなふうに届けられるのかしら？　魔法みたいでしょう」

ウィンステッド卿はちらりと笑みを見せた。「じつを言えば、これまでわが国の郵便の仕組みをそこまで敬うべき優れたものとは考えていなかったんだが、新たなことに気づかされるのはいつでも楽しい」

「手紙が届けられるのがこれ以上速くなるのは想像できないわ」アンは楽しげに続けた。

「人が飛べるようにでもならないかぎり」

「昔から鳩に運ばせる手法はあった」ウィンステッド卿が言う。

アンは笑った。「鳥の群れが手紙を運ぶためにいっせいに空へ飛び立つ光景なんて、想像できる？」

「恐ろしい光景だな。その下を自分たちが歩くとなるとよけいに」

アンはまたもくすくす笑った。こんなにも楽しい気分になれたのはいつ以来のことなのか思いだせない。

「では、ハイ・ホルボーンへ。きみの手紙をロンドンの鳩たちにまかせるわけにはいかないからな」ウィンステッド卿は身を乗りだし、馬車の幌を上げて御者に行き先を告げ、ふたたび座席に腰を戻した。「ミス・ウィンター、ほかにぼくにお手伝いできることはないだろうか？　なんなりとお受けするが」

「いいえ、ありませんわ。あとはプレインズワース邸に送り届けてくだされば……」

「そんなに早く帰るのかい？　せっかくの休みなのに？」

「今夜はやらなければいけないことがたくさんあるので」アンは説明した。「旅の準備——あら、当然あなたもご存じのはずだわ。あす、バークシャーの……」

「ウィップル・ヒルに行く」ウィンステッド卿があとを引きとった。

「ええ。あなたが申し出てくださったと」

「ドーセットまで行くよりはましだろうと思ってね」

「でもあなたは――」アンは言葉を切り、顔をそむけた。「なんでもありませんわ」

「もともと行く予定はあったのかと訊こうとしたのかい？」ウィンステッド卿はしばし待ってから続けた。「その予定はなかった」

アンは舌先で唇を湿らせたものの、目を合わせることはできなかった。危険すぎる。手の届かないものを望むのはやめたほうがいい。望んではいけない。かつて望んでしまったために、いまだにその代償を払わされているのだから。

しかもウィンステッド卿は、おそらく自分にとってどんな夢より手の届く見込みのない相手だ。そのようなものに手を伸ばせば、きっと身を滅ぼしてしまう。

それなのに、どうしてこんなにもこの男性に惹かれているのだろう。

「ミス・ウィンター？」その声は暖かなそよ風のように耳に届いた。

「でしたら――」アンはできるだけふだんの声に近づけようと咳払いをした。「おばさまにご都合を合わせてさしあげたんですもの、ほんとうにおやさしいのね」

「おばのためじゃない」ウィンステッド卿は穏やかに言った。「きみにはわかってもらえるだろう」

「どうして？」アンは静かに尋ねた。その問いかけの意味は説明するまでもなく、ウィンステッド卿にはわかっているはずだった。

どうして行くことにしたのかを訊いたのではない。どうしてわたしならわかると思うの？　けれども、答えてはもらえなかった。少なくともすぐには。やむなく、目を合わせるしかないとアンが思ったとき、ウィンステッド卿が口を開いた。「わからない」

その言葉に、アンは目を向けた。あまりに率直な思いがけない返答に、見つめずにはいられなかった。ウィンステッド卿の顔を眺めるうち、どういうわけか無性にその手に触れたい思いに駆られた。どのような形であれ結びつきたい。

でも、触れなかった。できなかった。たとえウィンステッド卿にはわからなくても、アンには、してはならないことがわかっていた。

8

翌日の夕方、アンはプレインズワース家の旅用の四輪馬車を降りて、初めて目にするウィップル・ヒルをじっくりと眺めた。重厚で厳《おごそ》かな美しい屋敷が、木々に縁どられた大きな池を見おろすように、なだらかな丘陵の真ん中に建っている。ウィンステッド伯爵家が代々受け継いできた所領にしては、なんとも言えない素朴さが感じられることにアンは驚かされた。貴族の大邸宅はさほど見慣れているわけではないけれど、これまで目にしてきたのはどれもともかく豪奢なものばかりだった。

太陽はすでに地平線の下に沈んでいたが、黄昏《たそがれ》どきの柔らかいオレンジ色の光が辺りに垂れこめ、急速に日が暮れるまぎわの仄《ほの》かなぬくもりを漂わせている。アンはすぐにも自分にあてがわれた部屋に入って、夕食代わりに温かいスープでも口にしたいところだった。けれども乳母のフランダーズが前夜に腹痛で寝込んでしまい、ロンドンに残ることとなって、アンが乳母と家庭教師のふたつの役目をまかされたため、ひと息つくより先にまずは少女たちを部屋に落ち着かせなければならなかった。レディ・プレインズワースは田舎に滞在中にもう一日、午後の休みをくれると約束したが、具体的にいつになるかは明言していなかったので、忘れられてしまいそうな不安もある。

「さあ、行きましょう」アンはてきぱきと声をかけた。ハリエットは先に着いたサラとレディ・プレインズワースが乗っていた馬車のほうへ駆けだしていき、エリザベスもまたすでに後続の馬車のところに駆け戻っていた。侍女たちと何か話をしているようだが、アンは憶測する気にもなれなかった。

「わたしはここにいるわ」フランシスが得意げに言った。

「ええ」アンは応じた。「きょうはあなたがご褒美の金星《ゴールド・スター》を獲得ね」

「本物の金星でなければ仕方がないわ。本物をくれたら、毎週のお小遣いをこつこつ貯めなくてもすむのに」

「わたしが本物の金星を持っていたら」アンはいたずらっぽく片方の眉を上げて答えた。「あなたたちの家庭教師をせずにすむはずでしょう」

「あら、そうよね」フランシスはいたく納得して言った。

アンはウインクした。相手が十歳の少女であれ、敬意を示されればやはり嬉しい。「あなたのお姉さんたちはどこに行ってしまったの？」つぶやくように言い、大きな声で呼びかけた。「ハリエット！　エリザベス！」

ハリエットが飛び跳ねるようにして戻ってきた。「お母様から、ここにいるあいだは大人たちと一緒に食事をしてもいいと、お許しをもらったわ」

「ふうん、でもエリザベスお姉様はきっとすねるわね」フランシスが言う。

「すねるってなんのこと？」エリザベスも戻ってきて問いかけた。「それよりペギーから信じられないような話を聞いたのよ」

ペギーとはサラの侍女だ。アンもとても好感を抱いている女性だが、大変な噂好きでもある。

「何を聞いたの?」フランシスが訊いた。「それと、ここにいるあいだはハリエットお姉様は大人たちと一緒に食事をとるんですって」

エリザベスは不服そうに息を呑みこんだ。「それはあきらかに不公平だわ。それと、ペギーが言うには、ダニエルがミス・ウィンターも家族と一緒に食事をするようにと言っていたと、サラお姉様から聞いたそうよ」

「それはありえないわ」アンは断言した。家庭教師が家族の食事の席に加わるのはたいてい頭数を揃えなければならないときにかぎられ、間違いなく礼儀にもとる行為だ。そのうえ今回はほかにもやらなければいけない務めを担っている。アンはフランシスの頭にぽんと軽く手をおいた。「わたしはあなたと食事をとるわ」

乳母のフランダーズが寝込んで来られなかったのは不幸中の幸いだ。ウィンステッド卿が家庭教師を夕食に同席させようとしているとは、いったい何を考えているのか想像もつかない。わざわざ気まずい思いをさせてどうしようというのだろう。領主が家庭教師を夕食に招くなんて。ベッドをともにしようと誘いかけているのと変わらない。

ひょっとしてほんとうにそのような気があるのかもしれない。雇い主からの迷惑な誘いを断わらなければならない場面はこれまでにも経験していた。

少しでも応じたい気持ちが心の片隅に芽生えたのは、これが初めてだけれど。

「こんばんは！」ウィンステッド卿が玄関先の柱廊に客を出迎えに現われた。

「ダニエル！」フランシスが甲高い声をあげた。百八十度向きを変え、姉たちを押しのけるようにして駆けだしていき、従兄を押し倒さんばかりの勢いで抱きついた。

「フランシス！」レディ・プレインズワースが叱った。「もう従兄に飛びつくような歳ではないでしょう」

「かまいませんよ」ウィンステッド卿は笑いながら言った。幼い従妹の髪をくしゃりと撫でて、にっこり笑う。

フランシスが顔だけを振り向けて母に問いかけた。「ダニエルに飛びついてはいけないくらい大きくなったのなら、もう大人たちと食事をしてもいい歳ということよね？」

「まだそこまでは大きくなってないわ」レディ・プレインズワースがにべもなく答えた。

「だけど、ハリエットお姉様は――」

「あなたより五つ年上よ」

「わたしたちは子供部屋で楽しく過ごしましょう」アンは呼びかけて、フランシスを従兄から引き離しに向かった。ウィンステッド卿がこちらに顔を向け、アンはその親しげで熱っぽいまなざしに肌が熱くなった。いまにも夕食に同席するよう言いだされかねないので、すかさず全員に届く大きな声で言い添えた。「いつもは自分の部屋で食事をとっているのですが、乳母のフランダーズが寝込んでしまったので、代わりにわたしが子供部屋でエリザベスとフランシスと楽しく食べさせていただきますわ」

「ほんとうにあなたには助けられてばかりだわ、ミス・ウィンター」レディ・プレインズワースが声高らかに言葉を差し入れた。「あなたがいなくては、わたしたちはとてもやっていけないわね」

「音楽会に続いて、今回もだからな」ウィンステッド卿が同調して言った。

なぜあえてそのようなことを言うのだろうとアンは目をやったが、ウィンステッド卿はすでにフランシスのほうに注意を戻していた。

「ここにいるあいだに、また演奏会をするのもいいわね」エリザベスが提案した。「きっと楽しめるわ」

夕闇のなかなので断言はできないが、ウィンステッド卿が顔色を変えたようにアンには見えた。「ヴィオラは持ってきてないわ」即座に言った。「ハリエットのヴァイオリンも」

「それなら――」

「あなたのコントラバスーンも」アンはフランシスに尋ねる隙を与えず付け加えた。

「あら、でもここはウィップル・ヒルよ」レディ・プレインズワースが言う。「スマイス－スミス家の屋敷で、楽器を豊富に取り揃えていないところはないのだから」

「コントラバスーンもある?」フランシスが期待のこもった声で訊いた。

ウィンステッド卿はいぶかしげな顔をしながらも言った。「探してみればいい」

「そうね! ミス・ウィンター、手伝ってくれる?」

「もちろんよ」アンは低い声で応じた。家族の集まりにかかわらずにいられるのなら、どのようなことにも進んで取り組める。

「サラお姉様はだいぶ体調がよくなったみたいだから、今回はあなたがピアノを弾かなくても大丈夫よ」エリザベスが言い添えた。

すでにレディ・サラが屋敷に入ったあとでよかったとアンは胸をなでおろした。ここにいたなら、突如病気がぶり返したという、むずかしい演技を強いられていたはずなのだから。

「そろそろなかに入ろう」ウィンステッド卿が言った。「着替える必要はない。バーナビー夫人が気楽にとれる夕食を用意してくれているから、エリザベスもフランシスも、みんなで食べよう」

それにきみもだ、ミス・ウィンター。

声に出してそう言ったわけではない。ウィンステッド卿はこちらを見やりもしなかったが、それでもアンは暗黙の呼びかけを感じとった。

「ご家族お揃いで、お食事をとられているあいだに」アンはレディ・プレインズワースに言った。「わたしは部屋にさがって休ませていただければありがたいのですが。旅で少し疲れてしまったので」

「もちろん、かまわないわ。あなたにはこの一週間のために活力を蓄えておいてもらわないと。とても忙しくさせてしまって申しわけなく思ってるわ。ごめんなさいね、子守まで」

「ミス・ウィンターがかわいそうだということ？」フランシスが訊いた。

アンは教え子に微笑みかけた。にっこりと。

しないから」

「心配しないで、ミス・ウィンター」エリザベスが言う。「それほどあなたの手を焼かせは
「まあ、ほんとうに？」

エリザベスは無邪気なふりをよそおった。「計算の勉強をなしにしてさえくれたら」

ウィンステッド卿が含み笑いをして、アンを見やった。「誰かに部屋へ案内させよう」

「ありがとうございます、伯爵様」

「一緒に来てくれ。ぼくが手配しよう」ウィンステッド卿はおばと従妹たちのほうを向いた。「みんなは先に朝食用の食堂に行っててくれ。今夜は気楽な食事にするので、バーナビー夫人がそちらに用意するよう従僕たちに頼んであるはずだ」

アンは仕方なくウィンステッド卿のあとについて玄関広間を抜け、肖像画が並ぶ細長い廊下に入った。自分を見おろす恰幅のよい男性が身につけたエリザベス朝風の襞襟《ひだえり》からすると、こちら側から古い順に飾られているのだろう。アンは部屋に案内してくれるはずの女中や従僕の姿を探したが、どこにも見あたらなかった。

そこにいたのは、とうにこの世を去った二十人以上ものウィンステッド卿ばかり。

アンは立ちどまり、あらたまって身体の前で両手を組みあわせた。「どうかご家族のところへお戻りください。きっともうすぐ女中が……」

「屋敷の主人として、そんなことができるだろうか？」ウィンステッド卿がなめらかに尋ねた。「旅行鞄のようにきみを放りだして行けと？」

「なんですって?」アンはいくぶん警戒心を含んだ声で訊き返した。まさか自分で案内するつもりでは……。

ウィンステッド卿が微笑んだ。貪欲そうに。「ぼくが部屋まで案内しよう」


ダニエルはこのように紳士にあるまじき振るまいをしようとは考えてもいなかった。だが、第三代ウィンステッド伯爵(ヘンリー八世と同じく七面鳥の脚をたらふく頬張っていたことだけは間違いない)の絵を見上げるミス・ウィンターは耐えがたいほど魅力的だった。ほんとうに初めは女中を呼んで部屋まで案内させるつもりでいたはずが、鼻にわずかに皺を寄せた彼女の優美な表情を見ているうちにどうにも気持ちを抑えられなくなった。

「ウィンステッド卿」ミス・ウィンターが口を開いた。「そのようなことは……そのようなことが不適切であるのは、あなたもご存じのはず……」

「いや、心配無用」ダニエルは言葉に窮したミス・ウィンターをすかさず救った。「きみの貞操は安全だ」

「でも、評判に傷がつきます!」

それは言えている。

「だからできるだけ急いで……」ダニエルは言いよどんだ。「だからその、何事も迅速に見苦しくなくすませることが肝心だ」

ミス・ウィンターは目の前の男に角が生えてでもいるかのようにじっと見ていた。それも見苦しい角が。

ダニエルは性懲りもなく微笑んだ。「急いで夕食をとりに階下《した》に戻れば、ぼくが自分できみを案内したとは誰にも思われない」

「そういう問題ではないわ」

「そうなのか？　評判に傷がつくことを心配していたじゃないか」

「ええ、でも――」

「ならば急ごう」ダニエルはそう続け、ミス・ウィンターがどのような抵抗を試みようとしたにせよ打ち切った。「そもそも、仮にぼくにその気があったとしても、きみを誘惑するほどの時間はない」

ミス・ウィンターが唖然となった。「ウィンステッド卿！」

失言だった。が、このうえなく愉快だ。

「冗談さ」

ミス・ウィンターがじっと見返した。

「口が滑っただけのことだ」ダニエルはすぐさま弁解した。「ほんとうにそう思ったわけじゃない」

それでもミス・ウィンターは無言だった。ややあって、言った。「あなたは頭がどうかしているのよ」

「その可能性は大いにありうる」ダニエルは楽しげに認めた。西側の階段へ向かう廊下を身ぶりで示した。「というわけで、行こう」しばし待ってから、付け加えた。「きみに選択肢はないだろう」

ミス・ウィンターが身を堅くし、ダニエルはとんでもない失言をしたのだと気づいた。何かいやな過去を思い起こさせてしまったのかもしれない。かつて選択肢がない状況に追い込まれたといったことを。

いや、たとえそのようなことがなかったとしても、おそらく失言には違いなかった。これまで女中に手を出したことも、夜会で若い令嬢を口説いたこともなく、ご婦人にはつねに礼儀正しく接してきた。ミス・ウィンターにだけ礼儀を欠いた振るまいが許されるなどという道理はない。

「許してほしい」ダニエルは丁重に頭をさげた。「礼儀を欠いていた」

ミス・ウィンターが唇を開き、立てつづけに何度か瞬きを繰り返した。鵜呑みにしていいものか迷っているのだろう。呆気にとられたように黙りこんだ表情から、判断しようのないとまどいが窺える。

「心から申しわけないと思っている」

「わかっています」ミス・ウィンターが即座に応じ、ダニエルは本心からの言葉であるのを感じとった。そうだと信じたい。ほんとうはそう思っていなかったとしても、礼儀としてやはりそう答えるのだろうが。

「だが、説明させてくれ」ダニエルは続けた。「ぼくがきみに選択肢がないと言ったのは、きみがおばに雇われているからではなく、この屋敷に不案内だからという意味なんだ」

「わかっています」ミス・ウィンターが繰り返した。

けれども、ダニエルはさらに説明を続けずにはいられなかった。なぜなら……なぜなら……なぜならこの女性に悪く思われることだけはどうしても耐えられないからだ。「客人には誰であれそう言っていただろう」言いわけがましく聞こえないよう祈った。

ミス・ウィンターは何か言いかけたが、思いなおしたらしく口を閉じた。おそらく、また〝わかっています〟という言葉だったからなのだろう。それからただじっと、なおも第三代伯爵の肖像画のそばに立ったままのミス・ウィンターを見つめて辛抱強く待っていると、ようやく言葉が返ってきた。「ありがとうございます」

ダニエルはうなずいた。これまで何千回としてきたように、紳士らしい洒脱で物柔らかなしぐさだったが、内心では安堵の突風に吹き飛ばされかねないほどほっとしていた。自分に呆れた。いや、より端的に言うなら、情けなかった。

「あなたは弱みにつけ込むような方ではありませんもの」ミス・ウィンターが言い、その瞬間、ダニエルは確信した。

アン・ウィンターには誰かに傷つけられた過去がある。つまり自分より腕力や権力の強い者に無理強いされるとはどういうことなのかを知っているのだと。

ダニエルは激しい怒りに胸をきつく締めつけられた。いや、これは哀しみ、それとも悔しさだろうか。

自分が抱いている感情の正体がわからない。こんなふうに考えが支離滅裂に入り乱れ、とめどなく書き換えられていく物語のごとく錯綜《さくそう》しているような感覚は、生まれて初めてだった。ただひとつ確かなのは、ミス・ウィンターに近づいたり抱き寄せたりしないためには、渾身の気力が必要だということだ。音楽会の晩に触れあったときの彼女の香りも身のふくらみも、ぬくもりの温かみですらも、まだはっきりと憶えている。

この女性が欲しい。そのすべてが。

とはいうものの、なにしろ家族が夕食の席で自分を待っているし、居並ぶ額縁の内側から祖先たちに見おろされ、しかも当の女性は痛々しいほど不安げに自分を見つめている。

「ここで待っていてくれれば」静かに言葉を継いだ。「女中に部屋まで案内してもらえるよう頼んでおく」

「ありがとうございます」ミス・ウィンターはわずかに膝を曲げて頭をさげた。

ダニエルは肖像画が並ぶ廊下の突きあたりへ向かって歩きだしたが、数歩進んだところで足をとめた。振り返ると、ミス・ウィンターは先ほどと同じ場所からまったく動いていなかった。

「どうかなさいました？」

「これだけは知っておいてほしい――」ダニエルはとっさに切りだした。

何をだ？　何を知っておいてほしいんだ？　どうしてそんなことを口走ってしまったのかわからない。

どうかしている。だが、そんなことはとうにわかっていた。この女性に出会ったときから
ずっとどうかしているのだから。
「ウィンステッド卿？」ミス・ウィンターが、まる一分は続きを待ってから問いかけた。
「なんでもない」ダニエルは低い声で答えて、足が廊下の先まで進んでくれることを切に願
いつつふたたび背を返した。ところが、足は動かなかった。ミス・ウィンターに背を向けた
ままぴたりと立ちどまり、自分を叱咤《しった》した。ともかく、動けと。足を踏みだせ。行け！
けれども、心にひそむ裏切り者にもう一度だけ見たいとせがまれ、振り返った。
「どうか心おきなく」ミス・ウィンターが静かに言った。
すると、ダニエルは何をしようとしているのか自分でもわからないうちに引き返しはじめ
ていた。「そうするとも」
「どうなさったの？」ミス・ウィンターの目がとまどいで翳った。そのとまどいは不安を孕《はら》
んでいた。
「心おきなくさせてもらう」ダニエルは答えた。「そう言ってくれただろう」
「ウィンステッド卿、わたしはそういう意味で言ったのでは――」
ダニエルは一メートルほど手前で足をとめた。ここからなら手は届かない。自分を信じて
はいるが、完全にではなかった。
「こんなことをなさってはいけないわ」ミス・ウィンターがか細い声で言った。
しかしもう手遅れだ。「きみにキスしたい。きみに知っておいてほしかったのはそのこと

だ。ほんとうにそうするわけではないとしても、つまりきみが望んでいないのなら、少なくともいますぐにはできないわけだが……できないとしても、ぼくが望んでいたことは知っておいてほしい」ひと呼吸おき、ミス・ウィンターの口もとに目を向け、ふっくらとして、ふるえている唇を見つめた。「いまでもしたい」

息を呑む音が聞こえたが、もとから黒かったのではないかと思うほど暗く翳った青い瞳を目にして、ミス・ウィンターもまた自分を求めてくれているのを読みとった。驚いているのはありありとわかるが、それでもたしかに求めてくれている。

ダニエルは実際にキスをするつもりはなかった。この場にふさわしいことではないのは承知していた。けれども、言わずにはいられなかった。ミス・ウィンターに自分が望んでいることをどうしても知っておいてもらわなければ。

ミス・ウィンターがいま鏡を見ることができたなら、自分も同じものを望んでいることに気づいてもらえたはずだ。

「きみとのキスを」必死に抑えつけた欲望で熱せられた声で言った。「きみとのキスを……魂が揺さぶられるほど激しく求めてしまう。どうしてなのかはわからないが、ピアノを弾いているきみを見たときから、この気持ちは日増しに強くなるばかりなんだ」

ミス・ウィンターが唾を飲みこみ、優美な首が蠟燭のゆらめく灯りに照らされている。けれども言葉は返ってこなかった。それでもかまわない。言葉を期待していたわけではない。

「キスがしたい」ダニエルはかすれ声で言った。「それから、もっとほかのことも。きみには想像もつかないことまで望んでいる」

ふたりは向かいあって沈黙し、視線が絡まった。

「でも、なによりも」ダニエルはささやくように続けた。「きみとキスがしたい」

それから、吐息よりいくらか大きいくらいの静かな声で、ミス・ウィンターが言った。

「わたしも、そうしたいわ」

9

わたしも、そうしたい。

わたしはどうかしている。

そうとしか考えられない。この二日間、この男性を求めてはいけないありとあらゆる理由を自分に言い聞かせていたというのに、人目のないところでふたりきりになったとたん、なんてことを言ってるの？

アンはすぐさま手で口を覆った。慌てたからなのか、指先だけには分別が残っていて、取り返しのつかない過ちを防ごうと勝手に動いたからなのかはわからない。

「アン」ウィンステッド卿が燃え立ちそうな熱っぽい目で自分を見ている。

ミス・ウィンターではなく、アン。ウィンステッド卿は礼儀を欠いている。まだ名で呼ぶ許しを求められてもいないのだから。けれど感じなければいけないはずの憤慨は湧いてこなかった。なぜならこの男性にアンと呼ばれたとき、初めてほんとうの名であるように思えたからだ。八年もアン・ウィンターを名乗ってきたものの、ほかの人々からはいつもミス・ウィンターと呼ばれている。自分をアンと呼ぶ人はいない。ただのひとりも。

この瞬間まで、そのことをあらためて考えてみたことすらなかった。

これまではまだ心のどこかで、またアナリースと呼ばれ、毎朝どのドレスを身につけるのかが最大の悩みだった頃の暮らしに戻りたがっているものと思い込んでいたけれど、ウィンステッド卿に名を呼ばれてみてようやく、いまの自分を好きになっていたことに気づかされた。この暮らしに至るまでの出来事はいまだ思い返すのもつらいし、いつの日かジョージ・チャーヴィルに見つかって、何もかも台無しにされてしまう恐怖も抱いているとはいえ、いまの自分は好きだ。

驚くべき発見だった。

「今回かぎりと約束できる？」アンは小声で問いかけた。どうしても、そうしたかったからだ。たとえそれ以上望めないことはわかっていても、夢のような心地を味わってみたい。

「一度キスをしたら、もうしないと約束できる？」

ウィンステッド卿の目は翳り、答えてもらえそうにはなかった。じっと身をこわばらせているせいか顎がふるえていて、苦しげな息遣いだけが聞こえてくる。

胸のなかにじわじわと落胆が滲みだした。こんなことを頼むなんて、わたしは何を考えていたのだろう？　一度だけキスをして、もうしないで？　一度だけのキスと言いながら、ほんとうは自分ももっと多くのことを望んでいるくせに。ほんとうは――

「わからない」ウィンステッド卿がだし抜けに言った。

ぼんやりと足もとに視線を落としていたアンは、とっさにウィンステッド卿の顔に目を戻した。なおも揺るぎない真剣なまなざしで、自分を救世主であるかのように見ていた。切り傷やすり傷はまだ残っていて、目も青黒い痣に縁どられてはいるものの、アンにはその顔が、これまで目にしたなかでなにより美しいものに見えた。

「一度で足りるとは思えない」ウィンステッド卿はそう言った。

その言葉にアンは胸を躍らせた。この男性にそんなにも望まれて嬉しくない女性がいるだろうか？　けれどアンの用心深い理性は、危険な道に踏み込もうとしていることに気づいていた。かつても一度、けっして娶ってはもらえない男性に身をゆだねてしまった。そのときとひとつだけ違うのは、今回は自分が何をしようとしているのかを理解していることだ。ウィンステッド卿は伯爵で——少し前に不名誉な恥をさらしたのは事実とはいえ——それでも伯爵には変わりなく、容姿端麗で人柄も好ましい男性なのだから、また上流社会の人々に受け入れられる日もそう遠くない。

いっぽう自分は……どうなのだろう。家庭教師？　一八一六年に連絡船《フェリー》から船酔いでふらつく足でマン島の岩だらけの地に降り立って以来、偽りの名で家庭教師をして生きてきた。アン・ウィンターはあの日に生まれ、アナリース・ショークロスは……。この世からいなくなった。大海原の波しぶきのごとく一瞬にして泡と消えた。

とはいえどのみち、自分が誰であれ同じことだ。アン・ウィンター……アナリース・ショークロス……どちらにしても、タッチトン・オヴ・ストーク男爵で、ストリーザーモア子爵で、ウィンステッド伯爵でもあるダニエル・スマイス－スミスとは釣りあわない。

彼のほうがたくさんの名を持っているなんて皮肉な気がする。

でも、自分とは違って偽名ではなく、どれも本名だ。どれも堂々と名乗ることができる。

そしてそのどれもが、地位と、自分のような女性がともにいて唇を差しだしてはいけないあらゆる理由を示している。

それなのに、アンはこのひと時を手放したくなかった。この男性とキスをして、腕に抱かれるぬくもりを感じ、いまふたりを包んでいるこの夜に身をゆだねてしまいたい。穏やかで謎めいていて、いまにも何かが起こりそうな予感がして……。

どうして今夜はこんなふうに感じられるの？

アンはウィンステッド卿に手を取られても、そのままにしていた。指が組みあわされ、実際に引っぱられたわけではないものの、熱く脈打つ手に引き寄せようとする力強さを感じた。身体はすべきことを悟っていた。何を求められているのかを。

自分も同じくらい求めていることでなかったなら、たやすく拒めていただろう。

「それについては約束できない」ウィンステッド卿が静かに続けた。「でも、これだけは言える。たとえきみにいまキスをせずに、歩き去って、何事もなかったふりで夕食の席につけたとしても、もう二度ときみにキスを迫らないとは約束できない」アンの手を口もとに引き寄せた。アンは馬車のなかで手袋をはずしていたので、口づけられた肌がじんわり熱くなり、切望で疼《うず》いた。

唾を飲みこんだ。どう答えればいいのかわからない。

「いまキスをしても」ウィンステッド卿が言う。「約束はできないし、何もしなくても、やはり約束はできない。どちらを選ぶのかは、きみにまかせる」

思いあがった言い方をされたなら、身を離す気力を奮い起こせたかもしれない。自信満々な態度や、戯れを誘うような口ぶりが感じられたなら、また違う行動をとっていただろう。でも、ウィンステッド卿は無理強いしようとはしていなかった。できない約束を口にしたわけでもない。本心を伝えただけにすぎない。

そして、選択肢を与えた。

アンは息を吸いこんだ。ウィンステッド卿の顔を見上げる。

それから、ささやくように言った。「キスして」

あすには後悔するのだろう。それとも、しないかもしれない。でもいまはどちらでもかまわなかった。ふたりのあいだの隙間は消え去り、アンは逞しくて安らげる腕に抱かれた。そして互いの唇が触れあったとき、ふたたび名を呼ばれたような気がした。

「アン」

それとも、ため息、懇願、感謝の祈りだったのだろうか。

アンはためらわず手を伸ばして、ウィンステッド卿の黒っぽい髪にそっと指を差し入れた。そうしてみずからはっきりとキスを求め、それが叶えられると、すべてが欲しくなった。人生を、せめてこの瞬間だけでも、自分で選びとりたい。

「ぼくの名を呼んでくれ」ウィンステッド卿が唇を耳たぶにずらして、ささやいた。温かい吐息が耳にかかり、香油のように肌に染み入った。

けれどアンは呼べなかった。なれなれしすぎるように思えた。もうすでに自分は名で呼ばれて胸ときめかせ、そのうえ腕に抱かれて、永遠にこのままでいたいとすら願っているのだから、なぜいまさらそんなことをためらっているのかわからない。

それでもダニエルと呼べるまでの心の準備はできていない。

代わりに小さなため息なのか低い悶《もだ》え声なのかわからないものを洩らし、アンはウィンステッド卿の腕にさらにもたれかかった。温かいぬくもりに包まれ、燃えあがってしまうのではないかと思うほど身体が熱くなった。

ウィンステッド卿が両手をアンの背中にまわし、片手で腰を支え、もう片方の手で尻を包みこんだ。アンは彼の欲望の証しにきつく押されて、足が浮き上がりそうに感じた。ほんとうなら慌てて身を引くか、少なくともこうしていてはいけないことを思い起こしてもいいはずなのに、心地よいふるえを覚えただけだった。

心から求められるのはなんてすてきなことなのだろう。こんなにも自分を欲してくれる人がいる。このわたしを。いまの自分は、人目につかないところに連れ込まれて、いやらしくさわられている無力な家庭教師でもなければ、老婦人のお話し相手《コンパニオン》として、その甥に目をかけられてありがたく思えとばかりに言い寄られているわけでもない。

たやすくもてあそばれてしまう無垢な娘でもない。

ウィンステッド卿はいまのわたしを求めている。何をしている女性なのかを知る前から求めてくれていた。ウィンステッド邸で出くわしたとき、この男性がキスをしたのは……相手の女性が暗い廊下でふたりきりになっただけでも婚姻を定められてしまう公爵家の令嬢だと思い込んでいたからではない。たいして言葉も交わしていなかったのだから、おそらくそんなことはほとんど何も考えてはいなかったのだろう。どうあれ、この男性はいまも自分を求めてくれていて、しかも立場を利用しようなどとはみじんも考えているようには見えない。

それでもアンはどうにか理性を取り戻し、あるいは単に怖気づいただけなのかもしれないけれど、みずから唇を離した。「あなたは戻らなくてはいけないわ」少しでも落ち着いた声に聞こえるよう願いつつ続けた。「みなさん、待ってらっしゃるから」

ウィンステッド卿はたったいま自分に何が起こったのかが呑みこめていないかのように、まだ少しばかり興奮ぎみの目つきでうなずいた。

アンにはその気持ちがよくわかった。自分もまったく同じように感じているのだから。

「ここにいてくれ」ウィンステッド卿がゆっくりと言った。「女中にきみを部屋へ案内するよう頼んでおく」

アンはうなずき、これまでとは違ってどことなく頼りなげな足どりで廊下を歩き去っていくウィンステッド卿の後ろ姿を見つめた。

「だがこれで――」ウィンステッド卿が片腕を広げて振り返った。「これで終わりじゃない」それから、欲望と決意、それにとまどいも少なからず含んだ声で締めくくった。「終わりにはできない」

これにはアンはうなずかなかった。どちらかが分別を持たなければいけない。終わらせざるをえないことなのだから。

イングランドの天候で褒められる点はさほど多くはないが、太陽と風が然るべき役割を果たしているときにはこれ以上にすばらしい場所はなく、しかもそれがまだ東から広がるピンク色の陽射しのなかで、露に濡れた草がそよ風に吹かれて輝く朝であればなおさらだった。

ダニエルはいつにもまして爽やかな気分で朝食をとりにおりていった。いたるところの窓から射しこむ朝日で屋敷じゅうが神々しい光に満ち、ベーコンのこのうえなく芳《かぐわ》しい匂いが鼻をくすぐり、そのうえ前夜には——けっして下心だけが理由ではない——エリザベスとフランシスにも子供部屋ではなく大人の家族たちと一緒に朝食をとるよう勧めておいた。

家族がべつべつに朝食をとるなどということはばかげている。手間がよけいにかかるだけでなく、当然ながら従妹たちと過ごす時間も削られてしまう。三年ぶりに母国に戻り、ようやく帰ってこられた本邸だ。家族と、なかでも自分が留守のあいだにずいぶんと成長した従妹たちと過ごせる貴重な時間なのだからと、ダニエルはみんなに説明した。

そのときサラはあてつけがましくこちらに目を向けたように思えたし、おばもそれならお母様や妹さんと過ごすほうが先でしょうと疑問を投げかけたようにも聞こえたが、ダニエルは女性の親族を上手に受け流すことには長《た》けていた。それに、プレンイズワース家の下の娘ふたりがはしゃいで歓声をあげていて、まともに受け答えのできる状況ではなかった。

というわけで話は決まった。エリザベスとフランシスは子供部屋ではなく階下におりてきて家族とともに朝食をとる。そして、このふたりがおりてくるのであれば、ミス・ウィンターもおりて来ざるをえないのだから、すばらしい朝食の時間になるはずだ。

ダニエルは浮かれているのが目に見えてわかる足どりで玄関広間を抜け、朝食用の食堂へ向かう途中、居間の大きな窓があけ放たれているのに気づいて立ちどまった。おそらくは従僕の誰かが心地よい春風を取り入れようと機転を利かせたのだろう。ああ、まったく、なんて日なんだ。鳥たちがさえずり、空は青く、草は緑色で（これはいつものことだが、それでもやはり喜ばしい）、そのうえミス・ウィンターとキスをした。

思い起こすだけで跳びあがってしまいそうになる。

すばらしかった。信じがたいほどに。これまでにしたキスはすべて打ち消された。いまとなっては、ほかの女性たちとしたのはなんだったのかわからない。彼女たちと唇を触れあわせたことがなんであったにしろ、キスではなかった。

ゆうべしたものとは違う。

ダニエルは朝食用の食堂に着き、食器台のそばにミス・ウィンターが立っているのを目にして、胸のうちで喜びの声をあげた。だがその脇でフランシスが皿にもっと料理を盛るよう諭されているのに気づき、浮かれた考えはいっきに砕かれた。

「だって、燻製鰊《くんせいにしん》は好きではないんだもの」フランシスが言う。

「食べなくてもいいわ」ミス・ウィンターが辛抱強く応じた。「でも、ベーコン一枚だけでは夕食までもたないでしょう。卵も食べたらどうかしら」

「こういうのは嫌いなの」

「いつから？」ミス・ウィンターはいたくいぶかしげに尋ねた。あるいはただいらだっているだけなのかもしれない。

フランシスは鼻に皺を寄せ、卓上鍋を覗きこむように見おろした。「どろどろしてそうなんだもの」

「すぐに調理しなおしてもらえる」登場するのにふさわしい頃合だと見て、ダニエルは声高らかに言った。

「ダニエル！」フランシスが嬉しそうに目を輝かせて呼びかけた。

ダニエルはちらりとミス・ウィンターを見やった――いまはまだ、この腕に抱いたときほど自然にアンという呼び名は出てこない。ミス・ウィンターの表情はさほど変わらなかったが、頬はなんとも愛らしいピンク色に染まった。

「新たにひとりぶん用意してくれるよう料理人に頼んでこよう」ダニエルは言い、フランシスの髪をくしゃりと撫でた。

「そのようなことはなさらないでください」ミス・ウィンターがきびしい口調で言った。「この卵料理にはなんの問題もありませんわ。新たに用意してもらうのでは、せっかくこしらえたものが無駄になってしまいます」

ダニエルはフランシスを見おろし、思いやるふうに肩をすくめてみせた。「残念ながら、ミス・ウィンターからお許しが出そうにない。ほかに好きなものはないのかい？」

「燻製鰊は好きじゃないの」

ダニエルはその料理を見おろして、顔をしかめた。「ぼくもだ。率直に言って、ぼくの妹以外にこれを好きな者がいるとは思えない。なにしろ妹はこれを食べたあとは一日じゅう魚の匂いをさせてるんだ」

フランシスは愉快そうに目を丸くして笑いをこらえた。

ダニエルはミス・ウィンターに顔を振り向けた。「燻製鰊は好きかい？」

家庭教師はじろりと見返した。「とても」

「気の毒に」ダニエルはため息をついて、フランシスのほうに顔を戻した。「ホノーリアともうすぐ結婚するチャタリス卿には、前もって忠告しておかなければな。息が魚臭い女性とキスをしたくはないだろう」

フランシスが手でぱっと口を覆い、こらえきれないとばかりにくすくす笑った。ミス・ウィンターが睨みつけるような目を向けて言った。「この年頃の子に適切なお話とは思えませんわ」

そう言われてはこう返さずにはいられなかった。「大人にならいいわけか」

ミス・ウィンターの口もとがほころびかけた。笑いたかったのに違いない。けれども、こう答えた。「だめです」

ダニエルはがっかりしたようにうなずいた。「残念だ」

「トーストを食べるわ」フランシスが宣言した。「ジャムをたっぷり、たっぷり塗って」

「お願いだから、たっぷりだけにして」ミス・ウィンターがぴしゃりと諭した。

「フランダーズばあやなら、たっぷり、たっぷり塗ってくれるわ」

「わたしはフランダーズばあやではないの」

「まあ、いいじゃないか」ダニエルはなだめるように言った。

ミス・ウィンターがきっと睨んだ。

「子供が見ている」ダニエルはミス・ウィンターの脇を通る際にフランシスには聞こえないよう低い声でいさめた。「ところで、ほかのみんなはどこにいる？」大きな声で問いかけ、皿を手にして、まっすぐベーコンを取りに向かった。なにはともあれベーコンだ。

ベーコンを食べれば人生もよりよくまわる。

「エリザベスとハリエットはもうすぐおりてきますわ」ミス・ウィンターが答えた。「レディ・プレインズワースとレディ・サラのことはわかりません。部屋が離れているので」

「サラお姉様は早起きが苦手なの」フランシスが言い、家庭教師の顔を窺いつつジャムをすくった。

ミス・ウィンターがじろりと見返し、フランシスはジャムを一回すくったぶんだけにとどめ、ややしょげた様子で席についた。

「あなたのおばさまも早起きではありませんわ」ミス・ウィンターがダニエルに言い、自分の皿に丁寧に料理を盛った。ベーコン、卵、トースト、ジャム、コーニッシュパイ……どうやら朝食はたっぷりとる主義の女性らしい。

バターを大きくすくい、さらにオレンジのジャムもひと匙《さじ》取ってから……。

いる。

まさか、あれにいくのか。

燻製鰊に。しかも、ひとりの人間がふつうに朝食にとる量の少なくとも三倍は盛りつけて
「やはり燻製鰊も」ダニエルは問いかけた。「食べるのかい？」

「好きだと言いましたでしょう」

付け加えるなら、それに対し自分は先ほど、キスを退けるのにいかに役立つものなのかを暗に説明したはずだ。

「マン島ではほとんど主食のようなものなんです」ミス・ウィンターは最後にもうひとつおまけに粘り気のある魚をひとつ皿に取った。

「いま地理の勉強でマン島を学んでるの」フランシスが気乗りしない表情で言った。「マン島に住んでいる人たちは〝マン島〟と呼ばれてるのよ。マンクスっていう猫もいるでしょう。面白いのはそれくらいね。〝マンクス〟〝マンクス〟って名前」

ダニエルは返す言葉を考える気にもなれなかった。

「X《クス》で終わるから」フランシスは説明が足りないと思ったらしく、そう付け加えた。

ダニエルはX属（いや、X系？　それともX風？）の名であるとどうして面白いのかといったことは追及しないのが得策だと判断し、咳払いをして、ミス・ウィンターのあとからテーブルに戻った。「さほど大きな島ではないだろう」と言葉を継いだ。「学べることがそん

なにあるんだろうか」

「それどころか」ミス・ウィンターはフランシスの斜向かいの席に腰をおろして答えた。「とても歴史が豊富な島ですわ」

「それに間違いなく魚もだな」

「ええ」ミス・ウィンターはすなおに応じ、フォークを燻製鰊に突き刺した。「それだけが、あの島にいてよかったと思えた点ですもの」

ダニエルは家庭教師をしげしげと眺めつつ、その隣りのフランシスと向かい合わせの席に腰をおろした。なにしろみずからの過去には口の重い女性なので、きわめて興味深い発言だ。

ところがフランシスはまったく異なる解釈でその発言をとらえていた。三角形に食べ残したトーストを指でつまんだまま椅子の上で固まり、きょとんとした目で家庭教師を見つめた。

「それならどうして」ゆっくりと問いただす調子で訊く。「わたしたちにそこの勉強をさせてるの？」

ミス・ウィンターは驚くほど冷静に少女を見返した。「だって、ワイト島については授業の計画を立てようがないんですもの」ダニエルのほうを向き、言葉を継いだ。「じつを言うと、その島についての知識はまるでないので」

「たしかに理にかなっている」ダニエルはフランシスに言った。「知らないことは教えられないだろう」

「だけど、役に立たない勉強だわ」フランシスが言い返した。「少なくともワイト島のほうが近いもの。いつか行くこともあるかもしれない。マン島はどこにあるかもわからないところなのよ」

「アイリッシュ海にある島だ」ダニエルはさらりと指摘した。

「人は、どんなきっかけでどこに行くことになるかわからないものなのよ」ミス・ウィンターが静かに言った。「現に、わたしもあなたくらいの歳のときには、マン島に足を踏み入れることがあるとは思ってもみなかったのだから」

その声はどきりとさせられる真剣さを帯びていて、ダニエルもフランシスも押し黙った。そのうちにミス・ウィンターが小さく肩をすくめ、料理の皿に目を戻し、またも鰊を突き刺して、言った。「地図で指し示すことすらできなかったかもしれない」

またも沈黙が落ちて、今度のほうが先ほどより気まずかった。ダニエルは空気の淀みを流さなければと口を開いた。「ところで」と、いつものように時間稼ぎをして、少しでも気の利いたことを言おうと考えをめぐらせた。

「ぼくの書斎にペパーミント・キャンディがある」

ミス・ウィンターが顔を振り向け、目をしばたたいた。それから口を開いた。「なんておっしゃったの？」

「やったあ！」フランシスがマン島のことはすっかり忘れて声をあげた。「ペパーミント・キャンディは大好きよ」

「きみはどうかな、ミス・ウィンター？」ダニエルは尋ねた。

「好きよね」フランシスが代わって答えた。

「それならみんなで村まで散歩に行って」ダニエルは言った。「買ってくるのはどうだろう」

「でもいま、あるって言ったのに」フランシスがせかすように言った。

「あるとも」ダニエルはミス・ウィンターの皿に盛られた燻製鰊をちらりと見やり、ぎょっとしたように眉根を寄せた。「だが、あれだけでは足りないような気がするんだ」

「お願いですから」ミス・ウィンターはまたもあの魚にフォークを突き刺していて、それを持ち上げたままわずかにふるわせつつ言った。「わたしのせいになさらないで」

「いや、ひいてはみんなのためになることなんだ」

フランシスが眉間に皺を寄せ、従兄から家庭教師に視線を移し、ふたたびダニエルを見やった。「ふたりが何を言ってるのかわからない」口をとがらせた。

ダニエルはそしらぬふりのミス・ウィンターに穏やかに笑いかけた。

「きょうは外での授業があるのよ」フランシスがダニエルに言った。「一緒に来たらいいのに」

「フランシス」ミス・ウィンターがすぐさま言葉を差し入れた。「伯爵様にはご予定が――」

「ぜひ加わらせてくれ」ダニエルはこれ幸いとなめらかに答えた。「ちょうど、外で過ごすのにうってつけの日だと思ってたんだ。晴れわたっていて暖かい」

「イタリアでは晴れわたっていて暖かい日がなかったの？」フランシスが訊いた。

「あったが、また違った」ダニエルはやはりイタリアのものとは違うベーコンを大きくひと口齧《かじ》った。ほかの食べ物はなんでもこちらよりうまかったが、ベーコンだけはべつだ。

「どんなふうに？」フランシスが訊く。

ダニエルはしばし思い返した。「あきらかにわかる違いは、暑すぎて心地よく過ごせない日がとても多いということだ」

「でしたら、それほどあきらかではないけれど違うところは？」ミス・ウィンターが尋ねた。

ダニエルはみずから会話に入ってくれたことが無性に嬉しくて微笑んだ。「あくまでぼくにとってということだが、しいて言うなら、居心地ではないかな。はっきりとはわからないが」

フランシスがわけ知り顔でうなずいた。

「快晴の日であっても」ダニエルは続けた。「ほんとうに申しぶんのない天候だとしても、イングランドの快晴の日とは同じように感じられない。匂いが違うし、空気ももっと乾いている。むろん景色は、なかでも海辺はすばらしいんだが――」

「ここも海に近いわ」フランシスが言葉を挟んだ。「このウィップル・ヒルから十マイルくらいでしょう？」

「もっとずっと遠い」ダニエルは答えた。「だが、イギリス海峡とティレニア海では比べものにならないくらい違うんだ。いっぽうは灰緑色で荒々しく、もういっぽうは磨硝子《すりがらす》のような青さだ」

「磨硝子のように青い海を見てみたいわ」ミス・ウィンターが憧れるふうに吐息をついた。

「すばらしい眺めさ」ダニエルは請けあった。「でも、なんだか落ち着かない」

「あら、でもそれほど美しいのなら」ミス・ウィンターが言う。「きっとひどい船酔いはしないのではないかしら」

ダニエルはつい笑いを洩らした。「つまりきみは船に酔いやすいんだな？」

「うんざりするくらいに」

「わたしは船酔いしないわ」フランシスが言った。

「船に乗ったことはまだないでしょう」ミス・ウィンターがすかさず指摘した。

「そうよ、だから船酔いもしない」フランシスは得意げに答えた。「いいえ、やっぱり船酔いしたことがないというべきかしら」

「そのほうがより正確な言い方ね」

「きみは生来の家庭教師なんだな」ダニエルは親しみを込めて言った。

ところがミス・ウィンターは思いだしたくなかったことでも指摘されたかのように、急に表情を曇らせた。ダニエルは話題を変えるべきだと察して、ふたたび口を開いた。「どうしてティレニア海の話になったんだろう。たしか――」

「わたしがイタリアについて訊いたから」フランシスが元気よく答えた。

「――そうだった」ダニエルはむろんどうしてティレニア海の話になったのかはしっかりと憶えていたので、なめらかに言葉を継いだ。「ぼくもぜひ野外《アン・プレネール》の授業に参加させてくれと言いたかったんだ」
「家の外に出るってことよね」フランシスが家庭教師に言う。
「もちろんよ」ミス・ウィンターが低い声で応じた。
「そうではなくて」フランシスが言う。「わたしがちゃんとフランス語の意味をわかってい
ることを知ってもらいたかったの」
そこへエリザベスがやってきて、フランシスが姉も〝アン・プレネール〟の意味を正しく
知っているか確かめているあいだに、ダニエルはミス・ウィンターに言った。「授業に同行
してても今回はけっして邪魔はしない」
〝当然ですわ〟という言葉以外、返ってくるはずがないことはじゅうぶん承知していたが
(実際にそのとおりの言葉を返された)、会話の取っかかりとしてはこれ以上にふさわしいも
のはないと思った。ミス・ウィンターが卵を食べ終わるのを待って、言い添えた。「何かお
役に立てればいいんだが」
ミス・ウィンターはナプキンでしとやかに口をぬぐってから答えた。「あなたが加わって
くだされば、みんなはるかに楽しく授業を受けられるのではないかしら」
「きみは?」ダニエルはほがらかに笑いかけた。
「わたしもきっと楽しめますわ」ちょっぴりいたずらっぽい口ぶりだった。
「そうと決まれば、ぼくが何をするかだが」ダニエルは意気揚々と言ってから、眉をひそめ
た。「ひょっとしてきょうの午後は、解剖の勉強をするわけではないだろうな?」

「生体解剖の勉強は部屋のなかでしかしませんわ」ミス・ウィンターはとたんにとりすました顔になって答えた。

ダニエルは大きな声を立てて笑い、エリザベスとフランシス、それにあとからやってきていたハリエットもいっせいに顔を向けた。三人は格別に似ている姉妹というわけではないので妙なことなのだが、このときはもの知りたげな三つの顔がどれもそっくりに見えた。

「ウィンステッド卿がきょうの授業の予定をお尋ねになったのよ」ミス・ウィンターが説明した。

沈黙が流れた。やがて三人はたいして楽しめない話題だと判断したらしく、次々に料理のほうに顔を戻した。

「きょうの午後は何を勉強するんだい？」ダニエルは訊いた。

「きょうの午後？」ミス・ウィンターが訊き返した。「十時半には始める予定です」

「では、今朝だ」ダニエルは言いあらためて、殊勝にも反省の気持ちを示した。

「まずは地理を勉強します——マン島ではないわ」ミス・ウィンターが声高らかに告げると、三人の少女たちが慌しく顔を振り向けた。「それから算数を少しやって、最後に文学にじっくり取り組みましょう」

「わたしの好きな授業だわ！」ハリエットが声をはずませ、フランシスの隣りの席についた。

「そうね」ミス・ウィンターは温かな笑みを返した。「だからあとまわしにしたのよ。そうすれば、最後まで集中力を保てるから」

ハリエットは恥ずかしそうに微笑み、すぐにぱっと顔を輝かせた。「わたしの作品からも、どれか取りあげてくれる？」

「まだシェイクスピアの史劇の勉強が残ってるわ」ミス・ウィンターは申しわけなさそうに言った。「それに――」そこで口を閉じた。ぴたりと唐突に。

「それに？」フランシスが尋ねた。

ミス・ウィンターはハリエットをじっと見ていた。それからダニエルを見やった。そうして、ダニエルが肉屋に切り分けられる子羊のような気分になってきたとき、家庭教師はハリエットのほうへ顔を戻して問いかけた。「書いた劇作を持ってきてるの？」

「もちろんよ。いつも持ち歩いているんだから」

「いつ上演してもらえる機会が与えられるかわからないものね」エリザベスがいくぶん辛らつに付け加えた。

「ええ、それもあるけど」ハリエットはわざと妹の皮肉に気づかないふりをしたのか、ほんとうに気づいていないのか（こちらの可能性のほうが高いとダニエルは思ったが）、そう答えた。「いちばん心配なのは火事なの」

尋ねるべきではないと知りつつ、ダニエルは言わずにはいられなかった。「火事？」

「もし家に置いていて」ハリエットは語気を強めた。「わたしたちがこのバークシャーに来ているあいだに、プレインズワース邸が焼け落ちるようなことがあったらどうすればいいの？　命と同じくらい大切な作品を失ってしまうのよ」

　エリザベスがふっと軽く笑った。「プレインズワース邸が焼け落ちたら、お姉様が書いたものよりもっと心配しなくてはいけないことがたくさんあるわ」

「災いなら、わたしは雹《ひょう》が降るほうが怖いわ」フランシスが訴えるように言った。「それと、蝗《いなご》の大群も」

「ハリエットの劇作をお読みになったことは？」ミス・ウィンターがなにげないふうに問いかけた。

　ダニエルは首を振った。

「まさに、いまの会話のような作品ですわ」ミス・ウィンターはそう言うと、ダニエルがその説明を反芻《はんすう》しているあいだに、教え子たちのほうを向いて告げた。「みんな、よい知らせよ！　きょうは『ジュリアス・シーザー』の代わりに、ハリエットの劇作のひとつを学びます」

「学ぶですって？」エリザベスが唖然として訊いた。

「読みます」ミス・ウィンターは訂正した。ハリエットのほうを向く。「どの作品にするかはあなたが選んで」

「えっ、どうしましょう、悩んでしまうわ」ハリエットはフォークを置き、手のひらを不恰好な海星《ひとで》のごとく開いて胸にあてがい、考えこんだ。

「蛙が出てくるお話はやめて」フランシスが力を込めて言った。「だってどうせわたしが蛙の役をやらされるんだもの」

「蛙の役がとても上手だからだわ」ミス・ウィンターが励ますように言った。

ダニエルは沈黙を保ち、そのやりとりを興味深く見守った。むろん恐れも抱きつつ。「そんなこと言われても」フランシスがため息まじりに言う。

「心配しないで、フランシス」ハリエットが妹をぽんと叩いた。『蛙たちの沼』は選ばないわ。あれは何年も前に書いたものでしょう。最近の作品は描写がはるかに細やかになってるんだから」

「ヘンリー八世を題材にしたものはどれくらい書き進んでるの？」ミス・ウィンターが尋ねた。

「きみはそんなに頭を切り落とされたいのか？」ダニエルはつぶやいた。「アン・ブリン役をやらされることになってるんだろう？」

「まだ使えないわ」ハリエットが言う。「第一幕を見直さないと」

「わたしが一角獣《ユニコーン》を入れたほうがいいと勧めたの」と、フランシス。

ダニエルは従妹たちから目を離さずにミス・ウィンターのほうへわずかに身を傾けた。

「ぼくがユニコーンをやらされることはないよな？」

「運に恵まれれば」

ダニエルはさっと顔を振り向けた。「それはつまり――」

「ハリエット！」ミス・ウィンターは呼びかけた。「作品を選んでくれないと困るわ」

「わかったわ」ハリエットはすっくと背筋を伸ばして坐りなおした。「それなら、きょうみんなで取り組むのは……」

10

「『フィンステッド卿の奇妙な哀しき悲劇』だと？」

ダニエルの心境はたったふた言でしか表しようがなかった。なんなんだ、それは、と。

「希望に満ちあふれた結末になってるわ」ハリエットが言う。

驚きと呆れる気持ちがないまぜになっていたはずの自分の表情に、間違いなく疑念も加わった。「題名は〝悲劇〟なのにか」

ハリエットは眉をひそめた。「変えたほうがいいかもしれないわね」

「『奇妙な哀しき喜劇』ではなんだか変よ」フランシスが言う。

「いいえ、そうではなくて」ハリエットが考えこむふうに続けた。「まるきり変えるということよ」

「それにしても、フィンステッドというのは」ダニエルは食いさがった。「どうだろうか？」

ハリエットが目を向けた。「やっぱり、ひれ《フィン》では魚っぽい？」

ミス・ウィンターがずっとこらえていたらしい笑いが、卵とベーコンのしぶきとなって吐きだされた。「まあ！」慌てた声をあげたが、率直に言って同情は引きにくいへまだ。「ごめんなさい、いやだわ、不作法なことをしてしまって。でも――」さらに何か言おうとしたのかもしれないが、どうやらふたたび笑いがこみあげてきたらしく、まともに話せる状態ではなかった。

「黄色を着ていてよかったわね」エリザベスがフランシスに言った。

フランシスは自分のドレスを見おろして肩をすくめ、それからナプキンでさっと前身ごろを払った。

「赤い花の小枝模様が入っていたらもっとよかったのに」エリザベスが続ける。「ベーコンもあるから」同意を求めるように顔を向けられたが、ダニエルは咀嚼中《そしゃくちゅう》に飛びでたベーコンに関する話題には口を挟みたくなかったので、ミス・ウィンターのほうを向いて言った。

「助けてくれ。頼む」

ミス・ウィンターは気恥ずかしそうに（とはいえ、やってしまったことからすればさほどでもなかったが）うなずき、ハリエットに顔を向けた。「ウィンステッド卿は、題名が韻《いん》を踏んでいることを指摘なさったのだと思うわ」

ハリエットは何度か目をまたたいた。「韻は踏んでないわ」

「まあ、ほんと」エリザベスがいきなり声を発した。「フィンステッド、ウィンステッド？」

ハリエットは部屋じゅうの空気を吸いこんでしまいそうなほど大きく息を呑みこんだ。

「気づかなかったわ！」声を張りあげた。

「そのようね」エリザベスが間延びした声でつぶやいた。

「いつの間にか、あなたを思い浮かべて物語を書いていたのかもしれない」ハリエットが言った。ダニエルは従妹の表情からどうやら喜ぶべきことらしいと察し、笑みを取りつくろった。

「あなたは彼女たちにとって大きな存在なんですわね」ミス・ウィンターが言った。

「名を変えないと」ハリエットが疲れたようなため息をついた。「大変な手間がかかるわ。ぜんぶ書き写すようなものだもの。フィンステッド卿はほとんどすべての場面に出てくるのよ」ダニエルのほうを向く。「主役だから」

「わかるよ」ダニエルはさらりと返した。

「ぜひ、あなたに演じてほしいわ」

ダニエルはミス・ウィンターを見やった。「もう逃げ道はないんだろうか？」

裏切り者のミス・ウィンターはいたく愉快そうに答えた。「残念ながら」

「ユニコーンは出てくる？」フランシスが訊いた。「上手に演じてみせるわ」

「どちらかと言えば、ぼくのほうがユニコーンに向いていると思うんだが」ダニエルは陰気につぶやいた。

「何をおっしゃるの！」ミス・ウィンターが声高らかに言葉を挟んだ。「あなたには主役を演じてもらわなくては」

フランシスが屈託なくそれに答えた。「ユニコーンも主役になれるわ」

「ユニコーンの話はもうたくさん！」エリザベスが唐突に声をあげた。

フランシスが舌を出した。

「ハリエット」ミス・ウィンターが言う。「ウィンステッド卿はあなたの作品をまだお読みになっていないから、役柄を説明してさしあげたらどうかしら」

ハリエットが意気揚々と向きなおった。「ええ、フィンステッド卿をきっと気に入ってもらえるはずよ。とても美男子だったんだから」

ダニエルは咳払いをした。「だった？」

「火事があったの」ハリエットは簡潔に説明し、ほんとうに火事に遭った人々を思いやっているかのように深刻そうなため息をついた。

「ちょっと待ってくれ」ダニエルは懸念を抱いて、ミス・ウィンターを振り返った。「舞台で火事は起こせないだろう？」

「いいえ、違うの」ハリエットが代わりに答えた。「フィンステッド卿は最初からもう醜くなってしまった姿で登場するのよ」それからすぐに、おそらくはまずいと思うと同時に安心させなければという機転が働いたらしく、付け加えた。「舞台で火事を起こすのはあまりに危険だから」

「だが、それではつまり――」

「それに」ハリエットが遮って続けた。「あなたなら役作りに苦労せずにすむわ。だってすでに……」自分の顔を手ぶりで示して、小さな円を描いてみせた。

従妹がいったい何をしているのか、ダニエルにはさっぱりわからなかった。

「痣のこと」フランシスがささやきにしてはやけに大きな声で耳打ちした。

「ああ、なるほど」ダニエルは言った。「たしかにそうだな。哀しいかな、まだどうも顔が傷ついているという自覚がない」

「たしかにわざわざ描く必要はないわね」エリザベスが言う。

ダニエルはささやかな幸運を神に感謝したが、すぐさまハリエットが続けた。「でも、イボは描かないと」

ダニエルは感謝の念を速やかに撤回した。「ハリエット」大人らしくしっかりと従妹を見据えた。「これだけは言っておくが、ぼくは芝居を演じたことがない」

ハリエットはそれを羽虫のごとく撥ねのけた。「それがわたしの作品のすばらしいところなのよ。誰でも楽しめるんだから」

「それはどうかしら」フランシスが言う。「わたしは蛙の役は気に入らなかったわ。次の日に足が痛くなってしまったし」

「でもたしかに、『蛙たちの沼』にするのもいいかもしれないわね」ミス・ウィンターが涼しい顔で言った。「今年は濃い緑色の服が紳士のあいだで流行しているそうだし。ウィンステッド卿もきっとお持ちなのではないかしら」

「蛙の役はやらない」ダニエルは挑発するように目を細く狭めた。「きみもやるならべつだが」

「蛙は一匹しか出てこないわ」ハリエットが邪気なく指摘した。

「でも題名はたしか『蛙たちの沼』だったよな？」ばかげた指摘であるのは承知のうえでダニエルは訊いた。「複数形だろ？」ああ、まったく、こんな会話をしていてはめまいがしてくる。

「それは皮肉なの」ハリエットが言い、それはいったいどういう意味なのかとダニエルは訊きそうになって（これまで耳にしてきた皮肉というものの定義には見あわないからだ）、どうにか思いとどまった。

頭痛がしてきた。

「ご自分で読んでいただくのがいちばんね」ハリエットがちらりと目を向けた。「朝食をすませたらすぐに取ってくるわ。そうすれば、わたしたちが地理と算数を勉強しているあいだに読んでもらえるもの」

ダニエルは地理と算数を一緒に勉強したほうがまだましに思えた。とはいえ地理は好きではない。ついでに算数も。

「わたしはそれまでにフィンステッド卿の新しい名を考えておくわ」ハリエットが言う。

「そうしないと、ダニエル、ほんとうにあなたのことだとみんなに思われてしまうから。もちろん、そうではないのよ。ただ……」おそらく芝居じみた効果を狙って、言葉は切られた。

「ただ、なんなんだ？」訊かないほうがいいのは知りつつ、ダニエルは尋ねた。

「でもやっぱり、あなたは牡馬《ぼば》に後ろ向きに乗りはしないわよね？」

ダニエルは口があいたが、声は出なかった。だがその程度の失態は許されるはずだ。なにしろ、牡馬だの後ろ向きだのと言われてもわけがわからない。

「ダニエル？」エリザベスにさりげなく返答をせかされた。

「いや」どうにか言葉を発した。「いや、やったことはない」

ハリエットが残念そうに首を振った。「そうよね」

するとダニエルはどういうわけか期待を裏切ってしまったような気分に陥った。ばかばかしい。しかもなんとも癪にさわった。「そもそも、馬に後ろ向きに乗れる男などいるはずがないだろう」

「あら、そうとも言えないのではないかしら」ミス・ウィンターの声だった。

家庭教師がこのような話を擁護するとは、ダニエルは耳を疑った。「ぼくにはとても考えられないが」

ミス・ウィンターが天から落ちてくる答えを受けとめようとでもするように、ひらりと片手を上げて返した。「馬に人が後ろ向きに乗るのか、それとも馬が後ろ向きに進むのかしら？」

「両方よ」ハリエットが答えた。

「そう、そうだとしたら無理かもしれないわね」その言葉を聞き、ダニエルは危うく真剣に話しているものと信じそうになった。だがミス・ウィンターは顔をそむける寸前、あきらかに笑いをこらえようとして口の片端を引き攣らせた。なんと、自分はからかわれていたのだ。

いい度胸だが、からかう相手を間違えている。こちらは五人も姉妹のいる男だ。負けるはずがない。

ダニエルはハリエットに向きなおった。「ミス・ウィンターはなんの役を演じるんだ？」

「あら、わたしは演じませんわ」ミス・ウィンターがすかさず言葉を挟んだ。「いつもそうなので」

「それはどうしてだろう？」

「わたしは全体を見ているんです」

「その役目なら、わたしがやるわ」フランシスが言う。

「いいえ、だめ、あなたには無理なんだから」エリザベスが実の姉ならではのきつい口調ですばやく言った。

「全体を見る役目なら、わたしが務めるべきではないかしら」ハリエットが言う。「わたしが書いたんだもの」

ダニエルがテーブルに片肘をつき、手のひらに顎をのせて、お手並み拝見とばかりにまじまじと見つめると、ミス・ウィンターは気づまりそうに椅子の上で腰をずらした。ついには視線に耐えられなくなったようで、言葉をほとばしらせた。「なにかしら？」

「いや、べつになんでもない」ダニエルはため息をついた。「ただ、きみは意外に臆病なんだなと考えていただけさ」

プレインズワース家の三人の娘たちは一様に息を呑み、晩餐《ばんさん》用の皿のごとく目を丸く開いて、テニスの試合を見ているかのように従兄と家庭教師に視線を行きつ戻りつさせた。

たしかに、テニスの試合とそう変わらないのかもしれない。そうだとすれば今度は当然ながらミス・ウィンターが球を打ち返す番だ。

「臆病なのとは違うわ」ミス・ウィンターはそう返した。「レディ・プレインズワースは三人のお嬢さんがたを教養ある婦人たちの輪に加われる大人に育てるために、わたしを雇ってくださっているんですもの」それから、その少々飛躍しすぎの論理をダニエルが咀嚼しようとしているうちに、また言葉を継いだ。「わたしはただ自分に課せられた務めを果たしているだけですわ」

三組の目はさらにしばし家庭教師の顔にとどまったのち、球が弧を描いて飛んで返るように従兄のほうへ戻ってきた。

「たしかにりっぱな心意気だ」ダニエルはそう切り返した。「しかしながら、きみが手本を見せてこそ、理解が深まるものなのではないだろうか」

すると三人の目はふたたび家庭教師に戻った。

「ええ」ミス・ウィンターは言い、あきらかに時間を稼いでいるのが見てとれた。「でも、長らく家庭教師をしてきた経験から、自分が演じる才能に恵まれていないことはわかっています。ですから、わたしの下手な演技で、この子たちの心を穢したくないんです」

「演じる才能については、ぼくよりはましだろう」

ミス・ウィンターがいぶかしげに目を狭めた。「そうかもしれないけれど、あなたは家庭教師ではないわ」

ダニエルも目を狭めた。「たしかにそうだが、それとどんな関係があるんだろう」

「あら、だって」ミス・ウィンターはここぞとばかりに続けた。「あなたは男性の従兄ですもの、淑女らしい振るまいの手本を求められているわけではないのですから」

ダニエルは身を乗りだした。「面白がってるだろう？」

ミス・ウィンターが微笑んだ。ほんのかすかにではあるが。「ええ、とっても」

「ハリエットお姉様のお芝居より面白いかも」フランシスが言い、姉たちに倣《なら》って従兄に目を戻した。

「書き残しておくわ」と、ハリエット。

ダニエルは従妹を見やった。そうせずにはいられなかった。そしてハリエットが手にしているのがフォークだけであるのを確かめた。

「というか、いつか書き起こせるようにしっかり記憶しておくということよ」ハリエットは言いなおした。

ダニエルはミス・ウィンターに視線を戻した。椅子にぴんと背筋を伸ばして坐った姿は感心させられるほどきちんとしている。黒い髪は後ろできっちり丸められ、後れ毛も一本残らずピンでとめられている。ほんのわずかな乱れもなく、それでいて……。

輝いている。

ともかくダニエルにはそう見えた。いや、イングランドじゅうの男の目にも同じように見えるのだろう。ハリエット、エリザベス、フランシスがこの輝きに気づいていないのだとすれば、たぶん三人が女性だからだ。それにみなまだとても若く、家庭教師を自分の張りあう相手とは見ていないからなのだろう。三人は嫉妬や偏見には惑わされず、おそらくはミス・

ウィンター自身が望んでいるように、恐ろしいほど機転の利く、まじめで聡明な婦人だと見ているに違いない。

しかもむろん、愛らしい。なんとも不可思議だし、ダニエル自身もどうしてそのように感じるのかはわからなかったが、ミス・ウィンターは美女に見られるのをいやがっているのと同じくらい、愛らしく見られたがっているように思えた。

だからこそなおさら、惹かれてしまうのだが。

「教えてくれ、ミス・ウィンター」ダニエルはじゅうぶんに言葉を選んで慎重に切りだした。

「いままで、ハリエットの芝居で何か演じようとしたことはあるのかい？」

ミス・ウィンターが唇を引き結んだ。肯定か否定のみの選択を迫られたのを喜んではいないようだ。「いいえ」ようやく答えた。

「そろそろやってみたいと思わないか？」

「いいえ、べつに」

ダニエルはしっかりと目を見据えた。「ぼくが芝居に加わるのなら、きみも加わるべきだ」

「そうしてくれると助かるわ」ハリエットが言う。「登場人物が二十人もいるんだもの。ミス・ウィンター、あなたが加わってくれないと、わたしたちはひとり五役もやらなければいけないのよ」

「あなたが入れば」フランシスが追い討ちをかけた。「ひとり四役ずつですむもの」

「つまり」エリザベスが得意げに締めくくった。「ひとりの負担が二割減るんだわ！」

ダニエルは相変わらず頬杖をついていたので、さらに熟慮するふりでほんのわずかに頭を傾けた。

「ミス・ウィンター、算数の勉強を見事に活用したことを褒めてやらないのかい？」

ミス・ウィンターはいらだちを噴出しかねない表情で見まわしたが、今回は全員に陥れられたようなものなのだから無理もなかった。けれども家庭教師として、これだけは言っておかずにはいられなかったのだろう。「だから暗算は役に立つと言ったでしょう」

ハリエットが生きいきと目を輝かせた。「それなら、加わってくれるのね？」

先ほどの家庭教師のひと言をどうすればそのように解釈できるのかはわからないが、この機を逃す手はないと、ダニエルはすぐさま加勢に乗りだした。「よくぞ決断してくれた、ミス・ウィンター。誰でも時には快適な場所から思いきって踏みださなければならないときがある。心から敬意を表する」

ミス・ウィンターのまなざしはどうみても、〝この気どり屋の人でなし、腸《はらわた》をくり抜いてやる〟と告げていた。だが当然ながら、そのような言葉を子供たちの前で口に出せるはずもなく、おかげでダニエルは煮えくり返っている家庭教師の顔をのんびり楽しむことができた。

してやったりだ！

「ミス・ウィンター、あなたにはぜひ邪悪な女王をやってもらいたいわ」ハリエットが提案した。

「邪悪な女王が登場するのか？」ダニエルは訊き返した。いかにも愉快げに。

「もちろんよ」ハリエットが答えた。「優れた劇作には必ず邪悪な女王が登場するわ」

フランシスがすかさず片手を上げた。「それと、ユニ――」

「言わなくていいわ」エリザベスが唸るように釘を刺した。

フランシスはむっとした目つきで、ナイフを角のように額の前に立て、いなないた。

「これで決まりね」ハリエットがきっぱりと告げた。「ダニエルにはフィンステッド卿をやってもらって――」みずから片手を上げて言葉を切った。「――フィンステッド卿ではなくて、わたしがこれから考える名になるわけだけど。ミス・ウィンターは邪悪な女王で、エリザベスは……」ハリエットは目を狭め、疑念をあらわに自分を見返している妹を見つめた。

「エリザベスには、美しいお姫様をやってもらうわ」ハリエットはゆっくりと宣言し、エリザベスを驚かせた。

「わたしは？」フランシスが訊いた。

「執事よ」ハリエットが一瞬のためらいもなく答えた。

フランシスはすぐさま異を唱えようと口を開きかけた。

「いいえ、だめよ」ハリエットが言う。「ぴったりの役だと約束するわ。何をしてもかまわないんだから」

「ユニコーン以外はな」ダニエルはつぶやいた。

フランシスはあきらめの表情で小首をかしげた。

「次のお芝居では」ハリエットが仕方ないといったふうに続けた。「いま書いている物語では、ユニコーンが登場できるように考えてみるわ」

　フランシスが両方のこぶしを突き上げた。「やったあ!」

「ただし、いまはユニコーンのことを口に出さなければよ」

「賛成ね」エリザベスが誰にともなく言った。

「わかったわ」フランシスが同意した。「もうユニコーンのことは言わない。ともかく、みんなに聞こえるところでは」

　ハリエットとエリザベスはどちらも言い返そうとしている顔つきだったが、ミス・ウィンターが割って入った。「それ以上言っても仕方のないことではないかしら。いっさい口に出すのを禁じることなどできないのだから」

「それならそういうことでいいわ」ハリエットが応じた。「あとは端役を振り分けましょう」

「お姉様は何をやるの?」エリザベスが鋭い声で問いかけた。

「そうね、太陽と月の女神よ」

「ずいぶんいろいろな登場人物が出てくるんだな」ダニエルは言った。

「第七幕までの辛抱ですわ」ミス・ウィンターが伝えた。

「七?」ダニエルは頭をのけぞらせた。「七幕もあるのか?」

「十二幕よ」ハリエットが誤りを正した。「でも心配しないで、あなたが登場するのは十一幕ぶんだけだから。ところで、ミス・ウィンター、お稽古はいつから始められるかしら?

それと、外に出てやってもいい?　あずまやのそばにちょうどいい草地があったから」

ミス・ウィンターが承認を求めて顔を振り向け、ダニエルは肩をすくめてそれに応えた。

「ハリエットが書いた芝居だ」

家庭教師はうなずいて、少女たちのほうに向きなおった。「ほんとうはほかの勉強を終えてからにしようと思っていたんだけど、十二幕あるということなので、きょうの地理と算数は一日お休みにします」

少女たちから歓声があがり、ダニエルの胸にも言いようのない嬉しさが湧きあがった。

「ともあれ」ミス・ウィンターに言った。「奇妙でしかも哀しい気分になれることはそうないだろうからな」

「邪悪な気分にも」

ダニエルは含み笑いをした。「邪悪な気分もだな」それからふと考えた。奇妙でしかも哀しくなる役柄を。「ぼくは最後に死ぬということだろうか？」

ミス・ウィンターが首を横に振った。

「それならよかった。死体の役はうまくできそうにない」

ミス・ウィンターが笑った。いや、正確には、笑わないよう唇を引き結んだだけなのだが。従妹たちはそれは賑やかにお喋りをしながら朝食を食べきると、さっさと部屋を出ていき、ダニエルとミス・ウィンターは窓から暖かな朝日が降りそそぐなかに朝食の料理とともに取り残された。

「思うんだが」ダニエルはつぶやくように言った。「不埒《ふらち》なことはできないんだろうか？」

ミス・ウィンターのフォークが皿にがちゃんとぶつかる音がした。「なんですって？」

「奇妙で、哀しくて、邪悪なのも大いにけっこうだが、不埒な役もしてみたい。そう思わないか？」

ミス・ウィンターの唇が開き、はっと息を呑んだ小さな音が聞こえた。ダニエルはその音に肌をくすぐられ、キスをしたくなった。

といってもミス・ウィンターの何を見ても聞いても、キスをそそられている気がする。これではまるで、しじゅううずうずしていた青二才に戻ってしまったかのようだが、今回は要因がはるかに明確だ。大学時代は見境なく女性を口説き、唇を奪い、端的に言ってしまえば、差しだされたものはなんでも喜んで頂戴していた。

今回はそのときとは違う。女性を求めているわけではない。この女性が欲しいのだ。だから、きょうの午後に奇妙で哀しく、しかも醜い男をこの女性の前で演じつづけなければならないとしても、我慢する価値はきっとある。

そういえば、イボも付けろと言われたのだと、ダニエルは思い起こした。

ミス・ウィンターのほうを向き、きっぱりと言った。「イボは付けない」

そうとも、男たるもの、どうしてもゆずれない一線がある。

11

六時間後、アンは邪悪な女王であることを示す黒い腰帯《サッシュ》の位置を直しつつ、憶えているかぎりこんなにも愉快な午後を過ごしたのは初めてだと認めざるをえなかった。

たしかに滑稽だ。教養を深める題材としての価値はまるでない。それでも、ほんとうに心から楽しめる。

アンは楽しくて仕方がなかった。

楽しい。こんなふうに思えたのはいつ以来のことだろう。

芝居の稽古は（『奇妙な哀しきフィンステッド卿ではないなんとか卿の悲劇』を実際に観客の前で披露する予定はないが）延々続き、アンは数える気にもなれないほど何度となく身を折って笑いだし、中断するはめとなった。

「わが娘に手を出してはならぬ！」抑揚を付けて言い、杖をひと振りする。

エリザベスがすばやく頭をさげてかわした。

「まあ！」アンはたじろいだ。「ほんとうにごめんなさい。大丈夫だった？」

「平気よ」エリザベスが答えた。「わたし――」

「ミス・ウィンター、また役を忘れてるわ！」ハリエットがぼやくように声をあげた。

「もう少しでエリザベスに当たってしまうところだったのよ」アンは説明した。

「たいしたことではないでしょう」

エリザベスがむっとして言葉をほとばしらせた。「わたしにはたいしたことだわ」

「杖は使わなくてもいいんじゃないかしら」フランシスが言った。

ハリエットは妹に蔑むような視線を突きつけてから、ほかの人々に顔を戻した。「台本に戻りましょう」皮肉っぽく聞こえるほどどりすました声で言う。

「わかったわ」アンは台本に目を落とした。「どこまで読んでたかしら？　ええと、そうそう、娘に手出しはだめだとかいうところね」

「ミス・ウィンター」

「あら、違うのよ、いまのは台詞《せりふ》ではないわ。確認しただけ」アンは咳払いをして、エリザベスからじゅうぶんに離れて杖を振った。「わが娘に手を出してはならぬ！」

笑わずに言えたのは自分でもふしぎなくらいだった。

「そのようなつもりはございませぬ」ウィンステッド卿がドルリー・レーン劇場で観客を涙させそうなくらい芝居がかった口ぶりで言った。「妻となっていただきたいのです」

「許さぬ」

「ああ、もう、違うわ、ミス・ウィンター！」ハリエットが声をあげた。「まったくうろたえてないんだもの」

「ええ、そうよ」アンはにべもなく答えた。「少しまぬけな娘なんだもの。もらい手が見つかって、邪悪な女王は内心ほっとしているはずでしょう」

ハリエットはげんなりしたふうに息を吐きだした。「たとえほんとうにまぬけだったとしても、邪悪な女王は自分の娘のことをそうは思っていないのよ」

「わたしはまぬけだと思うわ」エリザベスが賛同の声をあげた。

「でも、あなたは娘本人なのよ」ハリエットが言う。

「わかってるわよ！　一日じゅう、娘の台詞を言ってるんだから。この娘はおばかさんだわ」

姉妹喧嘩が始まり、ウィンステッド卿がさりげなくアンに近づいてきて言った。「あのエリザベスを娶ろうとするなんて、なんだか自分がもの好きな爺さんに思えてきた」

アンはくすりと笑った。

「役を交代してみる気はないかな？」

「あなたと？」

ウィンステッド卿は顔をしかめた。「エリザベスとだ」

「あなたはわたしに邪悪な女王の役がぴったりだとおっしゃったのよ。交代する気はないわ」

ウィンステッド卿がわずかに身を寄せた。「細かいことを言うようだが、たしかぼくはきみに、邪悪な女王の役がぴったりはまっていると言ったんだ」

「ええ、そうね。そのほうがはるかにましに聞こえるわ」アンは眉をひそめた。「フランシスはどこに行ったのかしら？」

ウィンステッド卿が右のほうへ顎をしゃくった。「草むらのなかにでも、もぐり込んでるんだろう」

アンは心配そうにその視線の先を追った。「もぐり込む？」

「次の芝居の練習をしてくると言っていた」

アンは言葉の意味が呑みこめず、ウィンステッド卿を見つめて目をしばたたいた。

「今度はユニコーン役だからな」

「まあ、そういうことだったのね」アンはくすくす笑った。「粘り強いところがある子なのよ」

ウィンステッド卿がにっこり笑い、アンはわずかに胸がどきりとした。なんてすてきな笑顔なのだろう。いかにも茶目っ気たっぷりで、それでも分別をわきまえた高潔で善良な男性であるのには変わりなく……どう表現すればいいのかわからないけれど、ともかくたとえどんなに思わせぶりに笑っていたとしても……。

自分を傷つけるようなことはけっしてしない人だと信じられた。

実の父親にすら、これほどの信頼は感じたことがなかった。

「急に深刻そうな顔になったな」ウィンステッド卿が言った。

アンは目をしばたたいて現実に返った。「いいえ、なんでもないの」早口で言い、顔が赤らんでいないことを祈った。時どき、この男性には心のなかを見透かされているような気がして、そんなことはありえないのだと自分に言い聞かせなければならなくなる。ハリエットとエリザベスに目をやると、なおも言いあいは続いていたが、論点はいつしか美しいお姫様の知性（が欠けているかどうか）からべつのことに移っていて――

いったいどうして、猪《いのしし》について揉めてるの？

「休憩をとったほうがよさそうね」アンはつぶやいた。

「ひとつだけ言っておく」ウィンステッド卿が言う。「ぼくは猪を演じるつもりはない」

「その点は心配なさらなくても大丈夫ではないかしら」アンは言った。「きっとフランシスが進んでやってくれるから」

ウィンステッド卿が目を丸くして見つめ、アンも見つめ返した。そして同時に噴きだして、ふたりの大きな笑い声にハリエットとエリザベスが言いあいをやめた。

「何がそんなに可笑しいの？」ハリエットが訊き、エリザベスもいたくいぶかしげにそれに続いた。「わたしのことを笑ってるの？」

「みんなのことを笑ってるんだ」ウィンステッド卿は目から涙をぬぐった。「ぼくたちも含めて」

「お腹がすいたわ」フランシスが大きな声で訴えて、草むらから出てきた。ドレスには数枚の葉が付き、頭の片側から小枝が突きだしている。ユニコーンの角のつもりでもないのだろうが、アンの目にはその姿がなんとも愛らしく映った。

「わたしもお腹がすいたわ」ハリエットがため息をついた。

「誰かが屋敷に戻って、厨房でピクニック用の籐《バスケット》かごを頼んできたらどうかしら？」アンは提案した。「みんなで食べて力をつけないと」

「わたしが行ってくる」フランシスが名乗りでた。

「わたしも行くわ」ハリエットが妹に言った。「歩きながらのほうが、名案が浮かぶのよ」

エリザベスは姉と妹を見て、それから大人たちに視線を移した。「それなら、ひとりで取り残されるのはいやだわ」どうやら大人たちは仲間とは見なされていないらしく、三人の少女たちは屋敷へ向かって歩きだし、その足どりはたちまち早歩きから完全な駆け比べに変わった。

アンは三人が丘の向こうへ消えるのを見届けた。ウィンステッド卿とふたりきりでそこにいるべきではないのはわかっていても、その場を離れようという気持ちにはどうしてもなれなかった。まだ陽も高い昼間で、屋外なのだし、さらに言うなら、心から楽しい午後を過ごしているのだから、なんであれこのひと時を台無しにすることはしたくない。

顔は自然とほころんでいて、そうしていられるのがこのうえなく嬉しかった。

「その腰帯ははずしてもいいんじゃないか」ウィンステッド卿が指摘した。「いつでも邪悪なままの人間なんていない」

アンは笑って、長い黒のリボンに指を滑らせた。「どうかしら。邪悪になるのも意外に楽しいものよ」

「わかるよ。じつを言うと、悪人役がちょっとうらやましい。哀しきフィンステッド卿も、これからどんな名になるにしろ、もう少し悪意を働かせるべきだ。ずいぶんと不運な男だからな」

「あら、でも彼は最後にお姫様を射止めるのよ」アンは念を押すように言った。「そして邪悪な女王のほうは屋根裏部屋で一生を終えなければならない」

「問題はそこなんだ」ウィンステッド卿は眉根を寄せて顔を振り向けた。「フィンステッド卿の悲劇のはずだろう？　奇妙なというのは非常に的を射ているが、邪悪な女王が屋根裏部屋で暮らすことになるのだとすれば――」

「彼の屋根裏部屋なのよ」アンは遮って説明した。

「なるほど」ウィンステッド卿は笑いをこらえているらしかった。「そうだとすれば、話はまるで変わる」

そしてとうとう笑いだした。ふたりとも。一緒に。

またも。

「ああ、わたしもお腹がすいたわ」アンは笑いが微笑みにやわらいでから言った。「あの子たちがなるべく早く戻ってきてくれればいいんだけど」

そのとき、ウィンステッド卿に手を取られた。「ぼくはなるべく長くかかってほしい」ぼそりと言う。アンは引き寄せられ、あまりに幸せすぎて、どのみち心打ち砕かれる結末しかありえないことはすぐには呼び起こせなかった。

「またきみにキスをすると言っただろう」ウィンステッド卿がささやいた。

「あなたはまたするかもしれないと言ったのよ」

唇が触れあった。「うまくやれると思っていた」

アンはまたウィンステッド卿にキスをされ、身を引いたが、ほんの数センチにすぎなかった。「自信家なのね」

「そうだろうか」ウィンステッド卿は唇の片端に口づけてから、ふわりとかすめるように唇で肌をたどり、アンは耐えられなくなって頭をのけぞらせ、みずから首を差しだした。

羽織り式の外套が取り去られ、新たにあらわになった肌が午後の爽やかな風に撫でられた。ウィンステッド卿はドレスの襟ぐりを唇でなぞってから、ふたたび唇に口づけた。「なんてことだ、こんなにきみを求めている」どうにか聞きとれる程度のかすれ声だった。アンは両手でしっかりと尻をつかまれ、引き上げるように抱き寄せられ……彼の腰に脚を巻きつけたくてたまらない衝動に駆られた。ウィンステッド卿はそれを求めているし、自分もまた神に救いを求めたいほどに同じことを望んでいる。

けれどさいわいにもスカートのおかげで、どうにか破廉恥《はれんち》な振るまいは思いとどまれた。それでも、襟ぐりの内側に入ってきた手を振り払いはしなかった。さらに乳首に手のひらを撫でつけられても、ただ切なげな声を洩らしただけだ。

とめなければいけない。でも、もう少しだけ。

「ゆうべ、きみの夢をみたんだ」ウィンステッド卿は顔に唇を寄せてささやいた。「どんな夢なのか、知りたくないかい？」

アンは首を振ったが、ほんとうは知りたくてたまらなかった。でも、越えてはいけない一線は承知している。この道を一度転がりだしたら、どこまでも行ってしまう。ウィンステッド卿から夢の話を聞いたら、何度もやさしく口づけてくれた唇からこぼれ出る言葉を耳にすれば、その言葉どおりのことを求めずにはいられなくなる。

けっして手に入らないものを求めてしまうことほどつらいことはない。

「きみはどんな夢をみたんだ？」ウィンステッド卿が問いかけた。

「夢はみないわ」アンは答えた。

ウィンステッド卿はぴたりと動きをとめ、それから少し身を離してじっと顔を見つめた。その目――はっとするほど鮮やかな明るい青色をしている――は好奇心に満ちていた。それに、わずかに哀しみも混じっているかもしれない。

「夢はみないわ」アンは繰り返した。「もう何年もみてないの」そう付け加えて、片方の肩をすくめた。いまではすっかりあたりまえのことになっていたので、ほかの人にはこんなにもふしぎそうに思われることだとはこのときまで考えもしなかった。

「でも、子供の頃はみていたんだろう？」ウィンステッド卿が尋ねた。

アンはうなずいた。これまであらためて思い返したことはなかったし、もしかしたら無意識に考えないようにしていたのかもしれない。どちらにしても、八年前にノーサンバーランドを出てからは、夢をみていたとしても、思いだせなかった。毎朝目をあけるまで、見えているのは夜の暗闇だけ。どうしようもない虚しさだけが広がる、何ひとつない空間だ。希望はみえない。夢もみない。

でも、悪夢もみずにすむ。

たいした犠牲ではない。起きている日中に、ジョージ・チャーヴィルが常軌を逸した復讐に現われるかもしれないという懸念に費やしている時間に比べれば。

「妙だとは思わないのかい？」ウィンステッド卿が問いかけた。

「夢をみないことが？」アンは何を尋ねられているのかはわかっていたが、どういうわけか声に出して確かめずにはいられなかった。

ウィンステッド卿がうなずいた。

「いいえ」アンの声は淡々としていながらも、確信が込められていた。妙なことなのかもしれないけれど、夢はみないほうが安全だ。

ウィンステッド卿は無言だったが、探るように鋭いまなざしで目を見つめつづけ、アンはとうとう顔をそむけた。あまりに多くを見抜かれているように思えた。出会って一週間足らずだというのに、この八年間に知りあった誰よりすでにきっと自分のことを知っている。なんだか落ち着かない。

危険を感じた。

アンは仕方なく快い腕のなかから身を引き、ウィンステッド卿が手を伸ばしても届かないところまであとずさった。草地に落ちていた外套を拾い上げ、黙って羽織りなおした。「そろそろ三人が戻ってくるわ」まだ戻ってきそうにもないのにそう言った。少なくともあと十五分、もしかしたらもっとかかるかもしれない。

「では少し散歩でもしないか」ウィンステッド卿が腕を差しだした。

アンはいぶかしげにじっと見返した。

「いつも下心ばかりで行動しているわけじゃない」ウィンステッド卿は笑った。「このウィップル・ヒルでぼくのお気に入りの場所を案内しようと思ったんだ」アンが肘に手をかけると、言い添えた。「ここからほんの四分の一マイルほどのところに池がある」

「魚が放流されてるの？」アンは尋ねた。最後に釣りをしたのはいつだったか思いだせないけれど、ああ、子供の頃にはほんとうに楽しんでいた。姉のシャーロットとともに、もっと女性らしい特技を身につけることを願う母を嘆かせていた。ふたりとも成長するにつれ母が娘たちに望んでいたこともするようになった。それでも、色とりどりのドレスに目を奪われ、どの独身紳士がどの娘を見つめていたかといったことを敏感に気にするようになってからも、アンは……。

やはり釣りに行くのが大好きだった。魚を洗ってさばくことすら楽しんでいた。それにもちろん、食べることも。自分で釣ったものを食べる喜びはそう簡単には表現できない。

「放流されているはずだ」ウィンステッド卿が答えた。「ぼくが国を出る前はそうしていたし、その後も取りやめる理由が特にあったとは思えない」アンの目は自然に嬉しそうに輝いていたらしく、ウィンステッド卿は温かな笑みを浮かべて尋ねた。「魚が好きなんだな？」

「ええ、とても」アンは切なげにため息をついた。「子供の頃は……」言葉は最後まで続かなかった。子供時代のことは話せないのを忘れていた。

けれどウィンステッド卿はたとえ興味を引かれていたとしても――聞きたがっているのは

間違いない――態度には出さなかった。葉の茂った木立のなかへなだらかな坂をおりていきながら、ただこう言った。「ぼくも子供の頃は魚が大好きだった。しじゅうマーカスとここに来ていたんだ――チャタリス卿のことだ」むろん家庭教師は伯爵の名を知る立場にはないので、そう付け加えたのだろう。

アンは周りの景色をじっくりと眺めた。すばらしく晴れわたった春の日で、木の葉や草が織り成す緑のさざ波が、千差万別の色合いを描きだしているように見える。なんだかまるで希望に満ちあふれた別世界に入り込んでしまった気がする。「チャタリス卿は子供の頃によく訪れてらしたの？」どうにか安全な話題を続けようとして尋ねた。

「よく来てたな」ウィンステッド卿は答えた。「学校の長い休みには必ず。イートン校時代は、ひとりで帰ってきた記憶がないくらいだ」さらに少し歩を進めてから、ウィンステッド卿が低く垂れさがった枝から葉を摘みとった。一枚の葉にじっと目を凝らしたのち、さっと指ではじいて宙へ放った。葉はくるくるまわりながら風に舞い、その心もとない動きには何か魔力のようなものがあり、ふたりともいつしか足をとめて、葉が草地に舞い落ちるまで見届けた。

と、すぐにウィンステッド卿は何事もなかったかのように、中断されていた話を静かな声で再開した。「マーカスには家族と呼べる人間がいないんだ。きょうだいはいないし、幼い頃に母親を亡くしている」

「お父様は？」

「ああ、父親のことはほとんど聞いた憶えがない」ウィンステッド卿はそう答えた。父と息子が話さなくともなんらふしぎはないとでも言いたげな乾いた口ぶりだった。彼らしくない。そっけないというほどではないけれど……どうしてなのかはわからないものの、アンはなんとなく意外に思った。同時に、この男性のこれほどささいな点にまで気づいてしまう自分に驚かされもした。

その驚きにはおそらく不安もわずかに含まれていた。なぜならこの男性をそれほど深く知ってはいけないからだ。自分はそのような立場ではなく、親しくなっても、その先に待っているのは哀しい結末だけ。それをアンはよくわかっていたし、ウィンステッド卿のほうもわかっているはずだった。

「仲たがいをされたのかしら？」チャタリス卿の話がまだ気になって尋ねた。一度しか会ったことはないし、それもわずかな時間だったが、どことなく親しみが感じられる男性だった。

ウィンステッド卿は首を振った。「いや。単に先代のチャタリス卿に話したいことがなかっただけのことだろう」

「ご自分の息子さんなのに？」

ウィンステッド卿は肩をすくめた。「実際、さほどめずらしいことじゃない。おそらくぼくの学生時代の友人の半分は、両親の瞳の色も答えられない」

「青よ」アンは突如湧き起こった郷愁の念に胸を締めつけられ、ささやくように言った。「もうひとりは緑」それに、姉たちの瞳も青と緑だが、そこまで口走る前に落ち着きを取り戻した。

ウィンステッド卿は頭を傾けて見ていたが、質問を投げかけようとはしなかったので、アンはほっと胸をなでおろした。ふたたびウィンステッド卿が口を開いた。「父の瞳の色は、ぼくとまったく同じだった」

「お母様は？」アンはウィンステッド卿の母親にはすでに会っていたが、瞳の色まで気に留めていなかった。それに、できるだけ相手についての話を長引かせたい。そのほうがなんであれ楽に話せる。

しかも自分にとってはもちろん興味深いことばかりなのだから。

「母の瞳も青だ」ウィンステッド卿が言う。「だが、もう少し濃い色なんだ。きみの瞳ほどではないんだが――」顔を振り向けて、アンの瞳にじっと見入った。「それにしても、きみの瞳のような色はこれまで見たことがないな。ほとんど紫色に近い」ほんのわずかに首を傾けた。「でも、紫色ではない。やっぱり青だ」

アンは微笑んで目をそらした。自分の目は昔から気に入っていた。これだけはいまでも自慢に思っている。「遠くからだと褐色にも見えるわ」

「それならなおさら、そばで過ごす時間は大事にしなくては」ウィンステッド卿がつぶやいた。

アンは息を呑み、ちらりとウィンステッド卿の表情を窺ったが、もうこちらを見てはいなかった。そして今度は空いているほうの手で前方を示して言った。「池が見えるかい？　あの木立の向こうだ」

アンが少し首を伸ばすと、木々の向こうに銀色のきらめきが垣間見えた。

「冬にはもっとよく見えるんだが、葉が茂ってくるとたちまち隠されてしまう」

「きれい」アンは心から言った。まだ水面はほとんど見えないものの、心がほのぼのとさせられる眺めだ。「泳げるくらい温かくなるの？」

「みずから進んでというわけではないにしろ、ぼくの家族はみんな一度は飛びこんでる」

アンは噴きだしかけて口もとをひくつかせた。「大変ね」

「一度ではすまなかった者もいる」ウィンステッド卿は照れくさそうに言った。

そのやんちゃな少年のような顔に、アンはまさしく息を奪われた。もし十六歳のときにジョージ・チャーヴィルではなく、この男性に出会っていたなら、自分の人生はどのようになっていたのだろう？　たとえウィンステッド卿本人ではなかったとしても（アナリース・ショークロスのままでも伯爵に娶ってはもらえなかっただろうから）せめて似た男性と出会いたかった。ダニエル・スマイスだろうと、ダニエル・スミスでもいい。でも、ダニエルであってほしい。わたしのダニエル。

准男爵の跡継ぎでなくとも、こぢんまりとしてくつろげる家と十エーカーの土地を有し、のんびりした猟犬をひと群れ飼っている、素朴で平凡な田舎の地主の息子でもいい。

そんな暮らしなら慈《いつく》しめただろう。穏やかで、ありふれた日々を。

それなのにどうしてあんなにも自分は欲深かったのだろう？　十六歳のときのアンはロン

ドンへ行き、劇場やオペラに通い、招待されたパーティのすべてに出席したいと思っていた。華やかな既婚婦人になりたいのだと、姉のシャーロットに語っていた。

すべては若気の過ちだった。たとえ自分をいつでも都会へ連れていって貴族のきらびやかな暮らしを楽しませてくれる男性と結婚していたとしても……たぶん疲れてしまって、もっとゆったりと時間が流れていて、空気が煤《すす》の灰色ではなく霧でうっすら青く染まったノーサンバーランドに帰りたくなっていただろう。

どれもいまだからわかることで、気づくのが遅すぎた。

「今週、釣りに行かないか？」池のほとりにたどり着くと、ダニエルが訊いた。

「ええ、願ってもないお誘いだわ」嬉しさに舞いあがり、言葉が口からこぼれ出た。「もちろん、あの子たちも連れていかなくてはいけないけれど」

「当然だとも」ダニエルは紳士らしくそつなく答えた。

それからしばらく、ふたりは黙って立っていた。穏やかでなめらかな水面をアンは一日じゅうでも眺めていられそうだった。たまに魚が勢いよく飛びあがり、的《まと》に描かれている模様のように小さいさざ波の輪が水面に広がる。

「まだ子供だったら」同じように水面をじっと眺めていたダニエルが言った。「石を投げずにはいられなかったな。いつもそうだった」

ダニエル。いつからそんなふうに心のうちで呼ぶようになっていたの？

「わたしが子供だったら」アンは言った。「靴と靴下を脱がずにはいられなかったわ」

ダニエルがうなずき、愉快そうにちらりと笑みを浮かべて答えた。「ぼくはきみを突き落としていたかもしれない」

アンは水面を見つめていた。「あら、それならわたしはあなたも一緒に引っぱり落としてたわ」

ダニエルは含み笑いをしてふたたび黙りこむと、水と魚と、岸辺寄りの水面に浮かんでいるタンポポの綿毛をのんびりと眺めた。

「完璧な日だわ」アンは静かに言った。

「まあまあかな」ダニエルが低い声で言い、アンはふたたびその腕のなかに抱き寄せられた。キスをされたが、先ほどとは違っていた。それほどせわしくも、激しくもない。ふたりの唇はもどかしいほどそっと触れあっているだけで、もっと身を押しつけて彼を包みこみたいと駆り立てられるようなことにはなりそうになかった。その代わり、このままキスを続けていれば、ダニエルの手を取って飛んでいけそうなくらい軽やかに感じられてきた。身体じゅうが疼きだし、アンは飛び立つ準備をするように爪先立った。

そのときダニエルが唇を離し、わずかに身を引いて、互いの額を合わせた。「これで」両手でアンの顔を包みこむ。「完璧な日になった」

12

それからほぼまる一日が経ち、ダニエルは木板張りの壁に囲まれたウィップル・ヒルの図書室で腰をおろし、きのうに比べてどうしてこうも完璧には程遠い日を過ごさなければならないのだろうかと考えていた。

きのうは池のほとりでキスをしたあと、ミス・ウィンターとともに哀しきフィンステッド卿が美しくもおつむの弱いお姫様に恋焦がれていた草地へ速やかに引き返した。するとちょうど同じ頃合でハリエットとエリザベスとフランシスもピクニック用のバスケットをかかえた従僕ふたりを伴って戻ってきた。そこでみんなで腹ごしらえをしてから、ふたたび『奇妙な哀しきフィンステッド卿の悲劇』をさらに数時間読み進め、ダニエルはとうとう笑いすぎて脇腹が痛くなったと訴えて、稽古の打ち切りを願い出た。

自分が書いた作品はけっして喜劇ではないと何度もみんなに言い聞かせようとしていたハリエットですら、異は唱えなかった。

屋敷に戻ってみると、ダニエルの母と妹が到着していた。そしてほんの二日前に別れたばかりとは思えないほど一族の再会を喜びあっているうちに、ミス・ウィンターはひっそりとその場を離れて部屋にさがった。

以来、顔を見ていない。

夕食のときも、ミス・ウィンターはエリザベスとフランシスと子供部屋で食事をとらなければならなかったので現われず、きょうの朝食でも……このときは理由はわからないが、やはり朝食用の食堂にはおりてこなかった。なにしろダニエルは正午をとうに過ぎて気分が悪くなるくらい満腹になりつつも、その姿をひと目見たさに二時間も朝食のテーブルにとどまっていた。

朝食の料理をひと通り、それも二度ずつ食べ終えた頃、ミス・ウィンターは母から半日の休みを与えられたのだとサラが知らせにきてくれた。余分な仕事をこなしていることへの特別な配慮なのだろう。音楽会では代役で演奏し、今回は家庭教師と子守を兼任させられている。サラによれば、ミス・ウィンターは村へ行ってみたいと話していたという。たしかにきょうも雲間から太陽が顔を覗かせていて、外出にはうってつけの日に見える。

やむをえず、ダニエルは家庭教師にのぼせあがるのはひとまずやめて、領主としてすべき仕事に取りかかった。執事と話をして、この三年ぶんの帳簿に目を通し、いまさらながら計算はさほど好きではなく、そもそも得意ではなかったことを思い知らされた。

すべきことが山ほどあるのは言うに及ばず、何をすべきかも承知してはいるものの、いざ片づけようと腰をおろすたび、いつの間にか彼女のことを考えていた。あの笑顔。笑ったときの口もと、ふいに見せる哀しげな目つき。

アン。

よい名だ。すなおでまっすぐな感じがして、彼女によく似あっているし、生来の誠実さが滲み出ている。アンをよく知らない人々からすれば、あれほどの美貌にはもっと華やかさのある名がふさわしいと思うのだろう――エスメレルダとか、メリッセンドとか。

だが、自分はアンのことをわかっている。過去や秘密は知らなくとも、人となりを知っている。アンという名以外には考えられない。

そのアンはいま、どこかべつのところにいる。

それにしてもまったく、なんと滑稽なのだろう。大の男が、家庭教師が恋しいばかりに自分の家（大きな屋敷ではあるが）のなかを歩きまわらずにはいられないとは。じっとしてはいられないし、姿勢を正して坐っていることもできそうにない。鏡に映る自分が目に入ると、しょげかえったみじめたらしい姿にうんざりするので、南の客間ではわざわざ椅子を変えて坐りなおすはめとなった。

仕方なくカードゲームの相手を探しに行こうと思いついた。ホノーリアはカードゲームが好きだし、サラもそうだ。みじめさが癒されるわけではないにしろ、せめて気晴らしにはなるだろう。ところが青の客間に行ってみると、女性の親族たちは（子供たちまでもが）テーブルを囲んで、近々執り行なわれる予定のホノーリアの結婚式について話しこんでいた。

ダニエルはこっそりと戸口にあとずさりした。

「あら、ダニエル」母が、部屋を出ようとした息子を見つけて声をあげた。「こちらにいらっしゃい。ホノーリアの花嫁衣装を薄紫がかった青色にするか、青みがかった薄紫色にするか迷っているところなの」

その違いはなんなのかとダニエルは尋ねかけたが、やめておいた。「青みがかった薄紫色だな」なんの根拠もなしに断言した。

「そうかしら？」母が眉をひそめて訊いた。「わたしは薄紫がかった青色のほうがいいのではないかと思っていたのだけれど」

それならむろん、どうしてそもそも意見を求めたのかと尋ねたいところだったが、今度もまた差し控えるのが賢明だと判断した。代わりに女性たちに礼儀正しく頭をさげ、最近加わった本の目録を作るために図書室へ行くと伝えた。

「図書室？」ホノーリアが訊いた。「ほんとうに？」

「読書は好きなんだ」ダニエルは答えた。

「わたしもだけど、それと目録を作ることとどういう関係があるの？」

ダニエルは身をかがめて妹に耳打ちした。「かまびすしいご婦人がたから逃げるためだなどと大きな声で言えるか？」

ホノーリアは微笑んで、兄が背を起こすのを待って答えた。「それなら、英語の本を読むのはだいぶ久しぶりだからと言っておくべきね」

「たしかにそうだ」ダニエルはそう言って部屋を出た。

だが図書室に入って五分もすると、早くも耐えられなくなった。ふさぎこんでいるのは性に合わない。というわけで、少なくとも一分は机に額を付けてから上体を起こし、村へ行かねばならない口実をできるかぎり考えて（この部分は何秒もかからなかった）、出かけることを決意した。

自分はウィンステッド伯爵だ。この屋敷の主人で、三年も留守にしていた。村を訪れるのは領主として当然の務めだ。そこに住む人々は領民なのだから。

ただしそのようなことはけっして口には出すまいと胸に誓った。ホノーリアとサラが笑いすぎて息絶えかねない。ダニエルは外套をまとい、厩へ向かった。見えるのは空より雲のほうが多く、きのうほどは晴れていない。それでも雨は降りそうにないし、降るとしてもすぐにではないだろうと見きわめて、二マイルの距離を二頭立て二輪の幌付き馬車《カリクル》で行くことにした。村へ四輪馬車で行くのは仰々しいし、みずから馬を御してはならない理由も思いつかない。それに、風を肌に感じるのも悪くない。

なにより、久しぶりにカリクルを走らせてみたかった。幌なしの二頭立ての四輪馬車《フェートン》ほど洒落てはいないが、さほどぐらつきもせず、なかなか速く走れる馬車だ。しかもそれを手に入れてわずか二カ月で国を追われるはめとなった。当然ながら、イングランドを追われて逃げまわっていた若者に、洒落た流行の馬車が気軽に乗れるものであったはずもない。

村に着くと、宿場の前に立っていた少年に手綱をあずけて、村人たちの住まいを訪ねることにした。差しさわりのないよう全員の住まいを隈《くま》なくまわるために、まずは目抜き通りの突きあたりにある雑貨商から訪問を始めた。領主がやってきたという知らせはまたたく間に広がり、〈パーシーの紳士と淑女の帽子店〉（まだ三軒めだった）を訪ねたときには、店先でどちらも満面の笑みの夫妻に迎えられた。

「領主様」パーシー夫人が膝を曲げ、大柄の身をできるかぎり丸めて深々と挨拶した。「こちらに戻られて、さっそくいらしてくださったのですね？　またお目にかかれまして、夫婦ともども感激しております」

夫人が咳払いをして、すぐさま夫も口を開いた。「まったくで」

ダニエルは夫妻ににこやかにうなずきつつ、さりげなくほかの客たちの様子を窺った。といっても、客はほかにひとりしかいなかったのだが。「ありがとう、パーシー夫人、ミスター・パーシー。ぼくも戻れてほっとしている」

パーシー夫妻は熱っぽくうなずいた。「あなた様についてのお噂は毛頭信じておりません。ただのひとつも」

ダニエルはそれを聞いて、いったいどんな噂が流れていたのかと思わずにはいられなかった。自分の知るかぎり、取りざたされていた噂はどれも事実だ。ヒュー・プレンティスと決闘し、脚を撃ってしまった。その事実にどのような尾ひれが付いて広まったのかは知らない。ラムズゲイト侯爵が復讐の誓いをわめき立てたというだけでも、人々の好奇心を掻き立てるにはじゅうぶんだったのだろうが。

とはいえ、母とですら青みがかった薄紫色と薄紫がかった青色の違いについて論じる意欲を奮い起こせなかったのだから、パーシー夫人と自分のことを語りあう気力などあるはずもない。

ウィンステッド卿の奇妙な哀しき物語。そんなふうに思われるのがおちだ。

というわけで、ダニエルはあっさり答えた。「ありがとう」そしてさっさと帽子の陳列台の前に歩いていき、パーシー夫人がわが人生より商品を売ることのほうに関心を移してくれるのを願った。

狙いは当たった。夫人はすぐさま最も新しい様式の山高帽のすばらしさについて説明しはじめ、間違いなくよくお似あいになるはずだと請けあった。

ミスター・パーシーもまた口を開いた。「まったくで」

「領主様、ひとつお試しになられてはいかがです？」パーシー夫人が尋ねた。「つばの形がきっとお気に召していただけると思いますわ」

ちょうど新しい帽子が欲しかったので、ダニエルは夫人に勧められた帽子を手に取ったが、頭にかぶせてみる前に店の扉が開き、小さな鐘の音が小気味よく響きわたった。ダニエルは振り返ったが、見るまでもなく彼女だと確信した。

アン。

アンが店内に入ってきたとたん、空気が変わった。

「ミス・ウィンター。嬉しい偶然だ」

アンはきょとんとしていたが、それもほんの束の間のことで、パーシー夫人から興味津々に見つめられているのに気づくとすぐに膝を曲げて挨拶した。「ウィンステッド卿」

「ミス・ウィンターは、ぼくの従妹たちの家庭教師なんだ」ダニエルはパーシー夫人に説明した。「みんなで短い休暇に来ている」

パーシー夫人は歓迎の挨拶をして、ミスター・パーシーも「まったくで」と相槌を打った。アンはそそくさと婦人用の帽子が売られている店の片側へ歩を進め、パーシー夫人が縞模様《しま》のリボンが付いた紺青色の婦人帽《ボンネット》をすばらしくお似あいになりますわと勧めた。ダニエルも黒の帽子を手にしたまま、のんびりとふたりのほうへ向かった。

「あら、領主様」パーシー夫人はダニエルがそばに来たのに気づくとすぐに声高らかに言った。「ミス・ウィンターにとてもお似あいになりますでしょう?」

ダニエルはとっさに、帽子をかぶらずに陽射しに髪を輝かせているほうがアンには好ましいと思ったのだが、その艶やかな睫毛に縁どられた、吸いこまれそうなほど深い青色の瞳で見つめられれば、こう言わずにいられる男はこの世にいない。「いかにも、よく似あう」

「やっぱり、申しあげたとおりでございましょう」パーシー夫人はアンを後押しするように微笑んだ。「見惚れてしまいますもの」

「気に入りましたわ」アンは切なげに言った。「ほんとうにとても。でも、ちょっと手が届かないわ」名残惜しそうに首の下のリボンをほどき、頭から取った帽子をしばしもの欲しげに見おろした。

「これほど仕上げのよいお帽子なら、ロンドンでは倍の値が付きますわよ」パーシー夫人が念を押すように言う。

「そうですわね」アンは残念そうに微笑んだ。「でも家庭教師はロンドンだからといって倍の賃金をいただけるわけではないんです。ですから、いくらすてきなお帽子だとしても、そんなにお金はかけられませんわ」

とたんにダニエルは、そこで山高帽を手にして立っている自分がなんとなく卑劣な男に思えてきた。いま手にしているような帽子を自分が懐具合を気にせず何度でも買い換えられることは誰でも知っている。「失礼」ぎこちなく咳払いをして、足早に紳士用の商品が並べられている側へ戻り、ミスター・パーシーに帽子を手渡した。店の主人がまたも相槌を打って受けとると、ダニエルはまだ青い帽子を眺めている婦人たちのほうへ戻った。

「でしたら」ミス・ウィンターはそう言って、ようやくパーシー夫人に帽子を手渡した。「レディ・プレインズワースに、こちらにとてもすてきなお帽子があったとお伝えしておきますわ。滞在されているあいだに、きっとお嬢さんがたを連れてお買い物にいらっしゃるはずですから」

「お嬢さんがた？」パーシー夫人は期待に顔を輝かせて訊き返した。

「従妹は四人いる」ダニエルは愛想よく答えた。「それに、ぼくの母と妹もウィップル・ヒルに来ているんだ」

自分の店のすぐ近くに貴族の婦人が七人も滞在しているとの知らせにパーシー夫人が色めき立ち、紅潮した顔を手で扇いでいるあいだに、ダニエルはすかさずアンに腕を差しだした。

「次の買い物に付き添わさせてもらえないか？」パーシー夫人の目の前でアンがむげに拒みようがないのを承知で問いかけた。

「もうほとんど終わりましたわ」アンは答えた。「あとは封蠟を買い足すくらいですから」

「さいわいにも、それを売っている店ならよく知っている」

「文具店ですわよね」

そうあっさり返されては立つ瀬がない。「ああ、だからつまり、その文具店をよく知ってるんだ」ダニエルは切り返した。

アンは漠然と西のほうを手ぶりで示した。「通りの向こう側の、丘を上がったところかしら」

ダニエルはパーシー夫妻の視線を遮るように立つ位置をずらした。声をひそめて言う。「そう頑なにならないで、封蠟を買いに行くのに同行させてもらえないか？」

アンの唇がすぼまったので、かすかに聞こえた愉快そうな息遣いは鼻から吐きだされたものだったのだろう。それでもアンは毅然とした態度を保ちつつ言った。「ええ、そこまでおっしゃられてはお断わりのしようがありませんもの」

ダニエルは返し文句をいくつか思いついたが、口に出せばどれもさして気の利いた言葉に聞こえそうもないので、ただ黙ってうなずき、腕を差しだすと、アンは笑顔でその肘に手をかけた。

けれども店の外に出るなり、アンは向きなおって目を細く狭め、率直に訊いた。「わたしのあとをつけてらしたの？」

ダニエルは空咳をした。「いや、正確に言えば、あとをつけてきたわけじゃない」

「正確に言えば？」アンの唇は笑みを上手に隠せていたが、目はそうではなかった。

「ああ」ダニエルはなにくわぬ顔をよそおって続けた。「ぼくはきみが来る前から帽子店にいたんだ。はたから見れば、きみがぼくのあとをつけてきたと思うんじゃないかな」

「そうかもしれないわね」アンはすなおに認めた。「でも、わたしはあなたをつけてきたわけではないわ。あなたはどうか知らないけど」

「とんでもない」ダニエルは笑いを噛み殺した。「断じて違う」

ふたりは文具店へ向かって坂をのぼりだし、アンからはそれ以上追及しようとするそぶりは見えなかったが、ダニエルはせっかくの愉快な会話を打ち切るのが惜しくなり、言葉を継いだ。「一応言っておくと、たしかに、きみが村に来ているかもしれないとは思っていた」

「一応教えていただけてよかったわ」アンは低い声で答えた。

「それに、ぼくもいくつか片づけなければならない用事があったから――」

「あなたに？」アンが遮って訊いた。「片づけなければならない用事？」

その問いかけは聞き流すことにした。「それと、雨が降りかねないように見えたから、村へ出かける紳士として、適切な帰路の手段のないきみを雨ざらしにさせないことも自分の務めだと思った」

アンは押し黙り、いぶかしげな目でひとしきり見つめたあとで（問いかける調子ではなく）言った。「ほんとうかしら」

「いや」ダニエルは笑って認めた。「ほんとうはきみを探すのがいちばんの目的だった。だが、どのみち店主たちを訪問しなければならなかった。それで――」言葉を切り、見上げた。

「雨だ」

アンが片手を上げると、ほんとうに大きな雨粒が指先に落ちてきた。「ええ、驚くことではないのでしょうね。朝から雲が垂れこめていたんだもの」

「封蠟を買ったら一緒に帰ろう。カリクルで来たからちょうどよかった」

「あなたの馬車で？」アンは眉を上げて尋ねた。

「それでも濡れてしまうが」ダニエルは正直に伝えた。「またそれも一興というものだろう」アンが笑みを返すと、ダニエルは言い添えた。「それに、きみもそのほうがウィップル・ヒルまで早く帰れる」

文具店でアンが先ほどあきらめた帽子とちょうど同じような濃い紺青色の封蠟を買った頃には、雨はまだ弱いながらも本降りとなってきた。ダニエルは雨がいったんやむまで村で待とうと提案したが、アンは午後のお茶の時間までには戻らなくてはいけないし、そもそも雨がいったんやむかどうかは誰にもわからないのだからと反対した。空は厚手の毛布並みの雲に覆われ、来週の火曜日まで雨が降りつづいてもふしぎはなかった。「それに、さほど激しい雨ではないし」アンは眉をひそめて文具店の窓の外を見て付け加えた。

たしかにそうだったが、〈パーシーの紳士と淑女の帽子店〉まで戻ってくると、ダニエルは足をとめて尋ねた。「この店で傘も売っていただろうか？」

「売っていたと思うわ」

ダニエルは指を一本立てて、アンにそこで待つよう合図して店に入り、請求書はウィップル・ヒルに届けてくれるよう伝えて、ミスター・パーシーから相槌の言葉を聞くや傘を手に外に出てきた。

「お嬢様」これ見よがしにうやうやしく呼びかけて、アンを微笑ませた。傘を開き、アンの頭上に差しかけて、宿場へ向かって歩きだした。

「あなたも傘の下に入らないと」アンが水溜りを慎重によけつつ言った。両手でスカートを持ち上げてはいるものの、裾が濡れている。

「入っているとも」嘘だった。だが濡れるくらいはかまわない。いずれにしろ、紳士の帽子のほうが婦人の帽子より雨よけになるのは確かだ。

宿場までさほど距離はなかったものの、着いたときには雨脚がさらに少し強まっていたので、ダニエルはもう一度、しばし雨宿りすることを提案した。「ここの食事はなかなかうまいんだ」と説明した。「もうこの時間では燻製鰊はないだろうが、きみが気に入るものも何かあるはずだ」

アンはくすりと笑い、意外にもこう答えた。「少しお腹がすいたわ」

ダニエルは空を見上げた。「午後のお茶の時間までには戻れそうにないが」

「平気よ。誰もわたしがこの雨のなかを歩いて帰ってくるとは思っていないでしょうから」

「正直に言わせてもらえば」ダニエルは言った。「みんな今度の結婚式のことで話しこんでいた。きみが出かけたことにすら気づいているかあやしいものだ」

アンが微笑み、ふたりは食堂のほうへ入っていった。「当然のことだわ。あなたの妹さんがきっと夢にまでみていた結婚式なんですもの」

それなら、きみの夢はどうなんだ？

そんな疑問が口から出かかったが、呑みこんだ。アンに気づまりな思いはさせたくないし、せっかく打ち解けられた、このなごやかな心地よい友人関係を壊したくもない。

それに、答えてくれるとは思えなかった。

ダニエルはアンが過去についてささやかな情報を洩らすたび、胸に留めていた。両親の瞳の色、姉がいて、姉もアンも魚が好きだったこと……口にするのは小さなことばかりで、それはたまたまなのか、意図してのことなのかはわからない。

だがダニエルはもっと知りたかった。アンの目を見つめていると、いまこのときに至るまでのあらゆる出来事を知り、すべてを理解したいと心から思った。この気持ちを執着心とは呼びたくない――それではあまりに根暗な男のようではないか。

それよりは、のぼせあがっているというほうが正しい。わけのわからない夢想に舞いあがっている。こんなふうに美しい女性にたちまち魅了されてしまった男は、この世に自分だけではないはずだ。

けれども宿場のざわざわと混みあった食堂の席に腰を落ち着けて、テーブル越しに自分が目にしていたのはアンの美貌ではなかった。心だ。それに、魂。ダニエルはもはやこれまでの自分のままではいられそうにないという、暗澹たる思いにとらわれた。

13

「ああ、もう」アンは腰をおろすと、わずかに身をふるわせた。外套は着ていたものの袖口がすぼまってはいないので、雨が袖の内側に流れこんでいた。いまや肘まで濡れそぼり、足先がかじかんでいる。「もうすぐ五月だなんてとても思えないわ」

「お茶にするかい?」ダニエルが問いかけ、宿場の主人を手ぶりで呼んだ。

「お願いします。温かいものならなんでもかまいません」アンは手袋をはずし、右の人差し指の先に小さな穴が空いているのに目を留め、眉をひそめた。このままでは使えない。どこより品位を保たなくてはならない部分だ。いったいどれだけこの指を教え子の少女たちに振ってみせてきたことか。

「どうかしたのかい?」ダニエルが尋ねた。

「えっ?」アンは目を上げて、瞬きをした。ああ、手袋を睨んでいるのを見られてしまったのだろう。「ちょっと手袋が」持ち上げて見せた。「縫い目に小さな穴が空いてるの。今夜繕っておかないと」さらに目の前に近づけてしっかりと確かめてから、テーブルの端に置いた。とはいえもう何度も繕いを繰り返しているので、この手袋を使いつづけるのはそろそろ限界かもしれない。

ダニエルは宿屋の主人にお茶をふたりぶん頼んでから顔を戻した。「雇われ人の暮らしぶりにはまるで無知な恥をしのんで言うが、新しい手袋を買う余裕もないほど、おばがきみの賃金を出し惜しんでいるとは信じがたいんだが」

たしかにこの男性が雇われ人の暮らしぶりにまるで無知なのはあきらかだとしても、少なくともみずからの至らない点だと感じているらしいことに、アンは好感を抱いた。付け加えるなら、おそらく手袋であれ、そのほかのどんなものについても、値段の相場はほとんど知らないのではないだろうか。アンはこれまで上流社会の人々の買い物に何度も同行していたので、みな値段については尋ねようとすらしないことを知っていた。気に入れば買い、請求書は屋敷に届けさせ、代金の支払いはほかの誰かがすませておいてくれる。

「もちろん」アンは答えた。「奥様からはじゅうぶんいただいています。でも、倹約は美徳ではないかしら？」

「きみの指が凍えてしまっては意味がない」

アンはややもすると少し呆れたようにも見えかねない笑みを浮かべた。「それは大げさですわ。この手袋はまだあと一度や二度は繕いをしても使えますもの」

ダニエルは顔をしかめた。「いったいこれまで何度、繕いをしたんだい？」

「えっ、ええと、どうだったかしら。五、六度？」

ダニエルがやんわりとたしなめるような面持ちに変わった。「そんなことはとうてい見過ごせない。ぼくからシャーロットおばに、きみが適切な衣類を整えられるよう進言しておこう」

「そのようなことはなさらないで」アンは慌てて言った。いったい何を考えているのだろう？　またもこの伯爵に必要以上の関心を示されたら、自分はプレンイズワース家から追いだされてしまいかねない。本来なら村人たちの目もはばからず宿場の食堂でこうして向かいあって坐っているのもよくないことだけれど、これだけならまだしも悪天候のせいだと言いわけが利く。雨宿りをしたくらいなら誰にも責められはしないのだから。

「念のために申しあげるなら」アンは手袋を示して言った。「これならまだほとんどの人々の手袋よりよい状態ですわ」テーブルに目を落とすと、見るからに高級な革の裏地が付いた伯爵の手袋がむぞうさに重ねられていた。アンは咳払いをした。「いまここにある物はべつとして」

ダニエルがほんのわずかに腰をずらした。

「でも、あなたの手袋もすでに何度か繕われている可能性はじゅうぶんにあるのではないかしら」アンは思いつきで続けた。「唯一の違いは、あなたが気づくより先に近侍が手ぎわよく直してしまっているだけのことで」

ダニエルは何も言わず、アンは急に自分の発言が浅ましく感じられた。卑屈になるよりは見栄を張るほうがましとはいえ、やはり考えが足りなかった。「失礼しました」

ダニエルはさらにしばらく見つめてから、問いかけた。「どうして手袋の話になったのかな？」

「どうしてだったかしら」ほんとうはわからないわけではなかった。最初にこの話を持ちだしたのがダニエルのほうだったとしても、自分のほうで打ち切ることはできたはずなのに。けれどもアンはダニエルに互いの立場の違いを認識してもらいたかった。あるいは自分自身を戒めるためでもあったのかもしれない。

「でも、このことはもうよろしいかと」さらりと言い、長らく話題にしていた手袋をぽんと叩いた。ふたたび目を上げて、なんの差しさわりもない空模様の話でもしようとしたものの、ダニエルが目尻に皺が寄るほどにっこり笑いかけていて──

「治ったのね」思わずつぶやいていた。ダニエルの目の周りの痣がどれくらい腫れていたのかもう思いだせないけれど、いまではすっかり腫れはひき、笑顔が見違えていた。それでなおさら楽しそうに感じられるのだろう。

ダニエルが自分の顔に触れた。「痣のことかい？」

「いいえ、目よ。まだ少し黒ずんでるけど、もう前ほど腫れてはいないわ」アンは気まずそうな目を向けた。「痣はあまり変わらない」

「そうかな？」

「ええ、むしろ悪くなってる。言いづらいけど、仕方のないことなのよ。治る前のほうが、がいしてひどく見えるものだから」

ダニエルが眉を上げた。「ところでどうしてきみはそんなに傷や痣に詳しいんだ？」

「わたしは家庭教師ですわ」と、アンは答えた。それだけでじゅうぶんな説明になるとほんとうに思ったからだ。

「ああ、でも、きみが教えているのは三人とも女性――」

アンは笑い、その言葉をいともすっぱり断ち切った。「女の子ならいたずらをしないと思ってらっしゃるの？」

「いや、それについてはよく承知している」ダニエルはぽんと胸を叩いた。「ぼくには五人の姉妹がいるんだ。知らなかったのかい？　五人だ」

「それで同情を引こうとでも？」

「当然だ」ダニエルが言う。「とはいえ、姉妹が殴りあいをしていた姿は記憶にない」

「フランシスはしじゅうユニコーンになるの」アンは淡々と言った。「たいがいの女の子より、こぶや痣をこしらえているのは間違いないわ。それに、わたしは男の子を教えていたこともあるのよ。学校へ行かせる前に準備が必要な場合もあるから」

「なるほど」ダニエルは負けを認めて小さく肩をすくめた。それから、いたずらっぽく眉を吊り上げ、身を乗りだしてささやきかけた。「きみがぼくの顔をそんなにちゃんと見てくれていたのが嬉しくてたまらないと言ったら、不作法だろうか？」

アンは呆れぎみに鼻で笑った。「不作法だし、可笑しいわ」

「でもほんとうに、心がこんなに色鮮やかに活気づいているように感じるのは初めてなんだけどな」ダニエルはわざとらしく大げさにため息をついた。

「見た目が虹色に染まってしまっているのは確かね」アンは調子を合わせた。「赤に……残念ながら、オレンジと黄色はないけど、緑と青と紫はきわだってるわ」

「藍色を忘れてる」

「忘れたわけではないわ」アンはいかにも家庭教師らしくきっぱりと答えた。「以前から、よけいな色を加えすぎていると思っていたのよ。本物の虹をご覧になったことはある？」

「一度か二度」ダニエルはアンの弁舌を楽しんでいるふうに答えた。

「それくらいでは藍色があったかどうかどころか、青と紫を見きわめられたのかもあやしいわね」

ダニエルはひと息ついてから、茶目っ気たっぷりに口もとをゆがめて言った。「その件についてはずいぶん深く考えてるんだな」

アンはつられて笑わないよう唇を引き結んだ。「そうよ」どうにかそう答えて、ぷっと噴きだした。ほんとうにたわいない会話なのに、心の底から楽しめた。

ダニエルも笑いだし、ふたりがくつろいで椅子の背にもたれたところに、女中が湯気の立ったお茶のカップをふたつ運んできた。アンはすぐさま自分のカップを取り、温かみが肌に染み入る快さに吐息をついた。

ダニエルはひと口含んで、温かい液体が喉を流れ落ちると身をぶるっとさせて、ふたたび飲んだ。「いまの顔はなかなか男前なんじゃないかと思ってるんだ。痣だらけの斑模様《まだらもよう》で。けがをした理由については、何か物語を考えておいたほうがいいな。マーカスとの取っ組みあいでは面白みに欠ける」

「追いはぎにも襲われたわ」アンは指摘した。

「そちらについては」ダニエルは乾いた声で続けた。「男らしさに欠ける」

アンは微笑んだ。こんなふうに自分を冗談の種にできる男性はめずらしい。

「こういうのはどうだろう？」ダニエルが今度は得意そうなふりで訊いた。「猪と格闘したというのは。あるいは、海賊と戦って鉈《マチェーテ》でけがを負ったというのもいいかな？」

「それは状況しだいね」アンは答えた。「マチェーテを持っていたのはあなたなのか、それとも海賊のほう？」

「そうだな、海賊のほうにしておこう。素手で撃退するほうが、はるかに勇ましいじゃないか」ダニエルは古代の東洋の武術でも披露するかのような手ぶりを見せた。

「やめて」アンは笑いながら言った。「みんな見てるわ」

ダニエルは肩をすくめた。「何もしなくても見るさ。ぼくがここに来るのは三年ぶりなんだ」

「ええ、でも、頭がどうかしてしまったのかと思われてしまうわ」

「うむ、しかしぼくが変人になろうが、誰にも咎められやしない」ダニエルはいたずらっぽく苦笑いを浮かべ、眉を大げさに上げてさげた。「爵位ある者の特権のひとつだ」

「お金と権力ではなく？」

「まあ、それもそうなんだが」ダニエルがすんなり認めて続ける。「いまは変人でいるのがなにより楽しい。痣も役立てられるだろう？」

アンは目だけで天を仰ぎ、お茶をもうひと口飲んだ。

「たぶん傷も」ダニエルは頰を向けて、考えこむふうに続けた。「どうだろう？　ここにあるだろ。これがこんなふうに――」

あとの言葉は耳に届かなかった。アンはダニエルのこめかみから顎を切り裂くようにふりおろされた手だけを見ていた。すっぱりと斜めに切りつけられた長い傷はまるで――

ジョージが父親の書斎で当て布を剝がして見せたものだった。

そして、自分がその顔をナイフで切りつけたときの感触がよみがえった。

アンはとっさに顔をそむけ、息を整えようとした。でも、思うようにはいかなかった。とてつもなく重いもので押されているかのように胸を締めつけられた。息がつかえて、圧迫され、空気を求めてあえいだ。ああ、どうしていまさら、こんなふうになってしまうの？　突然このような恐怖に襲われたのは何年かぶりだった。もう克服できたものと思っていたのに。

「アン」ダニエルが心配そうに呼びかけて、テーブル越しに腕を伸ばしてアンの手をつかんだ。「どうかしたのかい？」

触れられたとたん、胸を締めつけていた紐がふつりと断ち切られたかのように全身をひくつかせ、深々とふるえがちに息を吸いこんだ。自分を窮屈に閉じこめていた暗闇がしだいに薄らいで溶け去り、とてもゆっくりと元の状態に戻ってきた。

「アン」ふたたび呼びかけられても、目を上げなかった。ダニエルの不安げな顔は見たくない。冗談で笑わせようとしてくれていたのはじゅうぶんわかっているだけに、急におかしな態度をとってしまった理由をどう説明すればいいのかわからない。

「お茶が」傷を示されたときにはすでにカップを置いていたのは気づかれていないことを祈って続けた。「たぶん――」演技ではなくほんとうに咳が出た。「変なところに入ってしまったみたい」

ダニエルがまじまじと見やった。「大丈夫かい？」

「それとも熱すぎたのかしら」アンは小刻みなふるえがとまらない肩をぎこちなく少しすくめた。「でも、もう大丈夫よ」微笑んだ。少なくとも自分ではそうしたつもりだった。「ほんとうに、とても恥ずかしいわ」

「何かぼくにできることはないかな？」

「いいえ、もう平気」アンは手で顔を扇いだ。「どうしたのかしら、急に熱くなってきたわ。あなたは？」

ダニエルは目をそらさず首を振った。

「お茶が」アンは精いっぱい明るく陽気な声で言った。「さっきも言ったように、とても熱いわね」

「ああ」

アンは唾を飲みこんだ。見透かされている。むろんダニエルは真実を知っているわけではないけれど、ほんとうのことを話していないことにきっと気づいている。そしてアンは八年前に家を出てから初めて、隠し事をしていることに良心の呵責《かしゃく》を感じた。自分にはこの男性に秘密を明かさなくてはいけない義務などないのに、それでも何かごまかしているような後ろめたさを覚えずにはいられない。

「お天気はよくなったかしら？」そう言うと、窓のほうを見やった。窓は古い波硝子で、そのうえ宿場の庇《ひさし》が大きく張りだしていて風雨は直接打ちつけないので、雨の具合が見きわめられなかった。

「いや、まだだろう」ダニエルが答えた。

アンは顔を戻して、低い声で応じた。「ええ、そうよね」笑みをこしらえた。「いずれにしろ、もうお茶を飲み終えてしまうけれど」

ダニエルがふしぎそうに見やった。「もう熱くないのかい？」

アンは目をぱちくりさせ、すぐにはっと、つい先ほどは顔を扇いでいたことを思い起こした。「ええ。おかしいわね」ふたたび微笑み、カップを口もとに持ち上げた。けれどそのとき、気さくな会話に戻す手立てを悩む間もなく、食堂の外から大きな物音が聞こえてきた。

「何かしら？」アンは問いかけたが、ダニエルはすでに立ちあがっていた。

「ここにいてくれ」そう言うと、足早に扉口へ向かった。その緊張したそぶりに、アンはふと思いあたるものを感じた。これまで幾度となく、自分も同じような反応をしていたからだ。

ダニエルはおそらく身の危険を察知したのに違いなかった。でも、それでは理屈が通らない。ダニエルを国から追いだした人物はすでに復讐を取りやめたと聞いている。

それでも、身についた習慣はなかなか変えられないものなのかもしれない。自分もたとえジョージ・チャーヴィルが鶏の骨を喉に詰まらせて死んだとか、東インド諸島へ移住したと聞かされても、背後を窺う癖はきっとすぐにはやめられないだろう。

「なんでもなかった」ダニエルがテーブルに戻ってきた。「単に酔っ払いが、宿場と厩のあいだを行き来して騒いでるだけだ」お茶のカップを手に取り、大きくひと口飲んでから、言葉を継いだ。「雨はだいぶ弱くなった。まだ霧雨は降ってるが、そろそろ出発したほうがいいだろう」

「そうね」アンは応じて席を立った。

「すでに馬車をこちらにまわすよう伝えておいた」ダニエルはアンを扉口へ導きつつ言った。アンはうなずいて、食堂の外に出た。外気は爽やかで、寒さは気にならなかった。ひんやりとした霧雨には心洗われる作用があり、おかげで本来の自分に戻れたような気がした。そしていまは、この瞬間だけは、さほど悪い人間はどこにもいないように思えた。


ダニエルは食堂でアンにいったい何が起こったのか、いまだ見当もつかなかった。本人が言ったように、ほんとうにお茶にむせただけだったのかもしれない。自分にも経験があるし、湯気が立つくらい熱いお茶なら、たしかに咳こんでもふしぎはない。

しかしアンの顔はみるみる蒼ざめ、目つきも――顔をそむける前に一瞬見えただけだが――追いつめられているかのように見えた。脅えていた。

ダニエルはそのときふと、アンがロンドンで〈ホービーの店〉に飛びこんできたときの慌てようを思い起こした。たしか誰かを見たと言ってなかっただろうか。それも、会いたくない人物だというようなことを口走っていた。

だがあれはロンドンでの出来事だ。ここはバークシャーで、さらに言えば、自分が生まれたときから知っている村人ばかりの宿場の食堂に坐っていた。あの食堂に、アンにわずかでも危険を感じさせる人物がいたとは思えない。

ならばやはりお茶のせいだったのだろうか。自分の考えすぎだったのかもしれない。いまではアンはもうふだんどおりに戻っていて、二頭立て二輪の幌付き馬車《カリクル》に乗せようと手を貸すと笑顔が返ってきた。折りたたみ式の幌が後ろ側から差しかけられているが、この程度の雨でやり過ごせたとしても、ウィップル・ヒルに着くまでにはふたりとも身体が冷えきってしまっているだろう。

熱い湯に浸かることが必要だ。着いたらすぐに用意させよう。

残念ながら、ふたりで浸かるわけにはいかないが。

「カリクルに乗るのは初めてだわ」アンは婦人帽《ボンネット》の顎下のリボンをきつく結びなおしつつ微笑んだ。

「そうなのかい？」ダニエルはどういうわけかその言葉を意外に感じた。たしかに家庭教師にはこのような馬車に乗る機会はないのかもしれないが、アンのあらゆる所作には育ちのよさが窺える。もしやかつて人気の花嫁候補として過ごした時期があったのではないだろうか。そうだとしたら、アンならば、カリクルであれフェートンだろうと、ともに乗ってほしいと誘う紳士があとを絶たなかったのは間違いない。

「でも、一頭立て二輪《ギ》の馬車《グ》なら乗ったことがあるわ」アンが言う。「前にお仕えしていた方が持っていて、必要に迫られて手綱を取れるようになったの。だいぶお歳をめしていたご婦人だったから、手綱を取るのは危険だったのよ」

「マン島でのことかい？」ダニエルは努めてさりげない調子で尋ねた。アンがみずから過去について話しだすのはめずらしい。いかにも知りたがっているそぶりを見せれば、身がまえられてしまうかもしれない。

だがその問いかけに躊躇する様子は見られなかった。「ええ」そうはっきりと答えた。「それまでは、荷馬車を御したことしかなかったわ。父はふたりしか乗れないような馬車を持つ気はさらさらなかった。遊び心のある男性ではなかったの」

「馬には乗るのかい？」ダニエルは尋ねた。

「いいえ」アンはあっさりと否定した。

新たな手がかりが得られた。もし爵位を継ぐ家の令嬢であれば、読み書きを憶えるより先に片鞍《かたくら》に乗せられていたはずだ。

「どれくらい住んでいたんだい？」ダニエルはなにげなく問いかけた。「マン島に」

すぐに返事がなかったので、やはり答えてはもらえないのだろうとあきらめかけたとき、アンが思い返すふうな声で静かに言った。「三年。三年と四カ月ね」

ダニエルは懸命に前を見据えたまま続けた。「あまり愉快な思い出ではなさそうだな」

「ええ」ゆうに十秒は間をおいて、アンがふたたび静かな声で言い、それからさらに言葉を継いだ。「いやな思い出というわけではないわ。ただ……どう言えばいいのかしら。わたしは若かったし、やっぱり、家ではなかったのよ」

家。アンがこれまでほとんど口にしようとしなかった言葉だ。深追いすべきではないとダニエルは察し、こう尋ねた。「老婦人のお話し相手《コンパニオン》をしていたんだね？」

アンはうなずいた。ダニエルはそのしぐさを目の端にとらえた。自分に問いかけた相手が前方の馬のほうを向いていることは忘れてしまっているかのように見える。「さほど大変な仕事ではなかったわ」アンが言う。「朗読を聞いているのがお好きだったから、たくさん本を読んでさしあげたのよ。あとはお裁縫をして、手紙の代筆もまかされていた。奥様は手が少しふるえてしまうから」

「そのご婦人が亡くなられて、島を出たのか」

「そう。ほんとうに幸運なことに、亡き奥様のごきょうだいの孫娘さんがバーミンガムにお住まいで、家庭教師を探してらしたの。亡き奥様はご自分の死期が近いことを悟って、わたしの新たな働き口を手配してくださっていたのよ」アンはいったん押し黙り、ダニエルの傍らでまるで記憶に立ちこめる霧を振り払うかのようにすっと背を起こした。「そのときからずっと家庭教師をしてきたわ」

「きみに合っているんじゃないかな」

「だいたいのところは、そうね」

「思うに――」ダニエルは唐突に言葉を切った。馬に異変を感じたからだ。

「どうなさったの？」アンが訊いた。

ダニエルは首を振った。いまは話せない。集中しなくてはならない。なぜか二頭の馬が右側に寄りはじめた。突如何かが断ち切られたかのように馬たちが凄《すさ》まじい速さで走りだし、馬車もどんどん引っぱられ――

「どうなってるんだ」ダニエルは息を呑んだ。慄然《りつぜん》と前を見つめ、それでもどうにか馬たちを御そうと奮闘したが、とうとう長柄から馬具がはずれ、馬たちが左のほうへ走りだした。

車体を置き去りにして。

二輪車が激しく揺れながら坂をくだりはじめると、アンは驚いて低く脅えたような悲鳴を洩らした。「身をかがめろ！」ダニエルは叫んだ。このまま平衡を保って坂をくだりきれれば、速度は自然に落ちていくはずだ。だが幌の重みで車体が後ろに傾き、そのうえもともと往来の多いでこぼこ道なので、前かがみになることすら容易ではなかった。

そしてダニエルはふと、その道が曲がっていることを思いだした。坂を半分くだった辺りから、左に鋭角に折れている。このまま行けば曲がりきれずに、鬱蒼《うっそう》とした森のなかへ突っこんでしまうだろう。

「聞いてくれ」ダニエルはすぐさま言った。「この坂の突きあたりが見えたら左に身を傾けるんだ。全力で左に傾けろ」

アンは緊張した面持ちでうなずいた。脅えた目をしているが、動転しているわけではない。言われたとおりにやれるだろう。突きあたりが見えたら――

「いまだ！」ダニエルは叫んだ。

アンがダニエルにのしかかるような格好で、ふたりは左側に身を傾けた。車体が片側の車輪に乗り、木製の輪どめが軋《きし》む耳ざわりな音が響いた。「前を向け！」ダニエルは大声で言い、ふたりは前向きに身を起こし、車体はかろうじて道をはずれずに左に曲がった。

ところが曲がった瞬間、左の車輪——地面に着いていたほう——が何かを踏んだはずみで車体がいったん浮きあがり、胸の悪くなる亀裂音とともに着地した。ダニエルは必死に車体にしがみつき、アンも同じようにしているものと思ったのだが、その身体が投げだされるのを目にして、なす術もなく凍りついた。しかも車輪は進んでいて——ああ、なんてことだ、車輪が進んでいる！　このままでは、アンのほうへ——

考えている暇はなかった。ダニエルはアンを轢《ひ》くまいと自分の身体ごと車体を右側へ倒した。アンは左側の地面のどこかに投げだされているはずだ。

馬車は横倒しになって地面を数メートル滑り、ぬかるみにはまって停まった。ダニエルはすぐには動けなかった。これまで殴られたことも、落馬したことも、撃たれたことすらあるが、いま馬車がつぶれてみて初めて、息がまったくできなくなるとはどういうことなのかを思い知らされた。

アン。すぐに助けなければ。そのためにまず息を取り戻そうとしたが、胸がまるで痙攣《けいれん》しているかのように感じられた。それでもどうにかあえぐように空気を取りこみ、横転した馬車の下から這《は》いだした。「アン！」大きな声で呼びかけようとしたが、かすれ声を絞りだすだけでやっとだった。ぬかるみに両手と両膝をついてから、砕けた馬車の片側につかまり、よろよろと立ちあがった。

「アン！」先ほどより大きな声でふたたび呼んだ。「ミス・ウィンター！」

返事はない。水浸しの地面に雨が落ちる音以外は何も聞こえない。

ダニエルはなおもおぼつかない足どりで馬車の残骸《ざんがい》につかまりつつ、その周りをめぐるように歩を進め、アンの姿を見つけようと懸命に目を凝らした。どんなものを着ていただろう？　褐色だ。濃くも薄くもない、ちょうどぬかるみになじんでしまいそうな褐色のドレスを着ていた。

もっと手前にいるのかもしれない。馬車はアンが投げだされてから少し横滑りして停まった。ダニエルはブーツを履いた足をぬかるみの深みにとられそうになりながらも、馬車の後方へ歩を進めようとした。足を滑らせてふらつき、つんのめって、あてずっぽうにつかまれるものに手をかけた。どうにかつかんだのは細い革紐だった。

牽《ひ》き具だ。

手にした革紐を見おろした。馬たちが馬車の長柄に繋がれていた証《あか》し。それが切れていた。だが綻びの跡があるのはほんの先端だけで、つまりわずかな力が加わっただけでも切り離されてしまうくらい細く残した部分でかろうじて繋がっていたのに違いなかった。

ラムズゲイトなのか。

ダニエルは怒りに駆られ、ようやく馬車の残骸を離れてアンを探す活力を取り戻した。これでもしアンの身に万一のことがあったら……彼女が重傷を負ってでもいたら、神にかけて……。

ラムズゲイト侯爵の息の根をとめる。素手で腸《はらわた》を抜きとってやる。

「アン!」声を張りあげ、ぬかるみのなかを躍起になってアンを探しまわった。そのとき——あれはブーツか? 雨に濡れてよろめきながら駆けだして、ついに道と森の境目の地面に倒れているアンをはっきりと目にした。

「なんてことだ」ダニエルはつぶやき、恐怖に心臓をわしづかみにされた心地で駆け寄った。「アン」祈るように呼びかけ、腕を取って脈を確かめた。「応えてくれ。頼むから、返事をしてくれ」

反応はなかったが、手首から感じられる安定した脈拍はじゅうぶんに希望をもたらした。ウィップル・ヒルまではほんの半マイルの距離だ。それくらいならアンを運んで行ける。身体はふるえていて、打ちつけられたところが痛むし、傷口から血も出ているかもしれないが、きっとやれる。

ダニエルは慎重にアンを抱き上げると、不安だらけの道のりを家へ向かって進みだした。ぬかるんだ地面は一歩ずつよろけないよう気をつけて進まなければならず、雨に濡れた髪が額に貼りつき、前が見えづらかった。それでも恐怖に奮い立たされた気力で疲れた身体を動かし、進みつづけた。

同じくらい怒りも湧いていた。

ラムズゲイトにこの報いを受けさせなければ。もしアンがこのまま二度と目を覚まさなかったなら、ラムズゲイトのみならずヒューにも、そして神にかけて、この世のすべてに報いを受けさせてやる。

片足をもういっぽうの足の先に出す。これをウィップル・ヒルが見えてくるまでひたすら繰り返した。そうしてついに車道に入り、車寄せに至ると、とうとう筋肉が悲鳴をあげてふるえだした。膝がいまにもくずおれそうになりながら玄関前の踏み段を三つ上がり、玄関扉を蹴った。強く。

もう一度。

さらにもう一度。

何度も蹴りつづけているうちに、ようやく駆けてくる足音が聞こえた。

扉が開き、執事が声をあげた。「旦那様！」その声にすぐさま三人の従僕も駆けつけて、主人がかかえてきた重荷を引きとった。ダニエルは疲労と恐怖で床にへたり込んだ。

「彼女の世話を頼む」息を切らして言った。「温めてやってくれ」

「かしこまりました」執事が応じた。「ですが、旦那様も――」

「いいんだ！」ダニエルは強い調子で遮った。「まずは彼女を頼む」

「承知しました、旦那様」執事は答えて、袖から水が滴っているのも気づかずに脅えた顔でアンを抱きかかえている従僕に駆け寄った。「行け！」と命じた。「行くんだ！　階上《うえ》へお連れしろ。それときみは――」玄関広間にやってきてぽかんと立ちつくしていた女中を振り返った。「――入浴の準備を。急いで！」

ダニエルは人々が慌しく動きはじめるとほっとして、目を閉じた。すべきことはした。自分にやれることはすべてやった。

いまのところは。

14

アンの頭のなかをしつこく覆っていた闇が、ゆっくりと流れゆく灰色の雲に変わり、ようやく気がついて最初に感じたのは、衣類を脱がそうと自分に触れている人の手だった。叫びたかった。そうしようとしても、声が出なかった。ふるえがとまらず、身体のあちこちが痛むし、疲れていて、声を出すどころか口もあけられそうにない。

これまでにもアンは、家庭教師を格好の獲物だと思いあがっている若者たちや、雇われ人には何をしても許されると勘違いしている家の主人に追いつめられたことがあった。そもそも自分の人生をこのように変えた、ジョージ・チャーヴィルにも。

けれど必ずどうにか自力で危機を切り抜けてきた。体力もあり、機転も利き、ジョージのときには武器も使えた。いまはそのどれもがない。目をあけることすらできない。

「やめて」アンは呻くように声を洩らし、冷たい木の床らしきものの上で身をよじって逃れようとした。

「じっとしていてください」聞き憶えのない声がした。でも女性の声だとアンは気づいて、安堵した。「わたしたちにお手伝いさせてください、ミス・ウィンター」

しかも自分の名を知っている。それがよいことなのかどうかはわからないけれど。「お気の毒に」女性が言う。「肌が氷のように冷たくなってますわ。温かい湯に入れてさしあげますから」

温かい湯。このうえなく嬉しい言葉だった。寒くてたまらない――これほどの寒さを感じたのは初めてかもしれない。何もかもが重く感じられる……腕も、脚も、心臓さえも。

「さあ、よろしいですか」ふたたび女性の声がした。「ボタンをはずしますからね」

アンはもう一度どうにか目をあけようと試みた。誰かに瞼《まぶた》の上に乗られているのか、もしくはねばねばした泥のなかで溺れているみたいな心地だった。

「もう大丈夫ですからね」女性が言う。その声はやさしそうで、ほんとうに助けようとしてくれているのが感じられた。

「ここはどこ？」アンはなおも目をあけようと努力しつつ、かすれた声で訊いた。

「ウィップル・ヒルに戻られたのですよ。ウィンステッド卿が雨のなか、あなたをかかえてお帰りになったんです」

「ウィンステッド卿……あの方は――」息がつかえ、どうにかやっと目をあけると、浴槽が見えた。それも子供部屋にあてがわれているものよりはるかに優美で装飾も凝っている。部屋にはふたりの女中がいて、ひとりが浴槽に湯気の立った湯を溜め、もうひとりが濡れそぼった服を脱がそうとしてくれていた。

「あの方はごぶじなの？」アンはせっかちに問いかけた。「ウィンステッド卿は」いっきに記憶がよみがえった。雨。解き放たれて走りだした馬たち。木の板が裂ける恐ろしい音。それに、片輪だけで道をくだっていく馬車。そのあと……すべてが消え去った。そこから何ひとつ思いだせない。たぶん横転したのだろう――どうして憶えていないの？

ああ、ほんとうはそのあといったいどうなったの？

「旦那様はごぶじです」女中がはっきりと答えた。「疲れきっておられますが、大きなおけがはありませんから、少しお休みになられれば快復されますわ」誇らしげに目を輝かせ、ドレスの袖から腕を引き抜けるようアンの身を少しずらした。「旦那様は英雄ですわ。本物の」

アンは手で顔を擦った。「何があったか思いだせないわ。ところどころしか」

「旦那様から、あなたは馬車に乗っていて地面に投げだされたのだとお聞きしています」女中が言い、もう片方の袖に手を移した。「頭を打ったのではないかとレディ・ウィンステッドがおっしゃってました」

「レディ・ウィンステッド？」いつ顔を合わせたのだろう？

「旦那様のお母様です」女中が問いかけの意味を取り違えて説明した。「けがや手当ての方法に心得がおありなんです。玄関広間で、あなたのご様子を確かめてらっしゃいました」

「まあ、どうしましょう」なぜかわからないけれどアンはどうしようもなく恥ずかしくなった。

「奥様は、ちょうどこの辺りにこぶができているとおっしゃってました」女中が自分の左の耳の少し上に触れて示した。

アンはこめかみを擦っていた手を髪のなかに滑らせた。すぐに痛みのあるふくらみを見つけた。「痛いっ」さっと腕を引き戻した。手を見たが、血は付いていなかった。血が出ていたとしても、雨に流されてしまったのかもしれない。

「レディ・ウィンステッドは、しばらく安静にされたほうがいいとおっしゃってましたわ」女中は言葉を継ぎ、アンのドレスをなめらかに引きおろした。「身体を温めて汚れを落としたら、ベッドにお連れしますね。奥様がお医者様を呼んでおられますから」

「まあ、お医者様に来ていただく必要はないわ」アンは即座に言った。いまもあちこち痛むし、寒くて、こぶのせいか激しい頭痛もして、ひどい状態だ。でも、どれもいっときの症状で、柔らかなベッドと温かいスープさえあればじゅうぶんなことは本能のようなものでわかった。

けれども女中は肩をすくめた。「すでに手配されてしまわれたので、致し方ないかと」

アンはうなずいた。

「みなさん、とても心配なさってます。フランシスお嬢様は泣きだしてしまって――」

「フランシスが？」アンは遮って訊いた。「けっして泣く子ではないのに」

「今回は泣いておられました」

「まあ、お願い」アンは気が気ではなく、切に頼んだ。「どうか、わたしは大丈夫だと知らせてあげて」

「そろそろ従僕がまた熱い湯を運んできます。そのときに――」

「従僕？」アンは息を呑み、とっさに自分のはだけた身を両手で隠した。まだシュミーズは身につけているとはいえ、濡れてほとんど透けている。

「ご心配なく」女中はくすりと笑って言った。「戸口までしか来ませんわ。ペギーでは階段をのぼって運んでこられませんので」

そのペギーがたらいでまた浴槽に湯を入れてから、振り返って微笑んだ。

「ありがとう」アンは静かに言った。「ふたりとも、ありがとう」

「わたしはベスです」話していた女中が言った。「立てますか？　ほんの一分だけでも。あとは頭のほうからでなければ脱がせられませんので」

アンはうなずいて、ベスに助けられて立ちあがり、陶磁器の大きな浴槽の端につかまった。シュミーズが脱がされると、すぐにベスの手を借りて浴槽に入り、湯のなかに心地よく身を沈めた。少し熱すぎるが、かまわなかった。なんであれ、かじかんでいるよりはずっといい。

湯が少しぬるくなるまで浸かってから浴槽を出て、ベスが子供部屋から取ってきてくれていた自分の毛織りの寝間着を着せかけてもらった。

「さあ」ベスに導かれ、アンはフラシ天の絨毯の上を美しい天蓋《てんがい》付きのベッドへ向かった。

「ここはどのようなお部屋なの？」アンは尋ねて、優美な家具調度を見まわした。天井には渦巻き模様があしらわれ、壁は銀が散りばめられた青色のきわめて精緻なダマスク柄で覆われている。生まれてから一度もこれほど豪華な部屋に寝たことはない。

「青の来客用の寝室ですわ」ベスが枕をはたいてふくらませながら言った。「このウィップル・ヒルで最も上等なお部屋のひとつです。ご一家のお部屋と同じ廊下の並びにあります」

ご一家のお部屋？　アンは驚いて目を上げた。

ベスが肩をすくめた。「旦那様がこちらにとおっしゃったので」

「まあ」ご一家のほかの人々はそれをどう思ったのだろうとアンは考え、唾を飲みくだした。ベスが厚いキルトの上掛けをしっかりとかぶせかけて、問いかけた。「みなさんに、もう見舞いをお受けできるとお伝えしてもよろしいですか？　会いたがっておられましたので」

「ウィンステッド卿はいらっしゃらないわよね？」アンは不安に駆られて尋ねた。まさか、男性を女性の寝室に入れはしないだろう。もちろんここは自分の部屋ではないけれど、女性の寝室であるのに変わりはない。自分がここに寝ているあいだは。

「ええ、いらっしゃいませんわ」ベスは請けあった。「ご自分のベッドでお休みになられているはずです。少なくともこの一日はお目にかかることはないかと。お気の毒なくらい疲れていらしたので。濡れれば誰でも重くなってしまいますものね」ベスは自分の冗談めかした言葉にくすりと笑って、部屋を出ていった。

一分と経たずに、レディ・プレインズワースが入ってきた。「もう、ほんとうに、どうしてこんなことに」嘆声をあげた。「みんな、あなたをどれだけ心配したことか。でも安心したわ、一時間前より、はるかに顔色がよくなったもの」

「ありがとうございます」感情をあらわにした雇い主の口ぶりに、アンはとまどいを覚えずにはいられなかった。レディ・プレインズワースはもともと親切な婦人だが、家庭教師に家族の一員のような接し方をしたことはこれまでなく、アンもそのようなことは望んでいなかった。家庭教師は使用人ではないとはいえ、家族ではありえないのだから、なんともあいまいな立場にある。最初に仕えたマン島の老婦人にはこう諭されたものだった。家庭教師は階上の人にも階下の人にもなりえないのだから、その立場になるべく早く慣れるのがいちばんだと。

「こちらの旦那様に連れ帰ってもらったときのあなたを見せてあげたいくらいだわ」レディ・プレインズワースは言い、ベッドのそばの椅子に腰をおろした。「かわいそうにフランシスはあなたが死んでいるのだと思ってしまったの」

「まあ、そんな、まだ動揺しているのですか？　誰かに――」

「大丈夫よ」レディ・プレインズワースはさっと手を払って答えた。「でも、あなたに会うと言い張ってるわ」

「もちろん、大歓迎ですわ」アンはあくびをこらえて続けた。「そばにいてもらえたら楽しく過ごせますから」

「まずは休息が必要よ」レディ・プレインズワースがきっぱりと言った。アンはうなずき、さらに少し深く枕に頭を沈ませた。

「ウィンステッド卿のことが心配でしょう」レディ・プレインズワースが言う。

アンはこれにもうなずいた。心配で仕方がないものの、自分から尋ねるわけにはいかない。レディ・プレインズワースは身を乗りだし、どう解釈すればわからない表情を浮かべた。

「いまにも倒れこみそうになりながら、あなたを連れ帰ったことは伝えておくわ」

「申しわけありません」アンは小声で答えた。

けれどたとえ聞こえていたとしても、レディ・プレインズワースはなんのそぶりも見せなかった。「ほんとうは、倒れこんだと言うべきなのかもしれないわ。従僕がふたりがかりで助け起こして、部屋まで運んだようなものなのだから。あのような光景は初めて見たわ」

アンは涙で目を潤ませた。「あの、申しわけありません。ほんとうに、申しわけありません」

レディ・プレインズワースは自分が誰と話しているのか忘れていたかのように、困惑した面持ちで見やった。「そんなふうに言う必要はないわ。あなたのせいではないのだから」

「わかってますわ。でも……」アンは首を振った。いったい自分は何をわかっているというのだろう。もう何もかもわからない。

「それでも」レディ・プレインズワースが片手をひらりと振った。「感謝しなくてはね。半マイルもあなたをかかえて歩いてきたんですもの。自分もけがを負いながら」

「感謝しています」アンは静かに続けた。「心の底から」

「手綱が切れたなんて」レディ・プレインズワースが言う。「そんな恐ろしいことがあるかしら。そのような不備のある馬車を厩の外に出すだけでも恥ずかしいことだわ。務めを怠った者にはやめてもらわなくては」

手綱が切れたという言葉に、アンは考えをめぐらせた。そうだとすれば、すべてがあのようにいきなり起こったことにも納得がいく。

「いずれにしても、あれほどの事故に遭いながら、ふたりとも大きなけがは負わずにすんだのは幸いだったわ」レディ・プレインズワースは続けた。「あなたの頭のこぶについては、しばらく様子を見なければと言われているけれど」

アンはふたたびそのこぶに触れ、びくりと怯んだ。

「痛むの？」

「少し」アンは正直に答えた。

レディ・プレインズワースはその返答にどう応えればいいのかわからないらしい。椅子の上でわずかに腰をずらし、肩をいからせ、ようやく口を開いた。「そうなのね」

アンは笑みをこしらえた。おかしなことだけれど、レディ・プレインズワースをなごませなければという思いが働いていた。何年も人に仕えているうちに、雇い主に機嫌よくいてもらおうとする習性が身についてしまったのかもしれない。

「もうすぐお医者様がおみえになるわ」しばし間をおいて、レディ・プレインズワースがまた話しだした。「でもそれまでに、あなたが目を覚ましたことをウィンステッド卿に伝えるよう誰かに言いつけておくわ。とても心配していたから」

「ありがとう――」アンは言いかけたが、どうやらまだ話は続いているらしかった。

「それにしても、ふしぎなのは」レディ・プレインズワースはいったん唇を引き結んだ。「どうしてあなたが伯爵の馬車に乗っていたかということだわ。ウィンステッド卿がこのウィップル・ヒルにいたのをわたしはたしかにこの目で見ていたのに」

アンは唾を飲みこんだ。返答には細心の注意が欠かせない話題だ。「村で偶然お会いしたんです」そう答えた。「ちょうど雨が降りだして、ウィップル・ヒルまで乗せていこうと申し出てくださいました」そこで間をとったが、レディ・プレインズワースに話しだすそぶりはなかったので、言葉を継いだ。「それでありがたくお受けしました」

レディ・プレインズワースはしばし考えてから、口を開いた。「ええ、ほんとうに、とても思いやりのある方ですものね。でも結局のところ、あなたはやはり歩いて帰ったほうがよかったわけだけれど」さっと立ちあがり、ベッドを軽くぽんと叩いた。「もうゆっくり休みなさい。ただし寝てはだめよ。お医者様が診察にみえるまで、寝かせないようにと言われてるのよ」眉をひそめた。「フランシスに来させましょう。少なくともあの子がいれば、起きてはいられるでしょうから」

アンは微笑んだ。「それなら本を読んでもらいますわ。ここしばらく、朗読の練習はしていなかったので、読み方の上達ぶりを確かめたいんです」

「いつでも子供たちの勉強のことを考えているのね」レディ・プレインズワースが言う。「でも、そのためにいてもらっているのだものね？」

褒められたのか、立場をわきまえるよう釘を刺されたのかは定かでないものの、アンはうなずいた。

レディ・プレインズワースはドアのほうへ歩きだし、ふいに振り返った。「そうそう、勉強と言えば、娘たちのことは心配しなくていいわ。あなたが快復するまで、サラとレディ・ホノーリアに代わりを務めてもらうから。ふたりいれば、どうにか勉強の予定をこなせるでしょう」

「算数を」アンはあくびを洩らして言った。「算数をやるように言ってください」

「わかったわ、算数ね」レディ・プレインズワースはドアを開き、廊下に出た。「なるべく身体を休めるのよ。ただし、寝てはだめ」

アンはうなずき、やめたほうがいいとは知りつつ目を閉じた。でも眠れそうにはなかった。身体は疲れていても、頭は忙しく働いていた。みなダニエルは大丈夫だと言うけれど、やはり心配だし、自分の目で確かめるまでは安心できない。とはいえ、歩くのもままならないこの状態では、いまはどうすることもできない。

そのときフランシスが部屋に飛びこんできて、アンのベッドの傍らに軽やかに腰かけて、とめどないお喋りを始めた。これがまさに自分には必要なことだったのだと、アンはつくづく思った。


その日はそれからいたって穏やかに時が過ぎた。フランシスは医師と入れ替わりに部屋を出ていき、医師はアンに日暮れまでは起きているようにと言い渡して帰っていった。そのあと、エリザベスがケーキや甘い焼き菓子を盆に載せてやってきて、最後にハリエットも小さな紙の束を手に現われた——執筆中の『ヘンリー八世と悲運な一角獣《ユニコーン》』の原稿だ。

「フランシスは邪悪なユニコーン役で納得するかしら？」アンは言った。

ハリエットは片方の眉を吊り上げてみせた。「善良なユニコーンを指定されたわけではないもの」

アンは眉をひそめた。「それでは揉めるのが目に見えてるわ。そうしたらわたしも口出しせざるをえない」

ハリエットは肩をすくめてから、言った。「これから第二幕を読むわ。第一幕は完全に失敗作ね。びりびりに破いてしまいそう」

「ユニコーンのせい？」

「違うわ」ハリエットは憂うつそうに答えた。「ヘンリー八世の妻たちの順番を間違えたの。離婚して、首をはねられて、離婚して、首をはねられて、死別」

「なんて慌しいのかしら」

ハリエットはちらりと目を向けて、説明した。「一カ所、離婚と首をはねられるのを反対にしてしまったのよ」

「ちょっと言わせてもらってもいいかしら？」アンは尋ねた。

ハリエットが目を上げた。

「自分で辻褄が合わないと思っているものを人に聞かせてはだめでしょう」

ハリエットは声を立てて笑い、原稿の束を振るしぐさで、また読みはじめることを伝えた。

「第二幕」もったいをつけて読みだした。「それと心配しないで。あとはややこしいところはないわ。妻たちの死に方の矛盾についてはもう説明したし」

けれどもハリエットの朗読が第三幕まで至る前に、レディ・プレインズワースがただならぬ真剣な表情で部屋に入ってきた。「ミス・ウィンターとお話があるの」娘に言った。「席をはずしてもらえないかしら」

「でも、まだ――」

「早く、ハリエット」

アンはハリエットから目顔でどういうことなのかと問われても、傍らに立っているレディ・プレインズワースがそのように憤慨しているらしい理由は思いあたらなかった。

ハリエットが原稿を揃えて部屋を出ていき、レディ・プレインズワースはドアのほうへ戻って娘が立ち聞きしていないか確かめてから、アンのところに戻ってきた。「手綱は切られていたのよ」

アンは息を呑んだ。「どういうことですか？」

「手綱よ。ウィンステッド卿の馬車の。あらかじめ切られていたの」

「まさか。ありえませんわ。だってどうして――」けれどもアンはその理由を悟った。誰の仕業であるかについても。

ジョージ・チャーヴィル。

血の気《け》が引いた。どうして自分がここにいるのを知っていたのだろう？　それに、いったいどうして馬車に乗ることまで――

宿場。ウィンステッド卿とふたりで三十分以上はそこにいた。その光景を見ていたなら、伯爵のカリクルで一緒に帰るに違いないと見定められたはずだ。

ジョージ・チャーヴィルの猛烈な復讐心が時とともにやわらぎそうもないのはとうの昔にあきらめていたけれど、無関係な人の、それもダニエルのように高位の人物の命まで奪いかねない無謀な行動に出るとは考えてもみなかった。なんといってもダニエルはウィンステッド伯爵だ。家庭教師が死のうと調べられはしないかもしれないが、伯爵も一緒となれば話はべつだ。

ジョージはまともではない。いずれにしろ、昔以上にどこかおかしくなってしまったことは確かだ。そうでなければ、説明がつかない。

「数時間前に馬たちが帰ってきたわ」レディ・プレインズワースが話を続けた。「厩番《うまやばん》たちが馬車を片づけに行ったときに、気づいたそうなの。あきらかに仕組まれた痕跡《こんせき》が残っていたそうよ。革は擦り切れたとしても、いきなり切れてしまうようなことはないのだから」

「そんな」アンは事態を咀嚼しようとした。

「あなたがこれほど陰湿な因縁の相手をわたしたちに隠していた、なんてことはないわよね」レディ・プレインズワースが言う。

アンは喉の渇きを覚えた。嘘をつかなければいけない。そうでなければ――

けれども雇い主はどうやら恐ろしげな冗談をちょっと口にしてみたかっただけらしく、返答を待たずに言葉を継いだ。「ラムズゲイトだわ。まったく、なんてことなの、あの男は完全に理性を失ってるのよ」

アンは後ろめたい嘘をつかずにすんでほっとしたからなのか、レディ・プレインズワースがそのように語気荒く侯爵を非難したことに驚いたからなのか、ただ見つめ返すことしかできなかった。

それにもしかしたら、レディ・プレインズワースの言うとおりなのかもしれない。今回のことは自分とはまるで関係がなく、ほんとうにラムズゲイト侯爵の仕業の可能性もある。なにしろ三年前にダニエルを国から追いだした人物なのだから、今度はこちらで殺してしまおうと考えたのかもしれない。そうだとしたら家庭教師が巻き添えになるくらいは気にも留めないだろう。

「ダニエルにはもう手出しはしないと約束したのに」レディ・プレインズワースは憤然と部屋のなかを歩きまわりはじめた。「だからこそ、ダニエルは帰ってきたのよ。安全が保証されたから。ヒュー卿がわざわざイタリアまで出向いて、自分の父親にはもうばかなことはやめるよう誓わせた知らせてくれたんだもの」両脇に垂らした手を両方ともぎゅっと握りしめ、いらだたしげな息をついた。「三年よ。三年も国を追われていたのよ。もうじゅうぶんでしょう？　ダニエルは侯爵の息子を殺したわけではないわ。けがを負わせただけなのだから」

アンはいま自分に求められている役割がわからず、押し黙っていた。

けれどついにレディ・プレインズワースが振り返って、まっすぐにアンを見据えた。「あなたもその経緯は知っているわよね」

「だいたいのところは」

「ええ、そうよね。娘たちはなんでもあなたに話しているから」レディ・プレインズワースは胸の前で腕を組み、またほどいた。アンはふと、雇い主のこのように感情を激した姿を目にするのは初めてだと気づいた。レディ・プレインズワースはわずかに首を振り、ふたたび口を開いた。「ヴァージニアの気持ちを思うと、いたたまれないわ。ダニエルが国を離れるときも、見ていられないほどの沈みようだったのだから」

アンはダニエルの母の名を知らなかったが、ヴァージニアというのだろうと察した。

「まったくもう」レディ・プレインズワースはつぶやいてから、唐突に言葉を継いだ。「もう眠ってもいいのではないかしら。日が暮れたから」

「ありがとうございます」アンは言った。「どうか――」けれどすぐに口をつぐんだ。

「何か言った？」レディ・プレインズワースが尋ねた。

アンは首を振った。ウィンステッド卿によろしくお伝えくださいなどとレディ・プレインズワースに頼むのは厚かましい。たとえ厚かましいというほどではなくても、やはり賢明なことではない。

レディ・プレインズワースはドアのほうへ踏みだして、いったん足をとめた。「ミス・ウィンター」

「はい？」

レディ・プレインズワースはゆっくりと振り返った。「ひとつだけ言っておくわ」

アンは待った。言いかけてこれほど長く間をおくのはこの婦人らしくない。いやな予感がした。

「気づいていないわけではないのよ。わたしの甥が……」雇い主はまたも言いよどみ、適切な言いまわしを探しているらしかった。

「どうか」アンは解雇される危機を機敏に感じとり、口走った。「レディ・プレインズワース、わたしは――」

「最後まで聞いてちょうだい」レディ・プレインズワースの口ぶりはけっして冷ややかではなかった。片手を上げて、考えがまとまるまで待つよう暗に伝えた。アンがもうとても耐えられそうにないと思ったとき、ようやくまた話しだした。「ウィンステッド卿はあきらかにあなたに惹かれてるわ」

アンは返答を求められていないことを願った。

「あなたの良識を信じていいのよね?」雇い主はそう言い添えた。

「もちろんですわ、奥様」

「女性には男性に欠けている分別を示さなければいけないときがあるわ。今回もそういったときのひとつではないかしら」

レディ・プレインズワースはまっすぐに目を見つめ、今度は返答を望んでいることを伝えた。だからアンは「はい、奥様」と答えて、それだけで許されるよう祈った。

「言わせてもらえば、ミス・ウィンター、わたしはあなたのことをほとんど知らないわ」

アンは目を見開いた。

「あなたについての紹介状は申しぶんのないものだし、わたしたちの家に来てもらってからの仕事ぶりにも非の打ちどころがない。いままで雇った家庭教師のなかで誰より優秀だわ」

「ありがとうございます、奥様」

「でも、あなたのご家族について、わたしは何ひとつ知らない。お父様やお母様がどんな方で、どのようなお知りあいがいるのかも。わたしの目から見て、あなたが良家の子女であるのはほぼ間違いないけれど、それ以上のことは……」レディ・プレインズワースは両肩を上げて手のひらを返した。それから、アンの目を見据えた。「わたしの甥と結婚する女性は、身元が確かで清廉《せいれん》な人でなければ」

「わかっています」アンは静かに答えた。

「おそらく貴族のお嬢さんを娶ることになると思うわ」

アンは唾を飲みこんで、感情を押し隠そうとした。

「もちろん、必ずしもそうでなければいけないわけではないのよ。紳士階級のご一家の娘さんと結婚することもありうるでしょう。ただし、特別なお嬢さんでなければ」レディ・プレインズワースはアンに一歩近づき、心のなかまで覗きこもうとするかのように頭をわずかに傾けた。「ミス・ウィンター、あなたのことは好きよ」ゆっくりと言う。「でも、わたしはあなたのことを知らない。わかるわね?」

アンはうなずいた。

レディ・プレインズワースはドアへ歩いていき、ドアノブに手をかけた。「もしかしたら」静かな声で続けた。「あなたはわたしに自分のことを知られたくないのかしら」

そうして雇い主は部屋を去り、アンはゆらめく蠟燭の灯りと複雑な思いとともに取り残された。

レディ・プレインズワースの意図は取り違えようがなかった。ウィンステッド卿には近づいてはいけない、というよりむしろ、みずから近づかせないよう仕向けろという警告だ。それでもきびしい態度のなかにやさしさも込められていた。素性をあきらかにすれば花嫁候補として認められる可能性もほのめかし、残念そうに少しだけドアをあけたまま去っていった。

でも当然ながら、ありえないことだ。

想像できるだろうか？　レディ・プレインズワースに過去について包み隠さず話すなんて。ええ、じつは、わたしは純潔ではないんです。

それに、わたしの名はほんとうはアン・ウィンターではありません。

しかも、ある男性を切りつけてしまって、その男性はいまも頭に血がのぼったまま、わたしが死ぬまで追いまわすつもりなんです。

自分でもぞっとする投げやりな笑いが喉からこぼれ出た。こんな自己紹介があるだろうか。

「わたしはとんでもない女性だわ」暗がりにささやきかけ、やがてまた笑いだした。それとも泣いていたのかもしれない。そしていつしか、笑っているのか泣いているのか区別がつかなくなっていた。

15

翌日の朝、ダニエルは不適切だと承知している行動を一族の女性たちの誰にも咎められる前に、大きな歩幅で青の来客用の寝室まで廊下を進み、ドアを手早くそっと叩いた。すでに旅支度は整えてある。一時間と経たずにロンドンへ出立するつもりだった。

部屋のなかから何も聞こえないので、もう一度ノックした。今度は小さな衣擦れの音がして、それから頼りなげな声が返ってきた。「どうぞ」

部屋に入ってドアを閉めるなり、アンの驚いた声が聞こえた。「伯爵様！」

「話しておきたいことがあるんだ」ダニエルは簡潔に言った。

アンがうなずき、慌てて顎下まで上掛けを引き寄せた。だが率直に言って艶めかしさのかけらもない、寝間着とは名ばかりのかぶりの病人着姿では無用な反応ではないかと、ダニエルはつい考えた。

「どうなさったのですか？」アンがしきりに瞬きを繰り返して尋ねた。

ダニエルは前置きもなしに切りだした。「これからロンドンへ発《た》つ」

アンは無言だった。

「馬具が切られていたことは、きみもすでに聞いているだろう」

アンはうなずいた。

「ラムズゲイト侯爵の仕業だ」ダニエルは続けた。「侯爵が誰かにやらせたんだろう。あのときぼくが食堂の外での騒ぎを確かめに行ったときに見た男だったのかもしれない。ぼくが酔っ払いだときみに伝えた男だ」

「宿場と厩を行き来して騒いでいるとおっしゃってましたわね」アンは低い声で答えた。

「そうだ」ダニエルは話しながら全身の筋肉で自分をじっと押しとめていた。もしいま動けば、一瞬でも気をゆるめれば、何をしてしまうかわからなかった。叫んでしまうかもしれない。壁を叩くだろうか。唯一わかっているのは、自分のなかで激しい感情が湧きあがっていて、今回のことを考えるたび、その怒りが限界までふくらんで、いっきにはじけ散ってしまいそうに思えることだった。皮膚がぴんと張りつめ、怒りや憤懣が解き放たれたがっているのがわかる。

身体は熱を帯び、黒々としたものに魂を締めつけられている。

「ウィンステッド卿？」アンに静かな声で呼びかけられ、ダニエルはいったい自分はいまどのような形相をしていたのだろうかといぶかった。なにしろアンの目がいたく不安そうに大きく見開かれている。それからまたささやき程度の声が聞こえた。「ダニエル？」

アンにそう呼ばれたのは初めてだった。

唾を飲みこみ、歯を食いしばって気を鎮めた。「殺されかけたのは初めてではないとはいえ」ようやく言葉を継いだ。「ほかの人間まで巻き添えにしかけたのはこれが初めてだ」

ダニエルはまじまじとアンを見つめた。なおも上掛けを顎下まで引き寄せて、布の端を握りしめている。アンの口が何か言いたそうに動いたので、ダニエルは待った。

だが結局、言葉にはならなかった。

ダニエルは背中で両手を組み、背筋を伸ばしてその場に立っていた。かたやアンはベッドにいて、髪も太い房にまとめられて右の肩に垂らしたままの寝起き姿だというのに、なんとも耐えがたい堅苦しさが漂っている。

これまでのふたりの会話にこのようなぎこちなさはなかった。ずっとこのようにしていたなら、アンにここまでのぼせあがらずにすんだかもしれないし、たまたまラムズゲイトが行動を起こしたときに一緒にいて巻き添えにすることもなかったのだろう。

アンのためには、ふたりが出会わなかったほうがよかったのは間違いない。

「どうなさるおつもりですか？」アンがようやく問いかけた。

「侯爵に会ったら、かい？」

アンは小さくうなずいた。

「わからない。相手につきがあれば、その場でぼくに首を絞められずにすむだろう。ロンドンで襲われた一件も、おそらく侯爵の差し金だったんだ。運悪く、分厚い財布を狙った強欲な二人組に出くわしたものと片づけていたんだが」

「そうだったのかもしれないわ」アンが言う。「まだわからないもの。ロンドンでは盗みに遭うのはよくあることですわ。だから――」

「侯爵をかばうのか？」ダニエルは信じがたい思いで訊いた。

「違うわ！　そんなつもりはありません。ただ……ですから……」アンは喉を小刻みにふるわせて唾を飲みこんだ。そしてとても小さな声になって続けた。「手がかりが足りないのではないかと」

ダニエルは話しつづける自信が揺らぎ、しばしじっと見つめ返した。「ぼくはこの三年、大陸で侯爵の手下たちから逃げまわっていた」と、どうにか話しだした。「きみはそれを知っていただろうか？　どうなんだ？　ともかく、そうだったんだ。だからもう、うんざりなんだ。侯爵がまだ復讐を望んでいるとすれば、今回もまた画策したのに違いない。ぼくは人生の三年間を奪われた。きみにその気持ちがわかるか？　一生のうち三年もの月日が切りとられてしまうということが」

アンが唇を開き、一瞬、わかるとでも答えそうに見えた。魔術にでもかけられたかのようにぼんやりとした表情になり、やがてゆっくりと言った。「ごめんなさい。続けて」

「まずは息子のほうと話してみるつもりだ。ヒュー卿は信用できる。少なくとも、これまではそうだった」ダニエルは束の間目を閉じて、いまだ落ち着かない感情を押さえつけようと、とりあえず呼吸を整えた。「もう誰を信用していいのかわからない」

「わたし――」アンが言いかけて、唾を飲みこんだ。わたしを信用してと言おうとしたのだろうか？　ダニエルはじっと見入ったが、アンはすぐに顔をそむけ、窓の辺りに視線を移した。カーテンは閉められているのに、窓の外が見えているかのように目を据えている。「旅の安全をお祈りしています」か細い声で言った。

「ぼくに腹を立ててるのか」

アンがすぐさま顔を戻した。「違います。ありえませんわ。腹を立てるだなんて――」

「ぼくの馬車に乗っていなければ、きみがけがを負うこともなかった」ダニエルは遮って言った。アンにけがをさせてしまった自分をけっして許すことはできないだろう。その思いはどうしても知っておいてほしかった。「ぼくのせいで――」

「違うわ！」アンは大きな声を発するやベッドからおりて、こちらへ来ようとしたが、すぐにぴたりと足をとめた。「いいえ、違うんです。わたしは――わたしはただ――違うの」力を込めて言い、首が大きく横に振れた。「それは違うわ」

ダニエルはその姿をじっと見つめた。もう少しで手の届くところにアンがいる。身を乗りだして、腕を伸ばせば、袖をつかむことはできる。そうしたら引き寄せて、身を交わらせ、どちらがどちらの身体なのかわからなくなるほどひとつに溶けあえる。

「あなたのせいではないわ」アンは語気を強めた。

「ラムズゲイト卿を復讐に駆り立てているのは、このぼくだ」ダニエルは諭すように穏やかに言った。

「誰も――」アンは顔をそむけたが、その直前に手の甲で片方の目をぬぐった。「誰も他人の行動に責任を負うことはできないわ」感情を押し殺すように声をふるわせ、目を合わそうとはしなかった。「常軌を逸してしまった人の行動ならなおさらに」そう締めくくった。

「ああ」ダニエルの声も柔らかな朝の空気にそぐわず途切れがちだった。「だが、周りの人々への責任がある。ハリエットやエリザベスやフランシス——みんなの安全を守らなくていいというのか？」

「違うの」アンは困惑したように眉根を寄せた。「そういうことを言いたかったのではないわ。そうではなくて——」

「ぼくはこの地に生きる人々すべてに責任を負っている」ダニエルは遮って続けた。「ここにいるかぎりはきみにもだ。そして自分の不幸を願う人物がいるとするならば、誰ひとり自分の巻き添えで危険にさらされることがないようにするのが、ぼくの責任であり務めだ」

アンに大きく開いた目で瞬きもせずに見つめられ、ダニエルはふいに、その目に自分はどのように映っているのだろうかと思った。誰を見ているのだろうかと。いつしか不慣れな言葉が口からこぼれ出ていた。まるで父や、祖父の言葉のようだった。歴史ある爵位を継ぎ、所領に住む人々すべての命と暮らしを担うとは、こういうことだったのだろうか？　それなのに自分はまだ若く未熟なうちに伯爵となり、一年後には国を追われた。

こういうことだったのだとダニエルはようやく気づいた。自分が担うべきものの大きさに。

「きみが傷つくのは見たくない」あまりに低くふるえがちな声だった。

アンは目を閉じたが、つらさに耐えているかのようにこめかみに皺が寄り、肌がひくついていた。

「アン」ダニエルは踏みだした。

けれどもアンはやや荒々しいほどに首を振り、苦しげな咽《むせ》び声を洩らした。

ダニエルは身を引き裂かれそうな思いだった。

「どうしたんだ？」ふたりのあいだの距離を詰めた。アンを支えようとした……のかもしれないし、自分を支えるためだったのかはわからないが、彼女の両腕に手をかけた。そこでいったん動きをとめて呼吸を整えた。抱き寄せたい思いに押しきられかけていた。今朝この部屋に来る前に、アンに触れてはいけない、気配が感じとれるほど近づいてはだめだと自分に言い聞かせていた。ところがこのままでは――我慢できそうにない。

「だめ」アンは身をねじったが、逃れようとしているとまでは思えなかった。「お願い、行って。もう行って」

「その前にきみの言葉を――」

「無理よ」アンが鋭い声で言い、手を振りほどいてあとずさり、ふたりはふたたびひんやりとした朝の空気に引き裂かれた。「あなたがお聞きになりたいことは言えないわ。あなたとは一緒にいられないし、もうお目にかかることもできません。わかってくださるでしょう？」

ダニエルは答えなかった。アンの言いたいことは読みとれた。だが、同意はできない。アンが唾を飲みこみ、両手で顔を覆い、ダニエルがやめさせようともう少しで腕を伸ばしかけたほど苦しげに頬を揉み擦った。「あなたといることはできないの」自分に言い聞かせようとしているとしか思えないほど急に力を込めて言葉を発した。「わたしは……そんな人間では……」

アンは顔をそむけた。

「わたしはあなたにふさわしい女性ではありません」窓に向かって言う。「あなたに釣りあう身分ではないし、わたしは――」

ダニエルは待った。アンは何か新たなことを伝えようとしている。間違いない。

けれどふたたび話しだした声の調子は低く、妙に落ち着いていた。「わたしは身を滅ぼすことになるわ」アンが言う。「あなたにそのつもりがなくても、そうなんです。わたしは仕事も、大切なものをすべて失ってしまう」

目を見つめてそう話すアンのうつろな表情に、ダニエルは怯みかけた。

「アン、ぼくがきみを守る」

「守ってもらう必要はないわ」アンは声を高くして言った。「わからないの？　もうちゃんとひとりでも生きられるし、自分の身は自分で――」口をつぐみ、こう締めくくった。「あなたへの責任は負えないの」

ダニエルはその言葉の真意を考えつつ、答えた。「負ってもらう必要はない」アンが背を返した。「あなたにはわからないのよ」

「ああ」ダニエルはざらついた声で返した。「ああ、わからないとも」わかるはずがあるだろうか？　アンは秘密を小さな宝物のように胸に隠していて、自分は野良犬よろしくその思い出を探りだそうと嗅ぎまわっている。

「ダニエル……」アンが柔らかな声で呼びかけた。先ほどと同じだ。自分の名だというのに、初めて聞いたように思えた。なぜなら、アンが声を発するたび、愛撫されているかのように感じられるからだ。一語一語がキスのごとく肌をくすぐる。

「アン」自分の声とはとても信じられなかった。苦しそうに切迫してかすれ、欲望が滲み出ていて……しかも……。

自分が何をしようとしているのかまるでわからないうちにアンをぐいと抱き寄せ、水や空気や、まさしく救いを求めるかのようにキスを浴びせていた。もはや考えるだけで身体の芯からふるえだしそうなほどアンが欲しくてたまらなかった。

だが考えてすらいられなかった。いまはとても無理だ。考えることにも、案じることにも疲れていた。ただ感じていたい。情熱の赴くままに感じて、感じるままに身をまかせたい。

自分が求めているのと同じくらい、アンにも自分を求めてほしい。

「アン、アン」あえぐように呼び、色気のかけらもない毛織りの寝間着を手探りで剝《は》ぎとろうとした。「きみはいったいぼくに――」

アンは言葉ではなくダニエルにひけをとらない熱っぽさで身体を押しつけて応え、その先を遮った。シャツの前が引きちぎられるように開かれ、互いの肌が触れあわさった。

ダニエルはもはやこらえきれなかった。

しわがれた呻き声を洩らし、アンを半ば持ち上げて向きを変えながら、ともにベッドに倒れこみ、ようやく永遠にも感じられるほど待ち望んでいた体勢になることができた。自分の下で、アンがやさしく腰に脚を絡ませてきた。

「きみが欲しい」すでに疑いようがないくらいあきらかなことなのは知りつつ、言わずにはいられなかった。「いますぐきみが欲しい。できるかぎりのことをしたいんだ」

声がかすれていようとかまわなかった。これは甘やかな戯れなどではなく、まぎれもない欲望の求めあいだ。アンは今回あやうく命を落としかけた。自分もあす死ぬやもしれない。そうだとするなら、息絶える前に、せめて極上の悦びを味わっておきたい……。

ダニエルは寝間着を剝ぎとろうと手をかけた。

そして……動きをとめた。

息すらとめて、ただ呆然と、アンの輝くばかりの完璧な肢体に見惚れた。呼吸に合わせて持ち上がる乳房の片方にふるえがちな手を伸ばし、包みこむと、それだけで快さに身ぶるいしかけた。

「きみはほんとうに美しい」ささやいた。アンならそんな言葉はこれまでもう何千回と言われてきただろうが、自分の偽らざる思いを伝えたかった。「きみはほんとうに……」

だが美しいという言葉だけでは足りないことに気づいて、声が途切れた。表現しつくせる言葉は見つからないし、アンを見るたび呼吸が速まる理由も言い表しようがない。

アンが両手で身を隠すようにして顔を赤らめ、ダニエルは彼女にとって初めての経験なのかもしれないと気づかされた。自分にとっても同じだ。これまで認めるのがはばかられるほど何度も女性たちと身を重ねてきたが、このような気持ちは初めてで……つまりアンは自分にとって初めての……。

ともかくこれは初めてのことで、何が違うのかは説明しきれないが、このような気持ちは経験したことがない。

「キスして」アンがささやくように言った。「お願い」

ダニエルはキスをして、シャツを頭から脱ぎ捨てるとすぐにアンの上に戻り、まばゆい肌に身を重ねた。深く口づけてから首に唇を移し、鎖骨のくぼみへ滑りおり、全身が張りつめる悦びを感じつつ、とうとう乳房に口づけた。アンが柔らかな悶え声を洩らして背をそらせると、ダニエルは催促と受けとって、もう片方の乳房に口を移し、吸いついて、やさしく齧りつくうち、いまにもわれを失いかけた。

なんてことだ、まだ肝心なところに触れられてもいない。ズボンをしっかりと穿いたままだというのに、すでに自制できなくなりかけている。血気盛んなばかりの学生の頃ですら、このようなざまにはならなかった。

彼女のなかに入らなくてはならない。いますぐに。単に欲望や切迫という言葉で片づけられるはものではない。いわば、まさにこの女性と愛しあえるかどうかに命がかかっているかのごとく、身体の奥底から突きあげてくる本能だった。それが狂気だとするならば、自分はやはりまともではないのだろう。

アンのせいだ。彼女を求めるあまり自分は正気を失い、二度と元には戻れないかもしれない。

「アン」ダニエルは呻くように呼び、息をつこうと間をおいた。アンの柔らかな腹部にそっと顔をのせて、昂りを抑えつけつつ、芳しい香りを吸いこんだ。「アン、きみが必要だ」目を上げた。「いますぐ。わかるかい？」

膝立ちになり、ズボンに手をかける。そのとき、アンが口を開いた……。

「だめ」

手がとまった。いいえ、わからないという意味なのか？　それとも、いまはだめだということなのか？　あるいは――

「だめなの」アンはかすれがかった声で言い、シーツをつかんで、必死に身を隠そうとした。

ああ、頼むから、そちらの〝だめ〟だけは勘弁してくれ。

「ごめんなさい」アンは苦しげに声を絞りだすように言った。「ほんとうにごめんなさい。ああ、ほんとうにわたしがいけなかったの」慌てたそぶりでベッドから離れ、シーツを引き寄せて身にまとおうとした。けれどもシーツの端がまだダニエルの身体で押さえつけられていたので、アンはよろけ、ベッドのほうに引き戻されてしまった。それでもまだ布をしっかりと握って引き寄せ、「ごめんなさい」を繰り返している。

ダニエルはできるだけ大きく息を吸いこみ、すでに痛いくらいに張りつめていた下腹部をなだめられることを祈った。いまや単語を繋げて話すどころか、まともに頭が働かないほど追いこまれていた。

「わたしがいけなかったの」アンはなおも目ざわりなシーツを身に巻きつけようとしている。

そのように身を隠そうとしているかぎり、ベッドのそばから離れられない。ダニエルは手を伸ばすこともできた。自分の腕の長さならじゅうぶんに届く。そうしたら両手で肩をつかんで引き戻し、また抱きすくめられる。あとは自分の名すら思いだせなくなるまで快い悦びで身悶えさせてしまえばいい。やり方はわかっている。

でも、ダニエルは動かなかった。四柱式のベッドの上で、膝立ちでズボンの留め具に手をかけたまま、彫像よろしくじっとしていた。

「ごめんなさい」アンが五十回めにはなる詫びの言葉を口にした。「ごめんなさい、やっぱり……できないの。わたし自身の問題なのよ。わかってくれる？　いけないのはわたしなの」

純潔。

いつしかそのことまで頭がまわらなくなっていた。なんて男なんだ？「悪かった」ダニエルは思わず詫びて、ふと、ばかばかしさに笑いだしそうになった。互いに情けない姿でちぐはぐに謝りあっていてもどうしようもない。

「いいえ、違うの」アンが言い、またも首をしきりに振りはじめた。「わたしがいけないの。わたしがそうさせなければよかったのよ、それにわたしが気をゆるめなければ。わかっていたのに。ちゃんとわかっていたんだけど」

それは同じだとダニエルは思った。

自分がシーツを押さえつけていたのも忘れ、ぼそりと悪態をついてベッドからおりた。するとアンがよろめいてくるりとまわり、つんのめってそばの袖付き椅子に腰を落とし、外衣をだらしなくまとった古代ローマ人のごとく布が肩から斜めに巻きついた。

こんなにも張りつめていなかったなら、愉快に感じられていただろう。

「ごめんなさい」アンがまたも繰り返した。

「もうそれはやめてくれ」懇願するように返した。声に強いいらだち――いや、もはやせっぱ詰まっていた――が表れていたのをアンも聞きとったらしい。ぴたりと口を閉じて、落ち着かなげに唾を飲みこみ、ダニエルがシャツを身につけるのを見つめた。

「ともかく、ロンドンへ発たなくてはならない」拒まれなくともそうしなければならなかったのは同じであるのをそれとなく伝えた。

アンがうなずいた。

「この件はまたあとで話しあおう」ダニエルはきっぱりと言った。何を話せばいいのかは見当もつかないが、話さなくてはならないのは確かだ。屋敷じゅうの人々がもうすぐ起きだしてくるいまではないときに。

屋敷じゅうの人々。ああ、まったく、ほんとうに理性を失っていた。ゆうべはアンに敬意と誠意を示そうと、家族の寝室と同じ廊下にある最上の来客用の寝室で療養してもらうよう女中に指示したのだった。つまり誰がドアの向こうを通りかかってもふしぎはない。ややもすれば母に見られていた恐れもあった。悪くすれば、まだ年若い従妹たちにも。何をしていると思われたかは想像もつかないが、少なくとも母の場合には、息子が家庭教師を殺そうとしているわけではないのはわかったはずだ。

アンは今度もうなずいたが、目を合わせようとはしなかった。ふっと頭の片隅で疑問が芽生えたものの、ほかの大部分の頭の働きによってたちまち忘れ去られてしまった。欲望が満たされなかった苦しさのほうに気をとられ、アンが目を見ようとせずにうなずいた理由まで考える余裕はなかった。

「きみたちがロンドンに戻ってきたら、訪問する」ダニエルは告げた。

アンが何か言葉を発したが、あまりに小さな声で聞きとれなかった。

「なんと言ったんだ？」

「わたしは――」アンが咳払いをして、もう一度言いなおした。「こう言ったんです。それは賢明なことではないと思います」

ダニエルはアンを見つめた。強いまなざしで。「今度もまた従妹を訪問するふりをしろと言うのか？」

「いいえ。わたし――わたしは――」アンは顔をそむけたが、ダニエルはその目に浮かんだ苦悩を見逃さなかった。いや、もしかしたら怒り、あるいはひょっとすると、あきらめだったのかもしれない。アンは顔を戻して今度はまっすぐ目を見つめたが、もうその表情からはいつもつい引きこまれそうになってしまうきらめきが……消えてしまったかのように見えた。

「わたしは」アンは慎重に、ほとんど抑揚もない声で言葉を継いだ。「いっさい訪問なさらないほうがよろしいかと思います」

ダニエルは腕組みをした。「そうなのか？」

「ええ」

そこでいったんはどうにか自分を抑えた。だがとうとう、いくぶんけんか腰に問いかけた。

「先ほどのことが理由なのか？」

ダニエルはアンの肩に視線を落とした。シーツがずり落ち、早朝の陽光のなかで薔薇色の柔肌《やわはだ》がちらりと覗いている。ほんの少し見えているだけだというのに、どうしようもなく触れたくなって言葉を失った。

アンが欲しい。

アンはダニエルの顔を見て、ただ一点を凝視しているのに気づき、おのずと自分の剝きだしの肩に視線を移した。小さく息を呑み、シーツを引き上げた。

「わたし――」唾を飲みこみ、おそらくはそれで勇気を奮い起こし、言葉を継いだ。「嘘はつきたくないので、望んでいなかったと言うつもりはないわ」

「ぼくを」ダニエルは不機嫌そうに言葉を切った。「きみはぼくを求めていた」

アンは目を閉じた。「ええ」ようやくそう答えた。「あなたを求めていた」

ダニエルの心のどこかで、もう一度ここでアンにまだ自分を求めていることを、終わったわけではなく、けっして過去にはなりえないことを思い起こさせたいという気持ちが湧いた。

「でも、あなたはわたしのものにはならない」アンが静かに言う。「だから、わたしもあなたのものにはなれないの」

するととっさに突拍子もない言葉がダニエルの口をついた。「ならば結婚すればいいんじゃないか？」

アンは呆然とダニエルを見つめた。そしてすぐにダニエルも自分と同じくらい驚いているらしいことを感じとり、今度は恐ろしさを抱いて見つめつづけた。時間をさかのぼっていまの言葉をなかったことにできたなら、この男性はきっとそうしていただろう。

慌てて。

ダニエルの問いかけ——アンにはとうてい求婚とは受けとれなかった——は宙に漂い、どちらも身動きせずに見つめあった。やがて脚のほうが先に冗談ではすまされないのを悟ったらしく、アンはすばやく立ちあがって飛びのき、袖付き椅子の後ろにまわった。

「できるはずがないわ」口走った。

その言葉が男性特有の〝だったらどうしろと言うんだ〟といった感情を呼び起こしたらしい。「なぜだ？」ダニエルが強い調子で訊いた。

「できないからよ」アンは言い返して、椅子の角に引っかかっていたシーツを引いた。「わかるでしょう。だってあなたは伯爵様なのよ。雇われ人の女性と結婚できるわけがないわ」

それも偽名で生きている雇われ人だ。

「ぼくが心から気に入った相手であれば、誰とでも結婚できる」

ああ、どうしてこうなってしまうのだろう。いまやダニエルはおもちゃを取りあげられた三歳児のようにむきになっている。できるはずもないことがどうしてわからないの？　ダニエルは一時の感情で自分の本心だと思い込んでしまっているのかもしれないが、アンはもうそんな言葉を信じられるほどうぶではなかった。ゆうべのレディ・プレインズワースとの会話を思い起こせば、なおさらに。

「いまのあなたはどうかしているのよ」そう言うと、またもやシーツを引き戻した。ああもう、どうしてこの布はこんなにわたしから離れたがるの？「だいたい現実離れしたお話だわ。それに第一、あなたはわたしと結婚したいとは思っていない。ベッドをともにしたいだけなんだもの」

ダニエルは見るからに憤慨し、腰を引いた。だが、反論しようとはしなかった。

アンは歯がゆさから息をついた。責めたわけではないし、それはわかってもらえるものと信じたかった。「あなたがわたしをもてあそんで捨てようとしたと言いたいわけではないわ」どれほど腹立たしい気持ちにさせられても、悪く思っていると誤解されることだけは耐えられない。「わたしはそういったことをする男性も知っているけれど、あなたはそんな人じゃない。でも、あなたは本気で求婚しようとしたわけではないし、わたしもそんなふうにあなたを縛りつけようとは思わない」

ダニエルはいぶかしげに目を狭めたものの、その直前にちらりと危険そうな光を灯したことにアンは気づいた。「どうしてきみがぼくのことをぼく自身よりわかると言いきれるんだ？」

「あなたが考えていないのがわかったから」アンはふたたびシーツを引き寄せ、今度はつい力が入りすぎて、椅子がぐらついて前に倒れかけた。おかげでもう少しでシーツが剝がれ落ちてしまうところだった。「もういや！」思わず声を洩らし、いらだちから何かを叩きたい衝動に駆られた。目を上げると、そこには自分をじっと見つめるダニエルがいて、腹立たしさのあまり叫びそうになった。ダニエルに、ジョージ・チャーヴィルに、脚に絡みついている、いまいましいシーツに。「もう行ってくださらない？」アンはきつい声で言った。「いますぐ、誰かが来る前に」

するとダニエルは微笑んだが、これまでアンに見せていた笑顔とは違っていた。その顔に浮かんだ嘲るような冷たい表情に、アンの心は引き裂かれた。「そうしなかったらどうなるだろう？」ダニエルがぼそりと言った。「きみはシーツを巻きつけているだけだし、ぼくのほうも服は皺くちゃだ」

「誰も結婚しろとは言わないわ」アンはつっけんどんに返した。「それは自信を持って言える。あなたは気ままな暮らしに戻り、わたしは紹介状も書いてもらえずに放りだされる」

ダニエルが苦々しげに見つめ返した。「それがぼくの描いていた筋書きだと言いたいのか。ぼくの情婦になる以外、選択肢のないところまできみを追いこむつもりだったと」

「いいえ」それについては嘘は言いたくなかったので、アンはそっけなく否定した。それから声をやわらげて言い添えた。「あなたをそんな人だとは思ってないわ」

ダニエルは押し黙り、強いまなざしを向けた。傷ついているのが見てとれた。本気で求婚したのではなくても、拒まれたことに変わりはない。そしてアンは、傷ついたダニエルを見ているのがいやだった。その表情も、ぎこちなく両脇に垂らしたままの腕も気に入らないし、なによりも、もうすべてがけっして元には戻らないことが哀しかった。もうきっとふたりで話すことはないし、笑うこともない。

キスもしない。

どうしてみずからとめてしまったのだろう？　その腕に抱かれ、肌を触れあわせ、ほんとうにダニエルを求めていた。求める気持ちは夢にも想像できなかったほどに燃えあがっていた。彼を自分のなかに招き入れ、この心と同じように身体でも愛したかった。

わたしはこの男性を愛している。

ああ、なんてこと。

「アン？」

答えなかった。

ダニエルが気遣わしげに眉根を寄せた。「アン、大丈夫か？　顔色が悪い」

大丈夫ではなかった。大丈夫な状態に戻れるかどうかもわからない。

「なんでもないわ」

「アン……」ついにはダニエルが気を揉んでいる様子でこちらに歩きだした。もし触れられたら、たぶん手を伸ばされただけでも決心が揺らいでしまう。

「だめよ」ほとんど怒鳴るように言った。喉の奥のほうから出た声に自分でもぞっとした。

聞き苦しい声。人を傷つける言葉だ。自分自身も喉や耳に痛みを覚え、ダニエルの心も傷つけてしまった。

それでも言わなければいけなかった。

「お願いだからもうやめて」アンは言った。「ひとりにさせて。この……この……」必死に言葉を探した。単に出来事とは呼びたくない。「わたしたちのこの気持ちは……」結局その表現にとどめた。「どうにもならないものなのよ。あなたにもそれを認めてもらうしかないの。少しでもわたしのことを思いやってもらえるのなら、出ていって」

けれどもダニエルは動かなかった。

「早く出てって」いまにも泣きそうな声は傷ついた動物の鳴き声にも聞こえた。たしかに自分は傷ついた動物なのかもしれない。

それからさらに何秒かおいて、ようやくダニエルが決意の感じられる低い声で言った。

「いまは去るが、けっしてきみに頼まれたからではない。ロンドンでラムズゲイトとの問題を解決したら、そうしたら――そのときには」さらに語気を強めて続けた。「話しあおう」

アンは無言で首を振った。こんなことはもう耐えられない。自分と結ばれるはずのないダニエルの口から、幸せな結末に至る夢物語を聞かされるのはつらすぎる。

ダニエルが大きな歩幅でドアへ向かった。「また話そう」そう繰り返した。

アンはダニエルが部屋を出るのを待たずにつぶやいた。「いいえ、もう話すことはないわ」

16

ロンドン
一週間後

彼女が帰ってきた。

ダニエルは妹からその知らせを聞き、妹はそれを母から聞き、母はシャーロットおば、つまり義妹から直接聞いていた。

考えられるかぎり、最も効率的な伝達経路だ。

自分が去ったあともプレインズワース家がそれほど長くウィップル・ヒルに滞在するとはダニエルは思っていなかった。より正確に言うならば、自分がロンドンに戻って数日経ってもあの一家が田舎にとどまっているのを知るまでは、そのことについてはまったく考えが及ばなかった。

だが、いまにして思えば、おばの一家（と言ってもじつはアンのみを指しているのだが）がロンドンにいなかったのはかえって幸いだったのかもしれない。忙しい一週間だった――忙しくて、いらだちもつのり、歩いて行けるところにミス・ウィンターがいたなら、気が散ってどうしようもなくなっていただろう。

ダニエルはヒューと話をした。もう一度。ヒューも父親と話をした。もう一度。そして戻ってきたヒューから、やはり父がこのところの事件に関わっているとは思えないと聞かされ、ダニエルはかっとなってしまった。するとヒューは、数週間前にダニエルがみずから提案すべきだったことを実行した。

ラムズゲイト侯爵と直接話す場をもうけたのだ。

そうしていまダニエルは完全になす術《すべ》を失っていた。というのも、実際に会って話してみると、ラムズゲイト侯爵が自分の殺害を企てたとはやはり思えなかったからだ。もしかしたら自分が愚かで、人生の恐ろしい一幕はついに終わったのだと信じたいだけなのかもしれないが、侯爵の目に憤怒は見いだせなかった。ヒューが撃たれた直後、最後に会ったときとはまるで人が違っていた。

そのうえ、ヒューの身を賭した脅しにはさらに凄みが加わった。この友人が飛びぬけた才人なのか頭がいかれているのかは定かでないが、どちらにせよ、ダニエルに何かあったなら自分もみずから命を絶つとふたたび誓った声は身も凍る恐ろしさだった。息子のその言葉を初めて聞いたわけではないはずのラムズゲイト侯爵ですらふるえているのが見るからにわかった。そのようなとんでもない宣言の場を目のあたりにして、ダニエルも胸が悪くなった。

そして友人を信じた。ヒューの目は……その言葉を発したときの冷ややかでほとんど無表情のまなざしは……殺気を孕《はら》んでいた。

だからこそ、ラムズゲイト侯爵が言葉を吐きだすかのようにもはや手出しはしないと答えたとき、ダニエルはその誓いを信じた。

それが二日前のことで、この二日、ダニエルは考える以外のことはほとんど何もしていなかった。ほかに誰が自分の死を願うというのだろう。責任は負えないというアンの言葉にはどのような意味が込められていたのだろう。アンはいったいどんな秘密を隠していて、手がかりが足りないというのはどういうことなのか。

いったいアンはほんとうは何を言いたかったんだ？

命を狙われたのがアンのほうだったということもありうるのだろうか？　あの馬車でアンが村から帰ることを誰かが知っていた可能性も考えられないわけではない。ふたりが宿場の食堂にいたあいだに、馬具に仕掛けをする時間はじゅうぶんにあった。

ダニエルはふと、アンが尋常ではない目つきで脅えたように〈ホービーの店〉に飛びこんできた日のことを思い起こした。たしかアンは会いたくない人物を見たというようなことを口走っていた。

それは誰なんだ？

そもそも、どうして自分に助けを求めてはくれないのだろう？　国外から帰ったばかりとはいえ、爵位を継いでいて、アンの身を守ってやれる力は間違いなくある。たしかに三年も逃げまわってはいたが、それは相手がラムズゲイト侯爵だったからにほかならない。

自分はウィンステッド伯爵であり、さらに高位の人々となれば数も限られる。ひと握りの公爵と、それよりもう少しだけいる侯爵、それに王家の人々だ。アンの敵がそうしたごく少数の高位の人々のなかにいるとは考えにくい。

だがその日、ダニエルがプレインズワース邸の玄関前の踏み段を上がり、アンとの面会を求めると、留守だと知らされた。

そこで翌朝、あらためて訪ねたが、この時も同じ言葉が返ってきた。

それから数時間後、もう一度試みたが、今度はおばから直接、訪問を断わられた。

「もう放っておいておあげなさい」おばはぴしゃりと言い放った。

ダニエルはシャーロットおばの説教をおとなしく聞いていられる気分ではなかったので、単刀直入に切りだした。「彼女と話したいんです」

「だっていないんだもの」

「おば上、そんないいかげんなことを。彼女がいるのはわかって――」

「たしかに、今朝、あなたが来たときには階上《うえ》にいましたよ」レディ・プレインズワースは遮って話しだした。「あなたと違って、ミス・ウィンターには無用な戯れを断ち切る分別があって幸いだったわ。でも、いまはいないのよ」

「シャーロットおば上……」ダニエルは警告するように呼びかけた。

「いないの！」おばはほんのわずかに顎を上げて続けた。「きょうは午後がお休みの日なのよ。お休みの午後には必ず出かけるわ」

「必ず？」

「わたしが知っているかぎりでは」おばはいらだたしげに手のひらをさっと返した。「買い物をしたり……ともかく、何か用事があるのよ」

何か用事がある。なんといいかげんな言いぐさだろう。

「わかりました」ダニエルはそっけない口ぶりで応じた。「では待たせてもらいます」

「あら、だめよ、それは困るわ」

「ぼくを居間には通せないとおっしゃるんですね」やんわりと探るような目を向けた。おばは胸の前で腕を組んだ。「時と場合によるわ」

ダニエルも腕を組んだ。「ぼくはあなたの甥ですよ」

「それなのにまったく、驚くほどあなたとは良識が嚙みあわないようね」

ダニエルはおばをじっと見据えた。

「言いすぎたわ」おばがさらりと詫びた。「あなたがあんまりにも聞きわけがないんですもの」

なんという言われようだ。

「少しでもミス・ウィンターのためを思うなら」レディ・プレインズワースは憤然と続けた。「そっとしておいておあげなさい。彼女は分別のある女性だし、わたしはあなたが一方的に追いかけているだけだと確信しているからこそ、雇いつづけているのよ」

「彼女と、ぼくのことを話したんですね？」ダニエルは問いただすように訊いた。「彼女を脅したんですか？」

「そんなことをするはずがないでしょう」おばは即座に否定したが、さっと目をそらした。

嘘をついているとダニエルは察した。「脅すだなんて」おばがむっとして続けた。「そもそも、話すまでもないことだわ。あなたはともかく、彼女は世の倣《はら》いというものを理解している人だもの。ウィップル・ヒルでのことは目をつむ――」

「ウィップル・ヒルでのこと？」ダニエルは訊き返し、おばはなんのことを言っているのかと内心で慌てた。アンの寝室に入るのを誰かに見られていたのだろうか？　いや、それはありえない。そうだとすれば、アンはすでにこの屋敷から追いだされていただろう。

「ふたりきりになったことよ」レディ・プレインズワースが答えた。「わたしが気づかないはずがないでしょう。急にハリエットとエリザベスとフランシスに関心を持ってくれるようになったのが見せかけだとは信じたくないけれど、あなたが仔犬みたいにミス・ウィンターを追いかけまわしているのは、どんなにぼんやりしている人にでもわかることだわ」

「それこそ言いすぎではないかと」ダニエルはむっつりと指摘した。

レディ・プレインズワースは唇をすぼめただけで受け流した。「彼女をやめさせたくはないのよ」おばは続けた。「でも、これ以上あなたが追いつづけるなら、決断しなくてはいけないわ。あなたも、伯爵と関係を持った家庭教師がもう二度と好ましい家では雇ってもらえないことくらいわかるでしょう」

「関係を持った？」ダニエルは疑念と嫌悪が相半ばする口ぶりで訊き返した。「そのような言葉で彼女を侮辱しないでください」

おばはたじろぎ、どことなく憐《あわ》れむように甥を見つめた。「わたしは侮辱などするつもりはないわ。それどころか、あなたにはない分別を備えたミス・ウィンターに感心しているのよ。あれほどの美女を家庭教師に雇うべきではないと忠告されもしたけれど、美貌に恵まれているだけでなく、きわめて知性の高い女性だわ。それに、娘たちもとてもなついている。美しいからという理由で差別するのはおかしいでしょう?」

「もちろんです」ダニエルは壁をよじ登りたいほどじれったい思いで、吐きだすように答えた。「でもそれがいったいどう関係しているんですか? ぼくはただ彼女と話したいだけなんです」言葉尻が上擦り、怒鳴りだす寸前だった。

レディ・プレインズワースが冷ややかに長々と甥の顔を見つめた。「だめよ」

ダニエルはおばに罵声を発しないよう舌を嚙みそうになりながらぐっとこらえた。おばに面会を許してもらうには、ウィップル・ヒルで襲われたときの標的がアンだったかもしれない可能性を話すしかない。だが不名誉な過去を匂わせれば、アンは即刻やめさせられてしまうかもしれず、職を奪いかねないことはしたくない。

そのうちにダニエルの忍耐力は綻びた紐一本で繫ぎとめられているところまですり減り、歯の隙間から息を吐きだして言った。「もう一度会って話したいんです。もう一度だけ。こちらの居間で、ドアを少し開いたままでかまいませんから、どうかふたりだけで話をさせてください」

おばはいぶかしげに見やった。「もう一度だけ?」

「もう一度だけ」何度でも会いたいのだから、むろん本心ではなかったが、いまはともかくそう頼むより手立てがない。

「考えておきましょう」おばは鼻から息を吐いて言った。

「シャーロットおば上！」

「もう、仕方がないわね、一度だけよ。あとはもうあなたのお母様が息子を善悪の分別のある大人に育てたことを信じるしかないわ」

「そこまで言わ――」

「不謹慎な言葉を口にしたら」おばが警告した。「いまの話は考え直さざるをえないわ」

ダニエルはぴたりと口をつぐみ、削りかすが出そうなくらい奥歯を噛みしめた。

「あす、訪問したらいいわ」レディ・プレインズワースがようやく許しを出した。「午前十一時に。娘たちはサラとホノーリアと買い物に出かけることになってるの。あの子たちが家にいないときのほうが……」どう言葉を継げばいいのかわからないらしく、しぶしぶといったふうに肩をすくめてひらりと手を返した。

ダニエルはうなずき、頭をさげて、プレインズワース邸をあとにした。

けれども、じつは脇の部屋に通じるドアの隙間からアンが自分たちを見つめ、一語も洩らさず話を聞いていたことにはおばと同じく気づいていなかった。

ダニエルが足早に屋敷を去ると、アンは手にしていた手紙を見おろした。レディ・プレインズワースは嘘をついたわけではない。アンはたしかに用事をすませに外へ出かけていた。

だが教え子たちを連れていないときにはいつもそうしているように、帰ってくると勝手口から屋敷に入った。階上の自分の部屋に戻ろうとして、ダニエルが玄関広間にいるのに気づいた。いけないこととは知りつつ、立ち聞きせずにはいられなかった。話の内容を聞きたいわけではなく、ただダニエルの声を聞きたかった。

きっとこれが最後になるだろう。

手にしていたのは姉のシャーロットからの手紙で、ウィップル・ヒルへ発つ少し前から、アンがいつも郵便物を引きとりに行く窓口に取りおかれていたため、日付がだいぶ経っていた。ほんとうは慌てて紳士用の靴店に飛びこんでしまったあの日、その窓口にも寄るつもりだった。もしジョージ・チャーヴィルらしき人物を目にする前にこの手紙を読んでいたなら、あのように慌てふためきはしなかっただろう。

脅えはしただろうけれど。

シャーロットによれば、ジョージが今度はショークロス夫妻がいないときにふたたび家にやってきたらしい。最初は言葉巧みにアナリースの居場所を聞きだそうとしていたが、しだいに声を荒らげ、怒鳴りはじめて、シャーロットの身を案じた使用人たちが駆けつけた。それで仕方なくジョージは帰ったのだが、その前にはアナリースが貴族の屋敷で家庭教師をしていて、春先のいま頃からはロンドンにいるであろうことは知っていると捨て台詞を吐いていたという。ただしどの家で働いているのかは知らないのではないかと姉は書いていた。それ知っていたなら、わざわざ家までやってきて居場所を聞きだそうとはしないはずだと。

でも姉は心配し、くれぐれも気をつけるようにと念を押して綴っていた。

アンはその手紙をくしゃくしゃに丸めて、暖炉の燃え盛る炎を見つめた。シャーロットの手紙は読んだら必ず燃やしている。毎回胸が痛む作業だった。こんな薄い紙一枚が昔の人生といまをかろうじて繋いでいる。小さな書き物机の椅子に腰をおろして、姉のなつかしい飾り文字を人差し指でなぞって涙をこらえたことも幾度となくあった。けれど雇われ人が何にせよ誰にも見つからずに隠し持っていられるなどという幻想は抱いていないし、万一手紙を見られたときにはどのように説明すればいいのか想像もつかなかった。とはいえ今度ばかりは喜んで手紙を炎のなかに投げ入れた。

いいえ、喜んでとまでは言えない。どんなことであれ、もう二度と喜んでやれることがあるとは思えない。それでも、喜びにも匹敵するいかめしくも激しい感情を高ぶらせて、その紙が朽ち果てるのを眺めた。

アンは目を閉じ、さらにきつくつむって涙をこらえた。プレインズワース邸を去らなければならないのはもうほとんど確実だ。それが腹立たしかった。これまででいちばん快適な仕え先だった。島で老婦人に仕えていたときのように、果てしなく退屈なときを、果てしなく繰り返さなければならない息苦しさはない。子供たちが寝ているあいだに家庭教師に学ばせるのが自分の役割だと勘違いしている野蛮な父親が入ってこないよう、毎晩部屋のドアを押さえておく必要もない。プレインズワース家での暮らしは居心地がよかった。これまでのどこより、本心から自分の住まいのように感じられた。こんなふうに安らげたのはほんとうに久しぶりで……。

　家を出て以来のことだった。

　アンは懸命に呼吸を整え、手の甲でむぞうさに涙をぬぐった。けれどそれから、玄関広間に戻って階段をのぼろうとしたとき、玄関扉をノックする音がした。ダニエルかもしれない。何か忘れ物をしたのに違いない。

　アンは急いで居間に引き返し、ドアを閉じようとして、あと少しのところで手をとめた。完全に閉じなければいけないのは知りつつ、ダニエルの姿を見られるのもこれが最後かもしれないという思いが働いた。ドアの隙間から、ノックの音を聞いてやってきた執事が見えた。ところが、執事のグランビーが玄関扉を開くと、そこにはダニエルではなく、見たことのない人物が立っていた。

　いかにも働いて暮らしている市民らしい、ごくありふれた容姿の男性だ。こざっぱりとした身なりで、労働者には見えない。だがどことなく荒っぽさも感じられ、話しだした口調にはきつい下町訛《なま》りが聞きとれた。

「届け物は裏へまわるように」グランビーが即座に告げた。

「届け物をしに来たんじゃありません」男は軽く頭をさげて言った。訛りこそ粗野なものの、物腰は礼儀正しく、執事もいきなり扉を閉めるようなことはしなかった。

「それでは、いったいどのようなご用件で？」

「探している女がここに住んでいるかもしれないんだ。ミス・アナリース・ショークロスという」

アンは息がつかえた。

「そのような名の者はおりません」グランビーはきびきびとした調子で言った。「ですので、これで――」

「偽名を使っているかもしれない」男が口早に続けた。「なんと名乗ってるかは知らないが、黒髪に青い瞳で、かなりの美人だと聞いてる」肩をすくめた。「おれは会ったことがないんだ。使用人として働いているかもしれないが、紳士階級の家の娘なのは間違いない」

アンはとっさに身がまえた。いま語られた特徴を聞いて、グランビーが誰のことなのか気づかないはずがない。

ところがグランビーは言った。「やはりこの家にはおられないようだ。ではこれで」

男は顔を険しくこわばらせ、グランビーが閉めようとした扉の隙間に片足を踏みこんだ。

「ならば、もし気が変わったら」そう言うと、何かを差しだした。「名刺だ」

グランビーは両脇につけた腕をぴくりとも動かさなかった。「気が変わることはまずありえないので」

「そうまで言うなら仕方がない」男は名刺を胸ポケットに戻し、もう一拍待ってから、立ち去った。

アンは胸を手で押さえ、深く静かに息を吸いこもうと努めた。ウィップル・ヒルでの事故がジョージ・チャーヴィルの仕業ではないという望みをわずかでも抱いていたとしたら、たったいまそれは潰《つい》えた。そしてジョージが復讐を果たすためならウィンステッド伯爵の命すら犠牲にしてもかまわないと考えていたとすれば、プレインズワース家の娘たちが巻き添えになろうと気にも留めないだろう。

自分は十六でジョージにのぼせて身をゆだね、将来を台無しにしてしまったけれど、これ以上誰かを傷つけることはなんとしても阻止しなくてはいけない。ここから消えなくては。いますぐに。すでにジョージに、いま何をしているのかだけでなく、居場所まで突きとめられてしまったのだから。

とはいうものの、グランビーが玄関広間からいなくなるまでは居間を出ることはできなかった。けれど執事は玄関扉の取っ手に手をかけたまま、その場に立ちつくしていた。やがて振り返って……グランビーが何ひとつ見逃さないのはわかっていたはずなのにとアンは悔やんだ。これがダニエルだったなら、居間のドアがわずかにあいていても目に留めなかっただろう。でも、グランビーなら？　闘牛に赤旗を振ったも同然だ。ドアはあけ放たれているか閉まっているかのどちらかで、隙間風が入る程度にあいていることはありえない。

そしてもちろん、執事はアンを目にした。

アンは隠れようとはしなかった。いましがた大きな借りができた相手だ。ドアを開き、玄関広間に出ていった。

互いの目が合い、アンは息を詰めて待ったが、執事はただうなずいて言った。「ミス・ウィンター」

アンはうなずきを返し、敬意を込めて軽く膝を曲げて頭をさげた。「ミスター・グランビー」

「気持ちのよい日ではありませんか？」

アンは唾を飲みこんだ。「ほんとうに」

「この午後はお休みをいただいたのですね？」

「ええ、そうなんです」

グランビーはもう一度うなずいて、まったく何事もなかったかのように言った。「どうぞ先にお進みください」

先に進む。

いつもそうしてきたのでしょう？　マン島でサマーリン夫人に仕え、食堂のテーブルの周りでおばのお話し相手《コンパニオン》を追いまわすのを気晴らしにしていた甥以外、同年代の人々とはまるで会わずに三年暮らしたあともそうだった。そしてバーミンガム郊外の家では九カ月働き、家庭教師の部屋のドアを叩いている夫を目にしたバラクロウ夫人に紹介状も書いてもらえず追いだされた。そのあと、シュロップシャーで過ごした三年はさほど悪いものではなかった。雇い主は未亡人で、息子たちは大学に入っていてほとんど家を空けていた。けれども娘たちが成長して生意気になってくると、家庭教師はもう不要だと言い渡された。

それでもまた、アンは先に進んだ。そこで二通めの紹介状を書いてもらい、おかげでプレインズワース家で家庭教師の職に就くことができた。そしてまたここも去って、新たな行き先を探さなくてはいけない。

どこに向かえばいいのかは、まだ見当もつかないけれど。

17

翌日、ダニエルは十一時五分前きっかりにプレインズワース邸に着いた。アンに尋ねなければならない質問をいくつも用意していたのだが、執事に屋敷のなかに通されるや、大変な騒ぎが待ち受けていた。廊下の突きあたりでハリエットとエリザベスがなにやら大声で揉めていて、そのふたりに母親がまた大きな声を張りあげ、居間の戸口脇にある背のない長椅子では三人の女中たちがすすり泣いている。

「どうなってるんだ？」ダニエルは、見るからに取り乱したフランシスを連れて居間に入ろうとしていたサラに問いかけた。

サラはいらだたしげに顔を振り向けた。「ミス・ウィンターよ。消えてしまったの」

ダニエルは心臓がとまりかけた。「なんだって？　いつ？　何があったんだ？」

「知らないわ」サラがつっけんどんに答えた。「彼女の考えがわたしにわかるはずがないでしょう」むっとした目を向けてから、しゃくりあげて泣いているフランシスのほうに顔を戻した。

「午前中の授業が始まるときにはいなくなってたの」フランシスが泣き声で言う。

ダニエルは幼い従妹を見おろした。フランシスは目を赤く泣き腫らし、頬に涙の筋を付けて、華奢な身をひくつかせている。まさに自分のいまの心情を体現しているようだとダニエルは思った。衝撃を押し隠し、身をかがめて従妹の目を覗きこんだ。「授業は何時に始まる予定だったんだ？」

フランシスは喉をふるわせて息を吸いこみ、言葉を吐きだした。「九時半」

ダニエルはすぐさま憤然とサラを見やった。「いなくなって二時間近く経っているのに、誰もぼくに知らせなかったのか？」

「フランシス、お願い」サラが懇願するように言った。「そろそろ泣きやんで。それと、ええ」腹立たしげにさっと顔を振り向けて続けた。「誰もあなたに知らせなかったわ。いったいどうして、知らせなくちゃいけないの？」

「からかうのはやめろ、サラ」ダニエルは戒める口ぶりで言った。

「わたしがふざけているように見える？」ぴしゃりと訊き返し、声をやわらげて妹に言った。

「フランシス、お願い、いい子だから、大きく息を吸ってみて」

「どうして知らせてくれなかったんだ」ダニエルは問いただすように言い放った。もどかしくてならなかった。誰も気づかないうちに、アンは彼女の命を狙う敵――もはや存在するのは間違いない――にベッドの上から連れ去られてしまったかもしれないのだ。サラの聖人ぶった小言を聞いている場合ではなく、事実が知りたかった。「少なくとも九十分前にはいなくなっていた」従妹に言った。「それなら――」

「なんなの？」サラが遮った。「わたしたちがどうすべきだったというの？　あなたに知らせることに貴重な時間を割けばよかったと？　あなたは彼女とはなんの関わりもないし、何も口出しする権利はない人なのに？　いったいどういうつもりで——」

「彼女と結婚するつもりだ」ダニエルは遮って言った。

フランシスがぴたりと泣きやみ、期待に目を輝かせて顔を向けた。長椅子に並んで坐っていた三人の女中たちも静まり返った。

「いまなんて言ったの？」サラがか細い声で訊いた。

「彼女を愛している」ダニエルは思わずそう口にして、ようやく自分の本心に気づかされた。

「結婚したいんだ」

「まあ、ダニエル」フランシスが声をあげ、サラのそばから離れ、ダニエルに抱きついた。

「それなら探さないと。すぐに！」

「何があったんだ？」ダニエルはまだぽかんとこちらを見ているサラに尋ねた。「すべて聞かせてくれ。書き置きはあったのか？」

サラはうなずいた。「母が持ってるわ。たいしたことは書いてなかったけど。去らなくてはならないことを詫びる言葉だけだった」

「わたしのことを忘れないって書いてあったわ」フランシスの声は従兄の上着に遮られてくぐもった。

ダニエルはしっかりとサラに目を据えたまま、フランシスの背中をやさしく叩いた。「意に反して出ていかなければならないことを匂わす言葉はなかっただろうか？」

サラは呆然と従兄を見つめた。「まさか誰かに連れ去られたと思ってるの？」

「まだわからない」ダニエルは正直に答えた。

「部屋に不自然な点はなかったわ」サラが言う。「持ち物はすべてなくなっていたけど、変わったところはなかったのよ。ベッドもきちんと整えられていたし」

「いつもきちんと整えてあるのよ」フランシスが鼻をすすりつつ言う。

「いつ屋敷を出たのか、わかる者はいないのか？」ダニエルは訊いた。

サラは首を振った。「朝食はとらなかったわ。だから、そのときにはいなくなっていたのではないかしら」

ダニエルは小さく毒づき、そっとフランシスの腕を自分から放させた。アンをどのように探せばいいのかわからないし、まず何をすべきかすら見当がつかない。素性についてはほとんど手がかりがない。これほどの不安に襲われていなければ、自分に呆れて笑っていたかもしれない。自分はいったい……何を知っているというんだ？　アンの両親の瞳の色か？　いや、もっと考えれば、アンを見つけるために役立てられることが何かしらあるはずだ。

やはり、ない。何ひとつ。

「ウィンステッド様？」

ダニエルは目を上げた。プレインズワース家に長く仕えている執事、グランビーがいつになく落ち着かなげなそぶりで立っていた。

「少しお話しさせていただいてもよろしいでしょうか？」グランビーが尋ねた。

「もちろんだ」ダニエルはいまだ好奇心ととまどいの表れた目でこちらを見ているサラから

離れ、グランビーに居間に付いてくるよう合図した。

「レディ・サラとのお話が耳に入ってしまったものですから」グランビーが気づまりそうに切りだした。「けっして立ち聞きするつもりはなかったのです」

「かまわない」ダニエルは歯切れよく言った。「続けてくれ」

「あなた様は……ミス・ウィンターの身を案じておられるのではないかと」

ダニエルは執事をつくづく眺め、うなずいた。

「昨日、男が訪ねてきました」グランビーが言う。「レディ・プレインズワースにお伝えすべきか迷いましたが、何事もなくすむのであれば、ミス・ウィンターについて告げ口のようなことは差し控えたかったのです。ですが、いなくなられたとなれば……」

「何があったんだ？」ダニエルはすかさず訊いた。

執事はぎこちなく唾を飲みこんだ。「男が、ミス・アナリース・ショークロスという女性を訪ねてきたのです。すぐに追い返しました。そのような名の者はいないと。それでも男はあきらめず、べつの名を使っているかもしれないと言っていました。じつのところ、ウィンステッド様、虫が好かない男でした。なんというか……」グランビーはいやな記憶を消し去ろうとでもするかのように、小さく首を振った。「虫が好かない男でした」と繰り返した。

「どんなことを言っていたんだ？」

「女性の特徴を。ミス・ショークロスのことです。黒髪で青い瞳の、かなりの美人だと」

「ミス・ウィンターか」ダニエルは静かに言った。いや、アナリース・ショークロスと呼ぶべきなのだろう。それが本名なのだろうか？　どうして名を変えたんだ？

グランビーがうなずいた。「私もまさしくそう思いました」

「それでなんと答えたんだ？」ダニエルは焦る気持ちは声に出さないようにして尋ねた。グランビーがもっと早く伝えるべきだったと罪悪感に苛《さいな》まれているのはあきらかに見てとれた。

「そのような特徴の人物はここにはいないと答えました。先ほども申しあげましたが、どうも感じの悪い男でしたので、ミス・ウィンターを危険な目に遭わせたくはなかったのです」

執事はいったん間をおいた。「私もみなと同じく、ミス・ウィンターが好きですから」

「ぼくもだ」ダニエルは穏やかに答えた。

「だからこそ、こうしてあなた様にお伝えしているのです」グランビーはようやくいつもの活力をいくらか取り戻した声で言った。「どうか探しだしてください」

ダニエルはゆっくりとふるえがちな息を吐き、自分の両手を見おろした。ふるえている。イタリアでも何度か、ラムズゲイトに雇われた男たちが間近に迫っているのに気づいたとき、いまと同じようになった。血も凍りそうな恐怖が身体のなかを駆けめぐり、元の状態に戻るまでに何時間もかかったものだ。だが今回はそのときよりひどかった。胃がむかつき、肺を締めつけられ、何をするより嘔吐してしまいたい。

恐怖には慣れている。だが今回は並みの恐怖を超えていた。

ダニエルはグランビーを見やった。「その男に連れ去られたんだろうか？」

「わかりません。ですが、その男が去ったあと、私は彼女に会っているんです」グランビーはそのときのことを思い起こそうとしているのか、わずかに右側に顔を向けて宙を眺めた。

「居間にいたんです。そこの戸口のすぐそばに。すべて聞いていたのでしょう」

「確かなのか？」ダニエルは尋ねた。

「彼女の目がそれを物語っていました」グランビーは静かに答えた。「あの男は彼女を探しにやってきた。私がそう気づいたことを察したのに違いありません」

「彼女とはどんな話を？」

「たしか天気のことを。いずれにしろ、それくらいたわいないことでした。そして私は先に行ってくださるよう申しあげました」グランビーは咳払いをした。「私が彼女を突きだすつもりなど毛頭ないことは、おわかりいただけたはずなのですが」

「わかっていただろう」ダニエルはいかめしい表情で答えた。「だが、それでも去らなければならないと思ったのかもしれない」ウィップル・ヒルでの馬車の事故について執事がどの程度まで聞いているのか、ダニエルは知らなかった。きっとほかの人々と同じように、ラムズゲイトの仕業だと思っているのだろう。だがアンがそうではない可能性を疑っているのはあきらかで、そうだとすれば彼女を狙った人物が誰であるにしろ、ほかの人間を巻き添えにしてもかまわないと考えているということになる。おそらくアンは、プレインズワース家の娘たちを危険にさらすことだけは避けようと思ったのだろう。あるいは……。

その従兄についても。ダニエルは束の間目を閉じた。アンはこんな男を守ろうとしてくれているのかもしれない。でも、そのアンの身にもしものことがあれば……。

それ以上に自分が打ちのめされることはこの世にない。

「彼女は見つける」グランビーに告げた。「安心してくれ」


アンはこれまでも孤独だった。実際にこの八年はほとんどつねに寂しさを感じていた。けれど寒さをしのぐために寝間着の上から外套を羽織り、安宿の硬いベッドで身を縮こめているうちに、これほどみじめな思いは感じたことがなかったと気づかされた。

これほどのみじめさは。

田舎へ行ったほうがよかったのだろうか。空気がきれいだし、危険も少ないかもしれない。ただしロンドンにいるほうが身を隠しやすい。雑踏にまぎれれば人目につきにくい。

でも、この街は人を打ち砕くところでもある。

自分のような女性に働き口はない。身に染みついたこの話し方ではかえって、お針子や店員には雇ってもらえない。アンはこれまで足を踏みいれたことのなかった通りを歩きまわった。中流階級の商店街と荒《すさ》みきった貧民街の狭間で最低限の品位は保たれている道筋を選んで。働き手を求める紙が張られている店はすべて、そうではない店もできるだけ訪ねた。どの店でも、手がやわすぎるし、歯もきれいすぎるので、長続きするはずがないと断わられた。何人もの店主からいやらしい目つきでにやにやしながら、まったくべつの種類の仕事ならあると持ちかけられもした。

紹介状がなくては家庭教師やお話し相手《コンパニオン》といった紳士階級の娘にふさわしい仕事には就け

ないが、これまでにせっかく手に入れた二通はどちらもアン・ウィンターのために書かれたものだ。もうこの名は使えない。

アンは折り曲げた脚をさらに胸のほうに抱き寄せて、膝頭に顔を埋め、きつく目を閉じた。この部屋は見たくないし、このように小さな寝室でさえ自分の荷物がいかにみすぼらしく見えるものなのかも知りたくない。窓の向こうの湿っぽい夜を見る気もしないし、なにより自分の姿を目にしたくなかった。

また名を失った。そのことが身にこたえていた。鋭利な刃物で胸を切り裂かれたかのように感じられる。毎朝目覚めて、胸を圧迫されるほどの不安に襲われるのが恐ろしい。それでもやれることと言えば、ベッドの片側から脚を垂らし、床におりるだけだ。

家から追いだされたときもここまでつらくはなかった。少なくとも行き先があり、身の振り方が決まっていた。自分が選んだことではないにしろ、いつ何をすればいいかはわかっていた。いまはドレスが二枚と外套が一着、それに十一ポンドがあるだけで、もはや身を売る以外にやれることは思いつかない。

でもそれだけはできない。そんなことができるはずもない。すでに一度この身を差しだしてしまったことがあるからといって、二度と同じ過ちは繰り返したくない。それに、ダニエルと結ばれかけて別れたあとで、まるで知らない男性に身をまかせなければならないとしたら、あまりにつらすぎる。

あのときダニエルを拒んだ理由は……よくわからない。身に染みついた習性のせいだったのかもしれない。恐怖。庶子を身ごもるわけにはいかないし、自分のような女性を選ばざるをえないよう結婚に追いこむこともしたくなかった。

けれどなにより、自分を見失いたくなかったからだ。自尊心とは少し違う。もっと何か自分の奥深くにあるものを守りたかった。

心を。

いまも清らかで自分だけのものと言える唯一のもの。この身はジョージにゆだねてしまったけれど、そのときはまだわかっていなかったものの、心までは奪われていなかった。だから、ダニエルが身を重ねるためにズボンの留め具に手をかけたとき、それを許し、この身をゆだねたなら、心まで永遠に奪われてしまうと思った。

いまにして思えば、自分に呆れずにはいられない。心はとうに奪われていたのだから。考えられるかぎりなにより愚かなことだ。けっして手の届かない男性を愛してしまうなんて。

タッチトン・オヴ・ストーク男爵で、ストリーザーモア子爵で、ウィンステッド伯爵でもあるダニエル・スマイスースミス。考えたくなくても、目を閉じるたび、あの人のことを考えてしまう。あの笑顔、笑い声、自分を見つめるときの熱っぽいまなざし。

愛されているとまでは思っていないけれど、それに近い感情は抱いてくれているのだろう。少なくとも、気にかけてはくれていた。それにもし自分がこんなふうではなく、名も素性も確かで、頭のおかしい男性に命を狙われていない女性だったなら……きっと、ダニエルがおそらくはうっかり「結婚すればいいんじゃないか？」と尋ねたときに、大きな声で「そうしましょう！」と答えて、抱きついていただろう。

でも現実には、そんな言葉を返せる身の上ではない。否定の言葉しか口にできない。そうして結局いまに行き着いて、心のなかでだけでなく、とうとう実際にひとりぼっちになってしまった。

お腹が哀れっぽい音を鳴らし、アンはため息をついた。夕食を買うのを忘れて宿屋に戻ってきてしまったので、とてもお腹がすいている。かえってそのほうがよかったのかもしれない。わずかなお金でできるかぎり生き延びなければいけないのだから。

今度はお腹が唸るような音を轟かせ、アンはとっさにベッドの片側から脚をおろした。「だめよ」声に出して言った。ほんとうは〝わかったわ〟と言ってあげようとしたのに。もうすっかり空腹で、何か口に入れなければ耐えられない。こんなときくらい否定の言葉はやめて、せめてミートパイひとつと半パイントのリンゴ酒だけでも買ってこよう。

椅子の背にきちんと掛けておいたドレスを見やった。着替える気力はない。外套をまとえば身体はすっぽり隠れてしまう。靴下は脱いでいないし、このまま靴を履いて髪をまとめていれば、寝間着のまま外を歩いているとは誰にも思われないはずだ。

アンは数日ぶりについ声を立てて笑った。あらためて考えてみれば、なんてちぐはぐな格好なのだろう。

数分後、アンは通りに出て、もう何度か通りすぎていた食料品店へ向かった。まだ店のなかに入ったことはなかったものの、扉が開くたび漂ってくる匂いは……ああ、とても食欲をそそられた。コーニッシュパイに、焼きたてのロールパン、ほかにもいろいろとおいしそうな匂いがした。

温かな食べ物を手にしただけで、すでに幸せな心地になっていた。店主に紙で包んでもらったパイを持って、部屋に戻ろうと歩きだした。身についた習慣はなかなか変えられない。ほかの誰もがしているように見えることでも、淑女の礼儀に反して通りで食べ物を口にすることはできなかった。さらに宿屋の向かいの店でリンゴ酒を買い、部屋へ戻ろうとしたとき――


「おい！」

アンは歩きつづけた。その辺りは晩でも人通りが多くとても賑やかで、自分が呼びかけられているとは考えもしなかった。ところがふたたび、今度は先ほどより近くから声がした。

「アナリース・ショークロス」

振り返って確かめるまでもなかった。聞き憶えのある声で、しかもはっきりと本名を呼びかけられたのだから、アンは駆けだした。

大事な夕食を取り落とし、自分にそんな能力があったとは信じられないくらい速く走っていた。詫びの言葉を口にする余裕もなく人々のあいだを縫って進み、次々に角を曲がる。息苦しさで胸がひりつき、寝間着が肌に張りついてもかまわず走りつづけたものの、とうとうジョージが怒鳴り声を発し――

「その女をつかまえてくれ！　頼む！　妻なんだ！」

いかにも善人そうな口ぶりだったからなのか、誰かがその求めに応えた。するとジョージはあとからそばに駆けつけて、アンをがっちりと押さえこんでいた男に言った。「妻は病人なんだ」

「わたしはこの人の妻じゃないわ！」アンは声をあげ、自分をつかんでいる男の腕のなかから逃れようともがいた。身をよじって男の脚に腰をぶつけたが、びくともしなかった。「わたしはこの人の妻ではないの」正気で冷静に話しているのをわかってもらおうと必死に言葉を継いだ。「おかしいのはこの人だわ。もう何年もわたしを追ってるの。ほんとうに、わたしはこの人の妻ではないのよ」

「さあ行こう、アナリース」ジョージがなだめる口ぶりで言った。「どうしてそんなことを言うんだ」

「違うわ！」アンは大きな声で言い返し、ふたりの男の手を振りほどこうとした。「わたしはこの人の妻じゃない！」またも声を張りあげた。「この人はわたしを殺そうとしてるのよ！」

これにはさすがにアンをつかまえた男も不安そうな表情を浮かべた。「本人はあんたの妻ではないと言ってるぞ」眉をひそめて言う。

「ああ」ジョージはため息まじりに答えた。「もう何年もこんな調子なんだ。授かった赤ん坊が――」

「何を言ってるの？」アンは甲走った声で訊いた。

「死産だった」ジョージが男に言う。「それで子を産めない身体になってしまったんだ」

「嘘をついてるのよ！」アンは叫んだ。

けれどもジョージはただため息をつき、偽りの涙を浮かべてみせた。「結婚したときの妻にはもう戻らないとあきらめてはいるんだが」

男は紳士然としたジョージの哀しげな顔から、アンの怒りでゆがんだ顔に目を移し、ジョージの言いぶんのほうが信用できると判断したらしい。アンをジョージに差しだした。

「幸運を祈る」

ジョージは深々と礼を述べて、男の助けを借り、二枚のハンカチを結んでアンの手を縛った。男が去ると、アンは乱暴に引っぱられてジョージの脇にぶつかり、嫌悪感で身ぶるいした。

「やあ、アニー」ジョージが言う。「また会えて嬉しいよ」

「あなたが馬具を切ったのね」アンは低い声で言った。

「ああ」ジョージは得意げな笑みを浮かべてから、顔をしかめた。「もっと大きなけがをしてもいいはずだったんだが」

「あなたはウィンステッド卿を殺しかけたのよ！」

ジョージが平然と肩をすくめ、アンは最も恐れていた推測が的中したことを確信した。この人はどうかしている。完全に、間違いなく、気がふれてしまったのだと。ほかには説明がつかない。女性ひとりに復讐するために世襲貴族の命すら犠牲にしようとするとは、まともな人間のすることではない。

「もうひとつのほうはどうなの？」アンは訊いた。「なんのことだ？」「やっぱりただの強盗ではなかったのね？」

ジョージはとぼけた顔で見返した。「なんのことだ？」

「ウィンステッド卿が襲われたときのことよ！」アンはほとんど叫んでいた。「どうしてそんなことをするの？」

ジョージはわずかに身を引き、呆れて蔑むように上唇をゆがめた。「何を言っているのかわからない」せせら笑った。「だがおまえの大事なウィンステッド卿にも敵はいる。例の見苦しい事件はおまえも聞いてるだろう？」

「あなたはあの方の名を口にできる立場ではないはずよ」アンはきつく言い返した。

だがジョージは笑い、愉快げに言葉を継いだ。「このときをどれだけ待ち望んでいたかわかるか？」

わたしが故郷と決別して生きなければならなくなってから、ずっとなのよね。

「わかってるのか？」ジョージは唸り声で訊き、ハンカチの結び目をつかんで、ねじり上げた。

アンはジョージの顔に唾を吐きかけた。

ジョージは怒りで青筋を立て、真っ赤になった顔に金色の眉が燃えているように浮きあがった。「いまのは失敗だったな」歯の隙間から言葉を吐きだし、暗い路地にアンを引きずりこんだ。「よくぞわざわざこんな薄汚いところを選んでくれたものだ」卑劣に笑った。「ここなら誰も気づきやしな——」

アンは悲鳴をあげた。

けれども気に留める者はなく、いずれにしろアンの声はすぐに途切れた。みぞおちを殴られ、壁にもたれかかって、息を吸おうとあえいだ。

「八年もこのときを夢みてきたんだ」ジョージは恐ろしげな声でささやいた。「この八年、鏡を見るたび、おまえを思いだした」憤った目を血走らせて顔を寄せた。「この顔をよく見るんだ、アナリース。八年も治療してきて、このざまだ！　見ろよ！」

アンは逃れようとしたが、煉瓦の壁に背中を押しつけられて顎をつかまれ、傷跡のある頬に向きあわされた。赤みがかっていた傷はいまでは白っぽくなり、想像以上に薄くなってはいたが、それでもやはり頬の皮膚を不自然に分かつ引き攣れが浮きでている。

「まずはおまえに楽しませてもらおうと思ってたんだ」ジョージが言う。「あのときできなかったぶんをな。だが、薄汚い路地でとは想像もしてなかった」にやりと卑劣そうに口もとをゆがめた。「おまえがここまで落ちぶれているとも思わなかったが」

「楽しませるって、どういう意味？」アンはか細い声で訊いた。

でもほんとうは訊くまでもなく、答えはわかっていた。始めから。ジョージはナイフを手にしていて、何が起ころうとしているかはどちらもはっきりとわかっていた。

アンはもう悲鳴をあげなかった。考えようともしなかった。自分でも何をしたのかわからないうちに、十秒後にはジョージが玉石敷きの地面に声も出せずにうずくまっていた。アンはその傍らで最後にもう一度息を吸いこみ、先ほど自分がやられたようにみぞおちを蹴り飛ばし、両手を結《ゆ》わかれたまま駆けだした。

けれど今度は、向かうべき場所は明確に定まっていた。

18

ダニエルはまたも一日探しまわりつづけて徒労に終わり、夜の十時に家へ向かっていた。路面を眺めつつ、片足をどうにかもう片方の足の前に踏みだすたび歩数を数えた。

私立探偵を雇って探させてもいるし、みずからも街じゅう隈なく歩きまわり、郵便の集配窓口にはすべて立ち寄って、アンの特徴とふたつの名を伝えて心当たりを尋ねた。そのような女性からの手紙をあずかった憶えがあるという人物がふたりいたが、送り先は思いだせないとのことだった。そしてついに、その特徴と完全に合致する、メアリー・フィルポットなる女性を憶えているという人物から話を聞くことができた。きれいな女性だと、郵便の集配窓口の主人は語った。その女性は手紙を投函することはなかったが、週に一度は決まって必ず、届いているものがないか確かめにやってきていた。ところが一度だけ……たしか半月ほど前だったか、前の週に何も受け取っていなかったにもかかわらず翌週に現われなかったので、どうしたのだろうと思ったという。その女性が二週間も姿を見せなかったことはそれまで記憶になかったからだ。

半月ほど前。アンが亡霊でも目にしたかのような慌てぶりで〈ホービーの店〉に飛びこんできた日と時期が一致する。手紙を取りにいく途中で、会いたくない誰かに出くわしてしまったのだろうか？　あの日アンが手提げに入れていた手紙を投函するために郵便の窓口へ馬車を走らせはしたが、そこはいつも〝メアリー・フィルポット〟という名で手紙を受けとっていた集配所とは違っていた。

いずれにしろ、女性は二、三週あいてまたやってきたのだとその集配所の主人は続けた。火曜日に。いつも来るのは火曜日なのだと。

ダニエルは眉をひそめた。アンが姿を消したのは水曜日だ。

そこで、話を聞けた三カ所の郵便集配所すべてに名刺を残し、アンらしき女性が現われたら知らせてくれれば謝礼を払うと約束した。だがそれ以上、ほかに何をすればいいのかわからなかった。ロンドンじゅうからどうやってひとりの女性を見つけだせというのだろう？

仕方なくひたすら歩いて、歩いて、歩きつづけて、人込みのなかを探しまわった。干草の山から針を探すようなものだという諺《ことわざ》があるが、それよりもこちらのほうがむずかしい。針が干草の山のなかにあるとわかっているだけまだましだ。ひょっとしたら、アンは街を出てしまっているかもしれないのだから。

とはいえもう辺りは暗く、睡眠も必要なので、ダニエルは母と妹がまだ帰っていないことを願いつつ、重い足を引きずるようにメイフェアへ向かっていた。朝から晩まで毎日いったい何をしているのか、母も妹も尋ねようとはしないし、みずから話すつもりもなかったが、ふたりとも知っているのはわかっていた。ふたりの気の毒がる顔をなるべく見ずにいられるのなら、そのほうがありがたい。

ようやく家の前までやってきた。さいわいにも屋敷はひっそりとしていて、玄関前の踏み段に足をかけたときに聞こえたのは、自分の疲れたため息だけだった。が、そのとき誰かが名を呼びかける低い声を耳にした。

ダニエルは固まった。「アン？」

暗がりから現われた人影は夜気にふるえていた。「ダニエル」アンがもう一度呼びかけた。ほかにも何か言ったのかもしれないが、ダニエルは聞いていられなかった。すぐさま踏み段をおりて、アンを抱きしめ、ほぼ一週間ぶりにやっとしっかりと大地を踏みしめられた気がした。

「アン」ダニエルはアンの背中や腕や髪に触れた。「アン、アン、アン」いまはまだ名を言うだけで精いっぱいだった。顔に口づけ、頭のてっぺんにもキスをした。「いままでいったいどこに――」

ふと、アンの両手が縛られているのに気づいて動きをとめた。慎重に、自分の怒りの激しさで脅えさせないよう細心の注意を払って、アンの手首の結び目をほどきにかかった。

「誰がこんなことを？」

アンは両手を差しだしたまま黙って唾を飲みこみ、落ち着かなげに唇を湿らせた。

「アン……」

「前から知っている人」ようやく答えた。「その人は――わたし――あとで話すわ。いますぐは、まだ。わたし――もう少し――」

「いいんだ」ダニエルはなだめるように言った。アンの片手を一度ぎゅっと握ってから、ふたたび結び目をほどく作業に戻った。紐はとにかく固く結ばれており、アンが抗った際によけいにきつくなってしまったのかもしれない。「もうちょっとだ」

「ほかに行くところがなくて」アンがふるえ声で言う。

「きみは正しい判断をした」ダニエルはきっぱりと告げて、アンの手首から布を取り去り、放り投げた。アンはずっと身をふるわせていて、息遣いまでつかえがちになってきた。

「とめられないの」見知らぬものであるかのように自分のふるえる手を見ている。

「大丈夫だ」ダニエルはアンの手を自分の手で包みこんだ。落ち着かせようとしっかりと握った。「神経が過敏になっているだけのことだ。ぼくにも経験がある」

アンは目を大きく開いて、もの問いたげに見やった。

「大陸でラムズゲイトの手下たちに追われていたときだ」ダニエルは説明した。「危険が過ぎ去って、もう安全だとわかると、自分のなかで何かが解き放たれて、ふるえだす」

「それなら、とまるのね？」

ダニエルは励ます笑みを浮かべた。「約束する」

うなずいたアンの姿がどうしようもなく頼りなげに見えて、ほんとうは抱きしめてどんなものからも守ってやりたい気持ちに駆られながら、必死にこらえた。代わりに肩に腕をまわし、家へと導いた。「なかに入ってくれ」安堵と懸念と怒りで頭のなかは収拾がつかなくなっていたが、どうあれともかく、アンを家のなかに入れなくてはいけない。アンを落ち着かせてやらなければ。食べ物も用意したほうがいいだろう。それ以外のことはすべてあとまわしでいい。

「勝手口にまわらないと」アンがためらいがちに言った。「わたし――わたしはこちらからは――」

「きみはこれからいつでも玄関扉から入るんだ」言い聞かせるように答えた。

「いいえ、それはできないわ。それは――許して」アンが懇願するように言う。「そのような立場ではないわ。こんな姿は誰にも見られたくないの」

ダニエルはアンの手を取った。「ぼくはもう見ている」静かに言った。

ふたりの目が合い、アンの目からうらぶれた哀しみのようなものがみるみる消え去った。

「わかったわ」アンが小声で応じた。

ダニエルはアンの手を唇に引き寄せた。「ぼくは脅えていた」思いを吐露した。「きみの居場所がわからなかったから」

「ごめんなさい」アンが言う。「もう二度とこんなことはしないわ」

けれどその言葉の何かにダニエルは不安を覚えた。あまりに従順で、びくついているようにすら感じられる。

「お願いがあるの」

「あとで聞く」ダニエルは請けあった。手を引いて踏み段をのぼり、片手を上げていったんとどめた。「ちょっと待ってくれ」玄関広間を覗きこみ、静まり返っているのを確かめてから、なかに入るようアンに合図した。「こっちだ」ささやいて、ふたりでひそやかに階上の部屋へ向かった。

だが自分の部屋に入ってドアを閉めると、ダニエルは当惑した。訊きたいことがありすぎる——誰にこんな目に遭わされたんだ？　どうしてプレインズワース家を飛びだしたんだ？　きみのほんとうの名は？　その答えを、それもいますぐに知りたい。

アンを二度とこのような目に遭わせてなるものか。自分がこの世にいるかぎりは。でもまずはアンを温めて、なにはともあれひと息つかせて、安心させてやることが肝心だ。自分も同じような状況は経験しているので、逃げてきたときの心境はよくわかった。

蠟燭をひとつひとつ灯していった。互いにとって灯りが必要だ。

アンは気づまりそうに窓辺に立って手首を擦りあわせている。ダニエルは今夜再会してから初めて、じっくりとその姿を見やった。アンの身なりが乱れているのは気づいていたが、ようやくまた会えたことにほっとして、細かいところまでは目がいかなかった。あらためて見てみると、髪は後ろでまとめられてはいるものの、片側はピンがはずれてほとんどほつれてしまっているし、外套のボタンがひとつ取れている。そして頰の痣を目にして、ダニエルは思わず怒りでかっと沸き立った。

「アン」知りたいことを尋ねる言葉を探した。「今夜……誰であれ……そいつはきみに……」

その先は継げなかった。言葉が舌の奥のほうに引っかかっているかのように、憤怒の苦い味がした。

「いいえ」アンは静かな気品を漂わせて答えた。「そのつもりだったのでしょうけど、わたしをとらえたのは外だったから――」顔をそむけ、いやな記憶を閉めだすかのようにきつく目をつむった。「本人がそう言ってたわ――ほんとうは――」

「それ以上言わなくていい」ダニエルは即座に打ち切った。少なくともいまは、気が鎮まるまでは。

けれどもアンは首を振り、開いた目には有無を言わせぬ決意が表れていた。「あなたにはすべて話したいの」

「あとで」ダニエルはやさしく返した。「きみが入浴してから」

「いいえ」アンはわずかに声を詰まらせた。「話させて。何時間も外に立っていて、もう勇気も尽きかけてるの」

「アン、勇気など必要な――」

「わたしの名は、アナリース・ショークロス」アンは言葉をほとばしらせた。「あなたの情婦にしてください」そうして、耳を疑う言葉にダニエルが呆然としているうちに、付け加えた。「あなたさえよければ」

小一時間が過ぎて、ダニエルは窓辺に立って、アンが入浴を終えるのを待っていた。アンがこの屋敷にいるのを誰にも知られたくないと言うので、衣装部屋に隠れていてもらい、そのあいだに従僕たちに浴槽に湯を溜めさせた。そしていま、アンはまだその湯に浸かっていて、おそらくは恐怖に凍えた身をゆっくりと温めているのだろう。

アンは自分の選べる道はひとつしかないのだと、提案を受け入れてくれるよう訴えたが、ダニエルは受け入れられなかった。このような形で身を差しだそうとするとは……完全に希望を失っているとしか思えない。

想像を絶する事情があるに違いない。

化粧室のドアが開く音がして、振り返ると、さっぱりと汚れを落としたアンが濡れた髪を後ろに梳かしつけて右肩の上に長く垂らして立っていた。三つ編みにしてはいないが、一本の太い房にまとまるよう上手にねじりあわされているらしい。

「ダニエル?」静かな声で呼びかけ、毛足の長い絨毯の上を素足でそっと歩いてきて、部屋のなかを見まわした。瞳の色によく似た濃紺色のダニエルのガウンをまとっていた。アンには大きすぎて、裾はくるぶしに届くほど長く、自分の身を抱きしめるようにして前が開かないよう押さえている。

これまで見たなかでいちばん美しい姿だとダニエルは思った。

「ここにいる」アンには窓辺にいる自分の姿がまだ見えていないことに気づいて言った。アンが入浴しているあいだに上着を脱いで、首巻きをはずし、ブーツも脱いでいた。着替えの手伝いを頼まなかったのを近侍が気にかけているはずなので、ブーツは部屋へ持ち帰って磨いておいてもらえるようドアの外に出しておいた。

今夜だけは邪魔されずに過ごしたい。

「ガウンをお借りしてかまわなかったかしら」アンはさらにきつく自分を抱きしめるように

して言った。「ほかには着られるものが……」

「かまわないとも」ダニエルは何を指すともなく手を動かして答えた。「なんでも気にせず使ってくれ」

アンがうなずき、ぎこちなく唾を飲みこんだのが、三メートルは離れたこちらからでも見てとれた。「たぶん」つかえがちに言う。「わたしの名はもう知られていると思ってたわ」

ダニエルはただじっと見つめた。

「グランビーから聞いているだろうと」アンは説明を加えた。

「ああ」ダニエルは答えた。「男がきみを探しにきたという話は聞いた。その話を手がかりにきみを探すしかなかった」

「それだけではたいして役に立たなかったわよね」

「ああ」ダニエルは口もとをゆがめて苦笑した。「それでも、メアリー・フィルポットにはたどり着いた」

アンがはっとした表情でわずかに口をあけた。「姉のシャーロットと手紙をやりとりしていることを両親に気づかれないように、その偽名を使っていたの。姉からの手紙で、ジョージがまだ――」言葉を切った。「話が先走ってしまったわ」

ダニエルはほかの男の名を聞いて思わず両手を握りしめていた。ジョージというのが誰であれ、アンを傷つけようとした男なのは間違いない。それどころか殺そうとした。そう思うと腕を突きだして何かにこぶしを食らわせたい衝動に駆られた。その男を見つけだし、痛めつけて、万一アンの身に何か——なんであれ——あったなら、素手でその身を引き裂いてやることを思い知らせなければ。

自分がこんなにも凶暴な男になれるとは考えもしなかった。

アンを見やった。いまだ部屋の真ん中で、自分の身を抱きしめるようにして立っている。

「わたしの名は——わたしは、アナリース・ショークロスだった。十六のときに大変な過ちをおかして、その代償を払わされることになったの」

「きみが何をしたにしろ——」ダニエルは話しだしたが、アンが片手を上げてそれをとどめた。

「わたしは純潔ではないわ」その声が単調に部屋に響いた。

「ぼくは気にしない」ダニエルはとっさにそう言ってから、本心だと気づいた。

「そうはいかないわ」

「だがそうなんだ」

アンは微笑んだ——考えを変えても許す心積もりはできているとばかりに侘びしげに。

「相手は、ジョージ・チャーヴィルという人よ。父親が亡くなったから、いまはサー・ジョージ・チャーヴィル。わたしはノーサンバーランド西部のごくありふれた町で育った。父は田舎の有閑階級で、わたしたち家族はとりたてて裕福というほどではなかったけれど、何不自由なく暮らしていたわ。地元では敬意を払われている一家だったのよ。すべての催しに招待されていたし、姉たちもわたしも良縁に恵まれるだろうと思われていた」

ダニエルはうなずいた。容易に思い描ける話だ。

「チャーヴィル家のほうはとても、というか町のほかの人々に比べれば裕福だった。といっても、この部屋を見てしまうと……」アンはダニエルがあたりまえのように使ってきた豪華な品々ばかりの優雅な寝室を見まわした。一度は大陸に逃げて、なんでも望むほどには手に入れられない暮らしを経験していなければ、このありがたみはわからなかっただろう。

「それほどでもなかったのでしょうけど」アンは続けた。「それでもわたしたち――あの辺りの人々にとっては、間違いなく最も有力な一家だった。しかもジョージはその家の独り息子。とても美男子で、やさしい言葉をかけてくれて、わたしは彼に恋をしたと思い込んでしまった」力なく肩をすくめ、少女の頃の自分への許しを請うように天井を見上げた。

「愛していると言われたの」かすれがかった声で言う。

ダニエルは唾を飲みこみ、どういうわけか娘を持つ父親の心境がわかったような気分になった。いつか神のおぼし召しで娘を授かり、その娘がいま目の前に立つ女性にそっくりで、しかも途方に暮れた表情でこうささやいたなら……。「愛していると言われたの」

その相手を殺したい気持ちになるのもやむをえまい。

「わたしと結婚するつもりなのだろうと思ってた」そう言うアンの声を聞いて、ダニエルは現実に引き戻された。アンはいくらか落ち着きを取り戻したらしく、ほとんど他人事であるかのようにてきぱきとした声で続けた。「でも、実際に求婚されたわけではなかった。そのような言葉は一度も口にしなかった。だから、考えようによっては、わたしが勝手に思い込んでしまったとも――」

「違う」ダニエルは語気鋭く遮った。何があったにしろ、アンのせいではないことは間違いないからだ。その後に起こったことを推測するのはあまりにたやすい。裕福な家の美男の跡取り息子と、無垢で信じやすい若い娘……まったくもってありがちな、想像するのも腹立たしい取りあわせではないか。

アンは少しだけ嬉しそうに微笑んだ。「わたしのせいとは思ってないから、自分を責めるつもりもないわ。もういまは。でも、もっとちゃんと考えるべきだった」

「アン……」

「そうなのよ」アンは反論しようとするダニエルを遮った。「もっとちゃんと考えるべきだった。あの人は結婚という言葉を口にしなかったんだもの。一度も。わたしは求婚されるものと思い込んでいた。だって……どうしてかしら。そう信じてた。わたしは良家の娘で、あの人がわたしとの結婚を考えていないなんて疑いもしなかった。それに……ほんとうに、いまにして思えばとてもいやな女性だけれど、正直に言うと、自分が若くてきれいだということも知っていた。ああもう、いまとなってはなんて滑稽なのかしら」

「いや、そんなことはない」ダニエルは静かに言った。「若いときは誰でもそうさ」

「わたしはあの人にキスを許した」それから少し間をおいて、アンは言葉を継いだ。「それに、もっといろいろなことも」

ダニエルはじっと動かず、嫉妬の波にさらわれるのを覚悟した。ところがアンの無邪気さにつけこんだ男に怒りこそ湧いても、嫉妬は覚えなかった。自分が彼女にとって初めての男である必要はない。最後の男になれればそれでかまわない。

アンにとってかけがえのない男になれるなら。

「そのことは話す必要はない」

アンはため息をついた。「いいえ、話させて。そのことが大事だからではなく、そのあとに起きたことをわかってもらうために」気の高ぶりをまぎらわすように部屋のなかを歩きだし、椅子の背をつかんだ。指が張りぐるみの布に食い込み、そこに視線を落として、また話しだした。「正直に言うわ。途中までは彼にされることを楽しんでいた。そのあとは、苦痛とまでは言えないけれど、なんだかとても落ち着かなくて、少しいやな感じがした」

ふたたび視線を上げ、驚くほど清廉な目でダニエルの目を見据えた。「それでも、彼に喜んでもらえている気がして嬉しかったの。自分に特別な魅力があるように思えて、だからまた求められたとしても、快く応じるつもりだった」

アンは目を閉じ、その頭に押し寄せている記憶がダニエルにも目に浮かぶようだった。

「ほんとうに美しい晩だった」ささやくようにアンが続けた。「真夏で、空は澄みきっていた。数えきれないくらい星がきらめいていたわ」

「何があったんだ？」ダニエルは静かに尋ねた。

アンは夢から覚めたかのように目をしばたたき、とまどいぎみに唐突に話しだした。「あの人がほかの女性に求婚していたことを知らされたの。それもわたしが身をゆだねてすぐのことだったと」

すでにこみあげていたダニエルの怒りがばちばちと音を立てはじめた。これまで、生まれてから一度も、ほかの人のためにこれほどの怒りを覚えたことはなかった。これが愛するということなのか？　いとおしい人の苦しみに、自分の苦しみ以上に胸を深くえぐられることが？

「それなのに、またわたしを求めてきた」アンが続ける。「あの人に言われたの。わたしは……正確な言葉は思いだせないけど、わたしはふしだらな女だというようなことを言われたわ。たしかにわたしはそう言われても仕方のないことをしたのかもしれない。だけど――」

「違う」ダニエルはきっぱりと否定した。むろんもっとよく考えて、理性を働かせるべきだったというアンの気持ちは理解できる。だが、自分のことをそんなふうに思う必要はない。

ダニエルは大股で歩いていき、アンの肩に両手をかけた。自分を見上げるアンの目は……かぎりなく深い青色をしていて……そのなかに溺れてしまいたいと思った。永遠に。

「その男はきみを騙《だま》したんだ」静かに強い口調で言った。「身を裂かれて然るべき――」

アンがだし抜けに場違いな笑い声をあげた。「ねえ、お願い。話を最後まで聞いて」

ダニエルは眉を上げた。

「わたしはあの人を切りつけたの」アンがそう続け、ダニエルはその言葉の意味を解するのに少し間がかかった。「あの人が近づいてきて、わたしは逃げようとしたわ。最初に手に触れたものをつかんだの。それが開封刃《ペーパーナイフ》だった」

なんと、そういうことだったのか。

「自分の身を守ろうとしたのよ。振りまわすだけのつもりだったのに、あの人がどんどん近づいてきて――」アンはふるえだし、顔から血の気が引いた。「ここからここに」かすれがかった声で言い、線を引くようにこめかみから顎に指をずらした。「恐ろしかった。それにもちろん、もう隠しようのないことだった。それでわたしはすべてを失ったの」小さく肩をすくめる。「名を変えて家族と縁を切るよう言い渡されて、故郷を追われた」

「きみのご両親はそれを受け入れたのか？」ダニエルは信じがたい思いで訊いた。

「姉たちを守るにはそうするしかなかったのよ。わたしがジョージ・チャーヴィルと関係を持ったことがおおやけになれば、姉たちを娶ってくれる人はいなくなってしまう。想像できる？　関係を持った男性を切りつけたんだもの」

「想像できないのはむしろ」ダニエルは吐き捨てるように続けた。「きみを追いだした家族のほうだ」

「平気よ」アンはそう答えたが、本心ではないのはどちらにもわかっていた。「姉とは誰にも知られないようにずっと手紙をやりとりしてきたから、完全にひとりぼっちになってしまったわけではないわ」

「郵便集配所に通って」ダニエルはつぶやくように言った。

アンは力なく微笑んだ。「だから郵便集配所の場所に詳しかったのよ。手紙の投函と受けとりは、なるべく人目につきにくいところでするほうが安全に思えたから」

「今夜は何があったんだ？」ダニエルは訊いた。「どうして先週、きみは姿を消したんだ？」

「わたしがノーサンバーランドの家を出ることになったとき……」アンは喉をふるわせて唾を飲みこみ、顔をそむけて、何もない床の一点を見つめた。「ジョージは大変な剣幕だった。わたしを治安判事に突きだして、絞首刑か島流しにするのを望んでいたんだけど、父親に一喝されたの。わたしとの醜聞が流れれば、ベックウィス嬢との婚約が破棄されてしまうと。しかも、そのお相手は子爵様の令嬢よ」アンは口もとをゆがめて見やった。「願ってもない縁談だもの」

「その縁談は成立したのか？」

アンはうなずいた。「それでも、あの人は復讐の誓いを忘れなかった。顔の傷は思っていた以上によくなっていたけど、いまもはっきりとわかるわ。それにもともと、とても美しい顔立ちをしていた男性なの。あの人はわたしを殺したがっているのだと思ってたけれど、いまは……」

「いまは？」ダニエルは言葉の続きをせかした。

「わたしを切りつけたいのよ」アンはきわめて低い声で答えた。

ダニエルは語気荒く悪態をついた。ご婦人の面前だろうとかまってはいられない。どうしても罵り言葉を吐きださずにはいられなかった。「そいつのことはぼくがなんとかする」

「だめよ」アンが言う。「あなたは関わってはいけないわ。ただでさえ、ヒュー・プレンティスとのことで――」

「たとえぼくがこの世からチャーヴィルを葬り去ろうと、誰も気にかけやしない」ダニエルは遮って続けた。「その点は心配無用だ」

「そんなことをしてはだめ」アンがきつい口調で言う。「わたしはすでにあの人に忌まわしい傷をつけて――」

「まさかその男をかばうつもりなのか？」

「違うわ」間髪をいれず返された言葉に、ダニエルは安堵した。「でも、あの晩、わたしにしたことへの報いはもう受けたと思うの。わたしがあの人に残したものから一生逃れられないのだから」

「だからといって許されるわけじゃない」ダニエルはぶっきらぼうに返した。

「もうこんなことは終わりにしたいのよ」アンは力を込めて言った。「後ろを気にすることなく生きていきたい。でも、復讐したいわけではないわ。そんなものは必要ないの」

必要なのはむしろ自分のほうかもしれないとダニエルは感じたが、決めるのはアンであるのは承知していた。怒りを封じ込めるのに少しの間を要したが、どうにか気を鎮めて問いかけた。「顔の傷についてはどう説明したんだ？」

アンは話題が変わってほっとした表情を浮かべた。「乗馬中の事故だと。姉のシャーロットによれば、鵜呑みにしている人はいないみたいだけど、馬に投げだされて木の枝で顔が切れたことにしているそうよ。真実を探ろうとする人なんていないわ――わたしが突然姿を消したことについては、きっととんでもないことをしたのに違いないとみな思ったでしょうけど、まさかあの人を切りつけたとは誰にも想像できないでしょう」

ダニエルは自分でも驚いたことに思わず笑っていた。「きみはよくやったとも」

アンは驚いた目を向けた。

「もっとべつのところを切りつければよかったんだ」

アンは目を見開いて、呆れたふうに笑い声を立てた。

「冷血漢とでも呼んでくれ」ダニエルはつぶやいた。

アンの表情にちょっぴり茶目っ気が加わった。「それなら今夜、わたしが逃げてくるときに……したことを話したら、褒めてもらえるかしら」

「ああ、どうか股間を蹴り飛ばしたと言ってくれ」ダニエルはせかした。「頼む、そういうことなら、ぜひ聞きたい」

アンは唇を引き結び、もう笑わないようこらえた。「したかもしれないわね」

ダニエルはアンを引き寄せた。「思いきり？」

「地面に倒れたあとにもう一度蹴ったときほどではなかったけど」

ダニエルはアンの片手に口づけてから、もう片方の手にもキスをした。「きみと知りあえて心から誇りに思うと言っていいだろうか？」

アンは嬉しそうに顔を赤らめた。

「それに、きみがぼくのものになってくれるのなら、ほんとうにとても光栄だ」ダニエルはアンにそっとキスをした。「だが、情婦ではない」

アンが身を引いた。「ダニ――」

ダニエルはアンの唇に指をあてて言葉をとめた。「すでにもう、きみと結婚するつもりだと宣言した。ぼくを嘘つきにさせるのか？」

「ダニエル、そんなことはできないわ！」

「できるとも」

「いいえ、あなたは――」

「できる」きっぱりと言った。「そうするんだ」

アンは慌てたそぶりでダニエルの表情を探った。「でも、窓の向こうにはまだジョージがいるかもしれないのよ。それに、あの人がもしあなたを傷つけでもしたら……」

「ジョージ・チャーヴィルのことはぼくがなんとかする」ダニエルはアンに請けあった。

「きみはぼくのことだけを考えてくれていたらいい」

「でも――」

「きみを愛してる」ようやくそれを本人に言えたことで、この世のすべてがあるべき場所に収まったかのように思えた。「ぼくはきみを愛してる。きみがいなくなるなんてことを考えるのは一瞬たりとも耐えられない。そばに、ぼくのベッドにいてほしい。ぼくの子を宿してほしいし、この世の人間にはひとり残らず、きみがぼくのものであることを知らせたい」

「ダニエル」アンが拒もうとしているのか、受け入れてくれるつもりがあるのか、その言葉からは判別できなかった。けれども目には涙があふれていて、いまが肝心だとダニエルは悟った。

「ぼくはすべて手に入れられなければ満足できない」ダニエルはささやいた。「悪いが、きみにはぼくと結婚してもらわなくてはならない」

アンの顎がふるえている。うなずいたつもりなのに違いない。「あなたを愛してるわ」かすれがかった声で言う。「わたしもあなたを愛してる」

「それで……？」ダニエルは先を促した。どうしても彼女の口からその言葉を聞きたかったからだ。

「ええ」アンが言葉を継いだ。「あなたにわたしを求めてくださる勇気がおありなら、わたしはあなたのもとへ嫁ぎます」

ダニエルはアンを抱き寄せ、熱情と、畏怖と、この一週間胸に抱いてきた感情のすべてを込めてキスをした。「勇気があるかないかは関係ない」あまりに幸せすぎて笑いだしそうになりながら続けた。「いわば自衛本能なんだ」

アンがいぶかしげに眉根を寄せた。

ダニエルはもう一度キスをした。とめられそうにない。「きみがいなくては、ぼくは死んでしまうから」ぼそりと言った。

「わたし……」アンはささやくように切りだしたが、最後まで言葉を継げなかった。少なくともすぐには。「前の……ジョージとのことは……あったことにはならないわよね」顔を上げ、愛と希望に目を輝かせた。「今夜がわたしの初めてのときになるんだもの。あなたとが」

19

それから、アンはぽつりと言った。たったひと言。

「どうぞ」

どうしてそんなことを言ったのか自分でもわからなかった。冷静に頭を働かせた結果ではない。単にこの数年のあいだに、求められたことにはともかく礼儀正しく応じていれば無難だという意識が身についてしまっていたからなのかもしれない。

そのうえ、今回はほんとうに心から望んでいることでもあった。

「それならぼくは」ダニエルが低い声で言い、うやうやしく頭を垂れた。「ありがとうとしか言えないな」

アンは笑みを返したが、楽しさや陽気さの表れではなかった。反対に思いがけない言葉に唇がわななき、自然に笑みが形づくられていた。奥深いところから湧きあがってくる純粋な喜びに顔がほころび、努めて意識しなければ呼吸もとまってしまいそうなほどだった。

ひと粒の涙が頬を伝った。アンは頬をぬぐおうと手を上げかけたが、その前にダニエルの指にそっと拭きとられた。「幸せの涙だよな」ダニエルが言った。

アンはうなずいた。

ダニエルはアンの頬を両手で包みこみ、こみかみのそばにうっすらとできた痣を親指の腹でやさしく撫でた。「きみを傷つけるとは」

アンはすでに化粧室の鏡で自分の顔にできた痣を見ていた。痛みはほとんどなく、どのときに痣ができるほどの力を加えられたのかも思いだせない。ジョージと揉みあったときの記憶はおぼろげだ。でもかえってそのほうがよかったとアンは思い定めた。

それでもいたずらっぽく微笑んで、小声で言った。「あちらのほうが痛手は大きいはずよ」一瞬の間をおいて、ダニエルの目にぱっとひそやかな笑みが浮かんだ。「そうなのか？」

「ええ、そうよ」

ダニエルに耳の後ろにそっと口づけられ、アンは熱い息を感じた。「そうか、きわめて重要な点だからな」

「あ、ええ」唇でゆっくりと鎖骨までたどられ、首をそらした。「前に、戦いで最も重要なのは、相手に自分より大きな痛手を与えることだと教えられたんだもの」

「きみにはきわめて賢明な助言者がいるんだな」

アンはふたたび息を吸いこんだ。ダニエルの両手がガウンの絹地の腰帯に滑りおり、結び目がほどかれて、前が開かれた。「ひとりだけ」アンは大きな両手で腹部の柔らかな肌をたどられ、さらに後ろに手をまわされても、理性を失わないよう低い声で懸命に言葉を発した。

「ひとりだけ？」ダニエルはアンの尻を包みこんだ。

「助言者はひとりだけなんだけど――ああ、いい、ああもう！」

ダニエルはもう一度尻をつかんだ。「これが〝ああもう〟なのか？」それから今度はまったくべつのことを、一本の指を使って何かとてもみだらなことを始めた。「それならこれは？」

「ああ、ダニエル……」

ダニエルはふたたび耳に唇を触れさせ、かすれがかった声で熱い息を吹きかけた。「夜が明けるまでに、悲鳴をあげさせてやる」

アンにもまだ言い返せるだけの理性は残っていた。「いいえ、できないわ」

ダニエルに荒々しくぐいと抱き上げられ、アンは床から離れた足をダニエルの脚に絡めざるをえなかった。「言っておくが、できるとも」

「いいえ、だめ……わたしは……」

臍《へそ》の下にのんびりと円を描いていた指が、さらに少し下へ進んだ。

「わたしがここにいることは誰も知らないわ」アンは息を切らして、ダニエルの肩にしがみついた。いまやダニエルは彼女のなかをまさぐっていて、その動きは気だるくゆっくりではあるものの、触れられるたび快いふるえに身を貫かれるように感じられた。「もし誰かを起こしてしまったら……」

「おっと、そうだった」ダニエルは低い声でそう応じたが、その声にはいたずらっぽい笑いが含まれていた。「ならば結婚するまで楽しみはまだ少し取っておくのが賢明だな」

それがどんなことを指しているのかアンには想像しようもなかったけれど、その言葉に手の動きと同じくらい昂らされ、火傷しそうな情熱の渦のなかへ呑み込まれていった。

「今夜は」ダニエルはアンをベッドの足もとに運んで寄りかからせた。「ともかく、きみによい子にしていてもらうしかない」

「よい子？」アンは訊き返した。罪つくりなほど大きなベッドの足もとに背をもたせかけ、身につけた男物のガウンの前ははだけて乳房をあらわにし、指でなかを探られる悦びにあえぎながら。

いまの自分に褒められるところは何もない。

それなのに、何をされても幸せに感じられる。

「おとなしくしていられるかい？」ダニエルがアンの喉に唇を寄せて、からかうように問いかけた。

「わからないわ」

ダニエルが指をもう一本、なかに滑りこませて言う。「こうしたらどうだろう？」

アンは小さく哀れっぽい声を洩らし、ダニエルは茶目っ気たっぷりに微笑んだ。

「これはどうだ？」かすれ声で訊き、ガウンの前の片側を鼻で押しやった。肩から布が滑り落ち、片方の乳房が完全に剥きだしになったのも束の間、乳首が口に含まれた。

「ああ！」アンが先ほどより少し大きな声を洩らすと、ダニエルが肌に唇を寄せたまま含み笑いする声が聞こえた。「意地悪な人」アンは言った。

ダニエルは舌で乳首をはじいてから、いたずらっぽく目を上げた。「そうではないと言った憶えはないが」唇がもう片方の乳房に移り、これまで以上に耐えがたい刺激を与えられ、アンはいつの間にかガウンをすっかり脱がされていた。

ダニエルがふたたび目を上げた。「ほかにもぼくにできることをお見せしよう」

「ああ、どうしたらいいの」これ以上みだらなことなど想像できない。

けれどダニエルが乳房の谷間に口づけて、下へ……さらにおりて……お腹からお臍をたどり、その下へ進むと……。

「ああ、なんてこと」アンは息を呑んだ。「だめよ」

「だめ？」

「ダニエル？」自分が何を頼もうとしたのかわからないうちに、アンは抱き上げられてベッドの端に坐り、先ほどまで指で探られていたところに口があてがわれ、舌と唇が動きだし、吐息を感じて……。

ああ、ほんとうにとろけそうだった。もしくは破裂してしまうかもしれない。アンが頭を強くつかんでしまったのでダニエルが手を放し、アンは自力では持ちこたえられなくなって、脚をベッドの下におろしたまま柔らかいマットレスに背を倒した。

ダニエルが頭を起こし、満足そうな表情を見せた。

アンはダニエルが立ちあがるのを見て、息を切らして訊いた。「どうするの？」これで終わりにされてはとても耐えられそうになかった。彼が、もっと何かが欲しくてたまらないし

――

「きみが達するときに」ダニエルはシャツを頭から脱ぎ捨てて言った。「きみのなかでぼく

も一緒に達したいんだ」

「達する？」それはいったいどういうこと？

ダニエルはズボンに手をかけたかと思うと、たちまち裸になった。アンは自分の脚のあいだに歩み寄ってくるその姿を呆然と見つめることしかできなかった。威風堂々とした姿だけれど、まさかそのままここに――

ダニエルは戻ってきてアンの太腿をつかみ、股を開かせながら引き寄せた。

「ああ、神様、なんてこと」アンはか細い声でつぶやいた。この数分で何度その言葉を繰り返したかわからないものの、主の創造物を称えるべきときがあるとすれば、まさにいまとしか思えない。

ダニエルは自分の先端でアンの入口を突いたが、それ以上進めようとはしなかった。触れるだけで満足しているかのように、柔らかい敏感な部分に円を描いては、また反対からぐるりと自分を擦りつけている。軽く押しつけられるたび、少しずつアンは開いていき、ついには押された感触がないまま、彼の先のほうがなかに入った。

この不可思議な感覚をどう受けとめればいいのかわからず、アンはベッドの端をつかんだ。このまま押されれば引き裂かれてしまいそうな気もするのに、同時にもっと欲しくてたまらない。どうしてなのかわけがわからないけれど、みずから腰を押しつけるのをとめられそうになかった。

「あなたのすべてが欲しいの」小声で口走り、自分の言葉に耳を疑った。「いますぐ」

荒々しく息を吸いこむ音がして目を上げると、ダニエルの目は焦点が定まらず、欲望らしきものでぼんやりとしていた。そして呻くようにアンの名を呼び、自分を押しだした。まだ完全に入ったわけではなかったが、アンはまたも自分が彼に広げられていく言いようのない心地よさに襲われた。

「もっと」思わず声を発していた。懇願ではなく、要求だった。

「まだだ」ダニエルは少し引いて、また戻した。「きみはまだ準備ができていない」

「かまわないわ」ほんとうだった。だんだんと差し迫ってきて、貪欲にならずにはいられなかった。彼のすべてが欲しくて、身体じゅうがどくどく脈打っている。早くなかに入って、自分を貫いてほしい。

ダニエルがふたたび動きだし、アンはもっと自分のほうに近づけようと彼の腰をつかんだ。「あなたが欲しいの」切なげに訴えても、ダニエルは腕を突っ張り、急ごうとするそぶりはなかった。それでも顔は抑えきれない欲望でゆがんでいて、ダニエルも自分と同じくらい切迫しているのが感じとれた。まだ時間が必要だと思いやって、こらえてくれているのだろう。

けれどアンはそれほどうぶではなかった。

自分のなかに眠っていた何かを、女性のみだらでふしだらな本能のようなものをダニエルに呼び起こされてしまったのかもしれない。何をすればいいのか見当もつかなかったし、実際に自分が何を始めたのかすらよくわからなかったけれど、気づいたときにはみずから乳房をつかみ、ぎゅっと真ん中に寄せて、こちらを見ているダニエルを見つめていて……。

ダニエルは肌に感じられそうなほど熱っぽいまなざしを向けた。「もう一度やってくれ」しわがれた声でそう言われ、アンは窮屈なコルセットで締めつけられたときのように両脇から胸を寄せて、ふっくらと食べごろに熟した果実のごとく乳房を突きだした。

「気に入ってくれた？」その気をそそりたいばかりにささやいた。

ダニエルは呼吸が速くなっているせいで、ぎくしゃくとしたしぐさでうなずいた。それでもまだ必死にゆっくり進めようとしているので、アンはもっと追いつめなければと見定めた。みずから寄せた乳房をダニエルに欲望をあらわにした目で見つめられていると、自分がなんでも思いどおりにできる女神のように思えてくる。

唇を舐めて、自分で乳首を探り、人差し指と中指で薔薇色の蕾を挟んだ。ダニエルの口に含まれたときと同じくらいぞくぞくする刺激を感じた。脚のあいだも快い疼きで熱くなり、自分の指でこのようにみだらな心地を引き起こせることに驚かされた。頭をのけぞらせ、湧きあがる欲望に悶えた。

するとダニエルもついに切迫の波にさらわれ、腰をいっきに激しく突きだして、ふたりの身体はしっかりと結びついた。「いまのをまたやってくれ」ダニエルが唸り声で言う。「毎晩だ。そうすればぼくはきみを……」アンのなかで動きつつ快感に身をふるわせた。「きみを毎晩見ていられる」

アンは新たな自信を得て微笑み、ほかにもダニエルを欲望に屈服させる方法はないかと考えをめぐらせた。

「きみはぼくがいままで目にした何より美しい」ダニエルが言う。「たったいま、このままのきみが。でも――だけど――」ふたたび動きだし、擦れあう心地よさに呻いた。それからアンの頭の両脇に両手をついた。

まだこらえようとしている、とアンは察した。

「言いたかったのはそのことじゃない」ダニエルは苦しげに息をつくごとに言葉を継いだ。アンはその瞳を見つめ、片手を取られて、ふたりの指はしっかりと組みあわされた。「きみを愛してる」ダニエルが言った。「きみを愛してる」さらに同じ言葉を同じ唇で、同じ声で何度も繰り返した。その想いはダニエルの全身から感じとれた。自分以外の誰かの気持ちを、こんなふうにあふれんばかりに感じられることにアンは胸がふるえ、驚き、打ちのめされた。

ダニエルの手を握りしめた。「わたしもあなたを愛してるわ」ささやいた。「あなたはわたしが初めて……わたしにとって初めて……」

どう言えばいいのかわからない。これまでの人生の喜びも哀しみも、すべてをダニエルに知ってもらいたかった。なによりも自分にとってあなたが生まれて初めて完全に信頼し、心奪われた男性であることを伝えたい。

ダニエルがアンの手を取り、口もとに持ち上げた。そうして、考えられるかぎり最も艶めかしく結びついた状態のまま、伝説の騎士のようにやさしく気高い身ごなしで指関節に口づけた。

「泣かないでくれ」低い声で言う。

アンは自分が泣いていることに気づいていなかった。

ダニエルは唇で涙を払うと、身をかがめてまた動きだし、ふたたびアンを芯から燃えあがらせた。アンはダニエルの脛《すね》に足を擦らせつつ、よがり声を洩らして腰を突き上げた。ダニエルが腰を動かし、アンもそれに応えようとするうち、身体のなかで何かが変化し、ぴんと張りつめ、もう耐えられないと思ったとき──

「あ、ああ！」周りの世界が破裂し、アンは低い叫びをあげて、身体がベッドから持ち上がるほどしっかりとダニエルの肩にしがみついた。

「ああ、もうだめだ」ダニエルがあえいだ。「ああ、もう、もう──」声をあげ、最後にもうひと突きして前に傾ぎ、アンのなかに精を放って倒れこんだ。

終わったと、アンは夢心地で思った。終わったけれど、自分の人生はまだこれから始まるのだと。

その夜も更けて、ダニエルは片肘をついて横向きに寝そべり、アンのほつれた髪をもの憂げにもてあそんでいた。アンは眠っている──少なくともそう見える。そうではないとすれば、こうして自分が柔らかい巻き毛を指に絡ませ、蠟燭の揺らめく灯りに照らされた輝きをつくづく眺めているのを、アンは寛大にも許してくれているということだ。

髪がこれほど長かったとは知らなかった。いつもはピンや櫛や、なんであれ女性たちがよく使っているもので、ありふれた丸い形に後ろできっちりまとめられている。そんなありふれた髪形でも、格別に美しい女性がしていれば、やはりどきりとさせられてしまうのだが。

その髪がいまはおろされ、まさしく光り輝いていた。黒貂《くろてん》の毛布のごとく肩に垂れて、きらきらとさざ波立っているかのように乳房の上まで伸びている。

ダニエルは思わずいたずらっぽく口もとをゆるませた。乳房が髪で隠されていないのはありがたい。

「どうして笑ってるの？」アンが眠そうなくぐもった声で気だるげに訊いた。

「起きてたのか」

アンは柔らかな寝起きの声を洩らして伸びをした。と同時に、嬉しいことに上掛けがさがった。「あら！」甲高い声をあげ、慌てて上掛けを引き上げようとした。

ダニエルはアンの手をそっとつかんで、上掛けを引きさげた。「そのままのほうがいい」かすれがかった声でささやいた。

アンがはにかんだ。薄暗くて頬の赤みはよくわからなかったが、恥じらったときの癖で、束の間、視線を落としたのが見てとれた。ダニエルはふたたびつい口もとをゆるませた。またもアンについて少し詳しくなっていたことに気づいたからだ。

アンのことならなんでも知っていたい。

「どうして笑っていたのか教えてくれないのね」アンはさりげなく上掛けを引き戻し、腕の下に押さえつけて言った。

「思ったんだ」ダニエルはすなおに答えた。「きみの髪が乳房を隠すほど長くなくてよかったと」

今度は薄闇のなかでもはっきりとアンが赤らんだのがわかった。

「きみが訊いたんだぞ」ダニエルはぼそりと言った。

いったん穏やかな静けさに包まれたが、すぐにアンの額に心配そうな皺が表れた。案の定、アンが静かな声で問いかけた。「これからどうするの?」

そう尋ねられることは予期していたが、ほんとうは答えたくなかった。こうして天蓋に覆われた四柱式のベッドにふたりでもぐり込んでいれば、ほかのものは何も存在していないふりをするのはたやすい。だがまもなく夜は明けるし、そのときにはアンの身に降りかかった恐ろしく酷い出来事がすべて現実のものとなる。

「ぼくが、サー・ジョージ・チャーヴィルと会ってこよう」ダニエルはゆっくりと答えた。

「ロンドンでの住まいを突きとめるのはむずかしくないはずだ」

「わたしはどこへ行けばいいの?」アンがか細い声で尋ねた。

「ここにいればいい」ダニエルは言いきった。アンをほかの場所へ行かせるはずがあるだろうか。

「でも、ご家族にはどう説明するつもり?」

「事実を話す」そう答えて、アンが唖然となって目を大きく開いたのを見て、すぐに続けた。

「大まかにだ。きみが今夜どこで寝たのかまで伝える必要はないが、母と妹には、きみが着替えも持たずにここにやってきた経緯は話しておかなくてはいけない。ほかに納得のいく説明ができるというのならべつだが」

「できないわ」アンは了承した。

「着替えはホノーリアから借りられるし、母がここで付添人の役目を担えば、来客用の寝室にきみが滞在することにはなんの問題もないはずだ」

ほんの一瞬、アンが異を唱えようとしたのか、あるいはべつの案を申し出ようとするようなそぶりを見せた。けれども結局は無言でうなずいた。

「チャーヴィルに会ったのちすぐに、特別結婚許可証の申請をする」ダニエルは告げた。

「特別結婚許可証？」アンは訊き返した。「とてもお金がかかることなのでしょう？」

ダニエルはわずかに身を寄せた。「このぼくが、慣習どおりの婚約期間を辛抱できると思うかい？」

アンは口もとをほころばせた。

「きみは辛抱できるのか？」ダニエルはざらついた声で続けた。

「あなたのせいで、ふしだらな女になってしまったわ」アンがささやいた。

ダニエルはアンを引き寄せた。「不満を口にする気にはとてもなれない」

キスをすると、アンのささやきが聞こえた。「わたしもよ」

万事、うまくいくだろう。このような女性を腕に抱いていて、うまくいかないことなどありうるだろうか？

20

翌日、アンを正式に来客として滞在させる手配を整えてから、ダニエルはサー・ジョージ・チャーヴィルを訪ねるため家を出た。

予想どおり、住まいは難なく調べがついた。ジョージは妻の父親の家があるポートマン・スクウェアに程近いメリルボンに住んでいた。ダニエルはジョージの義父にあたるハンリー子爵とは面識があった。それどころか、ハンリー家の子息ふたりとはイートン校で学んでいた時期が重なっていた。さほど深い繋がりではないとはいえ、当然ながら自分を知っているはずの一族だ。もしチャーヴィルに迅速に考えをあらためる気がないようなら、いま自分が踏み段をのぼっているこのメリルボンのこぢんまりと美しく設えられた家の費用も含め、あきらかに娘夫婦の財布の紐を握っているハンリー子爵を訪ねて話をつける心積もりだった。

玄関扉をノックしてほどなく、緑と金の落ち着いた色調でまとめられた居間に案内された。数分後、ひとりの婦人が部屋に入ってきた。年の頃と身なりからして、この女性が子爵の娘であり、ジョージ・チャーヴィルがアンを捨てて結婚したチャーヴィル夫人に違いなかった。

「伯爵様」チャーヴィル夫人はしとやかに膝を曲げて挨拶した。明るい褐色の巻き毛に、血色のよい透きとおるように白くなめらかな肌をした、なかなかに愛らしい女性だ。目も覚めるほどのアンの美貌とは比べるべくもないが、考えてみれば、比べられる女性はそういない。

おそらくはいくぶん贔屓目に見てしまうところもあるのだろうが。

「チャーヴィル夫人」ダニエルは挨拶を返した。チャーヴィル夫人はこの訪問にとまどっている様子で、好奇心も少なからず伝わってきた。子爵の令嬢だったのだから高位の訪問者の応対には慣れているはずだが、嫁いで年月も経ち、夫が少し前に准男爵になったばかりであるのを考えれば、伯爵を自分の家に迎え入れるのは久しぶりのことなのかもしれない。

「あなたのご主人にお目にかかりたくて伺ったのですが」ダニエルは告げた。

「残念ながら、いまは留守にしております」チャーヴィル夫人が答えた。「わたしでお役に立てることがありますでしょうか？　どういうわけか主人はあなた様のことを話してくれなかったものですから」

「まだきちんとご挨拶したことはないのです」ダニエルは説明した。あえて知っているふりをする必要もないように思えた。どのみちチャーヴィルが帰宅して、妻からウィンステッド伯爵が訪ねてきたと聞かされれば、あきらかになることだ。

「まあ、大変失礼いたしました」チャーヴィル夫人は謝る理由もなくそう言った。ほかに言うべきことが見つからないときにはつい謝ってしまう女性なのだろう。「わたしでお役に立てることがありますでしょうか？　あら、ごめんなさい、もうすでにお訊きしていましたわね」椅子のほうを手ぶりで示した、「おかけになりませんか？　すぐにお茶を用意させますので」

「いえ、お気遣いなく」ダニエルは断わった。礼儀を保つのはひと苦労だったが、この女性にはアンの身に起こったことになんの責任もないのは承知していた。おそらくアンの名を聞いたことすらないだろう。

咳払いをする。「ご主人はいつ頃お戻りになるかご存じですか？」

「そう遅くはならないはずですわ」チャーヴィル夫人は答えた。「お待ちになりますか？」

気は進まなかったが、ほかに選択肢も思いつかないので、礼を述べて腰をおろした。お茶が運ばれてきて、夫人と少しばかり世間話をしては長い間があき、そのたびあからさまに炉棚の時計に目をやった。アンを思い浮かべ、いま頃何をしているのだろうかと考えて気をまぎらわせようとした。

お茶を口に含みつつ、アンがホノーリアに借りたドレスを身につける姿を想像した。せっかちに膝を指で打っていると、アンが母とともに夕食の席につく光景が思い浮かんだ。息子がミス・ウィンターと結婚すると宣言しても、瞬きひとつしなかった母には、敬意の念を抱くと同時に胸をなでおろした。しかし、そうか、ウィンステッド邸に客として滞在しているとなると、アンはもうプレインズワース家の家庭教師を続けるわけにはいかないということになる。

「ウィンステッド卿？」

目を上げた。チャーヴィル夫人が頭を少し傾けて、何かを待つように瞬きしている。何か問いかけたのだろうが、むろん聞いていなかった。さいわいにも生まれながらに礼儀作法が身に染みついたご婦人らしく、無礼を指摘することもなく、こう言った（おそらくは二度めだったのだろう)。「妹さんのご結婚が決まって、さぞお喜びのことでしょう」ダニエルがぼんやり見返すと、さらに続けた。「新聞で読みましたわ。もちろん、未婚の頃には、あなた様のご一族のすてきな音楽会にも出席していましたし」

つまりいまはもう招待状は届いていないということだろうかと、ダニエルは思いめぐらせた。そうであることを願った。ジョージ・チャーヴィルが自分の家に坐っていたかと思うと、虫唾《むしず》が走る。

ダニエルは穏やかな表情を保つために咳払いをした。「はい、とても喜ばしいことです。チャタリス卿は子供の頃からの親友ですから」

「でしたら、これからは義理のご兄弟になられるのですもの、すばらしいことですわ」

チャーヴィル夫人に微笑みかけられ、ダニエルは小さな矢で胸をちくりと刺されたような気づまりを覚えた。チャーヴィル夫人はきわめて感じがよく、ジョージと結婚していなかったなら、妹と——アンとも——親しくなれそうなご婦人だ。何も知らず、ろくでなしと結婚してしまっただけだというのに、自分はこれからそんな女性の人生を一変させることをしようとしている。

「いま頃はぼくの家にいるはずです」少しでも明るい話題で動揺を鎮めようとした。「結婚式の準備を手伝わされているんじゃないかな」

「まあ、大変ですわね」

ダニエルはうなずきを返し、それをきっかけにまた〝アンはいま何をしているんだ?〟

ゲームを再開した。アンが自分の家族と一緒に、薄紫がかった青色と青みがかった薄紫色のどちらのドレスがいいかとか、花やレース飾りや、なんであれ一族の祝い事に関わるあれこれの話しあいに加わっていることを願った。

家族に恵まれて当然の女性だ。もう八年もひとりで過ごしてきたのだから、安らげる場所を与えてやりたい。

ダニエルは今度は少しばかり気を遣ってさりげなく、炉棚の時計を見やった。ここに来て一時間半が過ぎた。チャーヴィル夫人も内心ではじりじりしているに違いなかった。出かけている相手を居間で一時間半も待つなどということは通常では考えられない。互いに、そろそろ客がみずから名刺を置いて立ち去るのが礼儀であるのはわかっている。

だが、ダニエルは動こうとはしなかった。

チャーヴィル夫人がぎこちなく微笑んだ。「ほんとうに、主人がこれほど遅くなるとは思いませんでしたわ。いったいどうしてしまったのかしら」

「どちらへ行かれたのですか？」ダニエルは尋ねた。立ち入った質問だが、九十分も世間話を続けておいて、いまさら厚かましさを気にしたところで仕方がない。

「お医者様のところだと思います」チャーヴィル夫人は答えた。「あの傷のことで」ふと目を上げた。「あら、主人と面識があるわけではないとおっしゃってらしたのよね。主人には……」哀しげな表情で自分の顔を手ぶりで示した。「傷がありますの。結婚する少し前に乗馬中に事故に遭ったんです。わたしはむしろ勇ましくてすてきだと思うのですが、主人は少しても薄くしようと一生懸命で」

ダニエルは胸の奥にざわつきを覚えた。「医師の診察を受けに行かれたんですね？」

「ええ、そのはずですわ」チャーヴィル夫人が言う。「今朝、出かけるときに、傷のことで人に会ってくると言ってましたから。わたしはお医者様のところに行くのだと思ったんです。ほかに会う人なんて思いあたりませんでしょう？」

アン。

ダニエルはとっさに立ちあがり、ティーポットが倒れて、生ぬるいお茶の残りがテーブルの上にこぼれた。

「ウィンステッド卿？」チャーヴィル夫人が不安げな声で呼びかけた。続いて立ちあがり、ドアのほうに進みだした客のあとを慌てて追った。「どうかなさいましたの？」

「失礼」ダニエルはそう返した。礼儀にかまっている時間はない。自分が九十分もここに坐りつづけていたあいだに、チャーヴィルが何をしようとしていたかは神のみぞ知るだ。

あるいはもう実行に移しているかもしれない。

「何かお役に立てることはないでしょうか？」チャーヴィル夫人は玄関へ向かうダニエルのあとを急いで追ってきた。「主人に伝えておくことはありませんか？」

ダニエルは振り返った。「ある」自分のものとは思えない声だった。恐怖に心乱され、怒りでいきり立っていた。「こう伝えるんだ。ぼくの婚約者の髪一本にでも触れれば、この手でおまえの腸《はらわた》をえぐりだしてやると」

チャーヴィル夫人が蒼白になった。

「わかりましたね？」

チャーヴィル夫人が弱々しくうなずいた。

ダニエルはその顔を見つめた。じっと。チャーヴィル夫人は脅えているが、アンがいまジョージにとらえられているとすれば、その恐怖はこんなものではないはずだ。玄関扉のほうへさらに一歩進んでから足をとめた。「もうひとつ」と言葉を継いだ。「今夜、夫が生きて帰ってきたなら、今後の暮らしについて話しあうことをお勧めする。イングランドを出たほうがはるかに暮らしやすくなるはずだ。ではこれで、チャーヴィル夫人」

「さようなら」チャーヴィル夫人はそう応じた。そのあと、ぱたりと気を失った。


「アン！」ダニエルはウィンステッド邸の玄関広間に駆けこむなり大声で呼ばわった。「アン！」

ウィンステッド邸で長年執事を務めてきたプールが、どこからともなくいきなり目の前に現われた。

「ミス・ウィンターはどこだ？」ダニエルは肩で息をして訊いた。乗っていたランドー馬車は渋滞に足どめされてしまったため、最後の数分は頭のいかれた男のように人波を掻き分けて突っ走ってきた。よくぞ馬車に轢かれずにたどり着けたものだ。

居間から母が出てきて、その後ろからホノーリアとマーカスも現われた。「どうしたというの？」母が尋ねた。「ダニエル、いったい――」

「ミス・ウィンターはどこです？」いまだ息を切らしつつ訊いた。

「出かけたわ」母が言う。

「出かけた？　外へ？」いったいアンはどういうつもりなんだ？　ウィンステッド邸で待っていてくれることになっていたはずだ。

「ええ、そう思っていたんだけれど」レディ・ウィンステッドは助けを求めて執事を見やった。「わたしはここにいなかったのよ」

「ミス・ウィンターに来客がございました」プールが説明した。「サー・ジョージ・チャーヴィルという方です。一時間ほど前に、その方とお出かけになりました。いえ、もう二時間前になるでしょうか」

ダニエルは唖然となって向きなおった。「なんだと？」

「待っておられたご様子はなかったのですが」プールが言葉を継いだ。

「ならば、いったいどうして――」

「レディ・フランシスとご一緒でしたので」

ダニエルは一瞬息がとまった。

「ダニエル？」母が懸念を強めた口ぶりで問いかけた。「どういうこと？」

「レディ・フランシス？」ダニエルはただじっとプールを見つめて訊き返した。

「サー・ジョージ・チャーヴィルというのはどなたなの？」ホノーリアが尋ねた。妹に顔を向けられたマーカスも首を横に振った。

「馬車に乗っておられたのです」プールが続けた。

「フランシスが？」

プールがうなずく。「はい」

「それで、ミス・ウィンターはその男に言われて出ていったのか？」

「わかりません、旦那様」執事が言う。「私には何もおっしゃいませんでしたので。その紳士と外へ出られて、馬車に乗られました。みずからの意思でそうされたように見えました」

「しまった」ダニエルは毒づいた。

「ダニエル」周りの壁がまわっているように感じられるなか、マーカスの悠然と落ち着いた声がした。「何が起きてるんだ？」

ダニエルは今朝、アンの過去を大まかに母に伝えていた。そしていま、あとの部分も残らず話して聞かせた。

レディ・ウィンステッドは蒼ざめた。ダニエルは母に手をつかまれ、もがく動物に爪を立てられたかのように感じられた。「シャーロットに知らせなくては」母はどうにか口を開いて言った。

ダニエルはゆっくりとうなずき、忙しく考えをめぐらせた。チャーヴィルはどうやってフランシスを連れてきたんだ？　そしていったいどこへ――

「ダニエル！」母はほとんど叫んでいた。「早くシャーロットに知らせなくては！　お嬢さんがその頭のおかしな男に連れ去られたのよ！」

ダニエルははっとわれに返った。「はい」そう応じた。「はい、すぐに」

「ぼくも行こう」マーカスが言った。ホノーリアのほうを向く。「きみはここにいてくれるか？　ミス・ウィンターが戻ってきた場合に備えて、誰かがここに残ったほうがいい」

ホノーリアがうなずいた。

「行こう」ダニエルは言った。レディ・ウィンステッドは外套をまとおうともせず、息子たちと家を飛びだした。五分前に乗り捨てた馬車がすでに帰ってきていたので、母とマーカスをその馬車に乗せ、ダニエルは駆けだした。プレインズワース邸まではほんの四分の一マイルの距離なので、まだ道が混んでいたなら、走ったほうが早く着く。

予想どおり馬車よりわずかに先に着き、息をはずませつつプレインズワース邸に続く踏み段を駆けのぼった。ノッカーを三回叩きつけ、四回めを鳴らそうと手を上げたところで、グランビーが玄関扉を開いて即座に脇によけたため、ダニエルはまさしく転がり込んだ。

「フランシス」息をついた。

「おられません」グランビーが告げた。

「知っている。そうではなくてどこに――」

「シャーロット！」母が甲高い声をあげ、スカートをくるぶしの上まで持ちあげて踏み段をのぼってきた。必死の目つきでグランビーを見やった。「シャーロットはどこ？」

グランビーは屋敷の奥のほうを身ぶりで示した。「書簡をご覧になっているのではないかと。あちらの――」

「ここにいるわよ」レディ・プレインズワースが部屋から足早に出てきて言った。「いったい、どうしたというの？　ヴァージニア、その格好は――」

「フランシスが」ダニエルはいかめしく続けた。「連れ去られたようなんです」

「なんですって？」レディ・プレインズワースはダニエルを見て、それからヴァージニアに目を移し、最後に玄関扉のそばに静かに立っていたマーカスを見やった。「いいえ、そんなことがあるはずないわ」娘を案じているというより、わけがわからないといった口ぶりだった。「ついさっき――」グランビーに顔を振り向けた。「乳母のフランダーズとお散歩に出かけたのよね？」

「まだお戻りになっておられません、奥様」

「でもまだ出かけてから、心配するほど長い時間は経っていないはずだわ。フランダーズはもうそんなに速く動けるわけではないから、公園を歩くのにも少し時間がかかるのよ」

ダニエルはマーカスと険しい視線を交わし、グランビーに言った。「その乳母を誰かに探しに行かせるんだ」

執事はうなずいた。「すぐに」

「シャーロットおば上」ダニエルはあらためて呼びかけてから、きょうのこの時間までの出来事を説明した。アンの素性についてもごく簡単にかいつまんで話した。詳しくはあとでゆっくり話せばいい。それでもおばを蒼ざめさせるのにさほど時間はかからなかった。

「その男が……」おばは驚愕して声をふるわせた。「その頭のおかしな男が……フランシスを連れ去ったというの？」

「そうでなければ、アンがついていくとは思えません」

「ああ、なんてこと」レディ・プレインズワースは動揺し、ふらつきはじめた。ダニエルはすぐさま椅子へおばを導いた。「どうしたらいいの？」おばが訊く。「どうやって探しだせばいいの？」

「もう一度、チャーヴィルの家に行ってみます」ダニエルは言った。「それしか——」

「フランシス！」レディ・プレインズワースが甲走った声をあげた。

ダニエルが振り返ると、フランシスが玄関広間のなかに駆けてきて、母親の胸もとに飛びこんだ。全身埃まみれで、ドレスが破れている。だが、少なくとも誰かに乱暴をふるわれたようなけがは見あたらない。

「もう、この子ったら」レディ・プレインズワースはフランシスをひしと抱きしめ、すすり泣いた。「何があったの？　ああ、お願い、どこにもけがはしてない？」娘の腕や肩を撫でまわし、最後には小さな顔にキスを浴びせた。

「シャーロットおば上？」ダニエルは焦りを隠して続けた。「申しわけないのですが、どうしてもフランシスから話を聞いておきたいんです」

レディ・プレインズワースは怒りに満ちた目を向け、娘を自分の後ろに隠そうとした。

「いまはだめ」きつい声で言い放った。「この子は恐ろしい思いをしたのよ。身体を洗って、食べさせて――」

「いまの頼みの綱は――」

「まだ子供なのよ！」

「だがアンが死んでしまうかもしれないんだ！」ダニエルは声を荒らげた。

玄関広間は静まり返り、おばの後ろからフランシスの声が聞こえた。「ミス・ウィンターは男の人に連れていかれたわ」

「フランシス」ダニエルは従妹の両手を取って、長椅子のほうに引き寄せた。「頼む、始めから聞かせてほしい。何があったんだ？」

フランシスは何度か深呼吸をして母を見やり、そっけない承諾のうなずきを得た。「わたしは公園にいたの」と話しだした。「そうしたら、ばあやがベンチで眠ってしまったわ。ほとんど毎日そうなんだけど」母のほうに目を戻した。「ごめんなさい、お母様。ちゃんと伝えればよかったんだけど、ばあやはとても年をとってるから午後になると疲れてしまうのよ。きっと公園まで歩くだけでも大変なんだと思うわ」

「そうか、フランシス」ダニエルは焦る気持ちを声に出さないよう努めた。「それから何があったのか話してくれ」

「わたしはあまりよく周りを見てなかったの。自分で考えたユニコーンごっこをしてたから」フランシスはあなたならわかってくれるわよねとでも言いたげにダニエルを見やった。

「飛び跳ねて進んでたら、ばあやのいるところからだいぶ離れてしまって」真剣な表情で母を振り返った。「でもちゃんと、ばあやから見えるところにいたわ。いつ起きてもいいように」

「それからどうしたんだ？」ダニエルは先を促した。

フランシスは困りきった顔つきで見返した。「わからないの。振り返ったら、ばあやはいなくなってた。どうしたのかわからない。何度も呼んで、それから、ばあやは鴨に餌をあげるのが好きだから、池にも行ってみたんだけど、そこにもいなくて、それで――」

従妹が突如がたがたとふるえだした。

「もうじゅうぶんでしょう」レディ・プレインズワースはそう言ったが、ダニエルは哀願するような視線を返した。フランシスにはつらいことなのはわかっているが、どうしても聞いておかねばならない。それにおばも、もしアンにもしものことがあれば、娘がいまよりはるかに動揺するのはわかっているはずだ。

「それから何があったんだ？」ダニエルはやさしく問いかけた。

フランシスは喉をふるわせて唾を飲みこみ、小さな身体を自分の腕で抱きしめた。「誰かにつかまれたの。いやな匂いがするもので口をふさがれて、気がついたら馬車のなかにいたわ」

ダニエルは母と気遣わしげな視線を交わした。母の隣りでレディ・プレインズワースが声を立てずに泣いていた。

「たぶんそれはアヘンチンキだ」フランシスに言った。「そんなものをきみに嗅がせるとはけっして許せないことだが、そのせいでどこかが悪くなるようなことはない」

フランシスはうなずいた。「変な感じがしたけど、いまは平気よ」

「ミス・ウィンターにはどこで会ったんだ？」

「あなたの家に行ったの。わたしも馬車を降りようとしたんだけど、あの男が――」ふいにとても重要なことを思いだしたかのようにぱっとダニエルを見やった。「傷があったわ。とても大きな傷よ。顔に斜めに」

「知ってる」ダニエルは穏やかに答えた。

フランシスは興味深そうに目を見開いたが、尋ねはしなかった。「わたしは馬車を降りられなかった。もし降りたらミス・ウィンターが痛い目に遭うって、あの男が言ったの。それで、御者にわたしを見張っているように命令したわ。あんまりいい人には見えなかった」

ダニエルは怒りを押し隠した。子供を傷つけるような輩は地獄でもとりわけ苛酷な場所に突き落とされるべきだ。それでもどうにか平静を保って問いかけた。「そのあと、ミス・ウィンターが外に出てきたんだな？」

フランシスがうなずいた。「とても怒ってたわ」

「そうだろうな」

「男に大声で何か言って、男も怒鳴り返してた。ふたりが話してたことはほとんどよくわからなかったんだけど、ミス・ウィンターはとにかくわたしを馬車に乗せたことをものすごく怒ってた」

「きみを守ろうとしていたんだ」ダニエルは言った。

「わかってるわ」フランシスは静かに答えた。「だけど……もしかしたら……あの傷を付けたのはミス・ウィンターなのかもしれない」つらそうな表情で母を見やった。「そんなことをする人とは思えないけど、男がそんなことを言っていて、ミス・ウィンターを責めてたの」

「ずっと昔のことだ」ダニエルは言った。「ミス・ウィンターは自分の身を守ろうとしたんだ」

「どうして？」フランシスが小さな声で訊いた。

「それよりいまは」ダニエルは強い口調で続けた。「きょう何が起こったのかが大事なんだ。それと、ミス・ウィンターを助けるにはどうすればいいかが。きみはとても勇敢だった。どうやって逃げてきたんだ？」

「ミス・ウィンターが馬車から押しだしてくれたの」

「なんですって？」レディ・プレインズワースが甲高い声をあげて踏みだしかけたが、レディ・ウィンステッドに押しとめられた。

「馬車はそんなに速く走ってなかったのよ」フランシスは母に説明した。「地面に転がったときもたいして痛くなかったわ。ミス・ウィンターが小さな声で教えてくれたとおりに、ぎゅっと身を丸めて転がったから」

「ああ、神様」レディ・プレインズワースが咽び泣いた。「ああ、わたしのかわいい子」

「大丈夫よ、お母様」フランシスが言い、ダニエルは従妹のたくましさに感嘆した。連れ去られ、馬車から放りだされたというのに、こうしていまは気丈に母親をなだめている。「ミス・ウィンターはちゃんと、家からそんなに遠くないところを選んでくれたんだと思うわ」

「どこだ?」ダニエルはせかすように訊いた。「それはどこだったんだ?」

フランシスは目をまたたいた。「パーク・クレセントよ。大きな通りを突きあたったところの」

レディ・プレインズワースが涙に咽びつつ言った。「あそこからひとりで歩いて帰ってきたの?」

「そんなに遠くないわよ、お母様」

「でも、メリルボンを通り抜けて来たんじゃないの!」レディ・プレインズワースはレディ・ウィンステッドを振り返った。「この子はたったひとりでメリルボンを通り抜けて来たのよ。まだ子供なのに!」

「フランシス」ダニエルはせっかちに続けた。「きみが頼りなんだ。チャーヴィルがミス・ウィンターをどこへ連れていったのか、何か手がかりはないだろうか?」

フランシスは首を横に振り、唇をわななかせた。「気がまわらなかったの。とても怖かったし、ふたりはほとんどずっと何か言いあってて、ミス・ウィンターが殴られて――」

ダニエルはぐっと息を呑みこんだ。

「――それでわたしはもっと怖くなってしまって、だけどあの男が――」フランシスがはっと活気を取り戻したかのように目を大きく開いた。「憶えてることがあったわ。あの男が〝ヒース〟と言ってた」

「ハムステッド・ヒースか」ダニエルは言った。

「ええ、たぶん。ちゃんとした地名は言ってなかったけど、馬車はそちらのほうに走ってたのよね？」

「パーク・クレセントで降りたのだとすれば、そうだ」

「それと、部屋を取ってるとか言ってたわ」

「部屋？」ダニエルは訊き返した。

フランシスは力強くうなずいた。

このやりとりをずっと黙って聞いていたマーカスが咳払いをした。「宿屋に連れていったのかもしれないな」

ダニエルは親友を見やってうなずき、ふたたび幼い従妹のほうに顔を戻した。「フランシス、同じ馬車を見たら、わかるだろうか？」

「ええ」フランシスは目を大きく開いて答えた。「もちろん、わかるわ」

「何を言ってるの！」レディ・プレインズワースが慌てて大きな声を発した。「そのおかしな男を探しに行くのに、この子を連れていくなんてとんでもないわ」

「ほかには手立てがないんです」ダニエルは告げた。

「お母様、お手伝いさせて」フランシスは必死で許しを求めた。「お願い、ミス・ウィンターのことが大好きなのよ」

「ぼくもだ」ダニエルは静かに言った。

「ぼくも一緒に行こう」マーカスが言い、ダニエルは目顔で友人に心から感謝を伝えた。

「だめよ！」レディ・プレインズワースは撥ねつけた。「どうかしてるわ。いったいどうするというの？　この子を背負って、宿屋にのこのこ入っていくつもり？　申しわけないけれど、そんなことを許すわけには――」

「護衛に付き添わせましょう」遮ったのはダニエルの母だった。

レディ・プレインズワースがびくりとして振り返った。「ヴァージニア？」

「わたしも母親よ」レディ・ウィンステッドが言う。「それにもしミス・ウィンターに万一のことがあったら……」ささやきのように声が低くなった。「わたしの息子は打ちのめされてしまう」

「あなたの子供のために、うちの子を差しだせとでも？」

「違うわ！」レディ・ウィンステッドは義理の妹の両手をしっかりと握った。「そんなことを思うわけがないでしょう。わたしの気持ちはわかっているはずよ、シャーロット。だけど適切な行動をとれば、フランシスが危険な目に遭うようなことはないと思うの」

「だめよ」レディ・プレインズワースは拒んだ。「だめ、同意できないわ。わが子を危険にさらすわけには――」

「馬車から降ろしませんから」ダニエルは言葉を挟んだ。「おば上も来ていただいてけっこうです」

そうして……おばの顔を見ているうちに……その表情がやわらいできた。

おばの手を取った。「お願いです、シャーロットおば上」

おばはしゃくりあげて唾を飲みこんだ。それから、ようやくうなずいた。

ダニエルはほっとして、へたり込みかけた。まだアンを見つけられたわけではないが、いま頼りにできるのはフランシスの記憶のみで、もしおばから従妹をハムステッドへ連れていく許しをもらえなければ、完全に希望は失われてしまうところだった。

「もたもたしている暇はない」ダニエルは言った。おばのほうを向く。「ぼくのランドーには四人乗れます。あとから追いかける馬車をもう一台、すぐに用意してもらえないでしょうか？　帰りは五人になるので」

「いいえ」おばが言う。「うちの馬車で行きましょう。六人乗れるし、なにより護衛が付き添いやすいはずよ。武器を持った護衛も付けない馬車で、娘をその頭のおかしな男の近くへ行かせるわけにはいかないわ」

「仰せのとおりに」ダニエルは応じた。反論はできなかった。自分に娘がいたならば、やはり同じように万全の策をとろうとしただろう。

おばは一部始終を見ていた従僕のひとりに向きなおった。「すぐに馬車をまわさせて」

「かしこまりました、奥様」従僕は答えて、走り去った。

「それならわたしも乗れるわね」レディ・ウィンステッドが声高らかに告げた。

ダニエルは母を見やった。「一緒に行くつもりですか？」

「息子の妻になる女性が危険にさらされているのよ。ほかにどこにいろというの？」

「わかりました」どのみち反対しても勝てる見込みはほとんどないので、ダニエルはすなおに応じた。フランシスが安全だとするならば、母についても同じだ。とはいえ――

「馬車は降りないでくださいね」きつく言い渡した。

「そんなことをしようとは夢にも思わないわ。わたしは有能だけれど、武器を持って頭のいかれた人と戦うのは特技ではないもの。わたしがいても邪魔になるだけでしょう」

ところがそれから全員ですぐさま家を出て馬車がまわされるのを待っていると、幌なしの二頭立ての四輪馬車《フェートン》が凄まじい速さで広場のカーブを曲がって近づいてきた。よほど熟練の乗り手でなければ――ヒュー・プレンティスだとダニエルは気づいて驚いた――横転していただろう。

「いったいどうしたんだ？」ダニエルが大股で歩いていって手綱をあずかると、ヒューが危なっかしい足つきで御者台から降りた。

「きみの家の執事からここにいると聞いた」ヒューが言う。「朝からきみを探していたんだ」

「先ほど、うちにお見えになったのよ」母が言葉を差し入れた。「ミス・ウィンターが出かける前に。彼女はあなたがどこへ行ったのかは知らないと言っていたから」

「どうしたんだ？」ダニエルは尋ねた。いつもは感情を表に出さない友人の顔が不安げに険しくこわばっている。

ヒューは一枚の紙を手渡した。「これを受けとった」

ダニエルはその書状にすばやく目を通した。男のものと思われる角ばった几帳面そうな筆跡だ。〝われわれには共通の敵がいる〟と書かれており、さらに、メリルボンの酒場で返信をあずかる手配がなされている旨が書き添えられていた。

「チャーヴィルか」ダニエルはぼそりと言った。

「つまり、これを書いた人物を知ってるんだな？」ヒューが訊く。

ダニエルはうなずいた。自分とヒューが、いまはむろん、これまで一度も敵であったことなどなかったのは、ジョージ・チャーヴィルには知る由もない。だが敵対していると思われても仕方がないくらい、様々な憶測が取りざたされていたのも事実だ。

ダニエルがすぐさまこの日の経緯を説明すると、ヒューはまわされてきたプレインズワース家の馬車を見て言った。「もうひとり乗れるな」

「その必要はない」ダニエルは言った。

「ぼくも行く」ヒューは断言した。「走ることはできないかもしれないが、射撃の腕はたつ」

その言葉に、ダニエルとマーカスは唖然となって顔を振り向けた。

「しらふのときはだが」ヒューは言いなおして、気恥ずかしげに顔を赤らめた。ほんの少しだけ。この友人の頬が、これ以上に赤らむことができるとも思えないが。

「むろん自分についての話だ」明確にしておかなければいけないと思ったらしく、ヒューが言い添えた。

「乗ってくれ」ダニエルは馬車のほうに顎をしゃくった。ヒューにしては帰りのことまで考えていないのは意外だったが――

「帰りは、レディ・フランシスに母親の膝に乗ってもらえば、ミス・ウィンターも乗れるだろう」ヒューが言った。

心配無用、やはりヒューにはすべて計算ずみなのだ。

「出発だ」マーカスが言った。ご婦人たちはすでに馬車に乗り込んでおり、マーカスも踏み段に片足を掛けていた。

いかにも妙な取りあわせの救助隊だが、大きな箱型の四輪馬車が武装して馬に跨った四人の従僕たちに守られて走りだすと、ダニエルはなんとすばらしい家族なのだろうかと思わずにはいられなかった。あとは自分の傍らにアンが、それも同じ姓となっていてくれたなら、言うことはない。

手遅れにならないうちにハムステッドにたどり着けることを祈るしかなかった。

21

アンはこれまで何度も恐ろしい場面を経験してきた。ジョージを切りつけ、自分がやってしまったことに気づいたときには、身がすくんで動けなくなった。ウィップル・ヒルでダニエルの馬車が暴走し、車体から投げだされたあとも、恐ろしさでしばらく宙を漂いつづけているような思いを味わった。でも、今回ジョージ・チャーヴィルの馬車を牽く馬たちが並足《なみあし》にまで速度を落としたときほどの緊張はいままで経験したことがなかったし、今後また味わう日がくるとも思えない。アンはすぐさまフランシスのほうに身をかがめて、ささやいた。「家まで走って帰るのよ」そうして、ためらう気持ちが生じないうちに馬車の扉をねじあけ、少女に身を縮こめて地面に転がるよう教えて外に押しやった。

フランシスがどうにか立ちあがったのを見届けたところで、ジョージに馬車のなかに引き戻され、顔を平手で打たれた。

「おれに逆らえるとでも思ってるのか」ジョージが嚙みつくように言い捨てた。

「あなたが苦しめたいのはわたしで」アンは語気鋭く言い返した。「あの子ではないでしょう」

ジョージが肩をすくめた。「もともと傷つけるつもりなどなかった」

そんな言葉をアンが信じられるはずもなかった。ジョージはいまでこそ自分に仕返しをすることにとらわれていて、あと何時間かはほかのことにまで気がまわらないかもしれない。でも、そのうち血がのぼっていた頭も冷めて、フランシスに顔を見られていることを思い起こすだろう。偽名で暮らす家庭教師を傷つけても――たとえ殺したとしても――逃れられると思っているかもしれないが、伯爵の娘を誘拐したとなれば、ただではすまされない。

「わたしをどこへ連れていくつもり？」アンは訊いた。

ジョージが眉を上げた。「聞いてどうするんだ？」

アンは馬車の座席をぎゅっとつかんだ。「こんなことをしたら、逃げられないわよ。ウィンステッド卿があなたをただではおかないわ」

「おまえの新たな後ろ盾のことか？」ジョージはせせら笑った。「何も証明できやしない」

「でも、もう――」アンはフランシスの証言で彼の身元は容易に判明してしまうことを指摘しかけて、とっさに口をつぐんだ。決め手になるのは、あの傷なのだから。

けれどもジョージはすぐさま言葉が途切れたのを勘ぐった。「もう、なんなんだ？」強い調子で訊く。

「もう、わたしがここにいるのよ」

ジョージが口もとをゆがめて、残忍そうな冷笑を浮かべた。「ここにいる？」

アンは慄然と目を見開いた。

「ああ、そうだが」ジョージが低い声で言う。「もういなくなる」

つまり、命を奪うということだ。いまさら驚くようなことでもないのだろう。

「だが、心配するな」ジョージがこともなげに付け加えた。「すぐにではない」

「あなたはどうかしてるわ」アンはか細い声でつぶやいた。

ジョージはアンのドレスの布地を引っつかみ、互いの鼻が擦れあいそうなほど顔を近づけた。「そうだとすれば」歯の隙間から言葉を吐きだした。「おまえのせいだ」

「あなた自身が引き起こしたことでしょう」アンは切り返した。

「なんだと？」ジョージは吐き捨てるように言い、アンを反対側の内壁に押しやった。「これを自分でやったというのか」皮肉っぽく自分の顔を身ぶりで示した。「ナイフで自分を切りつけて、怪物みたいな顔に――」

「そうよ！」アンは声を張りあげた。「あなたがやったのよ！　あなたは切りつけられる前から怪物だった。わたしはただ自分の身を守ろうとしただけだわ」

ジョージがあざ笑うように鼻を鳴らした。「おまえはすでにおれに股を開いていたんだぞ。一度したら、拒むことなどありえない」

アンは唖然として見返した。「ほんとうにそう思ってるの？」

「最初のときに喜んでたじゃないか」

「あなたに愛されてると思ってたからだわ！」

ジョージは肩をすくめた。「だとすれば、おれではなく、おまえの落ち度だ」だがそれから一転してほくそ笑むかのような表情になり、まじまじと見つめた。「なるほど」いかにも他人の不幸を喜ぶ男の卑劣さが表れた笑いだった。「また同じことを繰り返しているわけだな？　ウィンステッドにもそそのかされたのか。ちっ、ちっ、ちっ。呆れるな、アニー、まだ懲りてなかったのか？」

「結婚を申し込まれたのよ」アンは目を狭めて言った。

ジョージが下卑た笑い声を立てた。「まさか真に受けたのか？」

「承諾したわ」

「思い込みにすぎない」

アンは深呼吸をしようとしたが、奥歯をきつく嚙みしめていたせいで息を吸おうとすると身体がふるえた。それほどまでに……猛烈に……憤っていた。恐怖も、不安も、屈辱も消え去り、いま感じるのはぐらぐらと煮え立った怒りだけ。この男性に一生のうちの八年間を奪われた。恐怖と孤独を味わわされ、純潔を奪われたばかりか、純真な心まで打ち砕かれた。でも今度ばかりは思いどおりにさせはしない。

ようやく幸せになれたのだから。安心や満足のみならず、幸せを手に入れた。ダニエルを愛していて、奇跡のようなことだけれど、ダニエルもまた自分を愛してくれている。目の前に広がる未来は、ピンク色とオレンジの美しい曙光《しょこう》に包まれ、ダニエルと子供たちと笑いあう自分の姿がありありと頭に浮かんでくる。この幸せをあきらめはしない。過去に罪を犯したとはいえ、もうじゅうぶん長くその代償に苦しめられてきた。

「ジョージ・チャーヴィル」アンはやけに落ち着き払った声で言った。「あなたは人を蝕《むしば》む害虫なんだわ」

ジョージは少しだけ興味を誘われたふうに見やってから、肩をすくめ、窓のほうに顔を振り向けた。

「どこへ行くの？」アンはふたたび訊いた。

「そう遠くではない」

アンも窓の向こうを見やった。馬車はフランシスを押しだしたときよりずっと速く走っている。いまどの辺りなのかは見分けられないものの、北へ進んでいるのはなんとなくわかった。少なくとも、北のほうであるのは確かだ。だいぶ前に通りすぎたリージェンツ・パークには少女たちを連れてきたことはないが、この公園がメリルボンの北に位置していることくらいは知っている。

馬車は相変わらず疾駆《しっく》を続け、交差点に差しかかるときだけ、店名が読みとれる程度まで速度が落ちた。〈ケンティッシュ・タウン〉という表示が目に入った。聞き憶えがある。ロンドン郊外の村の名だ。目的地はそう遠くではないというジョージの言葉は、ほんとうなのかもしれない。とはいえ、ジョージが計画を実行に移す前に誰かに見つけてもらえる可能性は期待できなかった。フランシスの前で行き先の手がかりとなるようなことを口にしていた記憶はないし、たとえ言っていたとしても、かわいそうにフランシスはきっと家に着くまでに疲れ果ててしまっているだろう。

助かりたければ、自力でどうにかするしかない。

「あなたが物語の主人公になるときがきたのよ」アンは独りごちた。

「何か言ったか？」ジョージが面倒そうな声で訊いた。

「なんでもないわ」そう言いつつ、アンはひそかに忙しく頭を働かせた。いったいどうすればいいの？　確実にうまくいく方法が思い浮かばないのなら、まだしばらくじっくりと成り行きを見きわめるべきだろうか？　どこに着くのかがわからなければ、逃げる手立てを見いだすのはむずかしい。

ジョージが疑わしげな表情になって目を向けた。「深刻そうな顔をしてるな」

アンはそしらぬふりで考えつづけた。ジョージの弱点は何？　うぬぼれが強いこと――それを上手に利用する方法はない？

「何を考えてるんだ？」ジョージが訊いた。

アンは謎めいた笑みを浮かべた。ジョージは無視されるのが好きではない――これも利用できる点だ。

「何を笑ってるんだ？」ジョージが怒鳴り声で訊いた。

アンはその声でようやくわれに返ったかのような表情を慎重にこしらえ、顔を振り向けた。

「ごめんなさい、何か言った？」

ジョージがいぶかしげに目を狭めた。「何をたくらんでるんだ？」

「たくらんでる？　わたしはさらわれて馬車に閉じこめられてるのよ。たくらんでるのはあなたでしょう？」

ジョージが傷のないほうの頬を引き攣らせた。「そういう口の利き方はするな」

アンは肩をすくめ、ついでに呆れたように瞳をまわした。これもジョージには気に食わないしぐさのはずだ。

「何をたくらんでいやがる」ジョージがなじった。

この男性には一度効きめがあったことはほぼどれについても、二度めにはさらに効果が得られるらしいとアンは見定め、ふたたび肩をすくめた。

予想は正しかった。ジョージの顔は憤然と赤い斑模様に染まり、白っぽい傷がくっきりと浮きあがった。それが見るもおぞましい顔つきでも、アンは目をそらさなかった。

ジョージがその視線をとらえ、ますますいきり立った。「何をたくらんでいるか訊いてるんだ」抑えきれない怒りに手をふるわせ、人差し指でアンを突いて怒鳴った。

「何も」アンはいたって正直に答えた。少なくとも具体的な策は何も思いついていない。いまはただ相手をいらだたせているにすぎない。その試みは見事にうまくいっているけれど。

ジョージは女性にそっけなくあしらわれることに慣れていない。アンが知っていた頃のジョージは、若い女性たちに褒めそやされ、何を話しても熱心に耳を傾けてもらえる男性だった。いまとなってはこの男性のどこがそれほど魅力的なのかわからないけれど、怒りで紅潮していなければ、傷があっても醜い男性ではないのは確かだ。なかには憐れむ女性もいるかもしれないが、勇ましい負傷のようにも見えるし、謎めいた感じがしてすてきだと思う女性たちも多いに違いない。

それなのに、そっけなくあしらわれたとしたら？　それも相手がアンならば、冷静でいられるはずがない。

「また笑ってるのか」非難がましい口ぶりだった。

「いいえ」アンは皮肉っぽい口ぶりながら否定した。

「おれを見くびるな」ジョージは声を荒らげ、またも指でアンの肩を突いた。「おまえに勝ち目はない」

アンは肩をすくめた。

「何を考えてる？」ジョージの声が轟いた。

「何も」アンはそう答えた。なぜなら自分の平然とした態度ほどジョージをいらだたせるものはないと気づいたからだ。ジョージは自分を脅して萎縮させようとしている。ふるえながら許しを請う言葉を口にするのを待っている。

そこでアンはジョージに背を向け、窓のほうに視線を据えた。

「こっちを見ろ」ジョージが命じた。

しばしの間をおいて、アンは言った。「いやよ」

今度は低い唸り声がした。「こっちを見ろ」

「いやよ」

「見るんだ」ジョージが怒鳴った。

ようやくアンは振り向いた。興奮状態のきわみに達した声を聞き、とっさに殴られるのを覚悟して肩をこわばらせた。黙ってじっと見つめる。

「おまえに勝ち目はないんだ」ジョージがわめいた。

「やるだけやってみるわ」アンはつぶやいた。戦わずにあきらめるつもりはない。それに、たとえもし、この身が滅ぼされてしまったとしても、この男性も道づれにすることをアンは神に誓った。


六頭が先導するプレインズワース家の四輪馬車は、その辺りではめったに見られない速さでハムステッド・ロードを駆け抜けていった。馬に乗った護衛たちを引き連れ、凄まじい速さで走る豪華な箱型馬車がいかに場違いであろうと、ダニエルは気にかけなかった。人目を引いても、チャーヴィルに気づかれるわけではない。相手は一時間以上も先に出発している。ほんとうにハムステッドの宿屋へ向かったのだとすれば、すでに着いて、部屋のなかに入っているはずで、つまり道を走る馬車を目にするとは考えにくい。

ただしチャーヴィルが通りに面した部屋を取っていたとしたら……。

ダニエルはふるえがちな息をついた。そのときには腹を括《くく》らざるをえない。迅速にひそかにアンを救いだせるに越したことはないが、チャーヴィルについてアンから聞いた話を考えれば、迅速さのほうを優先すべきだ。

「必ず救う」マーカスが静かな声で言った。

ダニエルは目を上げた。この友人は意気軒昂《けんこう》に胸を張って励ましてくれているわけではないが、考えてみれば、そのような姿は一度も目にしたことはない。マーカスは信頼に足る友人で、静かな自信を漂わせていて、しかもその目にはいま心強い意志がこもっている。ダニエルはうなずきを返してから、窓のほうに目を戻した。傍らではおばがフランシスの手を握りしめ、神経が高ぶった声でひたすら喋りつづけている。フランシスは何度も同じ言葉を繰り返していた。「あれも違う。あれもあの男の馬車じゃない」ダニエルも何度となく、まだハムステッドには着いていないと繰り返していたのだが。

「ほんとうにその馬車を見分けられるの？」レディ・プレインズワースが疑わしげに眉をひそめて尋ねた。「わたしにはどれもこれも同じに見えるわ。紋章でも見ていなければ……」

「変わった棒が付いてるのよ」フランシスが言う。「それを見ればわかるわ」

「変わった棒とは、なんのことだ？」ダニエルは訊いた。

「わからない」フランシスが片方の肩をすくめた。「たぶん何かの役に立つものではないわ。ただの飾りではないかしら。金色で、くるくるってしてたから」従妹の片手で宙に描かれた絵に、ダニエルはふと、前夜のアンの濡れてくるんとした太い髪の房を呼び起こされた。

「ほんとうのことを言うと」フランシスが続ける。「ユニコーンの角みたいって思ったの」

ダニエルはつい微笑んだ。おばのほうを向く。「それならちゃんと馬車を見分けられますよ」

馬車はロンドンのはずれの小さな村をいくつか駆け抜け、ようやく古めかしい風情漂うハムステッドの村にたどり着いた。まだはるか手前から、名高いヒースの鬱蒼とした原生林が見えていた。ロンドン中心部の公園などやわに感じられてしまうほど広大な緑だ。

「どうする？」ヒューが訊いた。「歩いて近づくのが最善だろう」

「だめよ！」レディ・プレインズワースが感情を剝きだしにして異を唱えた。「フランシスは馬車から降ろしません」

「まずは目抜き通りに行ってみよう」ダニエルは呼びかけた。「手分けして宿屋と酒場、チャーヴィルが部屋を取った可能性のあるところはすべてあたってみるんだ。フランシス、きみは馬車を探してくれ。それで何も手がかりが見つからなければ、脇道のほうにも入ってみよう」

ハムステッドには宿屋が格別に多くあるように思えた。まず道の左手に〈王ウィリアム四世〉、右手には〈藁葺き屋根の家〉があり、その先の左にまた〈柊林〉が建っているといった具合で、マーカスがそのすべての裏手にまわり、フランシス曰く〝ユニコーンに似ている〟物が付いた馬車を探したが、何も見つけられなかった。それからダニエルとマーカスで念のため一軒ずつ宿屋に入り、アンとジョージ・チャーヴィルの特徴を説明し、思いあたる客はいないか尋ねもしたが、誰も見ていないとのことだった。

チャーヴィルにフランシスが言っていたような傷があるならば、目につきやすいはずだし、見た者は憶えているだろう。

ダニエルは目抜き通りで地元の人々の視線を集めている大きな四輪馬車に戻った。先にマーカスが戻っていて、ヒューと声をひそめつつも何やら活発に話しあっていた。

「収穫なしか？」マーカスが目を上げて訊いた。

「ああ」ダニエルは答えた。

「もうひとつ宿屋がある」ヒューが言う。「スパニアーズ・ロードのヒースに囲まれているところだ。前に行ったことがある」ひと呼吸おく。「もう少し先だ」

「行ってみよう」ダニエルはいかめしく応じた。「目抜き通りの周辺でまだ見逃している宿屋もあるかもしれないが、そちらはまたあとで戻ってきて探せばいい。それにフランシスによれば、チャーヴィルは〝ヒース〟という言葉をはっきり口にしたという。

さっそく馬車は走りだし、五分後にはまさしくヒースの茂みのなかで白塗りの煉瓦の壁と黒い鎧戸が美しく映える〈スパニアーズ・イン〉に着いた。

フランシスが片腕を突きだし、声を張りあげた。

アンはジョージがその宿屋を選んだ理由をほどなく察した。ハムステッド・ヒースを貫く道沿いにあって、その辺りの一軒宿というわけではないものの、村の中心部からはひとつだけだいぶ離れている。つまり頃合を計りさえすれば（実際に計っていた）誰にも見られずに馬車から人を引きずりだし、勝手口を抜けて部屋に運びこむことができる宿屋だというわけだ。もちろん部屋の鍵を受けとってくるには、御者にアンの見張り役を務めてもらわなければならなかったが。

「おまえが口を閉じていられるとは思えない」ジョージは大儀そうに言い、アンに猿ぐつわを嚙ませた。言うまでもなく、臭いぼろ布を口にくわえた女性を連れて、宿屋の主人に鍵をくれと頼めるはずもない。当然ながら両手も後ろで縛られた。

ジョージはいかに綿密に計画を立てたのかを自慢したくてたまらないらしく、部屋を自分の気に入るように整えつつ、得意げに滔々《とうとう》と語りだした。

「この部屋は一週間前から取ってたんだ」椅子を部屋の内側からドアに押しつけて言った。「ゆうべ、馬車に乗っていないときに通りでおまえに出くわすとは思わなかった」

床に坐らされていたアンは、恐ろしさに呆然としてジョージを見上げた。まさかそんなことでわたしを責めるつもり？

「おまえはまたもおれの邪魔をしようとしたわけだ」ジョージは不満げにつぶやいた。

やはり責めようとしているらしい。

「だが、そのことはもういい」ジョージが続ける。「結局はうまくいったのだからな。予想どおり、おまえは男の家にいた」

ジョージは部屋のなかを見まわし、ドアを押さえるための物をさらに探しているらしかった。これといった物はなく、あとはベッドごと動かしでもしないかぎりほかに手はありそうにない。

「あれから何人とつきあった？」ジョージがゆっくりと向きなおって訊いた。

アンは首を振った。なんの話をしているの？

「教えてくれてもいいじゃないか」ジョージはきつい口ぶりで言い、歩み寄ってきて、猿ぐつわを剝ぎとった。「何人と寝たんだ？」

とっさにアンは叫びかけた。けれどもジョージはナイフを手にしていて、ドアは鍵を掛けられたうえ椅子で押さえられている。誰かがそばを通りかかって、しかも助けようとしてくれたとしても、ドアが開かれる前に自分はもうジョージに切り裂かれてしまっているだろう。

「何人だ？」ジョージが詰め寄った。

「誰も」アンは反射的に答えた。いざそのように詰問されたときに、前夜ダニエルと過ごしたことが頭から抜け落ちていたのはふしぎだけれど、真っ先に思い浮かんだのは、恋人はおろか友達すら持てず、寂しく過ごしてきた長い年月だった。

「ふん、ウィンステッド卿に訊けば、違う答えが返ってくるだろう」ジョージがせせら笑った。「それとも……」胸の悪くなるにやけた笑いを浮かべた。「男の役目を果たせなかったとでも言うのならべつだが」

アンはダニエルのほうがどれほどすばらしかったかを懇切丁寧に説明してやりたい思いに駆られたものの、さらりとひと言返すにとどめた。「あの方はわたしの婚約者なのよ」

ジョージは笑った。「ああ、おまえはそう思ってるんだよな。やれやれ、敬服させれる御仁だとも。とんだ悪ふざけだ。あとで向こうになんと言い逃れされても、おまえの言葉を信じる者はいない」憐れむような顔をして、ひと息ついた。「伯爵というのは気楽なもんだ。おれの場合にはそうはいかなかったからな」にやりと笑った。「それでも、考えてみれば、おれは求婚するまでもなかった。『愛してる』と言うだけで、おまえを信じさせたばかりか、結婚できるものと思わせたんだからな」

ジョージはちらりと見やって、舌打ちを二度繰り返した。「愚かな女だ」

「その点には同意できないわ」

ジョージが頭を傾け、したりげに眺めた。「まあな、誰でも歳とともに知恵もつく」

すでにアンはジョージに喋りつづけさせることが大事だと気づいていた。この状態を長引かせれば、それだけ策を練る時間が与えられる。なにしろジョージは話しているとたいがい調子に乗り、調子に乗っているうちは、やろうとしていることから気がそらされている。

「失敗から学ぶ時間はじゅうぶんにあったわ」ジョージが何かを取りに衣装部屋に歩いていくあいだに、アンはすばやく窓を見やった。地面からどれくらいの高さがあるのだろう？飛び降りても、ぶじでいられるだろうか？

探している物が見つからなかったらしく、ジョージが振り返って、腕組みをした。「なるほど、それはなによりだ」

アンは虚を衝かれて目をしばたたいた。ジョージが子を見守る父親のような表情でこちらを見ている。「お子さんはいるの？」思わず問いかけた。

ジョージの表情が凍りついた。「いや」

その受け答えで、アンは直感した。この人は夫婦生活に満足できていない。ひょっとして〝夫の役目〟を果たせていないの？　そうだとすれば、そのせいでわたしを責めてるの？

小さく首を振った。答えは問いかけるまでもない。あきらかにジョージはその責めを自分に負わせようとしている。それでようやく、ジョージがどうしてここまで常軌を逸した行動に走ったのかが呑みこめた。顔に傷を負っただけでなく、そのせいで男の機能まで奪われてしまったと思い込んでいるのだろう。

「どうして首を振ったんだ?」ジョージが問いただすように訊いた。

「振ってないわ」アンはそう答えてすぐに、またも首を振ってしまったことに気づいた。

「ともかく振ったつもりはなかったのよ。考え事をしているときの癖なんだわ」

ジョージが目を細く狭めた。「それなら何を考えてたんだ?」

「あなたのことよ」アンはしごく正直に答えた。

「そうなのか?」ジョージは一瞬嬉しそうな顔をしたが、すぐに疑わしげな表情に変わった。

「なぜだ?」

「だって、この部屋にはほかにあなたしかいないでしょう。あなたについて考えるのは当然ではないかしら」

ジョージが一歩踏みだした。「何を考えていた?」

こんなにも身勝手な男性だということに、どうして自分は気づけなかったのだろう? たしかにまだ十六歳だったとはいえ、それくらいのことを判断できる分別はあったはずだ。

「何を考えていた?」ジョージはすぐに答えを得られないとわかると、繰り返した。

アンはどのように答えるべきか思案した。当然ながら、あなたは不能だったのかと考えていたとは言えないので、こう答えた。「たぶんあなたは実際よりも傷が目立つと思っているのではないかと考えてたのよ」

ジョージは鼻を鳴らし、何かやりかけていたことに戻った。「おれの機嫌をとろうとしているのか」

「ご機嫌をとろうとするのはあたりまえだわ」アンは認めて、ジョージが何をしているのか確かめようと首を伸ばした。家具の配置換えをしているようだが、宿屋の部屋に動かせるものがさほどあるわけもなく、無意味な行動に思えた。「だけどたまたま」アンは続けた。「傷についてはほんとうにそう思ったの。もっと若かった頃に比べれば美しくはないかもしれないけど、男性は美しくいたいわけではないでしょう？」

「そうかもしれないが、こんなものを欲しがる男などいない」ジョージはあてつけがましく大きな手ぶりで自分の顔の耳から顎に線を引いた。

「あなたを傷つけたことは、もちろん申しわけないと思ってるわ」アンは本心からそう言えたことに、自分でも驚いていた。「自分の身を守ろうとしたのは後悔していないけど、そのためにあなたを傷つけてしまったことはお詫びします。わたしが頼んだときに、あなたが離れてくれていたら、誰もこんなふうに苦しまずにすんだのよ」

「おい、結局おれのせいだと言いたいのか？」

アンは口をつぐんだ。最後のひと言はよけいだった。つまり当然ながらここで正直に〝ええ、そうよ〟などと答えれば、墓穴を掘るだけのことだ。

ジョージは返事を待ち、すぐに聞けないとわかると、つぶやいた。「これを動かさなければ」

ああ、なんてこと、やはりベッドを動かそうとしている。

とはいえ大きさも重さもあり、ひとりで動かせるようなものではない。ジョージは一分ほど唸って押しつづけ、さんざん悪態をついたあと、アンのほうを向いて鋭い声で命じた。

「何をしてる、手伝え」

アンは呆れて口があいた。「手を縛られてるのよ」わざわざ説明した。

ジョージはまた悪態をつき、大股で歩いてきて、アンの手を引いて立ちあがらせた。「手は必要ない。床を踏みしめて身体で押せ」

アンはただ見返すことしかできなかった。

「こうするんだ」ジョージがつっけんどんに言い、ベッドの側面に尻をあてて前かがみになった。擦り切れた絨毯の上で足を踏んばり、体重をかけて尻を突きだす。大きなベッドは三センチほど押しだされた。

「わたしがそんなことをすると本気で思ってるの?」

「おれはまだナイフを持ってるからな」

アンは瞳で天を仰ぎ、歩いていった。「うまくいくとは思えないわ」肩越しを覗きこむようにして言う。「ともかく、こんなふうに両手を縛られたままでは」

ジョージは背中で結ばれているアンの両手を見おろした。「ああもう、面倒だ」ぼやいた。

「こっちに来い」

アンはすでにそばに来ていたものの、皮肉は控えるのが賢明だと見きわめた。

「妙なまねはするなよ」ジョージは警告し、紐をぐいと引いて、結び目を切り裂いた。その際、アンの親指の付け根をナイフの刃がかすめた。

「痛い！」アンは甲高い声を洩らし、とっさに口に手をやった。

「おや、痛むのか？」ジョージが血に飢えたようなどんよりした目で、ぼそりと訊いた。

「もう平気よ」アンは即座に言った。「ベッドを動かすのよね？」

ジョージは含み笑いをして、元の位置に戻った。そうしてアンが精いっぱいベッドをドアのほうに押すふりをしようとしたとき、突如ジョージが背を起こした。

「先におまえを切りつけるべきか」思いめぐらせるふうに言う。「それともちょっと楽しんでからにするか？」

アンはジョージのズボンの前を見やった。そうせずにはいられなかった。不能なのでしょう？　昂っているふくらみはいっさい見受けられない。

「なんだ、そっちを望んでるのか？」ジョージが嬉々とした声で言う。それからアンの手をつかんで引き寄せ、布の上から自分に触れさせた。「変わらないこともあるもんだな」

アンは左手を股間に擦りつけられ、吐き気をこらえた。布の上からでも気持ち悪くて仕方がないものの、顔を切りつけられるよりははるかにましだ。

ジョージが心地よさそうな呻き声を洩らしはじめ、そのうち……手ざわりが変わってきて、アンはぞっとした。

「ああ、いいぞ」ジョージが悶えるような声で言う。「ああ、気持ちいい。久しぶりだ。

まったく久々に……」

アンは息を詰めてじっと見ていた。ジョージは目をつむり、ほとんど恍惚状態となっていて、片方の手にはまだナイフが握られている。さほどしっかりとは握っていないように見えるのはただの幻想だろうか。もしあのナイフを奪いとれれば……奪いとれるの？

アンは奥歯を嚙みしめた。ほんの少しずつ手を進ませ、ジョージが喉の奥から長々と快感の呻き声を洩らした隙に、行動に出た。

22

「あれよ！」フランシスが声を張りあげ、細い腕を勢いよく突きだした。「あの馬車だった。間違いないわ」

ダニエルはフランシスが示したほうへ身をひねった。たしかに宿屋のそばに、小ぶりだが上質な造りの馬車が停まっていた。ありふれた黒の車体の上に棒状の金の飾りが付いている。あのような飾りはこれまで見たことがなかったが、フランシスがユニコーンの角を思い起こしたと言っていた理由がうなずけた。長さを適度に切って、先端を尖らせれば、ユニコーンの仮装にちょうどぴったりの角になるだろう。

「わたしたちは馬車のなかにいるわ」ダニエルが指示を出そうとご婦人たちのほうを向くなり、レディ・ウィンステッドがあらためて明言した。

ダニエルはうなずきを返し、男たち三人で馬車を降りた。「きみたちはこの馬車を何があっても守ってくれ」護衛たちに言い残し、速やかに宿屋に入った。

すぐ後ろにマーカスが続き、ダニエルが宿屋の主人から話を聞き終えたところにヒューもやってきた。案の定、この主人は顔に傷のある男を見ていた。一週間前から部屋を取っていたが毎晩帰ってきていたわけではなく、ちょうど十五分ほど前に鍵を取りにきたものの、女性は連れていなかったという。

ダニエルは受付台にクラウン銀貨を一枚ぴしりと置いた。「どの部屋だ？」

宿屋の主人は目を大きく開いた。「四号室でございます」銀貨に手をのせ、手前に滑らせて、つかみとった。咳払いをする。「合鍵があるやもしれません」

「あるのか？」

「おそらく」

ダニエルは銀貨をもう一枚取りだした。

宿屋の主人が鍵を取りだす。

「待て」ヒューが言った。「その部屋にはほかに出入口はあるのか？」

「ございません。窓だけで」

「地面からどれくらいの高さだ？」

主人が眉を上げた。「オークの木を登りでもしなければ、とても忍び込めない高さです」

ヒューはすぐさまダニエルとマーカスに顔を向けた。

「ぼくがやろう」マーカスが申し出て、玄関口を出ていった。

「おそらく不要だとは思うんだが」ヒューはダニエルの後ろから階段を上がりながら言った。「万全を期したい」

万全を期すことに、ダニエルは異を唱えようがなかった。しかも相手がすべてに目配りの利く、何事にも怠りないヒューならばなおさらだ。

廊下の突きあたりのドアに四号室の表示を目にして、ダニエルがただちに突き進もうとすると、ヒューが肩に手をかけて引きとめた。「まずは耳を澄まそう」

「きみは恋に落ちたことがないだろう？」ダニエルはそう返し、ヒューが答える前に鍵を鍵穴に差し込んでドアを蹴破り、椅子が部屋のなかのほうへ転がった。

「アン！」姿を見つけるより早く叫んだ。

だがたとえアンがダニエルの名を叫び返そうとしたのだとしても、悲鳴に取って代わられた。アンは椅子が膝にまともに当たって転び、手から滑り落ちた何かを必死に取り戻そうとしていた。

ナイフ。

ダニエルはナイフをめがけて突進した。アンも手を伸ばした。アンから武器を取り戻そうと右に左に重心を移してぶざまなダンスをしていたジョージ・チャーヴィルも、落ちたナイフを奪おうと飛びこんだ。

ヒューだけがその争いに加わらず、戸口に立って、うんざりしたような面持ちでチャーヴィルに拳銃の狙いを定めた。

「ぼくがきみならあきらめる」ヒューはそう告げたが、チャーヴィルはどうにかナイフをつかみとり、ほんの数センチ差で武器の取りあいに敗れて床に這いつくばったままのアンに覆いかぶさった。

「おれを撃てば、この女は死ぬ」チャーヴィルはアンの喉をいまにも切り裂かんばかりにナイフの刃を近づけた。

ダニエルはとっさに飛びだしかけて立ちどまった。拳銃をおろし、なにげなく背に隠した。

「離れろ」チャーヴィルがナイフを握りなおして言った。「早く！」

ダニエルはうなずき、両手を上げてあとずさった。アンは床に腹ばいに横たわっていて、その上にチャーヴィルがまたがり、片手でナイフの柄を握り、もう片方の手でアンの髪をつかんでいた。「彼女を傷つけるなよ、チャーヴィル」ダニエルは警告した。「こんなことがしたいわけではないだろう」

「おっと、そこは見当違いだ。これこそまさにおれの望みなんだからな」チャーヴィルはナイフの刃の側面で軽くアンの頰を打った。

ダニエルはみぞおちが締めつけられるように感じた。

だがチャーヴィルは蒼ざめてすらいない。おのれの力を見せつけられるのを楽しんでいるかのようにアンの髪をさらに強くつかみ、痛々しいほど無理やり頭を起こさせた。

「おまえは死ぬ」ダニエルは予告した。

チャーヴィルが肩をすくめた。「この女もだ」

「ご夫人はどうするんだ？」

チャーヴィルは鋭いまなざしで見返した。

「今朝、ご夫人と話をした」ダニエルはチャーヴィルの顔をしっかりと見据えて言った。ほんとうはアンのほうを見て、目を合わせたくて仕方がなかった。そうすれば言葉にせずとも愛する想いは伝えられる。アンならまなざしだけでわかってくれるはずだ。

だが、こらえた。自分がジョージ・チャーヴィルを見ているかぎり、相手もこちらを見つづける。アンをではなく。ナイフをでもなく。

「妻に何を言った？」チャーヴィルは吐き捨てるように言ったが、その顔にちらりと動揺の影がよぎった。

「よくできたご婦人じゃないか」ダニエルは言った。「もしきみがこのような宿屋で、ふたりの伯爵と侯爵の子息の手にかかって死んだとなれば、ご夫人はどうなってしまうんだろうな？」

チャーヴィルはヒューのほうをさっと見やって、誰であるかを確かめた。「だが、あんたはこいつを嫌ってるんだろう。撃たれたんだからな」

ヒューは無言でただ肩をすくめた。

チャーヴィルは顔色を変え、何か言おうとして、ふいにべつのことを思いついたかのように口を開いた。「ふたりの伯爵？」

「もうひとり来ている」ダニエルは言った。「もしもの場合に備えて」

チャーヴィルの息遣いが荒くなり、視線はダニエルからヒューへ、さらにはちらりとアンへも泳いだ。汗が滲みだしてきたのが見てとれた。チャーヴィルは追いつめられており、人が追いつめられたときほど危険な状況はない。

誰にとっても。

「チャーヴィル夫人の人生もおしまいだな」ダニエルは続けた。「いままでつきあいのあった人々すべてから見捨てられる。父親でも救えはしないだろう」

チャーヴィルは身をふるわせはじめた。ダニエルはようやくちらりとアンを見やった。息遣いは速く、あきらかに脅えているが、それでもふたりの目が合ったとき……。

愛してるわ。

まるでアンが声に出してそう言ったかのように思えた。

「家を追われた女性に親切な世の中じゃない」ダニエルは穏やかに続けた。「アンに聞いてみるといい」

チャーヴィルが揺らぎはじめているのが目つきから見てとれた。「アンを解放すれば、命は保証する」ダニエルは請けあった。

だが生き延びられても、イングランドにおまえの居場所はない。この地に残ることは自分が許しはしない。

「妻はどうなる？」

「どう説明するかはきみにまかせる」

とたんにチャーヴィルはシャツの襟がきつくなったかのように頭を小刻みに動かした。瞬きをせわしなく繰り返し、それからふいにきつく目をつむって――

「撃ちやがった！　おい、どうなってるんだ、撃たれたじゃないか！」

ダニエルはすばやく顔を振り向け、発砲したヒューを目にとらえた。「何してるんだ！」

鋭い声を発しつつ、アンを取り戻すべく飛びだした。チャーヴィルはすでに血の流れだした手を押さえて床に転がり、苦痛の叫びをあげていた。

ヒューが片足を引きずりがちに部屋のなかに入ってきて、チャーヴィルを見おろした。

「ほんのかすり傷だ」冷めた声で言う。

「アン、アン」ダニエルはしわがれた声で呼んだ。アンがジョージ・チャーヴィルにとらわれたことを知ってからずっと恐怖を必死に抑えつけていた。全身を緊張させてどうにかまっすぐ立ってはいたものの、こうしてアンをぶじに取り戻せたなら……。

「きみを失ってしまうかもしれないと思った」できるかぎりそばに抱き寄せて、つかえがちに言った。アンの鎖骨の辺りに顔を埋め、情けないことに、気がつけば涙でドレスを濡らしていた。「わからなかった――なにがなんだか――」

「ちなみに、ぼくが撃ち誤まることはありえない」ヒューが言い、窓のほうに歩いていく。その途中うっかり手を踏んでしまったらしく、チャーヴィルが悲鳴をあげた。

「きみはまったくどうかしている」ダニエルは涙も吹き飛ぶ怒りを発して言った。

「そうでなければ」ヒューがさらりと返した。「とうに恋に落ちていただろう」アンを見おろす。「おかげでより冷静に判断がくだせる」拳銃を身ぶりで示す。「狙いも研ぎ澄まされる」

「なんの話をしてるの？」アンは小声で訊いた。

「ぼくにもよくわからない」ダニエルは正直に答えた。

「チャタリスを入れてやらなければ」ヒューが窓を押し上げて、口笛を吹いた。

「変わり者なんだ」ダニエルは言い、少しだけ身を離して、アンの顔を両手で包みこんだ。アンはとても美しく、かけがえのない存在で、しかも生きている。「正真正銘の変わり者だ」

アンが唇をわななかせて微笑んだ。「でも頼りになる」

ダニエルは身体の奥から何かが湧きあがってくるのを感じた。なんと、笑いだ。まったく、つまるところ誰もが変わり者なのかもしれない。

「手を貸そうか？」ヒューの大きな声がして、ふたりは窓のほうを振り返った。

「チャタリス卿は木にいるの？」アンが尋ねた。

「いったいぜんたい、どうなってるんだ？」マーカスが、部屋のなかに転がり落ちながらも強い調子で訊いた。「発砲音が聞こえたが」

「ヒューが撃ったんだ」ダニエルがチャーヴィルのほうへ顎をしゃくると、当の男はドアのほうへ這っていこうとしていた。すぐさまマーカスがそちらへ歩いていき、進路をふさいだ。

「そいつがアンをとらえているときに」

「まだ礼の言葉を聞いてなかったな」ヒューは言い、ダニエルにはどうしてなのか見当もつかなかったが、窓の外を覗いた。

「ありがとうございました」アンが言った。ヒューはくるりと振り返り、輝くばかりの笑みを目にして、見るからにたじろいでいた。

「いや、まあ」ヒューのぎこちない返答に、ダニエルは思わず笑った。アンが部屋にいるだけで、ほんとうに空気が変わる。

「この男はどうする？」つねに目の前の問題に向きあうことを怠らないマーカスが問いかけた。身をかがめて床から何かを拾い上げ、しばし眺めてから、チャーヴィルの脇にしゃがんだ。

「いてて！」チャーヴィルが呻いた。

「両手を結んでおくか」マーカスが確認するように言った。アンを見やる。「これできみの手を結んでいたんだな？」

アンはうなずいた。

「けがしてるんだぞ！」

「撃たせるようなことをするからだ」マーカスは言った。同情はみじんも感じられない声で。ダニエルを振り返る。「この男をどうするか決めなければ」

「殺しはしないと約束したよな」チャーヴィルが哀れっぽい声をあげた。

「アンを解放すれば、殺しはしないと約束したんだ」ダニエルは念を押すように答えた。

「だからそうしたじゃないか」

「ぼくに撃たれてからな」ヒューがさらりと指摘した。

「殺すほどの価値もない」マーカスが言い、チャーヴィルの手に絡めた紐をきつく結んだ。

「いろいろとあとが面倒になるし」

ダニエルは友人の冷静さをありがたく思いつつ、うなずいた。とはいえ、まだチャーヴィルをほっとさせてやるのは早すぎる。アンの頭のてっぺんにすばやくキスを落とし、立ちあがった。「いいだろうか？」そう言って、ヒューに手を差しだした。

「弾は込めなおしてある」ヒューは答えて拳銃を渡した。

「そうだろうと思っていた」ダニエルはつぶやいて、チャーヴィルのほうへ歩いていった。

「殺さないと言っただろう！」チャーヴィルが声を上擦らせた。

「殺しはしない」ダニエルは明言した。「少なくとも、きょうのところは。だがもしまたウィップル・ヒルに近寄りでもしたら、命はないぞ」

チャーヴィルが、しゃにむにうなずいた。

「むろん」先ほどヒューが蹴り飛ばしたナイフを拾い上げ、ダニエルは続けた。「ロンドンをうろついていても、同じことだ」

「だが、ロンドンに住んでるんだ！」

「もうきみの住む場所じゃない」

マーカスが空咳をした。「ついでに、ケンブリッジシャーに来るのも遠慮してもらいたい」

ダニエルは友人を見やって、うなずきを返し、チャーヴィルに顔を戻した。「ケンブリッジシャーに来れば、わが友人がきみを殺す」

「言わせてもらえば」ヒューがなめらかに言葉を差し入れた。「いっそ立ち入り禁止区域をこの国全体に広げておけば、わかりやすい」

「なんだって？」チャーヴィルが声をあげた。「そんなことは——」

「受け入れなければ、命をとられるだけのことだ」ヒューが遮り、ダニエルを見やった。

「イタリアで暮らす心得でも教えてやったらどうだ？」

「でも、イタリア語はわからない」チャーヴィルが情けない声で言う。

「学べばいい」ヒューが言い捨てた。

ダニエルは手にしたナイフを見つめた。ぞっとするほど刃が鋭い。これがアンの喉からほんの三センチもないところにあてがわれていたのだ。

「オーストラリアだ」きっぱりと言った。

「そうだな」マーカスが応えて、チャーヴィルを引っぱり起こした。「連れていこうか？」

「頼む」

「こいつの馬車で帰ろう」ヒューが言い、めずらしく笑みを浮かべた。「ユニコーンの角が付いてるやつだ」

「ユニコーン……」アンがとまどい顔で繰り返し、ダニエルに向きなおった。「フランシス？」

「まさしく今回の救い主だ」

「それなら、けがはないのね？　馬車から押しだすしか方法がなかったから、わたし――」

「ぶじだ」ダニエルは安心させるように言い、ヒューとマーカスがいったん別れを告げてチャーヴィルを連れていくのを見送った。「少し汚れていたし、おばが五歳は老けこんだかもしれないが、フランシスは元気だ。きっときみに会ったら――」だが言い終えることはできなかった。アンが泣きだしたたからだ。

ダニエルはすぐさま傍らにひざまずき、アンを引き寄せた。「大丈夫だ」ささやきかけた。「これでもう何も心配はいらない」

アンは首を振った。「いいえ、それどころか」愛できらめく目を上げた。「もっとずっとよくなるわ」

「愛してる」ダニエルは言った。これからこの言葉をしじゅう口にしてしまいそうな気がする。生きているかぎり。

「わたしも愛してるわ」

ダニエルはアンの手を取り、口もとに引き寄せた。「ぼくと結婚してくれませんか？」

「もう承諾したのに」アンは問いかけるふうに笑みを浮かべた。

「わかってる。でも、あらためて言いたかったんだ」

「それなら、あらためてお受けします」

ダニエルはアンを腕のなかに感じたくて抱き寄せた。「もう行かなければ。みんな心配していたから」

アンはうなずき、ダニエルの胸にそっと頬をすり寄せた。

「母が馬車のなかにいる。それにおば――」

「あなたのお母様が？」アンは驚いた声で訊き返し、身を離した。「まあ、どうしましょう、わたしはどんなふうに思われているのかしら？」

「美しくて、しかも驚くべき女性だと思ってるさ。それにきっと、きみを大切にすればするほど、孫が山ほど増えると考えているに違いない」

アンは茶目っ気のある笑みを浮かべた。「お母様がわたしを大切にすれば？」

「ああ、ぼくがきみを大切にするのは言うまでもないことだから」

「山ほどというのは何人くらいかしら？」

ダニエルは胸のなかが明るく晴れわたってきたように思えた。「かなりの数だろうな」

「勤勉にならなければいけないわね」

いまだ真剣な表情を保てているのが自分でも驚きだった。「ぼくはなかなかの働き者なんだ」

「それも、わたしがあなたを好きな理由のひとつだわ」アンが頬に触れてきた。「好きなところはほかにもたくさん、たくさんあるけれど」

「そんなにたくさんあるのか？」ダニエルは顔をほころばせた。いや、もうとっくにほころんでいた。だがたぶん、いまはさらにもう少しほころんでいる。「何百も？」

「何千も」アンが自信たっぷりに答えた。

「ぜひともすべて聞かせてもらわなければ」

「いますぐに？」

褒め言葉を聞きたがるのはご婦人がたの特性だなどと言っていたのはどこの誰だ？　アンに自分の長所を語ってもらえるなら、いくらでも喜んで聞く。「手始めに五つだけにしておくか」控えめに言った。

「そうねえ……」アンが息をついた。

もうひとつ息をつく。

ダニエルは冷ややかな目を向けた。「五つ挙げるのに、そんなに迷うのかい？」

「あら、違うのよ、好きな順に選ぶのがむずかしいだけだわ」アンが屈託なく目を大きく開いてそう言うので、ダニエルは信じざるをえなかった。

「それなら、思いつくものからでかまわない」

「わかったわ」アンが思いめぐらすふうに口の片端を引き上げた。「まずは、笑顔。あなたの笑顔が大好きなの」

「ぼくもきみの笑顔が大好きだ！」

「ユーモアの感性もすばらしいわ」

「きみもだ！」

アンがちらりと辛らつな視線を投げかけた。

「きみがぼくの長所を挙げてくれるのなら、ぼくもお返しせずにはいられない」その視線にダニエルはそう応えた。

「あなたは楽器を弾かない」

ダニエルはぽかんとした顔で見つめ返した。

「あなたが楽器を練習するのを聴かなければならないとしたら、」アンは言い添えた。「一族のほかの方々のように耐えられるかわからないもの」

ダニエルは悪者ぶって頭を傾け、身を乗りだした。「ぼくがいつ楽器を演奏しないと言った？」

「しないでしょう！」アンが頓狂な声をあげ、ダニエルはよもや求婚の承諾を翻《ひるが》されてしまうのではないかという懸念すら覚えた。

「しない」と断言した。「楽器を習ったことがないわけではないんだが」

アンがもの問いたげに見ている。

「わが一族の男子は学校にあがれば、楽器を習いつづける必要はない。非凡な才能でもあればまたべつだが」

「非凡な才能は見いだせなかった？」

「みじんも」ダニエルは楽しげに答えた。立ちあがり、手を差しだした。帰る時間だ。

「あとふたつ、好きなところを言わなくていいの？」アンも手を借りて立ちあがると、尋ねた。

「ああ、あとで教えてくれればいい。時間はたっぷりある」

「でも、ひとつ思いついたのよ」

ダニエルはおどけるふうに片眉を上げた。「やっぱりだいぶ苦労して見つけだしたみたいに聞こえる」

「ちょっとだけよ」アンが言った。

「ちょっとだけ？」

アンはうなずき、ダニエルに続いて廊下に出た。「わたしたちが初めて出会った晩、わたしはあなたを裏廊下に置き去りにしようとしたの」

「痣だらけで血を流している男をか？」ダニエルは気分を害したふりをよそおったが、口もとがゆるんでいてはせっかくの演技もおそらく台無しだった。

「あなたといるところを誰かに見られたら、職を失ってしまうと思ったのよ。だいぶ長く物置部屋にいたから、けがの手当てをしてあげられる時間もあまりなかったし」

「だが、してくれた」

「そう」と、アン。

「ぼくの魅力的な笑顔と機転の利いたユーモアが気に入ったから？」

「いいえ」アンはあっさり否定した。「あなたの妹さんのおかげよ」

「ホノーリアの？」ダニエルは驚いて訊いた。

「あなたは妹さんを守ろうとした」アンが仕方がないというふうに肩をわずかにすくめた。「妹を守ろうとした男性を見捨てて立ち去れるはずがないでしょう？」

ダニエルは気恥ずかしさで頬が熱くなった。「だが、ごくあたりまえのことをしたにすぎない」つぶやいた。

それから宿屋の階段を半分おりたところで、アンが声をあげた。「そうよ、もうひとつあったわ！　ハリエットが書いたお芝居を練習していたときのこと。あなたはハリエットに頼まれれば、猪の役でもしようとしていた」

「いや、しない」

宿屋の外に踏みだすと、アンがダニエルの腕をぽんと叩いた。「いいえ、するでしょう」

「わかったよ、するとも」ダニエルは嘘をついた。

アンが探るように見やった。「その場かぎりで調子を合わせたつもりかもしれないけど、あなたは結局頼まれごとを引き受けてしまう人なのよね」

なんと、これでは早くも老夫婦のようではないか。

「あら、またひとつ思いだしたわ！」

ダニエルは、愛と希望と期待に満ちあふれて輝くアンの瞳を見つめた。「いいえ、ふたつだわ」と、アン。

ダニエルは微笑んだ。きみを好きな理由ならいくつでも思いつけるのに。

エピローグ

翌年、ふたたびスマイス–スミス家の音楽会の日がめぐってきて……

「デイジーはもう少し右にずれたほうがいいな」ダニエルは妻に耳打ちした。「いまにもサラに顔を噛みつかれかねない」

アンはサラに気遣わしげなまなざしを向けた。サラは昨年考えうる唯一の言いわけを使い果たしてしまったので、今年はふたたび舞台に上がり、ピアノに向かって腰をおろしているのだが……。

鍵盤を叩きのめしている。

みじめさに打ちしおれているより、怒りをぶつけるほうがまだましだと割り切ったのに違いなかった。ピアノがいつまで持ちこたえられるかは神のみぞ知るだけれど。

新しいレディ・チャタリスとなって四重奏を免れたホノーリアに代わり、今年徴集されたハリエットの演奏はさらにひどかった。

結婚か死か。演奏を逃れる道はそのどちらかしかない。前日にアンが練習の様子を見に立ち寄ったとき、サラは陰鬱な顔でそう言った。

ただし誰の死なのかは定かでない。なにしろアンが音楽室に入ったときには、どういうわけかサラがハリエットのヴァイオリンの弓を握り、剣のごとく振りかざしていた。デイジーは甲高い声で叫び、アイリスは愚痴をこぼし、ハリエットは今後の劇作に使おうとばかりに嬉々としてすべてを書き留めていた。

「ハリエットは何をぶつぶつ言ってるんだ？」夫にひそひそ声で話しかけられ、アンはいまこのときに意識を引き戻された。

「譜面の見方がわからないのよ」

「なんだって？」

聴衆の何人かがふたりのほうを見やり、デイジーも殺気立っているとしか言い表しようのない目つきでこちらを睨んだ。

「どういうことだ？」ダニエルはあらためて声をひそめて尋ねた。

「楽譜が読めないの」アンは演奏中の舞台にきちんと目を据えたまま、ひそやかな声で答えた。「どうしても憶えられないと言ってたわ。ホノーリアに音階を書きだしてもらって、それを暗記したのよ」ハリエットを見ると、後列の聴衆にも〝シのフラット〟を弾いたのが――正しくは弾こうとしたと言うべきなのだろう――わかりそうなほど、はっきり口を動かしていた。

「でもどうしてホノーリアに書きだしてもらった音階を見ないんだ？」

「わからないわ」アンが励ますように微笑みかけると、ハリエットもにっこり笑い返した。

ああ、ハリエット。ほんとうに愛すべき女性だ。アンはいまやこの一族の一員となり、ますますいとおしさを覚えていた。スマイス－スミス家の一員となれたのが心から嬉しい。この不揃いな調べも、客間に一族の女性たちがひっきりなしに出入りしているのも心地よく、この春に姉のシャーロットが訪ねてきたときにみんなで歓待してくれたのもありがたかった。

でもなにより、この音楽会で演奏せずともよい立場でしかもスマイス－スミス家の一員でいられるのが嬉しかった。なぜなら、はっきり聞きとれるほど不満の声を洩らしているほかの聴衆たちとは違って、自分は身に沁みて知っているからだ。

聴衆席に坐っているより、舞台に上がっているほうが、はるかにずっと大変であることを。

それでも……。

「この音楽会にはどうしても愛着を感じずにはいられないの」アンはダニエルにささやきかけた。

「そうなのか？」ダニエルはハリエットのヴァイオリンが発した言い表しがたい音に顔をしかめた。「ぼくの場合は自分の聴力を心配せずにはいられないが」

「だけどこの音楽会がなければ、わたしたちは出会えなかったのよ」アンは指摘した。

「いや、ぼくは必ずきみを見つけていたさ」

「でも、このような晩にではないのね」

「ああ」ダニエルは微笑んで妻の手を取った。本来それはもってのほかの不作法で、おおやけの場にいる夫婦にあるまじき振るまいなのだろうが、アンは気にしなかった。夫と指を絡めて微笑んだ。そうしていれば、サラがピアノの鍵盤を叩きのめしていようと、ハリエットが最前列の聴衆に聞こえるほど大きな声で音階を唱えだしても、まったくかまわなかった。

傍らにダニエルがいて、自分と手を繋いでいる。

ほんとうに大切なことはそれだけなのだから。

訳者あとがき

〈ブリジャートン家〉外伝2の本作は、外伝1『はじめての恋をあなたに奏でて』に続き、ブリジャートン家シリーズには欠かせないスマイス－スミス一族の人々のロマンスを描いた物語です。主人公は、不名誉なスキャンダルを起こして三年も国外に逃れていた若きウィンステッド伯爵のダニエルと、彼の従妹たちの家庭教師で過去は謎に包まれている女性アン。スマイス－スミス一族といえば、ロンドン名物の聴くに堪えがたい演奏会を毎年開いており、ブリジャートン家や社交界の重鎮レディ・ダンベリーとも親交が長く、〈ブリジャートン家〉の愛読者のみなさまにはもうおなじみの家名であることでしょう。前作でも主人公ホノーリア・スマイス－スミスの兄ダニエルがようやくロンドンに帰還した場面が描かれていましたが、その際にひそかに起きていたもうひとつのある出来事から本作の物語は始まります。

三年前のスキャンダルにより命を狙われて国外へ逃れていたダニエルがようやく自宅に帰り着くと、間の悪いことに一族による毎年恒例の悪名高き演奏会が開かれていました。妹と従妹たちの晴れ舞台を邪魔しないよう自分の家にこっそり忍びこんで演奏を覗き見るはめとなり、従妹たちのひときわ美しく魅力的な家庭教師アンを目にして、たちまち恋に落ちます。

さっそく、家族との再会を喜ぶ間も惜しんで家庭教師と親しくなろうとするのですが、当然ながらアンからは身分が違いすぎることを理由にあっさり撥ねつけられてしまう始末。

しかも、国を追われる要因となったスキャンダルにはすでにけりがついていたはずなのに、通りで思いがけず暴漢に襲われ、どうにか事無きを得たものの、もしやまだ命を狙われていて恋にうつつを抜かしている場合ではないのかもしれないとダニエルは不安をつのらせます。そんなとき折よく、従妹たちの一家が田舎での静養を望んでいるとの話を聞き、物騒なロンドンを離れられるうえ、従妹たちの家庭教師のアンとも親しくなれるチャンスだと思いつき、自分の本邸へ全員を招待することに。そこで望みどおり平穏なひと時を楽しめたのも束の間、今度はたまたまアンと村で出くわして帰る道すがら、奇妙な馬車の事故に遭い、ひょっとして命を狙われているのは自分ではないのではと疑問が芽生えます。

ロンドンでの暮らしに戻るや、ダニエルは身辺で続く不可解な出来事の解決と恋の成就に向かって猛然と動きだします。かたや、じつは誰にも明かせない苛酷な過去を背負っているアンは、自分をつけねらう人物のせいで教え子たちやダニエルにこれ以上の迷惑はかけられないと思い詰め、ダニエルへの切ない恋心を胸に秘めたまま、家庭教師の職を捨てて姿を消す決心をして……。

今作のヒロインのアンは、ブリジャートン家やスマイス‐スミス家の令嬢たちのように家族愛に守られて何不自由なく生きてきたわけではなく、良家の子女でありながら、恋する相手をたった一度見誤ってしまったために十代から自力で生きることを強いられてきた女性です。著者のジュリア・クインの作品ではわりあい親しみやすい美しさの女性主人公が多いのですが、アンの場合には誰から見ても飛び抜けた美貌の持ち主で、それがかえって命取りになるため、どうにか目立たぬようにと努めています。いったいどのような事情があるのか、彼女の過去はダニエルへの恋心の進展とともに少しずつ明かされていき、いっぽうのダニエルも身辺でおかしなことが起きるのはかつて自分が起こしたスキャンダルのせいではと疑心暗鬼になっているので、ブリジャートン家シリーズらしい賑やかな面白さだけではない、謎解きの要素も本作の大きな魅力です。事件の解決や悪党との対峙に一族が団結するのはいつものこととはいえ、女性たちの個性がより強いスマイス－スミス一族において、ダニエルが親友たちと繰り広げるクライマックスは、ブリジャートン家ファンのみなさまにも、きっと新鮮な感覚でお楽しみいただけるのではないでしょうか。

また、〈ブリジャートン家〉シリーズを既読のみなさまには、第七作『突然のキスは秘密のはじまり』が本作の一年後の設定となっていることも念のため、お知らせしておきます。今回の物語の一年後にプレインズワース家の客間で開かれた〝詩の朗読会〟には、本作でダニエルの従妹ハリエットが創作していた〝一角獣《ユニコーン》〟や〝ヘンリー八世〟も登場しているので、照らし合わせて読んでいただくのも一興かもしれません。

著者は新作を出すごとに執筆時の裏話を公式ウェブサイトで明かしているのですが、今作では一八二四年当時の英国の郵便事情とハムステッドの宿屋についてとりわけ興味を抱いて調べた内容を伝えています。郵便については、本作で主人公のアンが手紙を受けとる姉に負担をかけないよう工夫している様子が描かれています。当時の英国では手紙の料金を払うのは送り主ではなく、つねに受取人でした。便箋の枚数が増えれば料金もかさむので、節約のため、書き終えた紙を横向きにして、その上からまた書きはじめる〝交差《クロス》〟という手法も用いられていたそう。ダニエルが親切心からアンに手紙をあずかって出しておこうと申し出たのは〝無料送達《フランク》〟という特権があったからで、議員だけが文字通り無料で手紙を送ることができたのですが、当然と言うべきか、この特権はかなり乱用されていたようです。

さらに、著者によれば、物語終盤にダニエルたちがハムステッドに駆けつけてアンを探しだす場面で登場する宿屋はすべて実在していたとのこと。なかでも〈スパニアーズ・イン〉は、いまも白塗りの壁に黒い鎧戸が美しく映える、ロンドンでも最も古い宿屋のひとつで、ディケンズの『ピクウィック・クラブ（*The Pickwick Papers*）』にも登場している歴史ある建物だそう。現在も老舗パブの代表的な一店としてお料理も含めて広く紹介されているので、機会があればぜひ画像や旅行書でご覧になってみてください。

〝今作の曲〟を著者がまた選んでいますので、コメントとともにご紹介しておきます。

〝A Night Like This〟 カロ・エメラルド（はじめて聴いた瞬間から魅了された曲）＊曲名が本書の原題と同じ。

〝Somebody That I Used to Know〟 ゴティエ（本書を書き上げるまでに、地球上のほか

の誰もと同じようにこの曲に恋に落ちた。何度聴いても古さを感じさせない、すばらしい楽曲）

〝Dog Days Are Over〟　フローレンス・アンド・ザ・マシーン（アンを思い起こさせてくれる曲）＊曲名は「うなだれる日々はもう終わり」の意。

〝Trouble〟　ショーン・コルヴィン（「きみには暗闇のなかをともに歩く人が必要なんだ。つまりぼくにまかせてくれ」という歌詞が、ダニエルにぴったりでしょう？）

今年、二〇二四年五月からＮｅｔｆｌｉｘで配信開始のドラマ『ブリジャートン家』シーズン３は、ジュリア・クイン作『ブリジャートン家４　恋心だけ秘密にして』から着想を得て製作されています。その舞台は本書と同じ一八二四年。同時期にスマイス－スミス家で展開されていたもうひとつの恋物語として本書もお楽しみいただければ幸いです。

二〇二四年五月　村山美雪

本書は、2014 年 1 月 17 日に発行された〈ラズベリーブックス〉「運命のキスは柔らかな雨のように」の新装版です。

ブリジャートン家　外伝2
運命のキスは柔らかな雨のように

２０２４年６月１７日　初版第一刷発行

著……………………………………………… ジュリア・クイン
訳…………………………………………………… 村山美雪
ブックデザイン……………………………………… 小関加奈子
本文ＤＴＰ…………………………………………………… ＩＤＲ

発行…………………………………………… 株式会社竹書房
〒 102-0075　東京都千代田区三番町８－１
三番町東急ビル６Ｆ
email：info@takeshobo.co.jp
https://www.takeshobo.co.jp
印刷・製本…………………………… 中央精版印刷株式会社
